SÉRIE NOIRE

Collection créée par Marcel Duhamel

JO NESBØ

LES MAÎTRES DU DOMAINE

TRADUIT DU NORVÉGIEN
PAR CÉLINE ROMAND-MONNIER

nrf

GALLIMARD

Cet ouvrage a été publié avec le concours
de Marie-Caroline Aubert

Cette traduction a été publiée avec le soutien financier de Norla.

NORLA
Norwegian
Literature Abroad

Titre original :
KONGEN AV OS

1

Tout le monde a un point faible, c'est ce que papa m'avait inculqué quand il m'apprenait à boxer. J'étais peut-être plus petit que les autres garçons, mais aucune défense n'est infaillible, même le plus terrifiant des adversaires recèle une ouverture dans sa garde, une erreur qu'il est condamné à reproduire. Ce point faible, m'avait également expliqué papa, il ne suffisait pas de le trouver, il fallait en plus avoir le cœur assez froid pour l'exploiter sans hésitation. Et voilà où résidait mon propre talon d'Achille. Un cœur qui saignait pour les gens comme moi, qui percevait toute faiblesse comme mienne. Cependant, j'ai appris, mon cœur s'est refroidi. On pourrait sans doute dire que c'est désormais un volcan glacial, raide mort, qui a connu son éruption finale il y a huit ans. Et il était déjà froid à l'époque. Suffisamment en tout cas pour que je sois un tueur.

Voilà la réflexion que je me faisais devant la porte d'entrée d'une maison avec garage et jardin aux pommiers en habit d'automne : j'étais un tueur.

Il était près de 20 heures, un samedi soir, et je venais d'appuyer le pouce sur la sonnette, au-dessus d'un cœur en céramique sur lequel étaient peints les mots « Ici vit la famille Halden » accompagnés d'un smiley.

Je ne sais pas si je pensais à ces histoires de tueur parce que j'avais déjà mauvaise conscience ou si c'était pour me conforter dans l'idée que j'étais capable de faire ce que je m'apprêtais à faire, j'avais fait pire. J'ai entendu des pas à l'intérieur, les battements de mon cœur se sont précipités. Du calme ! Allez, tu t'en fous, tu agis, qu'on en finisse. La porte s'est ouverte.

« Oui ? Bonsoir ? »

L'homme était grand, nettement plus que mon mètre soixante-quinze. Mince, presque maigre. Cheveux gris, visage juvénile. Quarante et un ans, je m'étais renseigné. Derrière lui, dans l'entrée, j'ai aperçu deux petites combinaisons de ski suspendues à des patères et un pêle-mêle de chaussures d'enfants et d'adultes, le désordre organisé caractéristique des jeunes familles. D'après les informations du cadastre que j'avais trouvées sur Internet, ils étaient propriétaires depuis quatre ans. Je présumais que la femme de Halden avait sûrement voulu cette maison parce que leur deuxième bébé était en route et qu'ils avaient besoin de place, c'était ce que j'avais déduit de son compte Insta. Quant à lui, il avait toujours voulu vivre sur les hauteurs de la ville, pour être plus près des pistes de ski de fond et de jogging. D'après Google, il avait participé à diverses courses locales de ski et d'orientation. La dernière n'était pas récente, toutefois, elle remontait à quelques années. Moins de temps que prévu pour le sport… En partie parce que deux mômes, c'est deux fois plus de travail, mais surtout parce que en montant une société avec son collègue, Jon Fuhr, il n'avait pas été moins, mais plus occupé qu'avant d'être à son compte. Conjectures, bien sûr, mais je doutais de beaucoup me tromper. La société, appelée GeoData, avait été mandatée pour effectuer une consultation géologique liée à la construction du tunnel de Todde. Laquelle s'inscrivait dans la modification du tracé de la route qui, jusqu'à nouvel ordre, desservait Os, et le faisait depuis longtemps, bien avant d'être estampillée « route nationale » en 1931.

Je me suis humecté les lèvres.

« Roy Opgard. Je ne sais pas si vous vous souvenez de moi. »

J'ai essayé de prendre l'air jovial, plus ou moins emprunté, du péquenaud monté en ville. Pas ma spécialité, je soupçonne que je garde ma tête de Roy quoi qu'il advienne. Un peu sombre, fermé, réservé. Par chance, cela semble être le genre de personnes qui inspire confiance aux Norvégiens. Nous croyons manifestement que la timidité et la maladresse sociale sont corrélées à l'honnêteté. Enfin, après tout, j'y crois moi-même.

Bent a émis un long « ou-euh » entre un « oui » et un « je ne sais pas ».

« J'ai réparé votre voiture quand vous travailliez à Os, ai-je ajouté pour le mettre sur la voie.

— Mais oui, bien sûr ! Du bon boulot, d'ailleurs. » Un plissement soucieux s'est imprimé sur son front. « Le paiement ne vous est pas parvenu ?

— Si, si ! » J'ai tenté un petit rire. « Je suis désolé, j'aurais dû d'abord vous appeler, mais vous savez comment on est, à la campagne, on se présente chez les gens sans prévenir. J'arrive de Pologne, je viens d'atterrir, et étant en ville, je me suis souvenu que j'avais un objet à vous dans ma boîte à gants. Tenez. »

Conformément à mes attentes, Bent n'avait pas la moindre idée de ce qu'était le bidule en métal brillant que je lui montrais.

« Je l'ai trouvé juste après vous avoir rendu le véhicule. J'avais oublié de le remettre en place. Le moteur tourne sans, mais c'est bien mieux avec. Où est-elle ?

— La voiture ? Maintenant ? Mais ne vous donnez donc pas cette peine, je peux sûrement le monter moi-même. C'est quoi, d'ailleurs ?

— Alors, comment vous pensez le monter, hein ? »

Bent m'a souri en secouant la tête.

« Bonne question…

— Écoutez, j'ai été payé pour une réparation et, une fois n'est pas coutume, j'ai salopé le travail. J'en ai pour cinq minutes. Où… ?

— Dans le garage. »

Bent a quitté ses pantoufles, a attrapé ses clefs pendues à un crochet et a enfilé une paire de baskets.

« Camilla ! Je vais au garage ! »

La réponse a résonné quelque part dans la maison.

« C'est l'heure de coucher Sigurd.

— Si tu veux bien lancer les opérations, je lirai son histoire du soir ! »

Nous sommes descendus vers un grand garage blanc, au son du gravier qui crissait sous nos pas.

« Vous avez des enfants ? »

Pris au dépourvu par cette question, j'ai simplement secoué la tête, tout en m'efforçant de ne pas songer qu'elle aurait eu sept ans. Je ne savais pas si ç'aurait été une fille, mais j'en avais l'intime conviction. J'ai ravalé la boule dans ma gorge. Elle rapetissait chaque année, mais refusait de disparaître complètement.

« Donc vous dirigez ce garage à Os ? a-t-il continué d'un ton amical. Ou est-ce plutôt en Os ?

— C'est comme on veut. Non, l'atelier est fermé depuis longtemps, mais j'ai une formation de mécanicien, alors je prends une voiture de temps en temps pour m'amuser. Je dirige la station-service qui est à côté. »

Devant le garage, Bent a brandi ses clefs et la porte automatique s'est ouverte, un modèle très cher. Il en aurait sans doute choisi un autre aujourd'hui.

« Ah oui, maintenant ça me revient, l'homme du coin qui m'avait donné votre nom me l'avait expliqué. Vous êtes le frère de… de…

— Carl Opgard.

— Oui. » Bent a ri alors que nous entrions. « Le roi d'Os. »

Il s'est aussitôt aperçu de la condescendance de sa remarque, qui suggérait qu'Os était un patelin de merde, où Carl se pavanait en roi d'opérette. En monarque du tas de fumier.

« Je ne voulais pas… C'était juste que… j'ai cru comprendre qu'il possédait une grande partie des lieux, là-bas.

— Il possède une grande partie de l'hôtel. Vous m'ouvrez la voiture ?

— Oui, mais alors, ça fait bien de lui le roi d'Os, non ? »

Je me suis assis à la place du conducteur, Bent sur le siège passager. J'ai pris un tournevis, décroché le panneau sous le volant de l'Audi et je me suis mis à bricoler. Bent suivait l'opération en feignant de s'y intéresser.

« Alors, ça donne quoi ? ai-je demandé en triturant les câbles. J'ai vu dans le rapport préliminaire que vous pensez que la roche de Todde a l'air correcte.

— Exact.

— D'accord. Et vous en êtes sûrs à quel point ?

— Plutôt sûrs.

— C'est possible, ça, quand on ne voit pas l'intérieur de la roche ?

— Assez, oui. Enfin, il existe toujours un certain degré d'incertitude autour de l'interprétation des données sismiques.

— Et ces données, c'est votre société, ou plus exactement vous qui les interprétez et qui les présentez dans vos conclusions, n'est-ce pas ?

— Oui, avec mon associé.

— Jon Fuhr.

— C'est ça, oui, Jon. Nous sommes les géologues en chef.

— Vous possédez soixante pour cent de la société et lui, quarante. Que se passe-t-il si vous n'êtes pas d'accord ?

— Vous êtes drôlement bien informé, dites-moi. Comment…

— Oh, il suffit de consulter le registre des sociétés de Brønnøysund. Vous savez, récemment, j'ai voulu voir les comptes d'une entreprise américaine qui fabrique des montagnes russes, eh ben, mon vieux, ce n'était pas évident ! Et ça m'a frappé de constater qu'en Norvège, on considère que la transparence va de soi. On est une nation tellement confiante qu'un Américain jugerait sans doute que ça frise la naïveté, mais si on se fait confiance, c'est précisément parce qu'on voit tout. C'est comme à la campagne. À Os, tout le monde sait tout sur tout le monde. Ou presque. On ne s'apprécie pas forcément, mais on part du principe que les gens disent plus ou moins la vérité. C'est pareil pour la Direction des routes, elle a confiance dans le fait que vos conclusions, à Jon et à vous, sont la vérité.

— Oui, enfin, nous avons tout de même une solide réputation.

— Mais des finances fragiles, en revanche. » Je lui ai souri, l'air navré. « Enfin, d'après Brønnøysund. »

Le sourire de Bent était un poil plus crispé à présent.

« La pandémie a ralenti nos affaires. Que cherchez-vous à savoir, au juste ? »

Je me suis concentré sur ma tâche.

« Eh bien, étant donné que c'est le budget qui conditionne la décision de modifier le tracé de la route, j'aimerais savoir quel est votre degré de certitude concernant la faisabilité du projet de construction du tunnel en respectant le cadre budgétaire fixé. Sur une échelle de un à dix, par exemple.

— Eh bien… huit, peut-être. Neuf si on dit que ça ne coûtera pas plus du double.

— Pourquoi pas dix ? »

Il s'est contenté de me dévisager.

J'ai gardé mon tournevis en l'air.

« Que faudrait-il pour vous faire changer d'avis ?

— Que voulez-vous… c'est bien Roy, votre nom ? »

J'ai souri encore.

« Désolé, Bent. J'utilise avec vous une technique de persuasion s'appuyant sur des travaux scientifiques. L'idée, c'est de poser des questions telles que l'interlocuteur se persuade lui-même qu'on a raison. J'ai trouvé ça dans un livre que m'a prêté mon frère. Il trempe dans ces trucs-là.

— Dans la persuasion ?

— Oui. Vendre des projets, tout ça. Il est bon.

— Donc vous êtes venu… me vendre quelque chose ?

— Oui, ce n'est pas faux, mais je vais laisser tomber l'argumentaire de vente.

— Ah bon ?

— Je vais plutôt vous convaincre à l'ancienne. Voilà : je vous donne à vous et à votre associé douze millions de couronnes si vous écrivez dans votre rapport qu'il ne faut pas construire le tunnel. »

Il y a eu un silence.

« Vous cherchez à me soudoyer ?

— Oui. Ça ne sonne pas très bien, mais c'est sans doute le terme exact. »

Bent a ricané, incrédule.

« Et qu'est-ce qui peut bien vous faire croire que ça va marcher ?

— Premièrement, vous employez le futur proche.

— Quoi ?

— Si vous aviez totalement exclu l'idée, vous auriez dit : "Et qu'est-ce qui a bien pu vous faire croire que ça allait marcher ?"

Le bouquin parle de ça, d'ailleurs, du fait que les mots que nous choisissons révèlent nos pensées, et souvent avant même que nous ayons conscience de les penser. »

Bent a renâclé d'un air de dédain.

« Et deuxièmement ?

— Deuxièmement ?

— Vous avez dit "premièrement".

— Ah oui ! » J'ai pris la carte du véhicule dans la boîte à gants. « J'y ai jeté un coup d'œil quand je faisais la réparation. Vous n'êtes pas propriétaire de cette voiture. C'est un contrat de leasing au nom de la société, non ? Financièrement, le leasing, c'est désastreux, vous savez.

— Et alors ?

— Il y avait aussi trois amendes non payées. J'en tire une seule et unique conclusion : votre société a un problème de trésorerie et vous aussi, Bent.

— Et c'est la raison pour laquelle vous pensez être en mesure de me soudoyer ? Écoutez, Roy. Je préférerais mettre ma société en liquidation judiciaire plutôt que de commettre une infraction pénale. »

Il avait haussé le ton, mais je doutais qu'il soit si indigné que ça. J'ai dodeliné de la tête, prétendant soupeser la question.

« Infraction pénale, infraction pénale. C'est un peu exagéré, non ? Personne ne sait exactement ce qu'il y a dans cette montagne. Il pourrait y avoir de l'eau. La roche pourrait être meuble. Huit sur dix, ça signifie vingt pour cent de chances que le rapport préliminaire soit erroné. C'est tout de même pas mal, non ? Il s'agit juste de changer légèrement de perspective, de voir s'il n'y a pas une autre interprétation possible des données. Je me trompe ? »

Il n'a pas répondu.

« Vous pouvez mettre votre société en liquidation judiciaire, oui, mais pas votre famille. »

J'ai désigné sa maison de la tête. Le tressaillement de sa paupière m'a informé que je l'avais trouvé. Son point faible. La famille. Mon point faible aussi. J'ai néanmoins fait barrage à toute compassion qui aurait pu surgir en moi, j'ai gardé le cœur froid.

« D'après le cadastre, votre baraque croule sous les emprunts. Pareil pour la maison de Jon. Vous avez sans doute dû faire de gros investissements au démarrage de votre société. »

Bent n'a pas bougé la tête, mais il m'a semblé qu'il acquiesçait du regard.

« Et puis la pandémie est arrivée, ai-je soupiré. Bon, l'avantage, c'est que votre associé ne sera pas trop dur à convaincre. »

Ses pupilles se sont dilatées.

« Vous n'y êtes pas du tout, Jon a…

— … été condamné pour détournement de fonds. Et violence. »

Il en est resté bouche bée.

« Les jugements aussi sont publics. Il ne vous en a jamais parlé ? Certes, ce n'était que de la petite monnaie, il avait un job d'étudiant dans un bar, mais il a écopé de six mois avec sursis. Quoi qu'il en soit, il a ça en lui. C'est pourquoi je suis venu vous trouver vous, Bent. Et vous n'aurez qu'à lui en parler. La tâche ne devrait pas être trop ardue. »

Il a baissé le menton. D'une manière générale, je dirais qu'il avait l'air résigné. Je me souvenais toutefois de ce que papa nous avait expliqué, à Carl et à moi, sur le débourrage des chevaux sauvages en Amérique. L'instant le plus dangereux, c'était quand l'animal semblait avoir rendu les armes et se tenait parfaitement calme et immobile. Il fallait alors se méfier, parce qu'on pouvait être certain qu'il décocherait une nouvelle ruade.

« Si je mettais la société en liquidation judiciaire, je trouverais un poste de géologue n'importe où, en un rien de temps, a déclaré Bent d'un ton soudain cassant. En étant mieux payé, de surcroît. »

Il avait raison. Je le savais. Cependant, je savais aussi qu'il n'était pas motivé par l'appât du gain. Son truc à lui, c'était de créer quelque chose par lui-même, d'être son propre patron. Quand il m'avait reconnu comme l'homme qui dirigeait l'atelier de mécanique, je m'étais retenu à grand-peine de rectifier son propos en précisant que je le *possédais*. J'avais ensuite poussé la coquetterie jusqu'à dire que je dirigeais la station-service, non pas que je la possédais. Parce que ça fait pompeux, vantard. Je me souviens que Mari, la petite amie de Carl quand ils étaient ados, s'était étonnée que nous soyons si différents, lui et moi, que je ne fanfaronne jamais. J'avais balbutié que c'était sans doute que je me trouvais à la hauteur. Mensonge, bien sûr. Je ne me suis jamais senti à la hauteur, ni hier ni aujourd'hui. Dans ma tête, je ne suis qu'un putain de cul-terreux, un bouseux, un ermite dyslexique, asocial, sans autre éducation ni culture que celles que j'ai acquises à la force du poignet dans mon petit bourg de montagne. Avec un frère qui avait tout ce que je n'avais pas. Des facilités à l'école, des facilités avec les filles, des facilités avec les gens. Carl n'avait jamais eu besoin de ce livre pour savoir sur quelles cordes jouer, il *était* le livre.

« La confiance, c'est bien ! » J'ai remis le panneau inférieur du tableau de bord en place. « C'est ce que nous avons de mieux, en Norvège, ça vaut plus que le pétrole. Oui, les autorités auront confiance dans votre rapport, tout comme elles ont eu confiance dans le rapport météorologique stipulant qu'il y avait X jours de brouillard par an à Hurum et ont donc décidé de construire l'aéroport principal à Gardermoen à la place. Vous vous souvenez ? C'était en 1994. De nombreux acteurs du monde des affaires avaient intérêt à ce que ce soit Gardermoen. Et puis cet ingénieur, Wiborg, s'est mis à faire du grabuge. Selon lui, les chiffres étaient inexacts. Il devait présenter ses propres relevés au Storting et, surprise, deux jours avant, il est mort. Suicide, a-t-on dit. Bien que personne n'ait été capable d'expliquer comment un homme seul, nu, avait pu fracturer le double vitrage de la fenêtre de sa chambre d'hôtel, au troisième étage. »

Bent a cligné des yeux plusieurs fois. J'avais mal pour lui. Bien sûr que j'avais mal pour lui. De même que, dans un sens, j'avais eu mal pour les types qui cherchaient la bagarre au bal d'Årtun, quand Carl avait dragué leurs copines. Ils ne pouvaient pas savoir qu'il avait un grand frère, certes plus petit que lui, mais qui allait bientôt leur refaire le portrait, et dans les règles. Cela ne m'avait pas procuré de plaisir à l'époque, cela ne m'en procurait pas davantage aujourd'hui. Simplement, c'était ce qu'il fallait faire. Pour la famille.

Expulsant l'air de ses poumons, Bent a contemplé la porte du garage. Oui, il était coincé, il devait le voir. La mort et l'atteinte à l'intégrité physique n'étaient pas d'actualité, évidemment, c'était histoire de lui fournir un argument supplémentaire pour alimenter le dialogue intérieur qu'il aurait ce soir-là. Pour qu'il puisse se dire qu'il ne s'agissait pas de cupidité, surtout pas, mais de préserver sa santé. Avait-il terminé ? Avais-je rempli ma mission ici ? Je l'espérais de tout cœur, car je n'avais pas la force de jouer mon dernier va-tout. Mentionner l'air de rien les noms de sa femme et de ses gosses, ainsi que ceux du jardin d'enfants et de l'école qu'ils fréquentaient.

En plus, quand on amène la famille sur le plateau, on n'est jamais sûr de ce qui peut arriver.

J'ai levé la pièce en métal.

« Oups ! Il semblerait que cette fois aussi j'aie oublié de l'installer. »

2

N'importe qui peut-il devenir un meurtrier ? Ou certains d'entre nous, la plupart, même, disposent-ils d'un fusible qui les empêche de priver autrui de ses jours ? Je ne parle pas de légitime défense ni de crimes passionnels, ce que je me demande, c'est si on peut obtenir que des gens tout à fait normaux, quelqu'un comme Bent Halden, par exemple, tuent de sang-froid, dans le seul but d'avoir une vie un peu meilleure, un peu plus facile.

Ces pensées m'occupaient alors que nous tracions notre sillon dans la nuit, ma Volvo V60 et moi.

Comme toujours, le trajet d'Oslo était légèrement plus rapide le soir. La petite aiguille de l'horloge venait de passer minuit quand j'ai bifurqué et me suis arrêté sur l'éminence d'où l'on voit, de jour, le panneau d'entrée de la localité et la partie d'Os qui s'étire sur les rives du lac de Budal. En deux mots, Os compte un millier d'habitants dans le bourg proprement dit, trois mille si l'on considère l'ensemble de la commune. À six cents mètres d'altitude, les étés sont courts, mais chauds et secs, les hivers, rudes et intenses. Cependant, le bourg et la plupart de ses exploitations, puisque nous sommes ici en terre agricole, sont à l'abri, dans la vallée ; les quelques fermes à flanc de coteau, comme Opgard, comprennent essentiellement des pâturages et la surface arable reste minimale. C'est un cliché de dire que les gens y sont taiseux et coriaces parce qu'ils ont appris à survivre dans un environnement rigoureux, mais, franchement, ce n'est pas loin de la vérité. Et c'est peut-être ces conditions qui créent un lieu où une solidarité acharnée et une culture suffocante du racontar et de l'envie sont en parfait équilibre.

L'économie repose principalement sur le tourisme, surtout la vente de chalets de montagne, l'hôtel et le camping, sur lequel se trouvent d'ailleurs aussi des chalets. Avant la construction de l'hôtel, qui a permis à Carl d'accéder au trône, le roi d'Os était Willum Willumsen, avec son garage de voitures d'occasion et les chalets du camping. Étant entendu que le vrai pouvoir était entre les mains de Jo Aas, maire travailliste pendant une éternité, jusqu'à ce qu'il décide de son propre chef d'arrêter, tout en endossant le rôle d'éminence grise à laquelle le nouveau maire était prié de bien vouloir prêter l'oreille.

Une lune pâle brillait au-dessus de l'Ottertind, le ciel était dégagé. Je ne connais pas très bien les étoiles, tout cela est trop vaste, trop lointain pour moi, en revanche, si j'avais eu de la compagnie dans ma voiture, j'aurais pu raconter un certain nombre de choses sur Os. J'aurais pu pointer l'index sur les lumières ponctuant le paysage en contrebas et expliquer à qui appartenait telle ou telle maison.

L'espace d'un bref instant, j'ai imaginé qu'elle était à côté de moi et, sur la banquette arrière, notre fillette observait, écoutait. Je disais : « Là, les filles, l'endroit le plus éclairé, c'est la place centrale, et la lumière sur la hauteur juste derrière, c'est la grande maison que construit oncle Carl. »

Mais je me suis ressaisi, je suis revenu à la réalité.

Je m'étais absenté trois jours, dont deux plombés par le mal du pays. Je me demande pourquoi. Ici, j'avais perdu tout ce que j'avais, mais j'y avais sans doute aussi tout obtenu. Je détestais cet endroit, tout en l'adorant. Et, en dernière analyse, que peut-on exiger de plus de son bourg ?

J'ai redémarré, je suis reparti sur la nationale et j'ai traversé Os. Mon atelier de mécanique et ma station-service, la maison des Smitt, aux fenêtres encrassées par la poussière de la route et à la façade latérale ornée de cet immense placard publicitaire pour le salon de coiffure-solarium, qui devait donner aux passants l'illusion que la coupe de cheveux et le bronzage s'effectuaient simultanément.

Cent mètres plus loin, la chapelle. La peinture blanche s'écaillait, mais ce délabrement était transitoire. Depuis mon enfance, les vagues d'éveil spirituel déferlaient sur le bourg à intervalles plus ou moins irréguliers, et alors, pendant un temps, c'était la ferveur religieuse, les collectes, la peinture fraîche. Et puis l'enthousiasme tarissait, le diable reprenait le dessus, la chapelle était encore une fois déserte, sombre, l'écho du parler en langue et des témoignages pleins de promesses ricochant entre ses murs. Le bâtiment avait une dimension sinistre, à l'image des prédicateurs itinérants, tout sourire, qui faisaient leur apparition et y vivaient quelques mois. Derrière la porte et sa croix, on aurait dit qu'il s'était passé des choses, du genre dont on ne parlait jamais, et qui côtoyaient toutes celles merveilleusement scandaleuses dont on parlait abondamment, ô combien, mais qui, elles, ne s'étaient probablement jamais produites.

Dans le centre, si on peut qualifier ainsi la petite place du bourg, j'ai ralenti, baissé ma vitre et jeté un coup d'œil vers le Chute Libre, le seul endroit où sortir un samedi soir à Os. J'ai reconnu l'écriture soignée d'Erik sur le stop-trottoir. DJ ERIK. HAPPY HOUR EVERY HOUR.

Même ici, à l'extérieur, l'air vibrait sous les basses de la musique, il devait y avoir du monde et de l'ambiance. Quand j'avais racheté l'établissement pour une bouchée de pain, je ne me figurais évidemment pas qu'un bar à Os pouvait être lucratif, je voulais le terrain. Un jour, si tout se déroulait selon mes plans, il vaudrait largement plus que la somme pour laquelle Erik Nerell avait été forcé de me le vendre. C'était sa faute, il n'avait pas bien géré la boîte. Notre arrangement stipulait en partie que je le laissais continuer à y travailler, mais que Julie prenait la direction ; elle m'avait prouvé qu'elle était capable de gérer la station-service pendant mon absence. Au Chute Libre, Julie avait mis le billard au rebut, elle avait fait l'acquisition d'un four à pizza et d'une machine à expresso, et elle avait élargi la carte à vingt bières du monde entier. Ouverture de 10 heures à 22 heures, 1 heure du matin le vendredi et le samedi. L'établissement tournait, ce n'était pas une affaire juteuse, mais ça apportait un plus à Os, un signe de vie après 17 heures, il ne fallait pas sous-estimer l'effet de synergie.

Droit à l'ouest, j'ai vu se découper sur la lune la silhouette de la maison dans laquelle Carl emménagerait d'ici environ six mois, à la fin des travaux. Les gens l'appelaient le Domaine royal et, oui, certes, elle avait des allures de demeure seigneuriale, à trôner là, comme dans la chanson de Springsteen, une « Mansion on the Hill ».

J'ai pris à droite et, comme seuls les gens de la campagne peuvent noter ce genre de choses, j'ai noté en passant devant la ferme Nergard que la voiture de Grete Smitt était garée dans la cour, derrière celle de Simon. J'ai entamé l'ascension du chemin étroit vers le sommet, rétrogradé dans le virage du Japon, puis de nouveau dans le virage des Chèvres, pour finalement me ranger entre la grange et la petite maison, à côté de la BMW de Carl.

Opgard. Chez moi.

Carl n'était pas couché. Encore en costume, il était assis dans l'ancien fauteuil à bascule de maman dans le jardin d'hiver, une bière à la main. Quand il avait construit cette maison par ailleurs assez misérable, papa avait eu l'idée de la doter d'un *porch* américain, et maman, celle qu'il soit vitré et nommé « jardin d'hiver ». C'est sans doute révélateur de leurs origines. Elle avait été bonne puis gouvernante dans une famille d'armateurs, en ville, aimait que les choses aient des airs de classe supérieure britannique, et qualifiait notre entrée qui empestait le fumier de « hoooll ». Papa, lui, avait grandi dans le Minnesota rural, avec une Cadillac, une Église méthodiste et la *pursuit of happiness*; nos deuxièmes prénoms étaient ceux de républicains. Moi, Calvin, d'après le président Calvin Coolidge, et Carl, Abel, d'après Abel Parker Upshur, le gars qui avait négocié le traité d'annexion du Texas. Du jardin d'hiver, nous avions vue sur tout le bourg. L'hôtel, juste derrière la colline à l'ouest, nous était caché, mais nous pouvions le rejoindre en seulement un quart d'heure à pied, et ce en marchant sur nos propres terres. C'était aussi rapide que le trajet en voiture, qui obligeait à descendre jusqu'au bourg avant de remonter. Carl préférait pourtant cette option, alors que se servir de ses jambes lui aurait peut-être permis de se défaire de quelques-uns des kilos superflus qui semblaient s'accumuler chaque année, tandis que moi, je maigrissais de plus en plus; mais selon lui, un directeur d'hôtel se devait d'afficher une certaine dignité et cet embonpoint ne faisait que lui conférer de la prestance.

M'installant à ses côtés, j'ai tiré une boîte de snus* Berry de ma poche, et j'ai glissé un sachet de tabac sous ma lèvre. Lèvre

* Le snus est une spécialité suédoise. Le tabac est vendu dans de petites boîtes rondes, en vrac ou conditionné en petits sachets que l'on glisse sous la lèvre. *(Toutes les notes sont de la traductrice.)*

inférieure, m'avait appris papa, pas supérieure, comme on le faisait ici. Et il fallait que ce soit du Berry, pas la merde scandinave qu'achetaient les gens du coin.

« Alors ? a demandé Carl.

— On verra. »

J'ai pris la dernière bouteille non ouverte sur le rebord de la fenêtre et je l'ai décapsulée avec mon canif. La bière était bonne. Une bière, c'est toujours bon. Cependant je n'avais pas soif comme Carl et papa. Dès que j'avais été en âge de conduire, ce qui à Os pouvait être bien avant l'âge légal du permis, j'avais été le mec sobre qui faisait office de « conducteur attitré » pour Carl. À partir de seize ans, je les emmenais, Mari et lui, au bal d'Årtun, j'attendais en buvant du coca, je me bagarrais, je les reconduisais à la maison. Leur histoire avait pris fin quand Grete Smitt, sa meilleure amie, avait révélé à Mari qu'elle avait couché avec Carl. Lequel était ensuite parti faire ses études aux États-Unis pour rentrer quinze ans plus tard, une épouse au bras et des projets pour construire un hôtel-spa d'Os plein la tête. Cela remontait à près de dix ans, son épouse avait depuis disparu, mais l'hôtel de haute montagne était là. Une mine d'or cinq étoiles, la fierté et seule gloire du bourg.

« Mais tu en penses quoi ? » a insisté Carl, étouffant un rot.

J'ai haussé les épaules.

« Quatre-vingt-dix millions pour des montagnes russes, c'est beaucoup.

— Je parle du géologue. Il a accepté la proposition ?

— Je ne sais pas. Je lui ai laissé le temps de la réflexion.

— Ah bon ? Ça veut dire qu'il hésite ?

— Ça veut dire que, par bonheur, il émet certaines réserves morales.

— Par bonheur ? »

J'ai bu une gorgée de bière.

« Si ses problèmes de conscience se manifestent maintenant, ils n'interviendront pas plus tard.

— Et c'est bon pour nous ?

— Oui, ça signifie que s'il accepte, nous ne risquerons pas qu'il ait des remords et change d'avis par la suite. Et s'il a un sens moral, il ne va pas accepter dans le but de nous piéger.

— Parfois, on pourrait croire que de nous deux, c'est toi le cerveau. »

Il a porté la bouteille à ses lèvres, l'a vidée.

Derrière la plaisanterie, il y avait un fond de vérité. Peu de gens me pensaient plus intelligent que Carl.

« Nous avons une réponse de la Direction des routes, a-t-il annoncé. Bière ? »

Je lui ai montré que je n'avais pas terminé la mienne. Il est parti vers la cuisine, j'ai entendu la porte du réfrigérateur s'ouvrir, se refermer.

La dramaturgie était un trait caractéristique de Carl. Il mettait l'eau à la bouche, avant de marquer une pause pour créer l'attente. Le stratagème marchait sans doute pour vendre de nouveaux projets, mais pour ma part, j'y étais si habitué que cela ne suscitait chez moi ni grande impatience ni agacement. Je l'ai entendu décapsuler une bouteille alors que mon regard descendait vers le virage des Chèvres, baigné de lune. Cela faisait des années que nous cherchions à délimiter, au mètre près, la limite entre la route publique et notre chemin privé. Nous jugions qu'il appartenait aux pouvoirs publics d'installer une glissière de sécurité dans le coude, à l'endroit où une falaise plongeait sur cent mètres vers Huken, une gorge étroite qui ne rendait qu'à contrecœur ce qui lui était donné, que ce soit des chèvres ou des hommes, et qui gardait les voitures.

J'avais près de dix-huit ans, Carl pas encore dix-sept, quand papa et maman étaient morts. Nous les avions vus rouler vers le virage, dans la Cadillac DeVille de papa, puis sortir de la route et disparaître. Une glissière de sécurité aurait prévenu cet accident, la Direction des routes en convenait. Néanmoins, il lui en avait fallu deux autres pour faire amende honorable et assumer son devoir de protection des usagers de la route.

Carl est revenu, il s'est assis.

« Ils vont commencer au début de la semaine prochaine.

— Eh ben ! Ça, c'est une bonne nouvelle. Comment tu as obtenu une intervention si rapide ?

— J'ai fait mon Carl, a-t-il répondu d'un air grave. Ce qu'ils voudraient savoir maintenant, c'est quelle couleur nous souhaitons pour la glissière. »

J'ai rigolé, nous avons trinqué.

« Là où les nouvelles sont moins bonnes, en revanche, c'est qu'ils veulent remonter les voitures d'abord. »

J'ai manqué d'avaler ma bière de travers.

« Tu déconnes ?

— Non. Apparemment, ils vont utiliser deux grues mobiles et un système de poulies. Moi, je n'y comprends rien à ces machins, mais j'imagine que toi, si. »

J'ai acquiescé. Je n'ai passé que la partie théorique du certificat de mécanicien automobile, mais je saisis le fonctionnement des forces, et puis les lettres tendent à sauter un peu moins dans une formule qui n'en contient que trois ou quatre.

Là où Carl s'y entendait, lui, c'était en affaires, en business. Après le lycée, et sa rupture avec Mari, le maire Aas lui avait fait accorder une bourse d'études par une association d'Américains d'origine norvégienne. Ensuite, je n'avais eu de nouvelles de lui que lorsqu'il avait eu besoin d'argent, je ne l'avais pas vu pendant quinze ans. Depuis huit ans, en revanche, il s'était à peine écoulé un jour sans que je le voie.

Les gens s'étaient sans doute étonnés que deux frères adultes décident de vivre ensemble dans une ferme de montagne. De vieilles histoires et des on-dit avaient refait surface. À propos de moi surtout. Dans un endroit comme Os, quand on a dépassé la trentaine sans avoir fondé de famille, les gens commencent à se poser des questions.

On avait raconté que j'avais abusé sexuellement de mon petit frère à l'adolescence. La rumeur n'avait pas disparu quand Mari et lui étaient sortis ensemble. Au mieux s'était-elle atténuée quelque peu quand j'avais dix-sept ans et que les gens du bourg s'étaient mis à colporter que je couchais avec la femme de Willum Willumsen. Ils avaient alors cessé aussi de suggérer que j'avais à Opgard le choix entre douze chèvres. Ils pensaient sans doute que si je me tapais la reine d'Os, je ne pouvais pas être complètement pervers. Et puis Carl était tout de même trop coureur de jupons pour être cent pour cent homo, il s'était même ramené une femme des États-Unis.

Les gens croyaient tant de choses et en savaient si peu. Et ça nous convenait. Mieux valait qu'ils se figurent des horreurs sur Opgard, car de toute façon ce n'était pas pire que la vérité.

« Relax. Ils vont simplement apporter les voitures à la casse.

— Ah oui ? C'est pourtant toi qui as parlé de mauvaises nouvelles, ai-je objecté.

— C'est que je m'imaginais que tu les prendrais comme telles. Pour ma part, je pense que c'est plutôt pas mal qu'on soit débarrassés des voitures. Ce ne sera plus une épée de Sisophe au-dessus de nos têtes.

— Sisyphe. Et le gars de l'épée s'appelait Damoclès. »

Il a éclaté de rire.

« C'était tellement bizarre quand je suis rentré des États-Unis, d'un coup, tu savais tous ces trucs-là. On aurait dit que tu avais fréquenté une école dont personne n'avait entendu parler.

— Personne n'avait entendu parler de cette école, ai-je répondu tout bas en examinant l'étiquette de ma bière.

— C'est vrai ! Mais Rita Willumsen n'a pas pu t'apprendre tout ça en si peu de temps.

— Disons qu'elle a lancé un processus. Et puis, je n'en sais pas tant sur "tous ces trucs-là", c'est simplement que vous, les pedzouilles, vous êtes foutrement faciles à impressionner.

— Impressionner ? Ça nous fait dégueuler, oui ! Tu ne savais pas ? »

Nous avons ri encore. Carl était dans la bonne zone. Quand il était de cette humeur-là, je me disais que j'allais me sentir seul une fois qu'il aurait emménagé dans sa belle demeure, mais je savais aussi qu'une bière ou deux de plus pouvaient le faire basculer dans la mauvaise zone. Celle de papa. L'obscurité silencieuse, douloureuse, qui avait plutôt été mon domaine à moi, mais dans laquelle Carl, que tout le monde percevait comme le charmant, l'insouciant, l'extraverti, de nous deux, faisait des incursions de plus en plus fréquentes.

« Putain, elle était belle, Rita, a-t-il déclaré.

— Elle l'est encore.

— Ah oui ? Ça avance ? »

J'ai ricané.

« Elle s'est fiancée avec Kurt Olsen la semaine dernière, donc je suppose que tu parles du camping ?

— Évidemment.

— La balle est toujours dans son camp. Rita ne s'est pas manifestée.

— Elle n'obtiendra pas de meilleure offre. En revanche, si GeoData présente un rapport suggérant que le tunnel de Todde n'est pas réalisable, les prix vont grimper en flèche. »

J'ai hoché la tête. Quand il avait été décidé que la nouvelle route changerait de tracé et ne desservirait plus le bourg, les prix de l'immobilier avaient plongé. L'octroi du permis de construire de l'hôtel-spa d'Os les avait vus remonter un peu, mais il y a des limites à ce qu'un hôtel peut accomplir pour une localité rurale sans route nationale, même si elle ne compte que trois mille habitants. Pendant que les prix stagnaient puis baissaient dans notre agglomération, le reste du pays connaissait quant à lui une croissance record de l'immobilier, de l'industrie, et du commerce, en ville comme en périphérie. Bref, si jamais les gens pressentaient que, en fin de compte, la route demeurerait à Os, le bourg aurait vingt ans d'augmentation des prix à rattraper, et cela se produirait plus ou moins du jour au lendemain. Situé au bord du lac et à seulement deux cents mètres de la place centrale, le camping serait le morceau de choix et son prix décuplerait, c'était sûr et certain, donc oui, l'achat était urgent.

Ce bienheureux Willum Willumsen ne s'était pas contenté de correspondre en tout point au cliché du vendeur de voitures d'occasion retors, il le surpassait. Quand j'avais voulu savoir si les élèves de l'école avaient raison d'affirmer que Willumsen l'avait roulé en lui vendant sa Cadillac DeVille pourrie, papa avait tranché laconiquement : « Les Opgard ne marchandent pas. » Je pense qu'il y avait dans cette réponse autant de fierté que d'amertume. Plus une petite dose de honte.

« Elle sera au match demain, a précisé Carl.

— Comment le sais-tu ?

— Tout le monde y sera. Si on gagne, on sera promus. À sept matchs de la fin du championnat.

— Ah bon ? Et ça donnera quelle division ? »

Il a poussé un gémissement.

« Je veux bien que tu ne t'intéresses pas au foot, Roy, mais c'est tout de même *notre* équipe. »

Ce n'était que partiellement vrai. À l'initiative de Carl, l'Os

FK était devenu une société anonyme dont l'hôtel-spa d'Os était actionnaire à quatre-vingts pour cent. Ayant revendu la majeure partie de mes parts de l'hôtel à Carl quelques années auparavant, je n'étais qu'un actionnaire minime du club. Aussi minime que mon goût pour ce sport. Non que Carl s'y intéresse tellement, d'ailleurs, il voulait seulement être aimé et avait l'idée que, pour gagner le cœur d'un bourg, il fallait soutenir son club de foot. Nous avions d'abord été sponsors, puis Carl avait voulu créer une société anonyme et posséder le club, dans le but d'acheter et de salarier quelques bons joueurs qui seraient dans l'équipe à plein temps, ainsi qu'un entraîneur. C'était, paraît-il, inédit en cinquième division et les gens avaient ri, arguant qu'il n'y avait que des cheiks arabes et des oligarques russes pour posséder un club de foot. Toutefois, ils avaient fermé leur gueule quand le club avait mis la main sur un attaquant nigérian, embauché comme entraîneur à temps partiel l'ancien joueur phare de l'Os FK, et été promu en quatrième division sans perdre le moindre match. Il allait maintenant monter en troisième, si mes calculs étaient bons.

« D'accord, je viendrai. Quoi de neuf, à part ça ?

— J'ai enfin obtenu que cette société en Allemagne fabrique spécialement la cuisine que je veux pour la maison. Et un loup a été observé dans les alpages de Steinssetra.

— Vraiment ?

— Non, je ne sais pas, c'est Simon Nergard qui l'a vu. »

Nous nous sommes marrés. Le ferme Nergard était notre voisine la plus proche, bien qu'elle se trouve en plaine, loin au-dessous, et Simon était un menteur et un jaseur notoire, devancé seulement, et de justesse, par sa chère et tendre, Grete Smitt, au salon de la coiffure et du commérage.

« Mais hier, Erik Nerell a trouvé un cadavre de mouton dans le même secteur. D'après lui, c'était clairement l'œuvre d'un prédateur. Le corps est encore relativement intact, alors si c'est un loup, c'est un individu isolé, pas une meute. »

J'ai secoué la tête.

« Ça fait cinquante ans qu'il n'y en a pas eu ici. C'est sûrement un chien errant. Je ne serais pas surpris que ce soit le rottweiler de Simon et qu'il crie au loup pour éviter qu'on accuse son clébard. »

Carl a gloussé.

« Mais admettons que ce soit un loup, a-t-il dit, avoir ce genre de bestiole sur le terrain de promenade des clients de l'hôtel, tu penses que c'est bon ou mauvais pour le business ?

— Bonne question. De toute façon, tu ne l'auras pas longtemps.

— Il va repartir ?

— Il va crever. Les loups se nourrissent de grandes proies, ce qui les oblige à chasser en meute.

— Un peu comme nous ?

— Un peu comme nous. »

J'ai bu, j'étais bien réchauffé, j'avais sommeil. C'était relaxant de bavarder ainsi avec la personne qu'on connaissait le mieux au monde, un prolongement de soi. Quand Carl commençait une phrase, au bout de trois mots je pouvais la finir, et réciproquement. Alors nous nous contentions souvent de ces trois mots. C'était presque comme être seul, on économisait son énergie et ses cordes vocales.

« Rien d'autre à signaler ?

— Non. Enfin si, d'ailleurs. On a embauché une directrice du marketing. Une jeune, qui a du talent et qui est du coin.

— Ah bon ? »

Carl a recommencé son petit manège et m'a fait lanterner en buvant à petites gorgées. Il a pris une grande inspiration, mais au lieu du nom, c'est un long rot qui s'est échappé de sa bouche.

« Bon sang, Carl ! Aujourd'hui ?

— Désolé. C'est la fille de Moe le couvreur-zingueur.

— Natalie ?

— Tu te souviens d'elle ? Ah oui, c'est vrai, il y avait eu cette histoire, j'avais presque oublié. »

Se mentait-il à lui-même ? En tout cas, ce n'était pas vrai, il n'avait pas oublié, refoulé, au mieux, car « cette histoire », je ne l'avais racontée qu'à lui.

C'était aussitôt après son retour des États-Unis, Natalie Moe était au lycée, et cette fille maigre, au teint pâle et aux yeux terrifiés, venait un peu trop souvent acheter la pilule du lendemain. Je m'étais renseigné auprès de Julie, qui travaillait à la station-service et était dans la classe de Natalie : avait-elle un petit copain auquel il pourrait être sage de suggérer d'utiliser des préservatifs ? Non, Julie pensait qu'elle couchait à droite à gauche. Je ne savais pas, mais ça ne me semblait pas cadrer tout à fait. Et puis un jour, son père, Moe le couvreur-zingueur, était venu acheter une EllaOne, lui aussi.

Reconnaissant la honte dans ses prunelles, j'avais fait le lien.

Je n'avais pas pu persuader le lensmann* Kurt Olsen d'agir sur la foi de mes soupçons et j'avais pris les choses en main. Je m'étais rendu chez Moe, je l'avais tabassé, le laissant quasiment pour mort, en l'avertissant que je reviendrais achever la besogne s'il n'envoyait pas sa fille à bonne distance de la maison dès le lendemain. S'il obéissait, en revanche, je tiendrais ma langue. Natalie avait fini sa scolarité à Notodden. Un jour, je l'y avais vue par hasard, dans un café, elle était en compagnie d'amis. Je ne lui avais pas parlé, je m'étais contenté de noter qu'elle n'avait plus sa mine apeurée.

* Fonctionnaire de police exerçant des fonctions de garde champêtre, ainsi que certaines fonctions administratives civiles. Le titre a été employé jusqu'en 2021.

J'ai changé de sujet, puisqu'il est certains événements et thématiques que Carl et moi évitons d'aborder.

« Tu es en contact avec les Français ?

— Quotidiennement ! Ils aiment nos marges et nos chiffres, ils adorent nos dessins de la nouvelle aile, et ils nous envoient deux ingénieurs du bâtiment mercredi pour inspecter l'hôtel.

— Bien. »

Lors de l'assemblée générale, les actionnaires, qui étaient tous du coin, avaient émis des doutes à l'égard du projet d'extension de l'hôtel. J'en avais aussi. Leur inquiétude au sujet de la fréquentation de l'établissement après la disparition de la route nationale était justifiée, mais les arguments de Carl l'avaient vaincue. Il avait décrété que la consolidation était du suicide ; si nous voulions que l'hôtel soit une bonne raison de faire le détour jusqu'à Os, nous devions penser offensif, grand, spectaculaire. « Croître ou mourir, avait-il clamé. Nous ne pouvons pas être un tout petit cinq étoiles de charme, il est fondamental qu'on nous voie sur la carte, et dans ce cas, il ne suffit pas de penser qualité, il faut aussi dépasser la masse critique en quantité. Je veux que non seulement le bourg, mais toute cette partie du comté soient synonymes d'hôtel-spa d'Os. Et en entendant hôtel-spa d'Os, les gens ne devront pas penser uniquement hôtel et bains bouillonnants, mais aventure et activités. Et pour ça, il faut investir, pas ralentir ! »

Avait suivi une discussion intense, mais brève, sur l'opportunité d'une émission d'actions ciblées sur des acteurs extérieurs. La raison avait triomphé, on ne pouvait pas non plus lever tous les fonds du monde à Os. Le groupe hôtelier français Alpin possédait quinze pour cent de la société ; Carl, qui avait fait la connaissance du directeur d'Alpin lors de ses années dans l'immobilier à Toronto, l'avait invité à acheter des parts lors de la recapitalisation après l'incendie. Cette fois, Alpin s'était vu proposer de souscrire de nouveau, ce qui, au total, lui donnerait quarante-cinq pour cent de la société. Le contrôle resterait donc sagement entre nos mains, à Os, et le risque serait ainsi réparti. De plus, nous pourrions peut-être profiter de l'expertise des Français en marketing international. Dès que nous serions d'accord sur un prix, la transaction se ferait et la construction pourrait commencer. Évidemment, si d'ici là GeoData produisait un rapport entraînant l'abandon du tunnel, les Français seraient prêts à verser une somme nettement plus importante pour les parts de l'hôtel.

Carl s'est levé.

« Bon, au lit !

— OK. Bonne nuit.

— Bonne nuit. Tu as l'air songeur…

— Oui. Tu sais quelle réflexion je me suis faite en sonnant à la porte de Halden ?

— Que tu allais te sacrifier pour l'équipe ?

— Ça aussi, mais surtout que j'étais un tueur. Nous sommes des tueurs. »

Carl m'a observé, le sourcil haussé.

« Dors bien », a-t-il conclu en s'éloignant.

Je le disais, il est certains sujets que nous évitons d'aborder.

Je suis resté à contempler la nuit alors que ses pas résonnaient dans la chambre au-dessus.

Sept meurtres.

Carl et moi avions tué sept personnes. Plus un chien.

J'ai fini ma bière.

Non, ça ne me plaisait pas que ces épaves de voitures soient remontées au grand jour.

3

Le soir précédant le jour où j'ai sonné chez Halden pour lui proposer douze millions de couronnes pour un faux rapport, j'étais en Pologne. Plus précisément à Zator, une ville d'environ quatre mille habitants, dans le Sud. Encore plus précisément, je me trouvais à Energylandia, un parc d'attractions, le plus grand du pays, et pour être parfaitement exact, dans un wagon tracté vers le sommet de Zadra, le plus vaste circuit de montagnes russes en bois du monde. Il s'agissait à proprement parler d'une structure hybride en bois et métal, c'était du moins ce que m'expliquait Glen Moore, de Rocky Mountain Constructions, par-dessus le cliquètement des rails. Le bruit m'évoquait des chaînes passant à travers l'écubier d'un navire qui lève l'ancre, ou plutôt des chaînes d'abattoir hissant des cadavres d'animaux qui vont bientôt rester suspendus en l'air. J'essayais de prêter attention à l'exposé technique de Moore, mais ce n'est pas évident de se concentrer quand on sait que, quelques secondes plus tard, on va faire une chute libre de soixante-deux mètres quatre-vingts.

Le voyant m'observer, je me suis rendu compte qu'il me posait une question.

« Pardon ?

— Je vous demandais si c'était très venteux.

— Oui.

— Des températures basses ?

— Oui, c'est en montagne.

— Alors je ne recommanderais pas le bois, mais plutôt le métal.

— Non, il faut que ces montagnes russes soient en bois. »

Moore m'a considéré d'un air interrogateur.

Quand bien même j'aurais voulu lui expliquer, je n'aurais pas pu, car nous étions arrivés au sommet. Le bruit de chaîne a cessé, je n'ai plus vu de rails devant nous, rien qu'un paysage agricole plat qui s'étirait vers l'horizon. Mais si j'avais eu le temps de lui fournir une explication, ç'aurait été un nom : Shannon Alleyne.

Immobilisé tout au bord du précipice, comme si lui aussi redoutait la suite, le wagon a lentement pointé le museau vers le bas, et vers le bas, et vers le bas. Alors que l'accélération me nouait le ventre et que je nous pensais à la verticale, les rails ont continué de disparaître sous nous, on aurait dit qu'ils partaient vers l'intérieur. J'ai songé que c'était le sentiment qu'on devait avoir dans une voiture qui rate le virage des Chèvres, quand on la sent perdre son adhérence avant d'être entraînée par le poids du moteur et de basculer, quand on voit s'ouvrir l'abîme de Huken. J'ai fermé les yeux.

Shannon Alleyne avait débarqué dans ma vie il y avait près de dix ans, j'avais trente-cinq ans, j'étais célibataire et manifestement prêt à fonder une famille.

J'écris « manifestement », car je n'en avais pas conscience avant le jour où Shannon m'avait annoncé qu'elle attendait un enfant de moi. À en juger par ma réaction, j'avais compris que c'était un espoir que je caressais. J'étais par-dessus la lune, comme on dit outre-Atlantique, sur un petit nuage. Maintenant, il est bien possible que je n'aie pas vraiment désiré fonder une famille, que ce qui changeait la donne était que la mère soit Shannon Alleyne. Car Shannon était parfaite. Un petit bout de femme toute pâle et menue, au visage angélique, à la voix grave, et au cerveau si vif qu'on devait mobiliser toutes ses facultés pour la suivre dans ses raisonnements. Sa famille faisait partie du sous-prolétariat blanc, pauvre et alcoolisé qu'étaient les *redlegs* de la Barbade, des descendants des Écossais et des Irlandais qui s'étaient installés sur l'île quelques siècles auparavant. Si personne dans sa famille n'était allé au-delà de l'école primaire et du collège, Shannon avait, elle, déjoué les pronostics et fait des études d'architecture au Canada ; on lui prédisait un brillant avenir. C'était une dure à cuire, sentimentale, givrée. Sachant pertinemment qu'elle possédait un don particulier, elle était d'une ambition intransigeante. Pas en ce qui la concernait personnellement, mais pour ce qu'elle créait. Elle avait dessiné l'hôtel-spa d'Os, un chef-d'œuvre minimaliste, et s'était donc battue comme une lionne contre les investisseurs du bourg qui auraient voulu du plus traditionnel, du plus anodin, du moins coûteux. Et, oui, quand il s'agissait de ses idées et des gens qu'elle considérait comme sa famille, Shannon était loyale jusqu'à la mort, une guerrière qu'on voulait avoir comme amie plutôt que comme ennemie. À cela s'ajoutait qu'elle était au lit si délicieuse, fervente et avide que l'acte s'apparentait plus à une bataille qu'à l'amour paresseux, ondoyant que j'avais connu avec Rita Willumsen.

Shannon Alleyne était parfaite. Il y avait un seul hic.

C'était la femme de mon frère.

Quand elle était tombée enceinte, Carl était au désespoir, sur les rotules, d'un point de vue tant personnel que financier. Pendant la construction de l'hôtel, il avait perdu la maîtrise du budget et contracté un emprunt auprès de Willumsen, dans le plus grand secret et à un taux usuraire. De plus, il avait constamment Shannon sur le dos, parce que ses dessins n'étaient pas respectés à la lettre. Il est possible que toute cette pression ait partiellement expliqué pourquoi il tapait sur sa femme à intervalles réguliers. J'étais follement amoureux, je l'étais depuis plus d'un an, elle aussi. Sans le savoir, nous nous dirigions vers l'inéluctable depuis longtemps quand nous nous étions retrouvés au lit dans une chambre d'hôtel de Notodden. C'est là que j'avais découvert les ecchymoses sur son corps. Est-ce là aussi que j'avais enfin réussi à haïr Carl ? Ou un peu plus tard, quand j'avais appris qu'il avait emprunté de l'argent à Willumsen en hypothéquant ma part de notre domaine ? N'y étais-je pas parvenu à ce moment-là non plus ? La dette et la culpabilité que je portais depuis notre enfance demeuraient-elles trop lourdes ?

Puis, le soir du nouvel an, l'hôtel-spa d'Os avait brûlé. Une fusée de feu d'artifice, pensait-on. Une arnaque à l'assurance, murmurait-on. Carl m'avait alors expliqué que, par mesure d'économie, il avait fait l'impasse sur l'assurance contre l'incendie. Ce qui signifiait qu'avec son emprunt il avait compromis non seulement son héritage, mais encore le mien. Je ne possédais qu'une petite part de l'hôtel. Mon plan, désormais aux orties, avait été de la revendre ultérieurement, afin de racheter la station-service que je dirigeais. Il fallait agir.

La date d'échéance du prêt était arrivée et le chasseur de dettes danois de Willumsen s'était présenté à Opgard dans une Jaguar blanche. Par cette froide journée d'hiver, j'avais ajouté un meurtre à notre liste à Carl et à moi en versant dans le virage des Chèvres de l'eau que j'avais vue se transformer en verglas. Le lensmann Kurt Olsen était venu poser des questions sur cet accident, ainsi que sur Willumsen, retrouvé mort dans son lit. Je lui avais répondu que les accidents se produisaient. Les suicides aussi, il n'y avait qu'à voir son propre père, l'ancien lensmann. J'ai avais lu la haine dans les prunelles de Kurt, mais, tout comme son père, il ne pouvait rien prouver.

Au contraire. Des policiers de Kripos, venus de la capitale, avaient considéré avoir trouvé la preuve que c'était le chasseur de dettes qui avait tué Willumsen, à savoir son propre donneur d'ordre.

Ainsi, nous, les Opgard, avions résolu les problèmes immédiats. Mais il en restait un.

Carl.

Je ne me rappelle plus exactement si c'était mon idée ou celle de Shannon, toujours est-il que nous avions clairement compris que, si nous voulions être ensemble et sauver les meubles côté finances, il n'existait qu'une seule solution : le dégager. La décision n'avait pas été facile à prendre, mais sa mise en œuvre ensuite s'était révélée étonnamment aisée. On fait ce qui a fonctionné par le passé, rien de très original, donc.

J'avais vidé le réservoir de liquide de frein de sa voiture, afin qu'il rate le virage des Chèvres.

Ce jour-là, avant qu'il quitte Opgard pour se rendre à une réunion des investisseurs au sujet de la reconstruction de l'hôtel, Carl avait interrogé Shannon sur sa grossesse. Il avait affirmé savoir qui était le père, un Américain qui lui avait fait du charme et dont il avait vu le nom sur la liste des clients de l'hôtel de Notodden quand elle y séjournait. Elle s'était mise à rire et, aveuglé par la rage, il avait pris un fer à repasser et l'avait frappée à la tête. Et elle avait avoué. Non pas qui était le père, mais que c'était elle qui avait mis le feu à l'hôtel. Pour pouvoir le reconstruire tel qu'elle le voulait.

Carl l'avait frappée encore, et cette fois, elle n'avait plus ni ri ni respiré.

Ensuite, il avait procédé comme après avoir tué l'ancien lensmann : il m'avait appelé en me suppliant de l'aider à faire le ménage derrière lui.

Après avoir installé Shannon au volant, nous avions tourné le contact et poussé la Cadillac DeVille de Carl vers le virage des Chèvres et l'abîme de Huken. J'avais regardé fixement le rouge des feux arrière jusqu'à ce qu'ils disparaissent dans le précipice, emportant la femme que j'aimais et notre enfant. Et j'avais laissé Carl pleurer sur mon épaule.

En rouvrant les yeux à Zator, en Pologne, j'ai vu le squelette du circuit de montagnes russes se précipiter sur nous alors que, devant, les rails rouges tournaient, se recourbaient vers l'intérieur, sur les côtés, comme s'ils cherchaient à s'échapper. Mais nous nous accrochions. Subitement, nous étions à l'envers. On m'avait expliqué que le parcours comportait trois de ces fameuses « inversions » qui procurent une singulière impression d'apesanteur. Nouveau virage en épingle à cheveux, j'ai eu une petite sensation d'élongation de mes obliques.

Une minute après le sommet, c'était terminé, le wagon a décéléré dans une grande boucle sur la droite et s'est immobilisé.

« Qu'en pensez-vous ? »

Moore m'a observé. J'ai hoché la tête pour marquer mon approbation. Il y avait eu plusieurs parties escarpées, mais aucune comme la première.

Rien n'est comparable à la première chute.

4

Le match devait commencer cinq minutes plus tard. Nous avons garé la BMW de Carl derrière les baraquements allemands qui servaient de vestiaires au club de foot depuis la fin de la guerre. Papa avait toujours souligné que les routes et infrastructures norvégiennes n'auraient pas été ce qu'elles étaient sans les cinq années d'occupation. Et d'ajouter qu'en Norvège l'espérance de vie avait non pas baissé, mais augmenté, pendant que des Anglais, des Américains et des Russes livraient le combat pour nous. S'il buvait une ou deux bières de plus, nous connaissions à peu près le scénario. La colère faisant vibrer ses cordes vocales, il vociférait : « Vous saviez qu'en combattant les nazis plus de Russes que de Norvégiens sont morts sur le sol norvégien ? Sur le sol nor-vé-gien ! Les Norvégiens, mais putain ! C'est bien le peuple le plus lâche que l'Europe ait connu. Ils n'ont été que quelques-uns à prendre les armes pour défendre leur propre patrie, alors que deux millions d'Américains ont traversé l'océan et risqué leur vie *to save our ass* ! Pour nous sauver le cul ! Allez, venez ! »

Ne nous restait plus alors qu'à décrocher la Remington de son support au-dessus de la porte d'entrée, avant de sortir sur le perron pour tirer sur ce que papa désignait.

« Cet endroit, c'est notre royaume ! clamait-il. Et si quelqu'un vient nous le prendre, nous le défendrons jusqu'à la dernière goutte de sang. Compris ? »

Carl et moi hochions la tête et tirions sur des nazis et des communistes imaginaires dans la bruyère.

Nous avons longé les autres véhicules garés.

« Je te l'avais bien dit, qu'elle serait là », a commenté Carl en passant devant la Saab Sonett de Rita Willumsen, un roadster de 1958 qui était le seul cabriolet du bourg. Il faut une certaine classe pour rouler dans Os en Saab Sonett décapotée sans avoir l'air proprement ridicule. De la classe, Rita Willumsen en avait à revendre.

Nous sommes arrivés de l'autre côté des baraquements allemands juste à temps pour la sortie des équipes. L'Os FK en maillot rouge barré des logos des sponsors. Le plus gros sur la poitrine : hôtel-spa d'Os. Les joueurs ont trottiné sur la pelouse sous des applaudissements et des encouragements épars. J'ai rapidement évalué que le public comptait entre trois et quatre cents spectateurs, ce qui n'était pas mal du tout. La plupart se tenaient sur le bord ouest, où les baraquements offraient une certaine protection contre le vent. Ils étaient de part et d'autre d'une tribune en bois de sept mètres de large et deux mètres et demi de haut. Elle servait de loge VIP officieuse aux bienfaiteurs du club. S'y trouvaient le directeur de la banque, à côté du maire Voss Gilbert, qui était directeur administratif du club. L'ancien maire Aas était bien entendu présent, lui aussi, en compagnie de sa fille Mari et de son gendre, Dan Krane. Krane étant rédacteur en chef d'*Os Blad*, je supposais qu'il était venu couvrir le changement de division pour le journal local. J'ai salué de la tête le gérant du supermarché Coop alors que nous montions sur la tribune et que je prenais place à côté de Rita Willumsen. Si le coupe-vent et la doudoune étaient de rigueur pour la majorité de l'assistance, Rita portait, elle, un élégant manteau bordeaux qui, ajouté à ses bottines à talons et son port de tête altier, lui conférait une allure majestueuse. Elle avait accès à la tribune d'honneur en vertu de son double statut de mécène, par le truchement de Willumsen AS, et de membre du conseil d'administration de l'hôtel, et l'aurait eu de toute façon, car elle incarnait à Os ce qui s'approchait le plus des classes supérieures.

« On ne te voit pas souvent aux matchs, m'a-t-elle dit.

— *Allez, Os, faites-en de la mousse, crachez-leur un pamplemousse !*

— Amusant. Mais celle-ci, ça fait des années qu'elle ne fait plus partie de notre répertoire.

— Je sais, c'est juste pour montrer que je suis un fan de la prime heure.

— Première heure. »

J'ai décoché un sourire. L'été où Rita Willumsen et moi nous retrouvions très secrètement dans son ancien chalet d'alpage me paraissait dater d'une éternité, voire n'avoir jamais existé. Ce qu'elle m'y avait appris, notamment sur la façon correcte de parler, les bonnes manières, l'histoire de l'art, l'amour physique et la littérature, en restait néanmoins une preuve. Elle voyait dans notre liaison un continuel Sant Jordi, cette fête catalane où la femme fait cadeau d'un livre à son bien-aimé, qui lui offre des roses. Quoi qu'il en soit, je m'en souviendrai toujours comme de l'été des sonnets de Pétrarque et de la Sonett de Rita.

« Merci, ai-je murmuré.

— Ne me remercie pas trop vite, a-t-elle rétorqué, à voix basse, elle aussi. Bon, allez, maintenant, place au match ! »

Le coup d'envoi avait en effet été donné.

« On joue contre qui ?

— Moi aussi, je me pose parfois cette question.

— Kurt ne te tient pas au courant ? »

J'ai esquissé un mouvement vers le banc de touche, en face, devant lequel se tenait le lensmann Kurt Olsen, tignasse blonde, cigarette au bec, bras croisés. À l'époque, personne n'avait cru aux rumeurs à propos de Rita Willumsen et du garçon de dix-sept ans, mais le goût de Rita pour les hommes plus jeunes était sans doute devenu plus patent quand, après deux ans de veuvage, elle s'était mise en couple avec Kurt Olsen, qui avait été dans la classe au-dessous de la mienne à l'école.

« Kurt est soumis au secret professionnel. Et je crois qu'il ne joue pas le même match que toi et moi.

— Et quel match jouons-nous ?

— C'est la question que je me pose, Roy. Tu ne m'as pas expliqué ce que tu voulais faire de ce camping.

— Diriger un camping ?

— Ne me sous-estime pas, veux-tu ?

— C'est pour ça que tu n'as pas encore accepté mon offre ? Tu cherches à en savoir plus pour déterminer ce que le camping vaut pour moi et pouvoir monter le prix ?

— Eh bien, voilà ! Je t'aime mieux comme ça.

— Et si je voulais simplement posséder ?

— Sottises ! Posséder des terres n'a aucune valeur en soi, tu veux du rendement.

— Nous sommes des paysans. Avoir des terres, c'est tout pour nous. On a ça dans le sang, c'est comme est une maladie. »

Elle a souri.

« Tu as envie d'avoir davantage à Os que ton frère, c'est ça ?

— La rivalité fraternelle est une motivation comme une autre, non ?

— Ah…

— Ah ?

— Tu prends ça à la légère parce que j'ai mis dans le mille. Bien, alors je connais tes raisons et je sais donc que le camping vaut plus que ce que tu me proposes. Que dirais-tu d'augmenter le prix de dix pour cent ?

— Cinq millions et demi, alors. C'est ton prix ?

— Et si ça l'était ? »

Des acclamations ont retenti autour de nous. Nous avions déjà marqué.

« Bien, ai-je conclu. Tope là. »

Elle a contemplé la main que je lui tendais, mais ne l'a pas serrée.

« Sans marchander ?

— Les Opgard ne marchandent pas.

— Non… Willum me l'avait dit, en effet. Mais vous devriez apprendre à mieux négocier, parce que maintenant je m'imagine pouvoir monter encore plus.

— Je croyais qu'on venait de conclure un marché.

— Non, ma hausse de dix pour cent était hypothétique.

— Mince, Rita, on croirait entendre Willum. »

Elle a eu un rire bref. « Nous avons tous besoin de professeur, Roy. Toi, tu m'as eue moi, et moi, j'ai eu mon mari. Du reste, je préférerais ne pas entendre le nom de Willum ni dans ta bouche ni dans celle de ton frère, merci. »

Son sourire demeurait intact, mais ses pupilles s'étaient dilatées. Si les circonstances du suicide de son mari huit ans auparavant avaient été quelque peu nébuleuses, Rita semblait les trouver parfaitement limpides. Juste après la découverte du corps de Willumsen dans son lit, un pistolet sur l'oreiller, avait surgi une lettre dans laquelle il annulait sans contrepartie la dette de trente millions de couronnes de Carl, lui offrant même trente millions supplémentaires. Sans cet argent, l'hôtel n'aurait jamais vu le jour. Avec cet argent, Rita n'aurait jamais eu besoin de vendre le camping. Il n'était donc pas surprenant qu'aux obsèques de son mari elle se soit penchée vers Carl, qui lui présentait ses condoléances, et lui ait murmuré « meurtrier » à l'oreille.

Mais comme Rita regrettait ses millions davantage que son vieux filou gras et jaloux, et que l'argent ne pouvait jamais générer autant de haine que l'amour vrai, elle semblait, au fil des années, avoir laissé derrière elle son ressentiment le plus vif. Cependant, je n'étais pas naïf. Si Rita pouvait nuire à quelqu'un d'Opgard ou lui mettre des bâtons dans les roues, elle ne s'en priverait pas. Comme maintenant.

« Dix pour cent de plus, ai-je déclaré. Demain, c'est lundi, mon offre tient jusqu'à 16 heures. Après, je reviendrai au prix initial.

— Le prix, c'est une chose, mais reste aussi à savoir comment tu vas pouvoir payer. Je doute que tu aies tant de liquidités à ta disposition et tu ne pourras jamais vendre une station-service sur le point de perdre sa route.

— Tu sais que ce n'est pas le seul bien que je possède, n'est-ce pas ?

— Oui, oui, je le sais. Tu pourrais me payer en actions de l'hôtel, mais tu ne voudrais pas.

— Pourquoi ?

— Parce que tu sais qu'en obtenant plus de six pour cent des parts, je posséderais un total de onze pour cent de l'hôtel et, une fois Alpin au conseil d'administration, nous pourrions ensemble former une majorité, et là, soudain, les jours de Carl Opgard à la tête de l'établissement seraient terminés, une marionnette des Français lui succéderait. Alors, Roy, où vas-tu trouver cet argent ? »

Je n'ai pas pu m'empêcher de sourire. J'ai observé l'arrière de la tribune.

« Eh bien, il faudra que j'emprunte, alors. »

Rita m'a jaugé de la tête aux pieds, comme par cette chaude

journée d'été, dans un passé lointain. Juchée sur ses talons, elle était entrée dans l'atelier, où, du haut de mes dix-sept ans, je me tenais torse nu, couvert de cambouis, après avoir bricolé le moteur de sa Saab. Elle avait haussé l'un de ses sourcils dessinés au crayon en me demandant si je voulais bricoler autre chose aussi. Ça, c'était autrefois. Aujourd'hui, son inspection m'évoquait plutôt une évaluation de crédit.

« Bonne chance », a-t-elle lâché avant de porter son attention sur le terrain de foot.

J'ai gravi deux marches de la tribune. Même en coupe-vent, le directeur de la banque avait une parfaite allure de directeur de banque. Je ne prétends pas qu'ils se ressemblent tous, mais Asle Vendelbo était l'archétype du directeur de banque. Aimable et souriant, le ton feutré, la voix de velours. Comme s'il était né discret. Et cette discrétion était peut-être un trait héréditaire, en effet, sa famille dirigeait les pompes funèbres de Notodden depuis trois générations. La plupart des habitants d'Os s'adressaient aux Vendelbo quand quelqu'un passait l'arme à gauche, et ça me faisait drôle de songer que j'avais plusieurs fois été à l'origine du travail qui leur avait été confié.

« Alors, Roy. Vous pensez qu'on va gagner ?

— Ça dépend.

— De quoi, selon vous ?

— De si on ose jouer offensif. »

Il m'a scruté.

« Je vais solliciter un prêt de cent millions de couronnes. »

Il s'est concentré sur le match, en se balançant d'avant en arrière, les mains jointes dans le dos, la lèvre inférieure projetée en avant. C'est étrange comme on peut hériter jusqu'aux tics et manies de quelqu'un, car ce que je voyais là, c'était Vendelbo senior, debout au fond de l'église, aux obsèques de papa et maman.

« Là, je serais tenté de siffler, a-t-il répondu, mais je ne sais pas siffler.

— Qu'en pensez-vous ?

— Tout dépend du projet auquel l'argent est destiné.

— Je veux dire, dans l'absolu.

— Dans l'absolu ? » Il a étudié mon visage, n'y a sans doute pas décelé grand-chose. « Dans l'absolu, je dirais que c'est une grosse somme pour une petite banque comme la nôtre. Et alors la question clef devient celle des garanties que vous pouvez présenter.

— Et si j'en ai ?

— Alors nous devrons nous livrer à une évaluation du risque de crédit sur cette base. Quoi qu'il en soit, je serai obligé de consulter l'agence régionale pour un prêt d'une telle importance.

— C'est ce que je pensais.

— Je dois avouer que vous avez éveillé ma curiosité, Roy. Quel est donc ce projet ?

— Vous le saurez en temps voulu. Je voulais simplement vous préparer. Bientôt, vous devrez peut-être rameuter les troupes pour une réunion. En attendant, je peux compter sur votre discrétion au sujet de la conversation que nous venons d'avoir ? »

Il a acquiescé silencieusement, avant de dire quelque chose que je n'ai pas entendu. Le public braillait furieusement, à l'unisson. Sur le terrain, un joueur était à terre, mais l'arbitre avait laissé le match se poursuivre.

Saluant Vendelbo d'une main à la tempe, je me suis déplacé sur la tribune. Je me suis faufilé devant la famille Aas. Le vieil Aas m'a souri, Mari aussi. Alors que les gens du bourg marchaient de plus en plus en canard, sous le poids des bourrelets qui se multipliaient, Mari ne faisait que s'amaigrir. Je n'aurais pas su affirmer si elle était toujours belle ou si je jugeais beau son visage osseux par réflexe, parce que je l'avais vu au temps où elle était la princesse du bourg. Après avoir quitté Carl, elle était partie à Oslo faire des études de sciences politiques, ou sciences polichic, selon la formule consacrée à Os. Elle y avait rencontré Dan Krane, qu'elle avait ramené au bourg. Tout aussi maigre que Mari, il présentait une pomme d'Adam saillante et, sur ses tempes aux cheveux ras, des veines dont la dilatation était un indicateur fiable de ce qui se déroulait derrière ses yeux bleu polaire. À l'instar des membres de la famille Aas, il était politisé, et je parie qu'il était venu au bourg animé de l'espoir de reprendre le marteau du maire, envisageant comme un tremplin son poste de rédacteur en chef du journal travailliste *Os Blad*. Longtemps, tout s'était déroulé comme prévu. Ils vivaient dans une localité où ne se trouvait aucun Carl, où ne retentissait aucun écho du passé, ils avaient eu deux enfants et, à défaut d'être apprécié, Dan était respecté. Malgré leurs efforts pour se montrer aimables et faire peuple, en portant des chemises à carreaux, en adoptant le parler local, les Mari et les Dan de ce monde ne parviennent jamais à masquer totalement que, dans un endroit comme Os, ils se sentent très légèrement au-dessus du vulgum pecus. Cependant, Dan ne ménageait pas sa peine, il avait obtenu son permis de chasse, il repliait la tige de ses bottes en caoutchouc, et même à l'écrit, ses mots étaient de plus en plus souvent ceux qu'on employait à Os. Puis s'était produit un événement imprévu : Carl était rentré des États-Unis. Désormais marié, il n'aurait pas dû constituer une menace, mais il avait l'air d'un million de dollars, comme disent les Américains, il avait une allure folle. Et même de dix millions le jour où il est monté sur l'estrade d'Årtun pour lancer son projet d'hôtel, dont il voulait que tout le bourg soit copropriétaire, et qu'il affirmait être un contrepoids au futur tunnel de Todde. Personne n'aurait jamais soupçonné Mari d'être légère. Au contraire, la fille du maire faisait plutôt figure de rigoriste. Toutefois, j'ai parfois songé que les femmes dans son genre étaient irrémédiablement attirées par les mâles alpha. Je ne suis même pas certain qu'elles essaient de résister, peut-être y voient-elles une logique, l'œuvre du destin, le pouvoir et elle qui iraient de pair. Or Carl étant résolument un mâle alpha, le sauveur qui revenait auprès des siens, ce n'était qu'une question de temps avant que ces deux-là reprennent leur liaison à l'insu de tous. Sauf de Grete Smitt, bien entendu, ce requin qui flaire le sang à des kilomètres à la ronde. Grete n'en avait jamais parlé ouvertement à ceux de ses clients qui fréquentaient Smitt Coiffure & Solarium pour recueillir les derniers potins du bourg, inclus dans le forfait, mais certains ragots avaient sans doute filtré jusqu'à Dan Krane. Et il avait peut-être laissé entendre en privé qu'il se savait cocu ; parents de deux enfants, Mari et lui avaient dû essayer de colmater les fissures pour maintenir la barque à flot. Cependant, l'humiliation de Dan ne s'était pas arrêtée là. Quand Mari avait donné naissance à leur petite troisième, aujourd'hui âgée de six ans, la fillette ressemblait tant à Carl que, d'après Grete Smitt, Jo Aas lui-même avait pris sa fille à part pour l'interroger. Dan avait dû comprendre, lui aussi, mais soit il avait prétendu ne pas savoir, soit il avait laissé couler, pour les enfants. Si stupéfiant que cela puisse paraître, leur mariage avait résisté, Dan était toutefois un homme brisé. Je ne l'avais jamais aimé, ce qui n'est pas forcément très significatif, puisque je n'aime pas grand monde, mais en voyant cette petite qui était la copie conforme de Carl, j'ai commencé à avoir pitié de lui. Sa démarche naguère pleine d'entrain, son beau maintien et ses éditoriaux inspirés avaient cédé la place à une tête qu'on voyait un peu trop souvent penchée sur une bière matinale au Chute Libre, et à des éditoriaux mollassons, qui ne traduisaient ni colère ni enthousiasme, simplement l'indifférence.

Tout comme maintenant.

J'ai essayé d'établir un contact visuel, d'obtenir au moins un « Bonjour ! », las, sur le gradin au-dessus de moi, Krane m'ignorait, les yeux sur le terrain, mais à mille mètres de distance, se contrefoutant de ce qui se déroulait là aussi.

J'ai rejoint Carl. En face se tenait Kurt. À cette distance, on aurait dit qu'il nous dévisageait. Les frères Opgard. Quand il avait déplacé le banc de touche de l'autre côté du terrain, cela avait généré une certaine surprise. Non seulement ce nouvel emplacement impliquait que les coachs, les remplaçants et l'équipe technique devaient traverser le terrain au moins quatre fois par match, mais encore, pendant deux fois quarante-cinq minutes, ils devaient subir les assauts du vent d'ouest. D'aucuns pensaient que Kurt cherchait ainsi à s'épargner les éventuelles saloperies qu'avait à débiter le public, d'autres croyaient savoir qu'il souhaitait plutôt rester à l'écart des propriétaires et sponsors de la tribune d'honneur, parce que, putain, c'était le dernier endroit où il avait envie d'entendre discuter ses décisions. Je crois cependant qu'il y avait une autre raison. Kurt Olsen refusait de nous tourner le dos, à Carl et à moi, il voulait nous regarder dans les yeux. Voir ce qui venait. Nous montrer ce qui venait.

Une bouffée inopinée de vent froid a tendu les étendards publicitaires de l'hôtel de part et d'autre de la tribune.

« Il y a beaucoup de haine ici, ai-je noté.

— C'est toujours comme ça, les derbys, a renchéri Carl. Ils auraient dû se prendre deux cartons jaunes. »

Poussant un soupir, j'ai consulté ma montre. Encore une demi-heure. Et ce n'était que la première mi-temps.

5

La promotion a été célébrée au Chute Libre le soir même. Comme on dit, tout le monde y était.

En ce qui me concerne, j'aurais préféré une soirée en tête à tête avec les dessins des montagnes russes et le film que j'avais enregistré sur mon téléphone de mes quatre-vingt-dix secondes de parcours effréné en Pologne. Je m'étais documenté sur la physique des montagnes russes. Vitesse, poids, friction, résistance de l'air, température, et ainsi de suite. Il faut bien connaître le jeu des paramètres, sans quoi l'aventure risque de partir en eau de boudin. Par bonheur, tout cela reste relativement prévisible, la physique est plus respectueuse de ses lois que ne le sont les humains. J'adorais me perdre dans ces croquis, le quadrillage austère de la structure, les courbes élégantes du circuit répliquant les montagnes à l'arrière-plan. Ce n'étaient pas des « strata montagnes russes » en métal de cent quarante mètres de haut, ces monstres qu'on s'était mis à produire en Asie et aux États-Unis et qui atteignaient une vitesse de deux cent quarante kilomètres à l'heure. Non, les plans dont je disposais donneraient certes le plus haut circuit en bois du monde, mais ici avant tout primaient l'esthétique, la fusion de l'art et de la physique. Dès que les montagnes russes apparaissaient au visiteur, et pendant tout le parcours, quand on était dessus, dedans, dessous, à la merci de forces qu'on ne maîtrisait pas, je voulais que l'expérience soit comparable à un concert, où l'on n'avait qu'à ouvrir ses sens et accueillir.

M'ouvrir n'est du reste pas un exercice qui m'est facile, loin de là, mais sur ce point aussi, la vie m'a enseigné une ou deux choses.

Malgré ses réserves à l'idée de construire des montagnes russes à partir de dessins qui n'étaient pas ceux de sa société, Moore avait promis de jeter un coup d'œil.

C'était Carl qui avait décrété que je devais me montrer à la soirée.

« Tu es sponsor, les gens se demanderont pourquoi tu n'y es pas. »

J'étais donc au bar, à observer les habitants du bourg qui bondissaient à pieds joints sur la piste de danse en hurlant « We Are the Champions » en chœur avec Freddie Mercury.

« C'est cool, non ? m'a crié Julie, occupée à tirer des bières.

— Ah oui, très cool ! On fait sans doute plus de chiffres ce soir que pendant tout un mois ordinaire.

— Nigaud ! » Elle a ri en me tapant l'épaule de sa main libre. « On est promus, Roy ! Réjouis-toi !

— Je me réjouis, Julie. Désolé si je n'arrive pas à devenir complètement hystérique parce qu'on est passés d'une division de merde à une autre. Non, par contre, j'ai hâte de voir ce changement de division-ci. »

J'ai désigné son ventre rond.

« Moi aussi ! Il paraît que c'est plus facile la deuxième fois. »

J'ai acquiescé. Tout est plus facile la deuxième fois. Je l'ai contemplée. Âgée à présent de vingt-cinq ans, elle n'avait plus le petit air frondeur à la fois innocent et rebelle de ses dix-sept ans, quand elle avait commencé à travailler pour moi à la station-service. Désormais plus enveloppée – elle allait probablement s'enrober de ce que Carl qualifiait de « gras de campagne » –, elle respirait ce calme et cette assurance que certaines femmes trouvent dans la maternité.

« À quoi tu penses ? m'a-t-elle interrogé en se poussant pour laisser la place à Erik Nerell, qui rapportait un plateau de verres vides.

— À l'époque où tu avais dix-sept ans et où tu devais me faire venir chaque fois que quelqu'un voulait acheter du tabac. Tu as tellement changé. »

Elle a souri. Personne ne souriait comme Julie.

« À propos de changer, tu as vu Natalie Moe ?

— Non, j'ai simplement appris qu'elle avait obtenu un job à l'hôtel.

— Pour une directrice du marketing, je pense qu'on parle de poste plutôt que de job, non ? À propos de boulot, on pensait te proposer d'être parrain. »

J'ai avalé de travers, toussé.

« Encore ?! Mais vous n'avez pas compris la dernière fois que je ne suis pas du tout à la hauteur ?

— Oh que si, mais on trouve plus sûr de prendre un hérétique. On veut pas non plus risquer d'avoir des gamins croyants », est intervenu Alex en nous rejoignant, visiblement embrumé.

Il s'est coulé derrière Julie et l'a serrée dans ses bras. Ses cheveux courts étaient toujours drus, on aurait dit une couche de peinture sur son crâne, ils étaient divisés par une raie sur le côté et enduits de gel, à la manière d'un footballeur italien, mais la ressemblance s'arrêtait là. Avant le début de la saison, *Os Blad* avait publié un article dans lequel les joueurs devaient se caractériser en une phrase et Alex avait livré un « Je suis mauvais techniquement, mais au moins je suis lent ».

« Allez, ouste ! Retourne donc du bon côté du bar ! »

Julie s'est extraite en riant de l'étreinte de son compagnon.

« Eh, je suis un joueur ! s'est-il plaint en souriant de toutes ses dents.

— Et alors ?

— Ben, aujourd'hui, le seul truc qu'on peut faire, c'est nous kiffer.

— Kiffe ça, tiens ! » Elle lui a claqué au visage un chiffon saturé de bière. « Allez, pousse-toi de là ! »

Alex a soupiré bruyamment en cherchant mon soutien du regard, mais j'ai secoué la tête.

« Je t'ai vu sur la tribune.

— Bien sûr que j'y étais, ai-je répondu. Tu as été bon aujourd'hui.

— Je suis resté sur le banc.

— C'est ce que je veux dire. »

Il a ri.

« Espèce de con, va !

— Con un jour, con toujours, a commenté Kurt, qui s'était rangé à côté de moi. Une bière, Julie. »

Si certaines personnes changeaient, ce n'était pas le cas de Kurt Olsen, qui demeurait le même homme svelte, aux joues creuses, à la moustache en fer à cheval, le tout sous une chevelure blonde à la Boris Johnson héritée de son père. Toujours le même éclat bronzé, fruit d'une carte de fidélité au solarium de Grete et d'un séjour hivernal aux Canaries. On prétend que la façon dont un homme est vêtu la première fois qu'il sort avec une fille restera la même jusqu'à la fin de ses jours. Si c'est vrai, Kurt avait eu sa première copine dans les années 1990. C'était l'époque où les branchés des villes écoutaient de l'alt-country comme Wilco et The Jayhawks, et la plupart des campagnards, Garth Brooks. Avec son jean serré soulignant ses jambes arquées et ses santiags en peau de serpent héritées de l'ancien lensmann, le look de Kurt était validé par les deux camps. Il avait été le meilleur joueur que l'Os FK ait connu, et de loin, disait-on. Non seulement il était bon techniquement, mais encore il était capable de courir pendant quatre-vingt-dix minutes sans interruption, il n'abandonnait jamais. Il aurait dû jouer dans les divisions supérieures. Cependant, il n'avait jamais accepté les offres qui lui avaient paraît-il été faites, jugeant sans doute plus avantageux d'être une star à Os qu'un joueur de réserve dans un club de la ligue Obos. Et quand, à vingt-huit ans, il s'était blessé au genou, c'en avait été terminé de sa carrière de footballeur.

« Bravo pour la promotion, l'ai-je félicité. Vous n'allez faire qu'une bouchée de la prochaine division aussi ?

— La plupart des gens d'Os disent "nous", pas "vous" en parlant du club, Roy. » Il observait Julie qui tirait sa bière. « Et, non, la prochaine division, c'est pour les grands garçons, donc nous avons besoin que ton frère crache un peu d'oseille.

— Dans quel but ?

— Dans le but d'acheter un arrière rapide.

— Alex est arrière. Gratos et local.

— J'ai dit arrière *rapide*, a soupiré Kurt sans accorder la moindre attention à Alex. Le succès en football n'est jamais gratuit, Roy. Un tas d'études le montrent, l'équipe qui gagne le plus est celle dont le salaire cumulé des joueurs est le plus élevé. C'est aussi simple et brutal que ça.

— Ce n'est pas l'équipe qui a le meilleur entraîneur, alors ? »

Kurt Olsen a pris la pinte que lui tendait Julie, l'a portée à ses lèvres. La musique a changé, le riff de guitare des White Stripes a succédé à Queen. Tout le monde gueulait en chœur : « a-a-a-a-a ». Kurt a essuyé sa moustache avant de reposer son verre sur le comptoir.

« J'ai bien saisi que tu n'y connaissais rien, Roy, mais laisse-moi seulement t'informer que même Mourinho n'arriverait pas à rendre bon un joueur dépourvu de talent. »

J'ai levé ma propre bière.

« Il semblerait que la seule solution logique soit de virer l'entraîneur rémunéré pour payer Alex, par exemple. Ça augmenterait le salaire cumulé des joueurs. »

J'ai bu en entendant Alex rire, et Kurt l'envoyer paître. Quand j'ai reposé ma bouteille, Kurt vrillait son regard sur moi.

« Il existe certaines similitudes entre un entraîneur et un lensmann, a-t-il déclaré. Tu sais lesquelles, Roy ?

— C'est là que je suis censé dire "non, raconte" ? »

Il m'a observé entre ses cils.

« Leur travail est surtout préventif. Je fais en sorte d'éviter qu'il y ait des histoires et des situations malencontreuses. Je donne le numéro dix au meilleur joueur de l'équipe, mais le brassard de capitaine à celui qui suivra mon plan de jeu. J'explique à Stanley Spind que, en tant que médecin de l'équipe, il peut utiliser notre maillot, mais pas se doucher avec les gars. Pour être…

— Préventif ? »

Il a fait tourner son verre.

« J'ai vu que tu parlais à Rita pendant le match.

— Tu l'as vu ? Alors toi aussi, tu as trouvé que le match était un peu chiant ? »

Il a posé la main sur mon épaule, serré.

« Je sais que Rita s'est amusée un peu avec toi quand tu étais très jeune. Ça signifiait que dalle pour elle, et elle m'a dit que tu étais nul au pieu, Roy, tu n'étais pas seulement inexpérimenté, mais carrément dépourvu de talent.

— Donc quand bien même elle aurait été Mourinho, elle n'aurait pas réussi à…

— Roy… » Il a serré plus fort en enfonçant son pouce sous

ma clavicule. « C'est possible que je ne sois pas tout à fait sobre et que ce soit la raison pour laquelle je vais te l'expliquer clairement, mais si jamais je te vois ne serait-ce qu'approcher d'elle, je t'enculerai et comme il faut.

— Eh bien, viens, je vais écarter les fesses. »

Kurt a ricané en me crachant au visage son haleine alcoolisée et une pluie de salive.

« Tu espères que je vais te cogner, Roy ? C'est ça ? Ça te donnerait une excuse pour allonger ta célèbre droite, hein ? Oui, oui, Roy, je me souviens que tu savais te battre autrefois, mais ça remonte à loin, le temps où on était ados au bal du village. Si on se battait, je t'anéantirais. Tu me crois pas ? Allez, frappe le premier pour voir. » Il a avancé le menton. « Frappe donc un lensmann, qu'on puisse enfin vous enfermer là où est votre place, toi et ton frangin. En cage. » Il a creusé les joues, s'apprêtant visiblement à cracher, mais à la place, il a attiré ma tête tout contre la sienne et m'a sifflé à l'oreille : « En pri-son, Roy. À perpète. Dommage pour vous que le délai de prescription ait été abrogé. Ça signifie que je vais vous poursuivre jusqu'à ce que vous creviez. » Il m'a lâché en riant. « Rita m'a expliqué que tu voulais le camping. Si tu as des précisions à ajouter au sujet de ton offre, ça transite par moi. Compris ? Et la thune, c'est d'avance, je ne suis pas né de la dernière pluie. »

Il a pris sa pinte et s'est éloigné d'une démarche tellement vacillante que je ne savais pas si c'était dû à l'ivresse ou à ses jambes arquées.

« C'était quoi, ça ? s'est enquise Julie, qui nous avait vus, mais n'avait pas dû entendre notre échange.

— Les White Stripes. C'est un bon riff, non ? »

6

Il était 6 heures du matin quand j'ai pénétré dans ma station-service.

Il m'arrivait de devoir me le rappeler, que c'était la mienne. Je l'avais dirigée si longtemps pour la compagnie pétrolière que mon sentiment d'être un métayer restait ancré.

« B'jour, patron », m'a salué Egil au comptoir.

Depuis dix ans qu'il travaillait là, je n'avais pas souvenir d'un seul matin où il m'ait accueilli par d'autres mots. Cela n'avait rien changé que je vienne désormais plus sporadiquement et que je lui laisse une grande partie des responsabilités patronales, justement.

Le dimanche, on restait ouverts la nuit et, comme on était situés sur la route des retours de montagne, on avait parfois beaucoup de boulot. En arrivant, j'avais remarqué que, certes, Egil avait rangé et nettoyé l'aire de ravitaillement, mais il restait des emballages de hot-dogs et des mégots de cigarettes dans la zone où la nouvelle génération de tuneurs avait coutume de stationner. Soit. Quand on travaillait de nuit, on ne devait quitter le bâtiment qu'en cas de nécessité.

« Je le ferai en sortant », a précisé Egil, lisant dans mes pensées.

Ça n'avait pas toujours été un garçon sur qui on pouvait compter, Egil. Absentéisme, vol à la petite semaine. Cependant, quelque chose s'était produit quand, au lieu de le virer comme il s'y attendait, je lui avais laissé sa chance en le gardant. Tout s'était déroulé sans encombre pendant un certain temps. Si longtemps que je lui avais accordé encore une chance quand il avait merdé à nouveau. Peu à peu, je lui avais confié davantage de responsabilités. Il avait mûri. Le jour où je lui avais versé une prime fondée sur le résultat annuel, il avait relevé la tête. Ce n'était pas une grosse somme, mais assez pour qu'il me regarde dans les yeux et se défasse de son air de paysan soumis. Et quand nous avions embauché d'autres jeunes, il avait remis dans les chiottes du personnel la pancarte que j'y avais accrochée autrefois.

« FAIS CE QU'IL FAUT FAIRE. TOUT DÉPEND DE TOI. FAIS-LE TOUT DE SUITE. »

En leur expliquant qu'il ne s'agissait pas de leur transit intestinal.

« C'est top, la promotion du club. » Egil a appuyé sur une touche. J'ai entendu le ronronnement de l'imprimante qui débitait l'état de caisse dans le bureau. « Tu étais à la soirée du Chute Libre ?

— J'y suis passé, oui.

— Tu as des infos sur l'attaquant de Notodden ? On va l'acheter ?

— Nan, je n'ai rien entendu, ai-je répondu en constatant que les petits pains mis à lever pendant la nuit étaient prêts à se faire badigeonner d'œuf. Le plus intéressant que j'aie entendu, c'était probablement les White Stripes.

— "Seven Nation Army" ? »

Je me suis souvenu qu'Egil était un accro du foot. Supporteur de Manchester City, si je ne m'abusais.

« Je suis surpris que les footeux aient tant de goût. C'est une bonne chanson. Celle de ton équipe, peut-être ?

— Non, non, celle de mon équipe, c'est "Hey, Jude".

— Les Beatles ? Les gens de Manchester ne sont pas censés haïr tout ce qui vient de Liverpool ?

— Si. Mais c'est ça, le truc, justement, tu vois ? Tu enlèves à ton ennemi ce qu'il a de mieux et tu t'en sers contre lui.

— Ah bon ?

— C'est pareil pour "Seven Nation Army", c'était la chanson du FC Bruges, ils l'ont chantée quand ils ont battu l'AC Milan en Italie. Mais deux ans plus tard, quand ils recevaient Rome à domicile, les supporteurs italiens avaient appris leur leçon et ils ont entonné "Seven Nation Army" contre le public belge. Et ils ont gagné le match. »

J'ai hoché la tête. Voler l'arme de l'ennemi. Je ne savais pas exactement quoi, mais il y avait là quelque chose, quelque chose qui pourrait peut-être m'être utile.

Egil est allé chercher sa veste dans la salle du personnel, il m'a ensuite informé que c'était Daniel qui viendrait à 14 heures et il est rentré chez lui. Je le laissais bien entendu écouter la musique qu'il souhaitait, mais après son départ, j'ai mis « Stay Around ». L'album était sorti six ans après la mort de J. J. Cale et, enfin, oui, c'est légitime d'éprouver une certaine réticence à l'égard d'un album qui résulte de fouilles posthumes dans les ébauches inédites d'un artiste. Est-il vraiment bien ? C'est moins facile d'être critique envers ses héros et ses héroïnes une fois qu'ils sont morts. L'avais-je été suffisamment en découvrant les plans des montagnes russes ? Ou les adorais-je parce que je l'avais adorée, elle ? Je m'imaginais que Shannon les avait dessinés à la table de la cuisine d'Opgard, en attendant le début des travaux de construction de l'hôtel, qu'elle avait étudié les montagnes, leurs lignes. De ces planches, sur lesquelles étaient esquissés le lac de

Budal et l'Ottertind au fond, ressortait clairement que le site qu'elle avait envisagé était le camping. Carl a eu l'air de tomber des nues la première fois que j'ai évoqué l'idée de montagnes russes, elle n'en avait sans doute jamais parlé à personne. Pourquoi l'aurait-elle fait? L'idée d'un parcours si imposant ici, en altitude, était trop démente.

J'avais pesé le pour et le contre avant de confier à Carl que j'avais des dessins et que c'étaient ceux de Shannon. Premièrement, il me connaissait tellement bien qu'il risquait de deviner pourquoi moi, le pragmatique frugal, j'avais soudain un projet que je *devais* réaliser. Il saurait que ce n'était pas seulement une histoire de synergie entre l'hôtel et des montagnes russes en bois. Deuxièmement, je ne pensais pas qu'il le permettrait, sachant que c'était une idée de Shannon. Après sa mort, il n'avait même pas examiné ses papiers, et m'avait ordonné de jeter tout ce que je trouvais en déclarant d'un ton froid et déterminé :

« Toute trace de cette pute doit disparaître. »

Mais était-ce vrai, ce que je me racontais, que je voulais construire des montagnes russes pour rendre hommage à la femme que j'aimais, comme un monument funéraire auprès duquel me rendre, puisque Shannon était enterrée à la Barbade, sa terre natale? Ou était-ce autre chose, d'un petit peu moins altruiste? Les rois avaient bâti des églises pour montrer, non pas que Dieu était grand, mais qu'eux-mêmes l'étaient. Papa se passionnait pour les Vikings, pour cette époque où les hommes étaient de vrais hommes, et tout ça. Je me rappelais en particulier qu'il nous avait parlé des deux frères, Øystein et Sigurd, qui partageaient le pouvoir royal. Øystein, le plus cultivé, le plus charmant, le plus extraverti, avait érigé plusieurs monuments à sa propre gloire, notamment l'immense chalet de montagne de Dovre, tandis que Sigurd, celui qui était sombre et renfermé, n'en avait construit qu'un seul : la cathédrale d'Oslo. Leur relation était paraît-il compliquée. Les gens avaient tendance à considérer Øystein comme le véritable souverain, puis il était mort, et ils avaient été obligés de prendre Sigurd, et c'est ce roi qui demeure connu dans l'histoire, sous le nom de Sigurd Ier, dit le Croisé.

J'ai consulté ma montre. Rita Willumsen avait encore dix heures devant elle.

La matinée a commencé en douceur, par des clients du coin qui faisaient le plein, payaient et repartaient sans exprimer le moindre désir de bavarder. Le chauffeur de Nor Tekstil, qui récupère le linge sale de l'hôtel tous les jours de la semaine, s'est arrêté pour boire un café et échanger trois mots sur la météo avant de reprendre sa route vers la blanchisserie, à Skien. Dagur, l'Islandais qui conduit l'un des deux taxis d'Os, a pris de l'essence pour sa Merco rouge et m'a expliqué ensuite qu'il envisageait d'opter pour une hybride, comme Lillabeth et son mari, les propriétaires du deuxième taxi, qui affirmaient que leur Toyota hybride blanche avait diminué leurs frais de vingt pour cent.

J'ai opiné, précisant que je nourrissais le projet d'installer deux bornes de recharge supplémentaires.

Il était près de 11 heures et ç'avait été une belle journée jusqu'à ce que je voie Grete Smitt de l'autre côté de la nationale, en T-shirt, et Crocs. Malheureusement, elle a regardé soigneusement à gauche puis à droite avant de traverser dans ma direction. Le souffle rauque des portes qui coulissaient devant elle m'a évoqué Dark Vador.

Dans notre prime jeunesse, Grete avait eu le cheveu clair, terne, plat et inerte. Plus tard, ce cheveu clair et terne avait été permanenté, et cela la rendait carrément terrifiante. À quoi s'ajoutait un appendice nasal d'une laideur à faire peur, on aurait dit une lame de hache plantée au milieu de sa face. Ce n'est certes pas un droit humain d'être belle, mais envers Grete, notre Créateur avait été franchement mesquin. Pour n'importe qui d'autre, j'aurais donc parlé de justice divine quand elle s'est mise en couple et que j'ai pu constater un certain épanouissement. Cependant, Grete Smitt n'était pas n'importe qui d'autre, elle était suffisamment mauvaise pour que Dieu ne lui doive rien du tout, et moi non plus. C'était mon Dark Vador, et elle le savait. Une putain de mine antipersonnel, remplie d'informations, de scènes vues et de déductions tirées, qui nous exploserait les couilles, à Carl et moi, dès la première occasion. Elle attendait que ce soit *profitable*.

« Salut, Roy. Qu'est-ce que tu vas faire du camping ? »

Elle ne feignait même pas d'être venue faire une course.

« Ah ! tu as coupé les cheveux de Rita, aujourd'hui ?

— Non, Kurt est venu. Il se demandait si j'avais des infos.

— Alors comme ça, les policiers viennent dans ton salon de ragots quand ils mènent l'enquête ?

— Je crois que tu devrais être soulagé que ce n'ait pas été une enquête policière, Roy. »

J'ai capitulé lors du duel de regards qui a suivi.

« Un petit pain, Grete ?

— Non.

— Au régime ?

— Allez, Roy. »

J'ai toussoté. « Et même si je ne voulais pas du camping pour en être gérant, pourquoi je te le dirais, au juste ?

— Eh bien, parce que je viens de te donner l'information que Kurt cherchait des informations. *Quid pro quo*, n'est-ce pas ? »

On parlait si rarement le latin dans le bourg que j'en suis

resté ébahi. Ça venait peut-être de ce drame judiciaire sur Netflix, que Simon trouvait si bon pour les méninges.

« Alors on dit que c'est pour être gérant de camping et on est quittes. »

Elle m'a dévisagé.

« Tu mens !

— Trois petits pains pour le prix de deux ? »

Elle a pivoté sur ses Crocs en faisant crisser les semelles, puis elle s'est figée une seconde sur le seuil ; une bouffée d'air froid s'est engouffrée à l'intérieur.

« Au fait, Natalie Moe est revenue. »

Les portes se sont refermées derrière elle avec ce qui s'apparentait à un soupir de soulagement.

À midi, Kurt Olsen m'a téléphoné. Il avait une voix enrouée, conséquence de la soirée de la veille. Il est allé droit au but.

« Si tu montes d'un million, le camping est à toi. D'accord ?

— Ça fait beaucoup. Je crois que je vais rester sur cinq et demi. Je redescends à cinq après 16 heures.

— Eh ben ! Alors ce n'est pas vrai, ce que tu clames dans tout le bourg, que les Opgard ne marchandent pas.

— C'est vous qui marchandez, là, Kurt. Rita sait que tu m'appelles ?

— Pourquoi elle ne le saurait pas ?

— Parce que je doute qu'elle s'y serait prise aussi maladroitement.

— De quoi tu parles, bordel ?

— Rita aurait tourné autour du pot pour voir jusqu'où j'étais prêt à monter ou alors elle aurait décliné mon offre et ç'aurait été à moi d'élever la mise, tandis que toi, tu balances un prix et du coup, je sais que vous souhaitez vendre. Et si vous souhaitez vendre, je serais surpris que vous soyez ravis à six millions et demi, mais en revanche pas du tout intéressés à cinq et demi. Personne ne sait ce qu'un site pareil vaudra après la construction du tunnel de Todde et ce n'est pas comme si les gens se pressaient pour acheter des campings ici, en périphérie. »

Silence au bout du fil. De fait, j'entendais le grattement d'ongles sur un menton pas rasé. J'ai visualisé Kurt Olsen souffrant d'une gueule de bois, j'ai perçu un léger craquement, le son de Kurt Olsen qui réfléchissait. Comme ce n'était pas son fort, ça a pris un certain temps. À peine trop, en l'occurrence. Quand il a répondu, il était trop tard.

« Eh bien, si, justement, a-t-il déclaré.

— Ah bon ?

— Oui, on a une offre à six millions quatre.

— Comme ça, sortie de nulle part ?

— Non, bien sûr, j'ai appelé quelqu'un que je sais être intéressé.

— Par les campings ?

— Peut-être.

— Et qui est-ce ?

— Ça, je ne peux pas le divulguer, évidemment.

— Je vais bien finir par le savoir puisque cette personne va acheter le camping. »

Kurt n'a rien répondu. Il mentait bien sûr. Il devait bien se douter que je le savais. N'éprouvant pas pour lui la haine que lui éprouvait pour moi, tout simplement parce que je n'avais pas d'aussi bonnes raisons, je me suis tu afin de lui laisser le temps de reconsidérer la situation. Les secondes s'égrenant, je me suis rendu à l'évidence qu'il ne saisirait pas la chance de battre en retraite d'une façon à peu près honorable. J'ai senti l'incertitude me gagner. Faisais-je erreur ? Avait-il véritablement un acheteur ? Mais qui diable voulait acheter un camping quand le cordon ombilical qui le reliait au monde civilisé était sur le point d'être coupé ?

Puis l'idée m'a frappé.

Seules quelques personnes savaient que, en fin de compte, ce ne serait pas le cas.

« Laisse-moi y réfléchir.

— D'accord. Tu as jusqu'à... voyons voir... on dit 16 heures ? »

J'entendais la jubilation dans sa voix.

« D'accord.

— Et, au fait, Roy, je ne te fais pas confiance une seconde. Je le veux par écrit.

— T'inquiète. »

J'ai raccroché et appelé Carl.

7

J'ai quitté la station-service à 14 h 10, j'ai roulé vers le centre du bourg puis j'ai emprunté la route qui avait été tracée dans le cadre des travaux de construction de l'hôtel. Trois cents mètres de dénivelé plus haut, je me suis garé devant le bâtiment principal. Au premier coup d'œil, l'hôtel-spa d'Os n'a rien de très spectaculaire, les ornements sont rares et les ailes allongées qui épousent le terrain se fondent dans le paysage. L'ancien maire Aas avait décrété que ça lui rappelait les bunkers allemands de son enfance, il fallait avoir le nez dessus pour les voir. Néanmoins, quand l'hôtel était devenu une société par actions après l'incendie, cette association d'idées ne l'avait pas dissuadé d'investir, à l'instar de cent autres habitants du bourg. De petites parts, mais assez pour leur conférer un certain sentiment de propriété et leur permettre de s'autoproclamer propriétaires d'hôtel. Les comptes avaient beau être solides, aucun dividende n'avait été versé au cours de ces sept années. Lors de l'assemblée générale, Carl avait expliqué aux associés que le phénomène n'était pas inhabituel dans les sociétés en pleine croissance. Par ailleurs, nul ne connaissant le futur impact du changement de tracé de la nationale, les actions s'étaient révélées difficiles à revendre. C'est pourquoi peu d'actionnaires avaient envie de dépenser davantage pour agrandir l'établissement et ils avaient accepté de faire entrer les Français dans le capital. La nouvelle aile, une alliance de béton gris et de bois clair, était prête à être érigée, les engins et les véhicules portant le logo de l'entreprise lettonne AUB étaient déjà sur place. Voss Gilbert, qui après dix ans dans ses fonctions restait le « nouveau maire », affirmait piaffer d'impatience à la perspective de planter la pelle dans la terre, au son du cor.

Je suis entré dans le hall. Granit, verre, bois. Un buste de Jo Aas. Aucun de la femme qui avait dessiné les lieux, en revanche. Pourtant le génie de leur forme me frappait chaque fois : pratique, pure, simple et pourtant sophistiquée, mais si chaleureuse, si accueillante. À l'image de Shannon Alleyne elle-même.

J'ai salué la réceptionniste et me suis dirigé vers l'ascenseur.

Le bureau de Carl, qui servait aussi de salle de réunion, se trouvait au deuxième étage. Ce n'était pas pratique parce que tout ce qui concernait l'administration se déroulait au rez-de-chaussée. Ensuite, il mobilisait ainsi ce qui aurait pu être la deuxième meilleure suite de l'hôtel avec vue sur les terres et la montagne, la première étant la suite nuptiale, qui donnait sur le lac de Budal.

Mais Carl n'en avait pas démordu. Il se voyait y inviter à déjeuner de fidèles ou éminents clients de l'hôtel, tel un commandant de paquebot qui convie à sa table quelques heureux passagers.

Je suis entré sans frapper, Carl était debout à la fenêtre panoramique.

« La nouvelle aile va être *amazing*, a-t-il déclaré sans se retourner. Je viens de voir Lewi.

— Lewi ?

— Le directeur letton d'AUB. Il dit que les plans sont si détaillés et exempts d'erreurs que la révision est inutile. Tout a été fait dans les règles de l'art. Il ne reste plus qu'à s'y mettre. » Il a regagné son fauteuil et a suspendu sa veste de costume sur le dossier. « Cette femme était un génie, tu le savais ? »

Il m'a observé. Je me suis contenté de hocher brièvement la tête avant de m'asseoir à la longue table de réunion.

« J'ai réfléchi, Roy. Je trouve qu'on devrait donner son nom à cette nouvelle aile. Tu en penses quoi ?

— Le nom de Shannon ?

— Oui, ce serait l'aile Alleyne. »

J'ai avalé ma salive. « Je croyais que tu voulais effacer toute trace de cette… il me semble que tu avais employé le mot "pute" ? »

Il a soupiré.

« Le temps guérit toutes les blessures, tu sais. »

Sûrement pas, ai-je pensé. Les tiennes, peut-être, mais pas les siennes. Ni les miennes.

« En plus, a-t-il ajouté, je me suis dit qu'il pouvait sembler surprenant, presque suspect, qu'étant son mari, je ne reconnaisse pas un peu ses mérites. Tu comprends ? »

J'ai desserré les mâchoires, je ne voulais pas lui laisser voir que je me crispais.

Carl s'est laissé choir sur le cuir noir de son luxueux fauteuil.

« Alooors ? Que se passe-t-il ? »

Après lui avoir relaté mon entretien téléphonique avec Kurt Olsen, je lui ai exposé que si ce dernier disait la vérité, c'est que l'autre enchérisseur était au courant de la possibilité que le tracé de la nationale reste inchangé.

« Donc tu penses que c'est moi ? »

Carl a posé quatre doigts sur sa cravate en soie en m'adressant ce sourire malicieux qu'il avait depuis qu'il était gamin et qui avait fait craquer de nombreuses femmes et de nombreux hommes. Bien que ce soit évidemment une blague, j'ai eu un petit choc. Car cette idée me troublait. Si Carl et moi gardions des intérêts financiers concordants, nos destins économiques étaient moins enchevêtrés depuis que j'avais revendu une partie de mes actions. L'idée de me trouver opposé à lui dans des enchères pour ce camping était parfaitement absurde, certes, mais nous n'étions plus dans le même bateau. En tout cas financièrement. En ce qui concerne la prison à perpétuité, c'était une autre affaire.

« Ça pourrait être GeoData. »

Carl a secoué la tête.

« Vu qu'on ne parle pas de sociétés cotées en Bourse, je ne pense pas qu'acquérir une propriété dont on sait que le prix va monter tombe sous le coup du délit d'initié, mais ça n'en reste pas moins illicite.

— L'un des associés s'est livré autrefois à un détournement de fonds.

— Cinq millions, c'est un bon prix pour ce camping, même *avec* la nationale, Roy. Je ne vois pas des géologues miser soudainement sur le tourisme dans un endroit dont ils ne savent rien.

— Ils ont compris que j'avais une idée derrière la tête, ils veulent me le revendre plus cher ensuite.

— Allons, Roy. Dans nos eaux, il y a peut-être quelques petits brochets, comme Rita Willumsen et éventuellement cet associé de GeoData, mais il n'y a que deux requins, toi et moi.

— Tu as sans doute raison. » Je me suis levé et dirigé vers la fenêtre. Dieu que ce paysage était beau en automne, quand la bruyère s'empourprait et que le ciel affichait son immensité bleue ! « Mais quelqu'un est à la pêche au requin et il a de gros hameçons, montés sur une grue mobile. J'ai parlé avec Kurt à la soirée, hier. D'accord, il était bourré, mais il nous traque, Carl.

Il a prononcé les mots “prison à perpétuité”. Il a carrément dit que nous ne resterions pas toujours des hommes libres. »

Carl a pris un air grave.

« Ah bon ?

— Je ne vois pas comment il pourrait avoir de nouveaux éléments, mais il s'attend de toute évidence à en trouver dans ces épaves. »

Il a hoché pensivement la tête et s'est pincé la peau au-dessous du menton entre le pouce et l'index.

« De toute façon, cette semaine, j'avais l'intention de lui soumettre un nouveau contrat. Je devrais peut-être faire montre de plus de générosité.

— Tu crois qu'augmenter ses émoluments d'entraîneur calmera ses ardeurs ? »

S'avançant au-dessus de son bureau – dont il affirmait pour rire qu'il était fait d'une essence de palmier des Tuvalu menacée d'extinction –, il a saisi un stylo-plume que lui avait offert Jo Aas.

« J'ai toujours pensé qu'il n'y avait pas de limites à ce que les gens sont prêts à faire ou, en l'espèce, ne pas faire, si on les rémunère assez, a-t-il déclaré en battant la mesure avec son stylo. Que ce soit sous forme d'argent, de sexe ou de pouvoir et d'honneurs. Surtout ça. Aucune limite.

— Je commence à avoir l'impression d'entendre papa. »

Le stylo-plume s'est arrêté. J'ai senti le froid me traverser en croisant le regard de Carl.

« Désolé, me suis-je excusé en levant la paume. Mais pour en revenir à Kurt Olsen, on parle ici de son désir de savoir comment son père est mort, n'est-ce pas ? Et la famille l'emporte sur l'argent. Ainsi que sur le pouvoir et les honneurs. Tu es d'accord, non ? »

Dans son fauteuil au dossier haut, Carl me scrutait, l'air tendu.

« Je suis d'accord », a-t-il concédé. Il a baissé les épaules. « Putain, Roy, il faut que j'arrête de boire.

— Ah oui ? Encore ?

— Autrefois, ça me faisait seulement angoisser le lendemain, m'a-t-il expliqué, ignorant ma question. Maintenant, c'est la paranoïa totale. Cette nuit, j'ai rêvé que les Français reprenaient l'hôtel et me viraient, et que je devais te demander un boulot à la station-service.

— Intéressant. Et je répondais quoi ?

— Je ne m'en souviens pas. Enfin, je me suis réveillé. Bon. Tu vas faire quoi pour cette histoire d'enchères ?

— À mon avis, Kurt m'a appelé à l'insu de Rita pour lui montrer qu'il est homme à me faire cracher un million de plus. En réalité, c'est probablement moi qui lui ai suggéré l'idée qu'il pourrait y avoir d'autres acheteurs sur le coup, et il l'a saisie au vol, seulement, il a réfléchi une ou deux secondes de trop, du coup, son bluff ne m'a pas échappé.

— Puisqu'on veut le caresser dans le sens du poil, on devrait peut-être lui donner ce pactole, non ? »

J'ai acquiescé. Le téléphone de Carl s'est mis à vibrer.

Je me suis tourné vers la fenêtre pour passer mon coup de fil pendant que Carl répondait au sien.

« Oui ? »

Le timbre était rauque.

« D'accord, ai-je dit. Six et demi.

— Par écrit, a rappelé Kurt, parvenant à peine à masquer son soulagement, il avait dû craindre d'avoir foutu en l'air le marché que Rita s'apprêtait à conclure avec moi.

— Tu vas l'avoir, mais je voudrais voir l'autre offre d'abord.

— Enfin quoi, je t'ai révélé le montant, non ?

— Je veux la voir par écrit.
— Écoute…
— Tu ne veux pas me faire confiance, donc moi non plus, je n'ai aucune raison de te faire confiance, Kurt. Si tu as inventé une offre pour faire monter le prix, c'est un motif d'annulation du contrat. Rita ne te l'a pas expliqué ? »
J'aurais dû m'abstenir de cette remarque, laisser à Kurt le loisir de me pisser dessus, mais je n'y étais pas arrivé, qu'y puis-je ? Je suis faible.
« L'offre est orale et la personne qui l'a faite souhaite préserver son anonymat.
— Obtiens-la par écrit. Je n'ai même pas besoin de savoir le nom, il me suffit que Rita ait vu l'offre et s'en porte garante, parce que Rita, elle, je lui fais confiance. »
Kurt a lâché quelques jurons, il fallait être d'Os pour comprendre à quels abîmes on se voyait ainsi condamné.
« 18 heures, a-t-il conclu. Chez Rita. »
Carl m'a lancé un regard interrogateur mais quand je lui ai fait signe de libérer son fauteuil, il s'est exécuté tout en poursuivant sa conversation téléphonique, dans son épais accent américain du Midwest. J'ai tapé mon offre en deux courtes lignes sur son ordinateur et je lui ai fait un geste pour qu'il la relise. Sans éloigner le téléphone de son oreille, il a corrigé deux fautes d'orthographe. Je ne voyais pas la moindre raison d'offrir à Kurt un prétexte pour dégainer des blagues sur les dyslexiques. Ayant expédié le texte vers l'imprimante du rez-de-chaussée, j'ai tapoté l'épaule de Carl et je suis sorti de la pièce.
J'ai retenu la porte de l'ascenseur pour un couple d'âge mûr qui arrivait claquettes aux pieds, le corps enveloppé d'un peignoir de bain blanc. La porte s'est refermée, nous sommes descendus en regardant droit devant nous.
Tandis que le couple se rendait au centre de détente et de

remise en forme, je me suis dirigé vers les locaux administratifs, derrière la réception.

La porte était ouverte, une jeune femme blonde classait des feuilles au fur et à mesure de leur impression. Je me suis posté derrière elle. Son café sur l'imprimante, elle dodelinait de la tête, de gros écouteurs sur les oreilles. J'ai toussoté pour annoncer ma présence, je ne voulais pas qu'elle sursaute et renverse sa tasse de surprise en m'apercevant, mais la musique était trop forte.

Les notes qui filtraient me semblaient familières. C'était le riff de la veille.

J'ai toussé plus fort.

La jeune femme s'est retournée, m'a adressé un grand sourire confiant.

« Bientôt terminé ! a-t-elle crié.

— Prenez tout votre temps », ai-je répondu en souriant à mon tour.

J'attendais qu'elle se consacre de nouveau à l'imprimante, mais elle est restée à m'étudier.

« Roy Opgard ?

— Oui. »

Elle a ôté son casque. J'entendais maintenant que ce n'était pas les White Stripes, mais de la musique classique, ou du moins une foule de cuivres et de violons.

« Tu ne me reconnais pas ? »

Je l'ai scrutée. Des yeux intenses trop grands pour son visage fin aux pommettes hautes. Des iris comme stratifiés, un coloris vert au fond, puis du bleu qui mutait en bleu pâle sur le dessus. Il n'y avait pas que la couleur qui soit singulière, l'expression l'était aussi. Carl et moi avions une formule pour désigner ce genre de regard : yeux de chagrin. Des yeux empreints de sensibilité, de vulnérabilité. Si ce n'est que cette fille, qui devait avoir autour de vingt-cinq ans, ne paraissait ni particulièrement vulnérable ni nerveuse, mais soutenait mon regard sans que son beau sourire faiblisse. Et c'était sans doute pourquoi je ne la reconnaissais pas.

« Natalie Moe.

— Natalie Moe ? ai-je répété, incrédule, avant de me ressaisir. Bien sûr ! Mon frère m'a dit que tu travaillais ici, maintenant. Je suis désolé. Ça doit être... comment ça s'appelle, déjà ?... Alz... ?

— Ne sois pas désolé. Je suis ravie que les gens d'Os ne me reconnaissent pas.

— Ah ? »

Elle a haussé les épaules.

« Je pense que tu es bien placé pour le comprendre, Roy. »

J'ai acquiescé du hochement de tête lent qui chez nous peut signifier tout et rien. Et j'ai fini par désigner son casque.

« Qu'est-ce que tu écoutes ? »

Elle a esquissé un sourire, elle avait sans doute compris que je cherchais à changer de sujet.

« La *Symphonie nº 5* de Bruckner.

— Houla ! Il n'y a pas grand monde qui écoute ce genre de musique à Os.

— Moi non plus, d'ailleurs, c'est juste que je suis en train de... enfin, je cherche.

— Tu cherches... »

J'étais incapable d'interrompre mon putain de hochement de tête. Par bonheur, j'ai vu que ses documents étaient tous imprimés et que mon offre d'achat émergeait.

« Voilà mon document, je crois », ai-je dit en pointant l'index.

Elle s'est écartée. J'ai attrapé ma feuille.

« C'est chouette de te revoir, Natalie. Tu hab... ?

— Non, je n'habite pas chez papa. Il est seul maintenant, tu le sais, non ?

— Oui, j'ai appris qu'il était veuf. »

Il est possible qu'elle ait mis davantage dans ce « seul » que le veuvage de son père, mais je n'avais pas besoin de savoir. Il suffisait de la voir, c'était une femme adulte à présent, non plus la pauvre adolescente terrorisée qui avait besoin d'aide. D'aide pour surmonter la honte, d'aide pour partir du bourg, de son foyer.

« On se recroisera sûrement, ai-je conclu.

— Roy ? »

Ça me faisait drôle de l'entendre prononcer mon nom. Natalie et moi avions à peine échangé deux mots quand elle vivait ici et venait de temps à autre faire des achats à la station-service, et pourtant nous avions ceci qui à la fois nous liait et nous tenait à distance l'un de l'autre. Le jour où je l'avais vue dans un café de Notodden, elle avait fait mine de ne pas me remarquer et je m'en étais félicité.

Sur le pas de la porte, je me suis retourné. Elle a prononcé un mot, mais si bas qu'il a été assourdi par le signal sonore de fin d'impression. J'ai souri, communiqué d'un geste que je devais filer.

Quand j'ai débouché sur le parking, l'air d'automne sur mon front était doux et bienfaisant.

Je me suis installé au volant de ma Volvo et j'ai démarré.

J'avais lu le mot sur ses lèvres.

Natalie Moe m'avait dit merci.

8

En m'engageant dans la première montée après Nergard, j'ai perçu un mouvement en contrebas du virage des Chèvres. C'était sur le haut de la falaise, la partie visible au-dessus du pilier extérieur, et il m'a fallu quelques secondes pour intégrer que ce gros animal qui grimpait lentement la roche en léger surplomb était une voiture. Je me suis arrêté pour contempler la scène. Oui, c'était celle du dessous, l'épave d'une Cadillac DeVille noire de 1979. Papa l'avait achetée sans marchander à Willum Willumsen, qui affirmait qu'elle avait été conduite en douceur sur les autoroutes parfaitement rectilignes du Nevada, où le temps était sec comme de l'amadou, et qu'elle était en parfait état, exempte de toute trace de rouille. Deux semaines plus tard, la visite au garage s'imposait et, au cours des années suivantes, cette caisse m'a tout appris en mécanique. L'enseignement le plus important que j'en avais tiré, toutefois, était qu'on pouvait réparer les choses. Toute chose, ai-je cru pendant un certain temps. Je ne le crois plus.

Quand je suis arrivé au virage des Chèvres, les grues mobiles avaient déjà déposé la Cadillac sur la plateforme d'une dépanneuse, par-dessus la DeVille de 1985 de Carl et la Jaguar type E blanche du chasseur de dettes danois. Des hommes surveillaient l'opération. J'en ai reconnu un, le seul qui ne portait pas de vêtements de chantier. J'ai freiné devant l'homme aux traits pakistanais en baissant ma vitre.

« Gilliani ? Vous travaillez à la Direction des routes, maintenant ? »

L'expert de la police scientifique et technique a souri en remontant sur son nez une paire de lunettes d'intello à monture épaisse.

« Vous avez bonne mémoire, Opgard. Ça fait combien de temps ? Sept ? Huit ans ? »

À l'époque, Kurt Olsen avait insisté pour que la police criminelle vienne inspecter les cadavres de Huken. Aucun indice n'avait laissé croire aux enquêteurs de Kripos que c'était autre chose que des accidents. Quand de surcroît ils avaient découvert sur la main du Danois des résidus de tir émanant du pistolet trouvé dans le lit à côté de Willumsen, ils avaient considéré cette affaire-là comme élucidée aussi : le Danois avait tué Willumsen. Le mobile de ce meurtre ? Dès lors que l'un des éléments de l'histoire était une dette de trente millions de couronnes, Kripos pensait pouvoir en envisager plusieurs, mais ne voyait cependant aucune raison de poursuivre ses investigations dans la mesure où les deux parties étaient décédées.

Aujourd'hui, en revanche, après toutes ces années, la police criminelle jugeait légitime de se pencher sur la question.

« Je suppose que c'est Kurt Olsen qui a fait venir Kripos ?

— Peut-être.

— Je vois. Vous embarquez les trois voitures dans votre labo ?

— C'est ce qui est prévu, oui.

— Pourquoi ? Il y a du nouveau ?

— Une nouvelle et meilleure technologie, a répondu Gilliani.

— Ah oui ? » Je me souvenais des gadgets qu'il avait la fois précédente, son détecteur de poudre qui ressemblait à un séchoir à cheveux, par exemple. « Mais pourquoi prendre la vieille Cadillac ?

— Vous le savez peut-être, la prescription sur les affaires criminelles est abrogée.

— Ah non, je ne savais pas, ai-je menti en repensant à ce jour, dans le jardin d'hiver, où Carl et moi avions entendu que le Storting avait modifié la loi.

— Tous les meurtres datant de moins de vingt-cinq ans peuvent désormais faire éternellement l'objet de poursuites.

— Vraiment ?

— Oui. Olsen dit que ça fait moins de vingt-cinq ans que la première voiture est tombée dans ce précipice. C'est bien le cas ? »

J'ai acquiescé. Carl et moi avions juré comme des charretiers quand le reporter de la radio énonçait les conséquences de la mesure. Si la modification de la loi était intervenue quelques années plus tard, nous aurions eu à nous inquiéter de trois meurtres de moins.

« Et vous pouvez relever des traces si longtemps après ?

— On verra. Ni la pluie ni le soleil n'arrivent au fond de cette gorge, et en plus l'ADN, c'est plus robuste qu'on ne l'imagine. »

J'ai tenté d'interpréter l'expression de son visage. Cherchait-il à m'effrayer ou parlait-il librement parce que Carl et moi avions été mis assez radicalement hors de cause la dernière fois ?

« Bonne chance ! » ai-je conclu, en précisant que s'ils restaient tard, j'avais du café dans ma cuisine.

Gilliani a secoué la tête tout en affichant un grand sourire.

J'en étais à ma troisième tasse, la Direction des routes forait les trous pour les montants de la glissière de sécurité. Assourdi par le raffut des travaux et le tintement de la vitre mince de la fenêtre, c'est tout juste si je me suis aperçu que mon téléphone sonnait.

« Oui ? ai-je crié.

— C'est Halden.

— Attendez une seconde. » Je me suis rendu dans le salon, où nous avions fait poser du vitrage digne de ce nom. « Voilà. Eh bien, vous avez pris une décision ?

— Où peut-on se voir ? »

Il paraissait tendu. J'ai réfléchi. Tendu, c'était bien. S'il avait pris contact avec la police, il aurait eu plus de raisons d'être calme. Il m'a laissé choisir l'heure et le lieu, n'a lui-même fait aucune suggestion, ce n'était donc pas un piège. De plus, je supposais qu'il aurait fallu davantage de temps à la police pour élaborer un plan, il ne s'était même pas écoulé quarante-huit heures depuis ma visite.

« Notodden, ai-je déclaré.

— Ce n'est pas trop près d'Os ? Si des gens que vous connaissez nous voient ensemble…

— Hôtel Brattrein. Mercredi à 15 heures. Chambre 333 sauf contrordre. Montez-y directement. Et venez seul.

— Mais Fuhr voudrait…

— … Seul ! Il n'aura qu'à vous attendre dans la voiture s'il veut. »

Il y a eu un blanc et j'ai eu le sentiment qu'il échangeait un regard avec quelqu'un. Fuhr, j'imagine.

« D'accord, Opgard.

— Bon. À bientôt. »

Pourquoi avais-je choisi la chambre 333 ? Parce que je savais à quoi elle ressemblait, que je connaissais les angles de la pièce, par exemple, et l'orientation de la salle de bains ? Non, les chambres étaient probablement toutes identiques. Peut-être fallait-il donc y déceler une certaine nostalgie, je voulais revoir la chambre du premier jour avec Shannon. Ou avais-je fait ce choix parce qu'une malédiction pesait déjà sur cet endroit, j'y avais trahi ma chair et mon sang, m'engageant ainsi sur la voie qui m'a mené à ce que je suis aujourd'hui : un pécheur cynique, ayant perdu la boussole morale qui jadis m'avait fait être quelqu'un, vouloir quelque chose, penser quelque chose. Être là pour Natalie Moe, par exemple, quand personne d'autre ne levait le petit doigt. Deux fois 333. Voilà en tout cas un nombre seyant pour le nouveau Roy Opgard.

J'ai appelé Carl.

« Je vois le gars du tunnel demain.

— D'accord. Il a dit quoi à prop… ?

— … On en parle ce soir. »

J'ai raccroché et je me suis assis dans l'ancien fauteuil à oreilles de papa. Curieusement, quand nous avions fait des travaux de rénovation, Carl avait insisté pour que nous le gardions. J'ai regardé fixement mon téléphone. J'avais évité de prononcer les noms de GeoData ou de Halden et empêché aussi Carl de trop parler. Les menaces de Kurt m'avaient-elles effrayé ? Était-ce le fait que Kripos venait de se tenir, littéralement, aux portes de notre salon ? Ou me laissais-je gagner par la paranoïa de mon frère ?

Je suis retourné dans la cuisine, j'ai pris un stylo qui traînait à côté de la boîte à pain et j'ai signé mon offre. J'ai contemplé le tuyau de poêle qui montait dans notre chambre d'enfants par un trou scié dans le plafond, assez grand pour éviter de mettre le feu à la maison. Carl était inlassablement revenu à la charge pour que nous rénovions la cuisine aussi, je ne sais pas pourquoi j'avais résisté. Il souhaitait garder le fauteuil à oreilles, et moi je voulais conserver le poêle à bois et son tuyau. Je ne voyais pas en quoi l'un ou l'autre étaient de bons souvenirs, mais c'est compliqué, ces histoires d'attachement au passé.

Il était 18 heures tapantes quand j'ai sonné à la porte de Rita Willumsen.

Jusqu'à nouvel ordre, c'était la plus grande maison du bourg et, flanquée de ses deux stupides colonnes de part et d'autre de la porte d'entrée, ce qui s'approchait le plus à Os d'une demeure seigneuriale.

Pendant que j'attendais, je me suis rendu compte qu'en quarante-quatre années d'existence, je ne m'étais jamais retrouvé devant cette porte. La seule fois où j'étais entré, ç'avait été par le sous-sol.

Rita a ouvert, elle me dominait de toute sa splendeur.

« Il t'attend à l'étage, dans la chambre à coucher, a-t-elle annoncé.

— La chambre à coucher ?

— Tu connais le chemin, Roy. »

Elle s'est volatilisée dans le salon avant que j'aie pu l'interroger sur tout ce cirque.

J'ai gravi les marches du large escalier. Un portrait de Willum Willumsen ornait le palier. L'artiste avait beau avoir retouché son double menton et essayé de lui conférer une allure digne plutôt que roublarde, le résultat n'était pas flatteur.

La porte de la chambre, où, là encore, je n'étais entré qu'une seule fois dans ma vie, était entrebâillée. J'y ai passé la tête. Kurt était allongé sur le lit. Certes habillé, mais tant sa pose que son allure générale m'ont évoqué la célèbre photo de Burt Reynolds nu sur une peau d'ours, dans *Cosmopolitan*. À cette différence près que ce n'était pas un cigarillo, mais une cigarette qui pendait entre ses lèvres, et que Kurt avait la tête appuyée sur la main gauche. La droite, il me la tendait.

Je lui ai donné la feuille sur laquelle j'avais tapé mon offre. Il l'a parcourue, avant de la glisser sous le couvre-lit.

« Je pensais que tu pourrais avoir envie de revoir le lieu du crime.

— Oh, mais Rita et moi n'avons jamais baisé ici. »

Il a eu un mouvement de recul, les veines de ses tempes ont sailli.

« C'est l'endroit où tu as buté Willum Willumsen.

— Et tu m'as fait venir ici pour voir comment je réagirais ? »

Rien ne me semblait changé dans la pièce, mais bien sûr, ça s'était passé tôt le matin, en hiver, il faisait nuit. J'ai serré les dents en produisant un bruit de succion.

« Comment tu trouves ta vision aux rayons X, Kurt ?

— Eh ben, mon salaud, t'es vraiment devenu un salaud bien glacial.

— Deux salauds dans la même phrase… Ça me fait penser que je voudrais voir l'autre offre.

— Tu prétendais qu'il te suffisait que Rita l'ait vue.

— D'accord, alors fais-la monter.

— Nan, allez, c'est bon. »

Il a glissé la main sous le couvre-lit, en a tiré une autre feuille, qu'il m'a présentée en cachant la partie inférieure. Le texte court manuscrit était suivi de la mention « Bien à vous », mais Kurt dissimulait le nom. Il s'apprêtait à reprendre le document.

« Attends, ai-je dit.

— Oh, désolé. J'avais oublié que tu étais dyslexique. »

L'offre était en effet de six millions quatre cent mille couronnes, les chiffres ne semblaient pas avoir été trafiqués. J'ai relu le texte. *J'offre pour le camping appartenant à Rita Willumsen la somme de six millions quatre cent mille couronnes norvégiennes. Bien à vous.* Une idée m'est venue. Une idée dont la valeur pouvait dépasser ce million que Carl trouvait juste de payer pour plaire à Kurt.

« Bien.

— Et les thunes ?

— Tu les auras quand le titre de propriété sera signé. C'est la procédure normale. Je pars du principe qu'étant lensmann, tu veux la respecter. »

Il a eu un sourire carnassier.

« C'est l'argent de Rita et je n'y connais rien à ces trucs-là. Mais maintenant, j'ai ça… » Il a tapoté le couvre-lit au-dessus de mon offre. « Et si tu n'allonges pas le fric… » Il s'est passé l'index sur la gorge.

« Mais t'es un vrai chasseur de dettes, ma parole ! À propos, si ce n'est pas le Danois qui a dézingué Willum, c'est peut-être toi. Je veux dire, regarde où tu es maintenant. Tu avais peut-être un plan. »

Il a grimacé.

« Comme si ton âme n'était pas assez laide, Roy.

— Je connais le chemin », ai-je précisé avant qu'il ait le temps de bouger.

En bas, j'ai jeté un coup d'œil dans le salon.

« J'ai acheté ton camping, Rita.

— Félicitations. »

Elle n'a pas quitté des yeux le livre mince qu'elle lisait, probablement un classique. Si elle espérait que Kurt serait aussi réceptif à la littérature que moi, elle avait sans doute déchanté, mais bon, il avait sûrement d'autres qualités.

« Pourquoi l'as-tu laissé reprendre les négociations ? »

Elle a enfin levé un regard las. « Il en avait envie.

— Envie de m'impressionner ? Ou simplement de me pomper mon fric ? »

Elle a poussé un soupir imperceptible. Ses cheveux épais

étaient tressés et noués en un chignon serré. Peut-être pour tirer sa peau et gommer les rides qui commençaient à se voir. J'ai entendu Kurt dans l'escalier.

« Tu as vu l'autre offre ?

— Six millions quatre. Ça m'avait l'air acceptable. »

Je m'apprêtais à la prier d'approfondir cet « acceptable », et puis je me suis souvenu que j'étais content de mon achat et de ce que j'avais obtenu en plus. Je l'ai donc saluée de la tête avant de me diriger vers la sortie.

9

À 6h45, j'ai entendu Carl descendre dans la cuisine. Il s'est servi une tasse du café qui mijotait sur le feu depuis une heure.

« Je te croyais de service aujourd'hui.

— J'ai pu me faire remplacer par Egil. Rita et moi avons rendez-vous à la banque pour signer le titre de propriété. Je vais descendre en avance pour faire le point avec Vendelbo.

— Vendelbo, un homme bon à avoir dans son équipe. »

Carl a aspiré son café, me rappelant papa, qui le faisait refroidir dans une soucoupe avant de le boire. Le bruit nous parvenait par le trou du tuyau de poêle.

« À propos d'équipe, a-t-il continué. Natalie Moe, qu'est-ce que tu crois ?

— Qu'est-ce que je *crois* ?

— Moi, je crois que ça pourrait être une bonne idée de l'impliquer dans le projet du camping. J'ai réfléchi. On a besoin de quelqu'un qui s'y connaisse en marketing. »

Je me suis avancé vers la fenêtre. « Elle est un peu jeune pour un projet d'une telle envergure, non ? Plutôt quelqu'un d'autre, peut-être ?

— Jeune, c'est ce qu'il nous faut. Les jeunes connaissent les réseaux de communication, ils savent ce qui marche. Je t'ai dit que, quand on lui a mis le grappin dessus, elle avait reçu une offre d'une chaîne d'Oslo ?

— Elle est sûrement douée, mais...

— Mais ? »

J'ai hésité. « Tu es sûr qu'elle est fiable ?

— C'est-à-dire ?

— Elle ne risque pas de divulguer dans le bourg les informations qu'on pourrait lui confier ? Quelqu'un qui travaille avec nous deux... On ne peut pas avoir des gens qui fouinent trop dans les... trucs privés.

— Natalie est professionnelle. C'est une fille sérieuse. Je t'assure. »

Sans savoir pourquoi, j'étais réticent. De toute évidence, Natalie avait le sentiment de m'être redevable et pourtant, enfin, justement, ça pouvait vite devenir trop personnel.

« Je ne sais pas. Ça me paraît prématuré de penser au marketing.

— Prématuré ?! Maintenant, tu as le camping, tu as les plans et tu as un entrepreneur qui est d'accord pour construire. Quand le rapport impliquant qu'on va garder la nationale sera livré, il ne restera qu'à vendre le projet à Vendelbo et à la banque. Et là-dessus, j'en connais un rayon, tu le sais.

— Ah bon ? » Les nuages traînaient au-dessus de l'Ottertind, on annonçait de la pluie dans la journée. « Et si les banquiers refusent ?

— Ils ne refuseront pas.

— J'ai évoqué le montant auprès de Vendelbo pendant le match. Il ne s'est pas évanoui, mais il a souligné que c'était une question de garanties.

— Précisément. Quand la nouvelle de la nationale tombera, la valeur de tes propriétés et des miennes va exploser et on pourra offrir à la banque toutes les garanties du monde. Une fois qu'on aura le prêt, le spectacle commencera, on pourra vendre la mèche, et là, il faudra qu'on ait bien préparé notre plan médias. Il faut faire appel à des pros comme Natalie pour maximiser l'effet bluffant. On n'a qu'une seule occasion de produire une bonne première impression, pas vrai ? »

J'ai hoché la tête, sans grande conviction.

« D'accord ? »

J'ai soupiré. « D'accord. »

Il est venu me rejoindre à la fenêtre. Posant la main sur mon épaule, il a bu une gorgée de café.

« J'ai bien l'impression que nous allons avoir une glissière de sécurité, a-t-il commenté.

— On dirait. »

Les locaux d'Os Sparebank se trouvaient dans le bâtiment morne des années 1980 qui hébergeait l'administration municipale, le poste de lensmann et le cabinet médical. Le directeur Asle Vendelbo et moi observions Rita pendant qu'elle relisait le contrat de vente. Vendelbo avait confirmé que la propriété n'était pas hypothéquée et qu'elle n'était pas non plus soumise aux règles de concession, la vente ne comportait donc aucune clause d'autorisation de la transaction par les pouvoirs publics. Il avait aussi précisé que le montant était transféré de mon compte à celui de la banque, et le virement sur le compte de Rita pouvait être effectué tout de suite.

« Formulations standards d'un bout à l'autre. Sinon, pour la bonne règle, j'ai simplement écrit qu'il y avait une autre offre à six millions quatre, puisque j'ai cru comprendre que vous ne souhaitiez pas joindre de récapitulatif des offres précisant les noms d'autres enchérisseurs. »

Rita et moi avons acquiescé.

Vendelbo a fait signe à son assistante de venir servir de second témoin à la signature du titre de propriété, des copies et des documents de vente. Une fois le tout dûment tamponné et paraphé, et assorti des déclarations des témoins, Vendelbo nous a félicités, moi pour mon achat, Rita pour sa vente, puis il nous a raccompagnés à la sortie.

« Au fait, Roy, pourrais-je vous retenir une minute à propos d'un autre sujet ? » m'a-t-il murmuré alors qu'il me tenait la porte.

Rita a eu l'air soulagée de ne pas avoir à sortir en même temps que moi. Nous l'avons regardée partir. Il m'arrive de soupçonner les femmes de chalouper un peu plus quand elles se savent épiées par des hommes, mais pas Rita Willumsen. C'est sa démarche naturelle, point final, aussi souple qu'un félin.

« Merci de votre aide pour le contrat de vente. Et merci aussi de m'avoir accordé le prêt rapidement.

— En temps normal, nous n'aurions pas autorisé un tel emprunt pour le camping, mais dans la mesure où il s'agissait du simple transfert d'un emprunt existant d'un client à un autre, nous ne voulions pas compliquer la situation. »

Rita est montée dans sa Saab Sonett. Incroyable ce qu'elles vieillissaient bien, toutes les deux. La classe, ai-je pensé. Oui, il y avait là beaucoup de classe. Et ce serait sans doute la dernière chose à laquelle Rita renoncerait.

« La raison pour laquelle vous permettez un tel niveau d'endettement, c'est que l'emprunt est transféré d'un emprunteur pas trop sûr à un emprunteur qui l'est nettement plus, ai-je rétorqué. Vous avez consulté les comptes de Willumsen AS, je suppose. Je pense que vous n'êtes pas mécontents que Rita vende et réduise ainsi son endettement. »

Vendelbo n'a fait qu'esquisser un maigre sourire. La discrétion des directeurs de banque... Il s'est éclairci la voix.

« Je voulais simplement vous informer que j'ai touché deux mots à l'agence régionale concernant cet emprunt de plusieurs dizaines de millions de couronnes dont vous me parliez et, malheureusement, il semblerait qu'on ne soit pas très enclins à accorder un crédit pour financer un projet dans un lieu aussi périphérique. Ou plus exactement on ne voit pas d'un très bon œil que les seules garanties fournies s'y situent aussi. Votre patrimoine est essentiellement constitué de biens immobiliers à Os et l'agence régionale n'ignore pas combien les prix ont chuté depuis la décision sur le tunnel de Todde. Mes interlocuteurs pensent que la baisse va continuer.

— C'est qu'ils ne voient pas que ça bouge à Os. L'hôtel marche du tonnerre, il s'en sortira sans nationale aussi. »

Vendelbo a poussé un soupir et s'est balancé d'avant en arrière en tirant sur la ceinture de son pantalon.

« L'hôtel ne suffit pas, Roy. Os suffoque, et d'ici trois ou quatre ans, il n'est même pas certain que cette banque soit toujours là. À titre personnel, je me félicite de tout ce qui pourrait insuffler de la vie dans le bourg, mais l'agence régionale ne voit pas pourquoi elle donnerait la priorité à Os. Elle a commencé à examiner des projets à Todde.

— Todde ?! Il n'y a même pas de localité du nom de Todde.

— Non, mais il pourrait y en avoir une à l'avenir.

— D'accord. Et vous avez envie d'être directeur de banque à… » J'ai craché le nom. « … Todde ? »

Il a réfléchi.

« Eh bien, non.

— Non. Bon. Quoi qu'il en soit, merci de m'avoir informé. »

J'ai boutonné mon blouson Levi's. Julie m'avait prédit le retour de la mode des blousons en jean à col sherpa. J'attendais toujours.

Je regagnais ma voiture quand mon téléphone a sonné. Je n'ai pas reconnu le numéro, mais ne voyant pas de notification de démarchage, j'ai répondu.

« Oui ?

— Oui, allô, c'est Natalie. Carl m'a demandé de t'appeler. »

J'ai juré entre mes dents. Ça ne me dérangeait pas que Carl soit dynamique, comme on dit, mais il se précipitait, l'avait toujours fait. Et quand il trébuchait, c'était toujours à moi, son grand frère, de le rattraper.

« Tu as un projet dont tu aimerais discuter, si j'ai bien compris.

— En quelque sorte.

— Très bien. Je suis prête. Tu peux quand ? »

J'ai réfléchi, consulté ma montre. Le lendemain, j'allais à Notodden. Le surlendemain, j'avais promis d'assurer le service du matin et celui de l'après-midi en contrepartie des heures qu'effectuait aujourd'hui Egil à ma place. Autant le faire maintenant.

« Et si je te disais tout de suite ?

— D'accord. Où ?

— Au camping. Tu as une voiture ?

— Ouaip. J'y serai dans dix minutes. »

Neuf minutes plus tard, Natalie descendait de sa Mitsubishi poussiéreuse et marchait vers moi. Elle était belle. Elle l'était sûrement déjà, adolescente, mais je ne l'avais pas vu. Ou alors elle ne le montrait pas, à marcher voûtée, tête baissée, afin de se cacher derrière ses cheveux noirs. À l'inverse de Julie, qui, avec son côté nature, son tempérament extraverti et ses formes féminines précoces, débordait d'assurance et était bien sûr une proie recherchée des tuneurs qui traînaient autour de la station-service tels des prédateurs autour d'un point d'eau. Enfin, prédateurs, l'image est particulièrement mal choisie, ces petits jeunots ne tardaient jamais à obéir à Julie au doigt et à l'œil.

Non, les véritables prédateurs de l'Os d'alors restaient dans leurs cavernes, entre quatre murs.

Bref. J'ai constaté que le pas chaloupé de Natalie n'était pas sans évoquer celui de Rita.

« Eh bien, ça fait très longtemps que je ne suis pas venue ici », a-t-elle déclaré.

Encore ce regard direct, comme si, à un moment donné, elle avait décidé qu'elle regarderait les gens droit dans les yeux, s'y était exercée, et avait manifestement réussi. En tout cas, ça me paraissait parfaitement naturel. J'avais moi-même souvent formé le vœu d'être aussi extraverti, comme Carl. Toutefois, c'était peut-être inné chez Natalie, cette clarté avait peut-être toujours été en elle, seules les circonstances avaient assombri et atrophié sa nature. Tandis que moi j'avais grandi dans l'obscurité et été sombre dès le départ. Non, je ne m'étais jamais figuré pouvoir subir de grande métamorphose, comme on dit. Machinalement, nous avons emprunté le sentier qui serpentait entre les vingt cabanons et menait au lac. La pelouse avait besoin d'une tonte, les chalets, d'un coup de pinceau. La saison était terminée, mais Rita m'avait transmis une liste des dernières réservations. Nous étions convenus que, jusqu'à la fin de l'automne, les clients viendraient chercher les clefs, le linge de lit et les serviettes de bain à la station-service.

« Tu sais, on venait se baigner ici en été, a raconté Natalie. Je n'avais pas la permission de papa, il s'inquiétait des garçons qui y séjournaient, alors je m'étais adressée à maman en arguant que la seule belle plage du lac était celle du camping et du coup, elle m'y avait autorisée.

— Une femme intelligente. »

Elle a souri.

« Peut-être, mais je mentais, parce que c'était pour voir des garçons, évidemment. »

Nous avons ri. Il avait dû y avoir un avant et un après dans sa vie, un âge de l'innocence avant que le prédateur ne frappe.

« Et toi ? Tu venais ici quand tu étais gamin ?

— Bien sûr. C'était avant les chalets. Les campeurs logeaient en caravane ou sous la tente. Une année, je m'étais fait un ami. Après ça, j'y suis descendu tous les étés, mais je ne l'ai jamais revu. Enfin, une fois, j'ai vu un garçon qui m'a paru lui ressembler, je l'ai appelé par son prénom, le prénom de mon ami, quoi, il a regardé ses copains en se marrant et il m'a demandé où était mon banjo. Ensuite, je ne suis plus revenu. Jusqu'à il y a deux ou trois ans. »

Elle est restée silencieuse et je me suis rendu compte que c'était bizarre de raconter une histoire pareille à quelqu'un qu'on ne connaissait pas. Et que je ne l'avais auparavant racontée qu'à une seule personne, à l'époque je n'avais pas songé à quel point elle me donnait l'air esseulé. Parce que Shannon le savait déjà.

Je me suis éclairci la gorge.

« Si je suis revenu à cet endroit, c'est que j'ai eu une idée. Et puis j'ai mis la main sur des croquis qui montrent qu'elle peut être mise en œuvre ici. »

Je ne voyais aucune raison de mentionner qu'en réalité, c'était l'inverse, j'ai néanmoins noté que je venais de mentir pour la première fois à Natalie Moe.

« Des montagnes russes ? a-t-elle dit.

— Nom d'un chien… Carl ?

— Oui.

— J'espérais voir ta tête la première fois que tu en entendrais parler.

— Pourquoi ?

— Pour avoir une idée d'où tu aurais spontanément placé le projet sur l'échelle de la folie. »

Elle a ri.

« Carl a trouvé que je n'avais pas l'air particulièrement choquée.

— Non ? Et lui qui prétend que tu es sérieuse dans ton boulot…

— Mais je le suis ! »

Elle a continué de rire, son rire me rappelait celui de Shannon. Évidemment. Parfois, je me demandais quand je cesserais de la chercher parmi les vivants, mais c'est ancré en moi comme un putain de virus, pas toujours actif, mais présent dans mon sang pour toujours. Je me suis efforcé de chasser ces pensées.

« C'est toujours comme ça, les idées originales, a poursuivi Natalie. La première fois qu'on en entend parler, on les trouve délirantes. Et quand leur succès est prouvé, on se dit que la seule chose dingue, c'est que personne n'y ait pensé plus tôt. Raconte.

— Je ne sais pas ce que Carl ne t'a pas raconté.

— Il m'a seulement expliqué qu'il s'agissait de montagnes russes en bois. Et qu'elles allaient se trouver ici. »

Nous nous sommes assis sur un banc devant la remise à bateaux. Je lui ai exposé le projet, précisant que l'idée était de construire un prolongement de l'hôtel, adressé plus spécifiquement aux familles. À l'heure actuelle, l'établissement n'avait pas grand-chose à proposer aux enfants. Une petite piscine, l'espoir d'apercevoir un renard ou un chevreuil lors d'une promenade en montagne. Mais les familles qui voulaient se baigner se rendaient plutôt au Sommarland de Bø, juste de l'autre côté de Notodden, et pour les animaux, c'était le parc animalier de Kristiansand. Je lui ai parlé de ma virée en Pologne pour voir Zadra, le plus grand circuit en bois du monde.

« La ville s'appelle Zator, elle n'est pas tellement plus grande qu'Os et c'est en rase campagne, à une heure dix de route de

Cracovie, mais on y trouve le plus grand parc à thèmes du pays. Ils ont toutes sortes d'attractions, bien sûr, mais les montagnes russes sont le point d'orgue. C'est ce qui décide les pères à faire une heure de route un dimanche.

— Et tu imagines ça ici ? Un parc d'attractions pour toute la famille ?

— Oui, mais d'abord, il y aura les montagnes russes.

— Évidemment. »

L'heure du premier test était venue. Je me suis éclairci la voix.

« Pourquoi "évidemment" ? »

Elle a répondu sans hésitation.

« Parce que des montagnes russes signalent le niveau d'ambition du parc. Elles feront les gros titres de la presse et généreront certaines attentes pour le reste. Or la recette du succès est de créer des attentes élevées et de les combler. Ça peut même marcher quand on n'est que partiellement à la hauteur si les attentes sont suffisamment élevées. C'est mieux que de dépasser des attentes moyennes, si tu vois ce que je veux dire.

— Pourquoi ?

— Parce que les attentes jouent sur la perception. Un exemple célèbre est celui de cette épicerie fine de New York qui avait présenté du fromage sous deux étiquettes différentes, l'une disait simplement "fromage à la coupe", l'autre, "fromage coupe traiteur". Quand on a ensuite sondé les clients sur le fromage acheté, le taux de satisfaction était nettement supérieur chez ceux qui avaient opté pour la "coupe traiteur". Enfin, il y a des limites, bien sûr, si un parc d'attractions promet bien plus qu'il ne tient, la sanction des clients n'en est que plus dure. »

Je me suis adonné au lent hochement de tête d'Os.

« Donc ce en quoi tu peux m'aider, c'est…

— … créer de l'attente. À toi ensuite d'y répondre.

— Je vois. Et comment comptes-tu t'y prendre ?

— Aujourd'hui, je voulais juste me renseigner sur ce que tu planifies, et je vais réfléchir à la question.

— Eh bien… » L'assurance inattendue qu'elle affichait me laissait pantois, je ne savais presque plus que dire. « En fait, c'était l'idée de Carl que je t'en parle, je doute d'avoir besoin de quelqu'un pour assurer le marketing à ce stade. Et puis, l'hôtel et ce projet sont deux choses distinctes, donc tu n'as aucune obligation de ce point de vue.

— Je sais. » Elle a souri. « Le cas échéant, je le ferai sur mon temps libre en te facturant mes heures.

— Oh merde ! Et le compteur tourne en ce moment ? »

Elle a ri.

« Pas encore.

— Bon, ça va. Laisse-moi y réfléchir. »

Nous avons regagné nos voitures.

« Tu as perdu un peu de ton dialecte pendant tes études à Oslo, non ?

— J'ai perdu plus que ça. »

Elle m'a observé en gardant un œil fermé. J'ai pensé à ce que Shannon nommait *ptosis*, cette paupière lourde congénitale. Je ne savais pas si son regard m'incitait à l'interroger plus avant ou au contraire m'en dissuadait, mais quoi qu'il en soit, je m'en suis abstenu.

Un homme replet en slip et T-shirt est sorti d'un chalet. Il a roté et s'est gratté le bras tout en nous dévisageant.

Je suis resté à côté de la Mitsubishi de Natalie pendant qu'elle s'installait au volant. La musique s'est allumée quand elle a tourné le contact. Du violon, encore, mais folklorique, cette fois : du violon Hardanger.

« C'est quoi ?

— Odd Bakkerud. Tu aimes ? »

J'ai écouté. Ça sifflait, ça hurlait. Papa coupait systématiquement la radio dès qu'il entendait de la musique folklorique, mais ceci me rappelait… oui, quoi, d'ailleurs ?

« Des trucs psychédéliques, ai-je dit. C'est nouveau ? »

Elle a ri.

« Années 1950. À l'époque, il jouait dans des bals. C'était avant qu'il aseptise son jeu. »

Jimi Hendrix. C'était ce que ça me rappelait. « Purple Haze » à Woodstock. Mais bien sûr, putain !

« Samedi matin. On pourrait discuter à ce moment-là ?

— Tu n'étais pas censé réfléchir à la question ?

— C'est fait. 10 heures ?

— D'accord.

— Tu sais où se trouve Opgard ?

— Évidemment. Tu connais mon tarif horaire ?

— Non, mais je suppose que tu n'as pas l'intention de me plumer. »

Natalie m'a scruté d'un air étrange.

« Il n'y a pas que moi, je crois que toi aussi, tu as changé, Roy Opgard.

— Ah bon ? Comment ?

— Ça, je ne sais pas. »

Puis elle m'a annoncé son tarif horaire, a remonté sa vitre et est partie. Je l'ai regardée s'éloigner en songeant qu'il était temps de reconsidérer ce principe de ne jamais marchander.

10

Le mercredi matin, j'ai téléphoné à Vera Martinsen de Kripos. Elle était venue à Os pour enquêter sur le décès du chasseur de dettes danois, Poul Hansen. Nous nous étions plu. D'aucuns parleraient peut-être de liaison, elle avait en tout cas fait quelques fois le trajet vers Os, et moi, vers Oslo. Ç'avait été sympa, sûrement thérapeutique, mais en ce qui me concerne, tout cela arrivait trop tôt après Shannon pour que je parvienne à mobiliser de très grands sentiments. Aux dernières nouvelles, Vera avait rencontré un type au boulot et ils avaient emménagé ensemble.

Nous avons parlé de nos vies – elle avait plus à raconter que moi –, puis j'en suis venu au fait. Ou plutôt, c'est elle qui y est venue.

« Tu t'interroges sur l'examen des voitures ?

— Oui.

— Et tu sais que je ne suis pas autorisée à en parler.

— Oui.

— Mais tu veux que je le fasse quand même. »

J'ai perçu dans son ton un reproche.

« Oui, j'en ai bien peur. Il s'agit de mes parents, Vera. Mets-toi à ma place, si quelqu'un est responsable de leur mort, j'aimerais le savoir ; toi aussi, à ma place, tu l'aurais voulu.

— Sans doute, oui. A fortiori si je risquais d'être suspectée. »

Je me suis raidi. À l'époque, Vera avait balayé les accusations de Kurt Olsen. Elle les avait qualifiées de théories conspirationnistes, m'avait expliqué qu'ils avaient fait le déplacement à Os uniquement parce que Kripos menait une politique de soutien aux petits postes de lensmann. Avait-elle changé d'avis ?

« Je me suis mal exprimée, a-t-elle ajouté, comme si elle avait senti ma tension. Ce que j'entendais par là, c'est simplement que, quoi que nous trouvions, ton lensmann cherchera un moyen de vous y relier, ton frère et toi. Il a l'air aussi motivé qu'à l'époque.

— D'accord. »

Il y a eu un silence.

« Mais vous avez découvert quelque chose ? ai-je fini par l'interroger.

— Roy…

— Je sais. Désolé. Ça m'a fait plaisir d'entendre de nouveau ta voix, Vera. Et je suis content que tout roule côté cœur. Bonne chance pour la construction de votre maison et prends garde à ne pas en faire un motif de divorce.

— J'y veillerai. Salue le pluvier doré de ma part.

— Je n'y manquerai pas. »

Je n'ai pas raccroché. Elle non plus.

« Ils ont trouvé du sang. Et des cheveux. »

J'ai attendu. Rien de plus. Elle avait raccroché.

En partant pour Notodden, j'avais mis J. J. Cale, mais au bout de quelque temps, je me suis rangé sur le bas-côté pour chercher Odd Bakkerud sur mon téléphone. J'ai choisi la première chanson qui apparaissait et repris la route. Comme tout le monde, j'avais déjà entendu « Fanitullen » et ses passages de cordes pincées de la main gauche, mais ce *chant du diable* ne véhiculait pas la folie du morceau que Natalie avait écouté dans sa voiture.

Je me suis garé derrière l'hôtel Brattrein avec une demi-heure d'avance. Parmi les rares véhicules du spacieux parking, un seul était immatriculé à Oslo et ce n'était pas l'Audi de Halden.

C'est pourquoi, en réclamant les clefs de la chambre 333 à la réception, j'ai été surpris d'apprendre que mes invités étaient arrivés.

Mes invités, au pluriel.

Merde! La police? J'ai attendu l'ascenseur. Devais-je repartir?

Avant même de rendre visite à Halden à Oslo, j'avais essayé de me renseigner sur le soudoiement ou ce qu'on appelle le trafic d'influence, que je supposais être l'infraction concernée. Autant être informé de ce qu'il y avait dans la balance pour Halden, Fuhr et moi-même. Telle que je comprenais la situation, les deux parties étaient passibles de trois ans d'emprisonnement, mais l'article 389 du Code pénal parlait uniquement d'accepter de l'argent, aucune mention n'était faite ni de la négociation d'un pot-de-vin ni de son évocation.

L'ascenseur est arrivé, je suis monté.

Halden était assis au bureau et Fuhr, que j'avais vu en photo sur Internet, dans le fauteuil près de la fenêtre. Ils se sont levés, j'ai serré la main de Halden.

« Je sais que vous auriez préféré que je vienne seul, mais mon associé a insisté. Les enjeux sont tout de même importants pour nous tous, a-t-il expliqué.

— Jon Fuhr », s'est présenté l'homme à ses côtés.

J'ai observé ledit Jon Fuhr et sa main tendue, ce n'était pas le même genre que Halden. Cheveux en brosse, bomber kaki. Râblé, musclé, quelques boutons d'acné suggérant la consommation de stéroïdes anabolisants, le nez de travers, marque d'une pratique des sports de combat, peut-être. Ensuite, il ne dégageait pas du tout la même chose : il était froid, provocateur, sûr de lui. À l'instar de sa condamnation pour détournement de fonds, sa peine de prison pour violence avait été assortie d'un sursis. Une histoire de légitime défense, mais d'une brutalité excessive.

Je lui ai serré la main.

« Bonjour.

— C'est *Roy* Opgard, n'est-ce pas ? »

J'ai confirmé d'un hochement de tête. Surpris qu'un prénom ordinaire de trois lettres lui pose un problème, j'ai essayé sans succès de croiser son regard.

Nous nous sommes assis, moi à la dernière place disponible, le bord du lit double dans lequel Shannon et moi avions couché. Du moins, je supposais que c'était celui-là, car rien ne semblait avoir changé dans la chambre.

« Alors, à quelle conclusion êtes-vous parvenus ? »

Halden a cligné rapidement des yeux, ses gestes traduisaient une certaine nervosité, rien de très étonnant à cela.

Fuhr a toussoté.

« Avant de répondre, nous voudrions juste clarifier certains points. Ça vous va ?

— Envoyez !

— Vous, Roy Opgard, voulez donc nous soudoyer, nous, GeoData, en nous versant la somme de douze millions de couronnes pour que nous livrions à la Direction des routes un rapport fallacieux sur le tunnel de Todde. »

Je l'ai dévisagé. Il s'exprimait de façon bien alambiquée. J'ai baissé les yeux. L'étoffe de son bomber était suffisamment fine pour que je repère dans sa poche la lumière de l'écran de son téléphone.

« Excusez-moi une seconde. »

Je me suis rendu dans la salle de bains.

Si. Les serviettes étaient différentes. Celles-ci étaient bleu ciel, celles d'autrefois, blanches. Aussi blanches que la peau irlandaise de Shannon, elle avait eu l'air d'être nue quand elle était sortie de la salle de bains, une serviette autour du corps. J'ai ouvert le robinet, me suis regardé dans le miroir. Natalie Moe disait que j'avais changé, qu'entendait-elle par là ? C'est clair qu'on change en plus de huit ans, on vieillit. Mais ce n'était pas à cela qu'elle pensait, si ? J'ai pianoté sur mon téléphone et je l'ai enfoncé à demi dans un verre à dents en l'orientant vers la porte. Après avoir enroulé une petite serviette autour de ma main droite et fermé le robinet, j'ai regagné la chambre.

Il y a une ou deux choses à savoir sur l'art de se battre. L'une d'elles est que malgré tout l'entraînement qu'on a suivi, quand on tombe sur quelqu'un qui a passé sa jeunesse à se bagarrer au bal du samedi soir, on est mal barré. En premier lieu parce que, dans les sports de combat, on apprend à attendre le signal de l'arbitre. Ne m'arrêtant pas pour refermer la porte derrière moi, je me suis servi de mon élan et j'ai fait ce que papa m'avait enseigné quand nous tapions sur le sac de frappe dans la grange : j'ai projeté la hanche en avant et j'ai activé les muscles de mon épaule. Dans la mesure où Jon Fuhr était assis et où le fauteuil était large, le crochet bas s'imposait. Ayant la tête calée contre le dossier, il ne pouvait pas la rejeter en arrière ou sur le côté pour amortir le coup.

Quand ma droite a heurté son nez, le bruit m'a rappelé un sachet de chips qu'on écrase.

Halden a poussé un cri, tandis que Fuhr a gémi.

Il n'a pas eu le temps de se protéger avant que je frappe encore. Même endroit, mais pas de craquement, cette fois ; de toute évidence, son nez était en bouillie. Fuhr a fermé sa garde et levé les avant-bras devant son visage, il a serré les poings, tout en baissant la tête. Faisant un pas vers le côté du fauteuil, j'ai glissé la main gauche dans la poche du bomber et en ai retiré le téléphone. Samsung, même genre que le mien. J'ai contemplé le graphique des ondes sonores avant d'arrêter l'enregistrement en cours et de l'effacer. Ensuite, j'ai balancé l'appareil sur les genoux de Fuhr. Il a reculé, escomptant sans doute un coup dans le ventre. Puis il a lentement abaissé les bras, laissant apparaître une paire d'yeux luisants de douleur et un nez encore plus de travers. Le sáng s'écoulait de ses narines vers sa lèvre supérieure projetée en avant et gouttait sur son blouson dans un spectacle semblable à la fonte des neiges en montagne au printemps.

« Quand on tend un piège, ai-je décrété, il faut veiller à ce que le piège ne soit pas plus bête que la proie. »

Fuhr m'a étudié, il a songé à se lever, a évalué ses chances de me battre. Sagement, il s'en est toutefois tenu à l'idée.

« C'était... c'était par mesure de précaution », a précisé Halden.

Il était blême, avait l'air nauséeux.

« Pour le cas où on aurait livré le rapport et où vous n'auriez pas payé », a ajouté Fuhr avec un grognement qui, conjugué au sifflement de son nez cassé, produisait une belle double note, comme le violon Hardanger de Bakkerud.

J'ai renâclé avec dédain.

« Parce que dans ce cas, vous m'auriez menacé de présenter l'enregistrement à la police ? Pour qu'on écope tous les trois de trente-six mois de taule ? Cela ne me semble pas franchement convaincant. »

Ils se sont regardés. Fuhr a pris la parole.

« Dans les faits, si vous n'aviez pas payé, on n'aurait pas été soudoyés, et on aurait pu vous menacer de dire à la police que nous avions remis un rapport fallacieux pour vous tendre un piège. On aurait expliqué qu'on n'avait pas prévenu les autorités au préalable, parce que la police n'a pas le droit d'être partie prenante d'une opération visant à provoquer la commission d'une infraction à la loi. » Il s'est autorisé un petit sourire, le con. « On aurait souligné qu'il nous tenait à cœur de contribuer à ce que les criminels se fassent prendre, surtout ceux qui disposent de ressources importantes. Et on aurait ajouté qu'on était prêts pour la publication de notre véritable rapport.

— Qui est déjà bouclé ? »

Il a hoché la tête en s'essuyant le nez sur sa manche.

« Vous aussi, à notre place, vous auriez assuré vos arrières, Opgard. »

J'ai acquiescé. Il avait raison. Assurer ses arrières. Oui, nous pensions pareil. Sans quoi ma suspicion n'aurait sans doute pas été éveillée par son récapitulatif surexplicite et totalement superflu de la situation, rappelant le procédé cinématographique de « l'exposition ». Halden et Fuhr souhaitaient que j'énonce mon nom complet et que j'aille jusqu'à parler de la Direction des routes. Toutefois, c'est cet amateurisme qui m'incitait à les croire maintenant. J'ai déroulé la serviette de mon poing droit et tendu la main à Fuhr.

« Écoutez, ai-je dit en me rasseyant sur le lit. Nous ne sommes ni les uns ni les autres des voyous, nous faisons simplement ce que nous devons faire. Vous, pour sécuriser les postes de vos employés dans une période difficile. Moi, pour assurer la survie du bourg. À cet instant précis, nous sommes dans un cas de figure où nous pouvons tous obtenir ce que nous voulons, mais pour y parvenir, nous allons devoir renoncer à ce climat de suspicion. »

J'avais de la peine à juger de l'accueil que recevait mon laïus, mais j'ai continué.

« C'est un acte de confiance. »

J'avais employé l'expression une fois dans ma vie. Quand Willum Willumsen et moi nous étions serré la main pour sceller notre promesse de ne pas chercher à nous tuer l'un l'autre. La promesse avait tenu, en tout cas quelque temps.

« Et pour témoigner de nos bonnes dispositions, voici une petite avance. Il y a deux cent mille couronnes. »

J'ai tiré une grosse enveloppe de ma doudoune et l'ai lancée sur la table entre eux. Ils l'ont contemplée. J'ai parié intérieurement que Fuhr la prendrait le premier. Gagné !

« Et le reste ? »

Il a passé le pouce sur la tranche des billets de mille avec une nonchalance affectée.

« Deux semaines après la publication du rapport.

— Pourquoi si longtemps ?

— Parce que c'est le temps qu'il faut à la banque pour traiter ma demande de prêt.

— De prêt ? » Fuhr a échangé encore un regard avec Halden. « Pourquoi attendre le rapport pour déposer votre dossier ?

— Parce que c'est le rapport qui va les inciter à l'accepter. Je possède une station-service plus un certain nombre de biens immobiliers qui prendront soudain de la valeur et pourront être hypothéqués si on apprend que la nationale va continuer de desservir le bourg. »

Fuhr n'avait pas l'air ravi, ravi ; cela dit, avec un nez fraîchement broyé, je suppose que l'extase n'est pas facile à exprimer.

« Je le disais, nous allons être obligés de nous faire mutuellement confiance », ai-je conclu.

Fuhr a observé Halden. Ils ont acquiescé.

« Le rapport sera publié jeudi en huit », a conclu Halden.

Debout à la fenêtre, je les ai regardés traverser le parking, monter dans la Mercedes immatriculée à Oslo. Nous avions examiné les points principaux du rapport et ils avaient souligné que les données n'étaient pas falsifiées, mais à peine surinterprétées. Si jamais les autorités routières confiaient l'examen du dossier à une instance indépendante, celle-ci serait forcée de tirer la même conclusion que GeoData ; à tout le moins, elle ne pourrait pas la contester. Creuser le tunnel de Todde n'était tout simplement pas possible. Jadis, l'ancien et le nouveau maire d'Os s'étaient rendus ensemble à Oslo pour présenter au Storting leurs arguments en faveur de l'autre solution. Moins coûteuse, elle revenait à une amélioration de la route existante tout en conservant son tracé. Cependant, elle ne permettait pas de raccourcir le trajet des automobilistes ne désirant pas visiter la région, mais simplement de rallier un point B depuis un point A, et Os n'était ni A ni B. Maintenant, si le tunnel était abandonné alors qu'on avait promis une nouvelle nationale, la proposition d'améliorer la voie actuelle avait de fortes chances de revenir sur le tapis, et si elle était adoptée, non seulement Os échapperait à l'isolement, mais ça le rapprocherait de contrées civilisées comme Oslo et Drammen.

Les phares de la Mercedes se sont allumés, elle a démarré et disparu.

Dans la salle de bains, qui était restée ouverte, je me suis penché vers le verre à dents contenant mon téléphone et, prenant mon meilleur ton de présentateur télé, j'ai dicté : « Nous sommes dans la chambre 333 de l'hôtel Brattrein et nous venons de voir Bent Halden et Jon Fuhr, associés de GeoData, recevoir deux cent mille couronnes en acompte du paiement d'un rapport fallacieux sur le tunnel de Todde. »

J'ai retiré mon téléphone du verre, appuyé sur la touche « stop ». Ensuite, je me suis allongé sur le lit et j'ai visionné l'enregistrement depuis le début. Halden n'apparaissait pas sur les images, mais on voyait mon dos et Fuhr qui comptait l'argent avant de glisser l'enveloppe dans sa poche. On entendait notre conversation. Je le disais, eux et moi avions eu la même idée en tête : assurer nos arrières.

J'ai fermé les yeux et senti mon propre poids sur le matelas. C'était le même qu'avant.

Sur le chemin du retour, j'ai trouvé un album intitulé *Warg Buen*. C'était des trucs plus récents. Un duo de violons Hardanger qui, à mes oreilles, ressemblait plutôt à une course contre la montre. Cool. J'ai monté le volume et roulé trop vite, deux de mes dépassements ont été limites, il fallait que je me calme. Certes. Mais Halden et Fuhr avaient pris l'argent, le sort en était jeté, je devais bien le fêter d'une manière ou d'une autre. Et sinon seul dans une voiture, avec qui ? Carl ? Oui, forcément, il n'y avait personne d'autre dans notre équipe. Et notre plan, qu'était-il ? Construire ces montagnes russes, d'accord, et après ? Quel était le plan avec un grand P ? Bon sang, mais est-ce que j'allais recommencer à me torturer avec ces trucs-là maintenant ? C'est comme de demander quel est le sens de la vie. Il faut patauger bien longtemps dans les marécages avant de retrouver un sol sec, si tant est qu'on le retrouve, parce que, si on mesure l'insignifiance de ce qu'on fait, de ce qu'on est, on peut être amené à opter plutôt pour une balle dans la tête. J'étais parvenu à garder cette pensée à distance adéquate. Je dis adéquate, parce que c'est tout de même un certain réconfort, une consolation de savoir qu'on dispose de cette porte de sortie. Après la mort de Shannon, quand tout avait perdu son sens, j'avais compris que la seule chose qui puisse ranimer mon désir de vivre était le danger. Le rappel constant que la vie pouvait vous être dérobée engageait à s'y cramponner, à la manière d'un enfant lassé d'un jouet qui se met à hurler à pleins poumons quand il voit un autre enfant le prendre. Cela expliquait peut-être un certain nombre de choses. Ma joie quand j'étais entré dans cette chambre d'hôtel, mon sentiment d'être prêt à affronter n'importe quoi, et volontiers ma fin, d'ailleurs. Mon vague espoir que le chariot déraillerait sur les montagnes russes, en Pologne. Mes picotements sur le cuir chevelu quand je réentendais Vera Martinsen dire : « Ils ont trouvé du sang. Et des cheveux. »

Car c'était évident, qu'il y avait du sang et des cheveux dans des voitures où s'étaient trouvées quatre – non, cinq – personnes. Vera aurait pu en parler à n'importe quel journaliste sans enfreindre le secret professionnel. Elle avait voulu me faire part d'une information sans l'énoncer. Cet accent sur *cheveux*.

Étaient-ce les miens ? Leur présence dans l'une ou l'autre des Cadillac, voire les deux, n'avait rien de suspect, j'y étais monté plus d'une fois. Dans la Jaguar, elle serait plus difficile à expliquer, mais j'en doutais. Quand j'étais descendu dans le précipice pour chercher le pistolet du chasseur de dettes, celui dont je m'étais ensuite servi pour faire la peau à Willum Willumsen, j'avais été prudent, veillant à ne laisser aucune empreinte digitale, aucune trace. De plus ma couleur de cheveux n'était pas précisément unique, et ils n'avaient pas pu avoir le temps d'achever l'analyse d'ADN.

Je suis remonté au cul d'un tracteur qui arrivait sûrement droit des champs, une grosse motte de terre a atterri avec fracas sur mon capot. Je n'avais aucune affaire urgente, mais je l'ai collé dans le virage, je brûlais d'impatience de gagner la ligne droite que je savais toute proche. Et c'est là que l'évidence m'est apparue.

Des cheveux. Des cheveux d'un blond si pâle, si épais et longs qu'ils ne pouvaient provenir que de deux personnes. Kurt Olsen ou l'homme dont il avait hérité sa tignasse : l'ancien lensmann. Je revoyais Sigmund Olsen plus de vingt ans auparavant, au bord de la falaise, scrutant l'épave de la Cadillac de papa au fond de Huken. Carl qui avançait et le poussait. Je le voyais aussi clairement que si j'y étais, plus même, car dans mon imagination je pouvais ralentir la scène, laisser la décision fatale prendre plusieurs secondes quand elle avait en réalité été l'acte impulsif d'un adolescent désespéré et terrifié. Sigmund Olsen, poussé d'une main sur le haut de la colonne vertébrale, assez fort pour que son corps pivote lentement dans le vide et qu'il atterrisse dos le premier sur la voiture renversée, puisqu'elle aussi avait effectué un demi-salto en tombant dans le précipice. J'étais à l'atelier quand j'avais reçu le coup de fil de Carl, il était au bord des larmes, il fallait que je vienne immédiatement.

Et j'étais venu. Je venais toujours quand mon petit frère avait besoin de moi. Non pas parce que je suis un imbécile altruiste, mais parce que nous étions déjà liés par le sang, la culpabilité et le destin. Dans un sens, l'acte avait été symbolique quand nous avions attaché une corde de cent mètres de long à ma Volvo 240 d'alors et que je l'avais tenue serrée tandis que Carl enclenchait la marche arrière pour me faire descendre dans Huken.

Le corps formant un angle droit, Sigmund Olsen ressemblait à une poupée désarticulée, un épouvantail dont le buste et la tête retombaient devant la plaque d'immatriculation et le coffre. Le sang s'écoulait encore de sa chevelure et éclaboussait les pierres dans un bruit évoquant des claquements de langue. Mais il faisait un piètre épouvantail, l'ancien lensmann, car un corbeau était perché sur son abdomen, les serres autour de sa grosse boucle de ceinture, et il m'avait fallu le bombarder de cailloux pour qu'il s'envole.

Carl et moi avions remonté le corps, nous lui avions ensuite retiré ses santiags en peau de serpent. La nuit même, je les avais placées dans la barque du lensmann, que j'avais poussée sur le lac de Budal. Le corps, nous l'avions chargé dans la pelle du tracteur et recouvert de Fritz, un détergent industriel désormais interdit qui dissolvait tout, le diesel, l'asphalte, même le calcaire. Cela avait été un véritable choc quand on avait découvert l'embarcation et que tout portait à croire à une noyade volontaire du lensmann, mais les gens savent bien que les types comme lui crient rarement sur les toits qu'ils souffrent de dépression. Cependant, Kurt Olsen n'avait jamais cru à ce suicide. Il nous surveillait depuis, Carl et moi, et gardait ses yeux rivés sur nous, boulot d'entraîneur ou pas.

Quoi qu'il en soit, je n'arrivais pas à expliquer logiquement la présence de sang et de cheveux hors des habitacles. Après plus de vingt ans à l'air libre, qui plus est. Huken était certes à l'abri de la pluie et du soleil, mais il y a des insectes sur le sol qui aiment le sang, et puis un coup de vent occasionnel aurait pu balayer d'éventuels cheveux.

J'ai chassé cette pensée.

La route est redevenue droite, j'ai actionné le clignotant, regardé dans mon rétroviseur, appuyé sur l'accélérateur, regardé encore dans le rétroviseur. Le tracteur avait déjà rétréci. J'ai monté le volume du violon Hardanger. Une espèce de refrain sans paroles. Oui, tout cela allait s'arranger.

11

Il a plu jusqu'au week-end, puis le beau temps est revenu. Vaste ciel dégagé, air froid et sec.

Le samedi matin, je suis allé inspecter la nouvelle glissière de sécurité du virage des Chèvres. Les instructions avaient dû être respectées, ça avait l'air d'être du solide. J'ai jeté un coup d'œil en direction de la route qui serpentait vers Nergard. Ensuite, je suis remonté chez nous et je suis entré dans la grange par la rampe. Après avoir allumé la lumière, je me suis posté au milieu de la salle. Carl et moi discutions du sort de la grange-chèvrerie depuis des années. Devions-nous rénover le bâtiment, le démolir pour construire une nouvelle maison ou simplement le laisser jusqu'à ce que le vent l'emporte ? Carl préférait cette dernière solution, il pensait que nous pourrions ainsi rafler l'argent de l'assurance. Je freinais des quatre fers, on ne pouvait tout de même pas tomber si bas, bordel ! Mais je n'en étais plus si sûr. Argent de l'assurance ou pas, il ne m'aurait pas dérangé qu'une tempête d'automne vienne raser le tout et l'éradique de mes souvenirs.

Le sac de frappe. Papa y avait cogné ses poings jusqu'au sang, j'avais pris la relève.

Le mur contre lequel, ce fameux soir, le fusil avait été calé sous les interrupteurs. Papa l'avait préparé, les deux canons étaient chargés. Pour que je fasse ce qu'il fallait faire. Ce dont lui-même était incapable, le tuer, le monstre, l'agresseur qu'il ne pouvait pas arrêter, mais qu'il fallait empêcher d'agir. Ce jour-là, j'étais simplement ressorti, j'avais failli, trahi. Je l'avais trahi lui et j'avais trahi toute la famille.

Le plancher. À cet endroit précis, papa s'était agenouillé, portant dans les bras son chien mort, Dog, que Carl venait de toucher d'une balle accidentelle et que j'avais achevé au couteau parce que lui n'y arrivait pas.

Non, il n'y avait pas grand-chose à conserver.

D'ici, je voyais la façade ouest, aveugle, de notre maison. Dans la région, quand les gens construisaient, la priorité n'était pas de laisser entrer la lumière, mais de bloquer le froid et le noroît. La porte d'entrée, à l'arrière, donnait sur le nord. Et devant moi, côté soleil, se trouvait le jardin d'hiver de maman, où Carl lisait actuellement les journaux sur son ordinateur.

J'ai tendu l'oreille, consulté encore ma montre et je suis ressorti.

Oui, c'était bien une voiture. Je l'entendais rétrograder, elle devait être dans le virage du Japon. Quand j'étais adolescent, les voitures se reconnaissaient encore au bruit, du moins quand elles n'étaient pas toutes neuves. Désormais, c'était impossible, il était plus facile de deviner la marque des pneus.

Quand elle a débouché du virage des Chèvres, j'ai vu que c'était effectivement la Mitsubishi de Natalie.

« Alors, c'est ça, la célèbre ferme d'Opgard ?! s'est-elle exclamée en sortant de son véhicule.

— Tu n'es jamais passée devant ?

— Ben non, la route s'arrête ici.

— Même lors de promenades en montagne, par exemple ?

— On ne se promenait pas en montagne. Oh, mais vous avez de la neige fraîche ! »

Elle a ri en désignant les terres sur l'intérieur. Au cours de la nuit, la neige avait délicatement saupoudré les sommets, comme du sucre glace sur un gâteau, et elle scintillait à présent au soleil.

« C'est drôlement beau ici, Roy !

— C'est vrai. »

Je ne sais pas pourquoi mais je ressentais une certaine fierté. D'accord, ces terres appartenaient à notre domaine, mais la fierté paysanne n'est pas liée à l'esthétique, c'est la qualité des pâturages et la bonne santé des bêtes qui importent, et de ce côté-là, ce n'est pas la joie à Opgard. Il n'y a que des rochers, des bouleaux nains, de la bruyère et le genre de végétation sur laquelle ne subsistent que des chèvres rustiques.

« Donc tu n'es jamais revenue par ici ?

— Je ne sais pas. Ça a dû arriver, mais je ne m'en souviens pas. De toute façon, il faut que je me familiarise avec les lieux, ce terrain de promenade fait partie du pack que nous vendons à l'hôtel.

— Amen. Un café ?

— Avec plaisir. »

Elle m'a offert son sourire joyeux et ouvert, mais je n'étais manifestement pas prêt à accueillir tant de joie et d'ouverture, car j'ai feint de contempler le paysage.

Je l'ai précédée dans la maison. Elle s'est assise à la table de la cuisine pendant que je préparais la cafetière et la posais sur le feu.

« Salut, Natalie ! a crié Carl du jardin d'hiver.

— Salut, patron ! »

Il a ri, visiblement content.

Je me suis tourné vers le plan de travail, j'ai vu Natalie, mes notes sur la table, et l'exiguïté de la pièce m'a frappé. Nous pouvions bien sûr nous installer au salon, mais les reliefs des pizzas de la veille et les bouteilles de bière vides de Carl n'avaient pas encore été débarrassés.

« Tu sais quoi ? On pourrait verser le café dans une thermos et faire un tour, puisque tu as besoin de te familiariser avec les lieux. »

Par réflexe, elle a vérifié sa tenue. Jean serré, Converse en toile peu épaisse.

« Tu peux prendre les chaussures de marche de maman », ai-je proposé.

J'ai trouvé les vieux brodequins en cuir dans le coffre du vestibule et, pendant que Natalie les laçait, assise sur le couvercle dudit coffre, j'ai regardé la carabine Remington au-dessus de la porte.

« Remington 700 CDL ? »

Je me suis retourné. Natalie avait fermé sa veste Patagonia et était prête à partir.

« Tu t'y connais en armes ?

— Non, mais mon père a exactement la même.

— Il chasse ?

— Il chassait.

— Mais tu n'as jamais pu l'accompagner ?

— Non. Et je n'avais le droit de toucher à la carabine qu'avec les yeux. Particulièrement après le jour où j'ai eu l'idée de graver un minuscule cœur là, quand j'ai reçu un pyrograveur pour Noël. »

Elle s'est hissée sur la pointe des pieds et a effleuré l'arrière de la crosse en noyer.

« On le voyait à peine, mais qu'est-ce que j'ai pu me faire engueuler !

— Un homme sévère…

— Oh, c'est maman qui m'a passé un savon, c'est elle qui m'avait défendu de toucher à l'arme. »

Refoulant un certain nombre de questions qui me venaient à l'esprit, j'ai ouvert la porte. La lumière s'est déversée sur nous.

Nous cheminions dans la bruyère. Natalie d'une foulée tantôt longue, tantôt courte, presque sautillante, comme si elle ne savait pas vraiment comment aborder le terrain. Au sommet de la première colline, d'où on voyait l'hôtel, elle était déjà essoufflée.

« Toi, tu es un vrai bouquetin, non ?

— Je ne sais pas si j'irais jusque-là.

— Oh que si. Vous avez l'air de marcher lentement, mais vous arrivez avant tout le monde. C'est comme Ola.

— C'est qui Ola ? »

La tête inclinée sur le côté, elle a fermé un œil et m'a scruté de l'autre.

« Quelqu'un. Un type avec qui je suis allée à la chasse.

— Ah, donc tu t'es déjà servie d'une arme ?

— Non, je n'ai pas de permis, là encore, seulement avec les yeux. On continue ?

— D'accord. Où allons-nous ? »

Elle a souri. Une bouche large aux lèvres souples, de grandes dents blanches.

« Tout en haut, bien sûr. »

Je me suis décalé légèrement sur la droite du semblant de sentier, en ralentissant, pour que nous puissions marcher côte à côte.

« À propos de tir. Je ne voudrais surtout pas d'entrée de jeu descendre en flammes l'idée d'un parc d'attractions à Os, mais je me suis un peu documentée.

— Balance.

— Les parcs qui ont du succès en Norvège ont un point commun, tu sais lequel ?

— Je peux deviner, mais dis-moi.

— Ils sont tous proches d'un grand axe. Tusenfryd, Kongeparken, Dyreparken et Hunderfossen sont tout près de routes européennes, et Sommarland, d'une route nationale. Sommarland s'en sort, la moyenne est de cent cinquante mille visiteurs par an, mais avec toutes ses attractions, il devrait battre Hunderfossen à plate couture. La différence est la fréquentation de l'axe routier. Alors le jour où Os perdra sa nationale, il est probable que la rentabilité d'un grand parc soit relativement faible, si tu veux mon avis. Ma première question est donc : as-tu envisagé l'option d'un parc plus modeste ?

— Oui, et je l'ai rejetée.

— Pourquoi ?

— Parce que construire des montagnes russes coûte des millions de couronnes, et c'est évident qu'il nous faudra ensuite plus de quelques milliers de visiteurs par an. »

Elle a hoché la tête comme si elle comprenait, mais je voyais bien que ce n'était pas le cas.

« Tu te demandes si j'ai une idée commerciale viable ou si ces montagnes russes sont une simple tocade ?

— Et ? »

Je me suis tourné vers elle ; comme d'habitude, elle me regardait droit dans les yeux. J'avais le sentiment qu'elle lisait en moi comme dans un livre. De même que moi j'avais lu en l'adolescente victime d'abus sexuels qui venait acheter la pilule du lendemain à la station-service. Et je ressentais une singulière envie de tout lui raconter. Enfin, pas tout, mais un certain nombre de choses. Je ne pouvais pas, évidemment.

« Ce n'est pas le seul élément à prendre compte. Tu as aussi les effets de synergie. Entre un parc familial et l'hôtel, oui, mais n'oublions pas les retombées sur la station-service, sur le Chute Libre, sur l'immobilier des alentours… C'est une question de masse critique, il s'agit d'enclencher une réaction en chaîne autorenforcée, les montagnes russes étant le catalyseur.

— Soit. »

Elle n'avait pas l'air plus convaincue. Peut-être parce qu'elle avait été en section scientifique au lycée de Notodden et avait fait de la chimie, ou tout simplement parce qu'elle ne croyait pas non plus à ce tableau global.

« Bon, tu n'as pas fait appel à mes services pour que j'évalue ton idée, mais je voudrais simplement m'assurer que c'est bien ce que tu veux. De grandes montagnes russes et, par conséquent, un grand parc. Parce que ça pose certains jalons pour notre stratégie.

— C'est-à-dire ?

— Tout le monde comprend que les sommes dépensées pour le marketing d'un projet majeur sont plus élevées que pour un projet mineur, mais on n'imagine pas toujours que cet investissement est plus important proportionnellement aussi. Prenons le cinéma, où chaque film est un projet en soi. Pour un film d'art et d'essai, la promotion va constituer mettons dix à vingt pour cent du budget total, mais pour une grosse production, ça va être la moitié, voire plus. Tu as cet argent ?

— Non.

— C'est ce que je pensais. Os se trouvant loin de la grande ville la plus proche, vous allez bientôt perdre toute la circulation de transit, et tu ne disposes pas des fonds pour convaincre les mères…

— Les mères ?

— Les études montrent que ce sont elles qui choisissent les destinations de week-ends et de vacances de la famille.

— D'accord.

— J'ai donc eu une idée et je voudrais que tu la valides. »

Je lui ai signifié que jusqu'ici je validais.

« D'après moi, toi, Roy Opgard, tu dois tout miser sur une carte… Laquelle ?

— Hein ?

— Tu dois dire "Laquelle ?". »

J'ai levé les yeux au ciel.

« Laquelle ? »

Elle s'est arrêtée, s'est tournée vers moi et a attendu que nos regards se croisent avant d'articuler les mots, lentement et bien haut.

« Les Plus Grandes Montagnes Russes du Monde. »

Je n'ai pas su comment réagir quand elle m'a attrapé la main et a remonté la manche de ma doudoune.

« Tu vois ? » Elle a ri en glissant l'index sur mon avant-bras dénudé. « Tu vois ?

— Je vois quoi ?

— La chair de poule. La voilà, la seule carte sur laquelle tu dois miser !

— La chair de poule ? »

Elle a lâché ma main, j'ai ramené mon bras vers moi.

« Un budget marketing restreint limite non seulement la portée de ton message, mais aussi sa longueur. Alors la seule chose que tu vas dire, c'est "les plus grandes…". » Des deux mains, elle m'a dirigé comme si j'étais un orchestre, en me faisant comprendre qu'elle ne capitulerait pas avant que nous ayons achevé la phrase en chœur. « "… montagnes russes du monde" ! Ces sept mots sont notre message et il faudra les répéter inlassablement chaque fois que tu feras de la promotion ou que tu t'exprimeras dans les médias.

— Tu crois que ça suffira pour faire venir les gens ?

— Les deux seules fois de son histoire où Tusenfryd a accueilli plus de cinq cent mille visiteurs, ça a été les deux années où le parc a inauguré de nouvelles montagnes russes. Et ce n'étaient pas les plus grandes du monde. Avec le plus long circuit de la planète à Os, les pères aussi voudront décider où va la famille. Sans parler de tous les amateurs du monde entier qui feront le voyage juste pour ça. Rien qu'aux États-Unis tu as des clubs de montagnes russes comptant des milliers de membres qui se déplacent partout.

— Tu as peut-être raison, mais ces montagnes russes ne sont pas les plus grandes du monde, seulement les plus belles. Aussi bien du point de vue du circuit lui-même que du site.

— L'aspect esthétique attirera les amateurs, mais pas les foules, qui, elles, cherchent à cocher "plus grandes montagnes russes du monde" sur la liste des choses à faire dans leur vie.

— Donc ce que tu es en train de m'expliquer…

— … c'est que tu dois changer d'échelle, voir plus grand.

— Pour être dépassé deux ans plus tard par Dubai ?

— Si tu examines les chiffres de fréquentation des parcs, tu constateras qu'ils sont plus ou moins stables. À savoir que la première année est un bon indicateur des vingt suivantes. Un peu comme le week-end d'ouverture d'un film. Si, dès le départ, on insiste assez sur le message "plus grandes du monde", ça estampillera le produit et ça restera dans les mémoires même quand d'autres montagnes russes auront battu ton record.

— Ça donne matière à réflexion. »

Je me suis frotté le menton. Ce matin-là, pour la première fois depuis longtemps, j'avais préféré le rasoir mécanique à l'électrique que j'utilisais habituellement, et la sensation de ma peau était inhabituelle.

« On boit le café là-haut ? a proposé Natalie en montrant le capuchon de neige de Nesaksla.

— C'est plus loin que ça n'en a l'air.

— Et alors ?
— Écoute, si tu aimes le café froid… »
Elle a souri.
« On monte se faire un café glacé ? »
Sans attendre de réponse, elle s'est mise en route. Je suis resté sur place quelques instants, et puis voyant qu'elle ne se retournait pas, j'ai trotté à sa suite.

Le soleil a poursuivi sa course dans le ciel pendant que nous progressions vers la neige de Nesaksla.

Natalie n'avait pas tardé à apprendre comment marcher en terrain accidenté et j'ai fini par avancer quasiment à mon allure habituelle. Nous avons continué de parler du parc, je me suis rendu compte que j'étais loin d'avoir pensé à tout ; ce n'était pas qu'elle prétendait avoir toutes les réponses, mais plutôt qu'elle me posait mille questions. La conversation a fini par s'orienter vers le spectacle qui se déployait sous nos yeux. Je nommais les sommets, je précisais l'altitude à laquelle ils culminaient, et c'était pareil pour les oiseaux qui volaient au-dessus de nous. Je connaissais le nom des chalets d'alpage sur notre chemin, tandis que Natalie me parlait de chants de bergers du coin, des vachères seules à l'estive, qui chantaient des chants folkloriques, ou en devenaient elles-mêmes le sujet.

« *Connais-tu Kari Midtgard de Tinn ?* a-t-elle chanté d'une voix claire, riche, qui trouvait les notes bleues avec une précision experte. *Jamais elle ne laisse un garçon l'approcher.* »

C'était si beau que je me suis arrêté net. J'en étais peut-être même bouche bée. Natalie a éclaté de rire. Elle a porté la main à son oreille quand la réponse est montée des plaines, une longue note triste, qui est restée en suspens dans les airs.

« C'était quoi, ça ?
— Un pluvier doré.

— Un pluvier doré ? Ce n'est pas un oiseau ?

— Si. On ne le voit pas parce qu'on est deux, mais quand on est seul, il se montre. Le pluvier doré est le compagnon du solitaire.

— C'est donc ça… »

Elle a hoché la tête pour elle-même comme si elle venait de comprendre quelque chose.

« Quoi donc ?

— Cette note. Je la connais. Le pluvier et toi, vous vous êtes vus plus d'une fois, non ? »

Au lieu de croiser son regard, que je savais fixé sur moi, j'ai consulté ma montre.

« Tu es sûre que tu ne veux pas faire demi-tour ?

— Je n'ai rien de prévu aujourd'hui. Et toi ? »

J'ai secoué la tête, je me suis remis en marche.

Nous randonnions depuis plus de trois heures quand nous avons enfin atteint la neige, qui fondait, on entendait le friselis de jeunes ruisseaux et dans la pente douce apparaissaient des rochers et des plaques de bruyère.

Nous avons trouvé deux pierres sèches où nous asseoir, j'ai sorti la thermos de mon sac à dos et versé le café dans deux gobelets en plastique. Bien qu'il ne soit à présent plus très loin de l'Ottertind, le soleil chauffait encore un petit peu, mais finalement Natalie n'avait plus envie de café glacé et elle a bu le sien sans ajouter de neige.

Juchée sur un arbre déraciné, une minuscule boule d'oiseau, au bec fin et à la queue dressée, nous observait.

« Notre pluvier doré a envie de compagnie quand même ?

— Ça, c'est un troglodyte.

— Ah, d'accord. Tu crois qu'il a un nid ici ?

— J'en doute. En général, le mâle le construit dans les bois, où il peut trouver des matériaux.

— Chez les troglodytes aussi, c'est le mâle qui construit…

— Oh, oui. Et ensuite la femelle vient faire son inspection et donne son approbation.

— Et si elle n'approuve pas ?

— Je ne suis pas sûr. Le mâle doit en construire un nouveau. Ou alors elle se trouve un autre mâle doté d'un meilleur nid.

— C'est pour ça que tu n'as pas de petite amie, Roy ? »

Pris au dépourvu, je n'ai pu que répondre :

« Je n'en ai pas ?

— Hier, je me suis fait couper les cheveux et Grete Smitt m'a rapporté que tu n'avais pas eu de copine depuis qu'une policière venait chez toi, et que sa dernière visite remontait à cinq ans. »

J'ai ri.

« Grete a une mémoire des dates impressionnante ! Elle se souvient bien mieux que moi en tout cas.

— Alors ? » Natalie a plongé son regard dans le mien. « Pourquoi pas de petite amie ? »

J'ai porté mon gobelet à mes lèvres pour gagner du temps.

« Désolée si la question est trop personnelle, a-t-elle murmuré.

— Non, non, ai-je menti. Je n'ai pas grand-chose à raconter, c'est tout. Le temps passe et à chaque jour suffit sa peine, n'est-ce pas ? »

Elle a hoché la tête d'un air grave en contemplant le paysage désertique dont les couleurs d'automne n'allaient pas tarder à s'effacer dans le jour déclinant.

« Je me disais juste qu'avec ce que tu sais sur moi et sur mes histoires, ça pourrait être bien de rétablir un peu l'équilibre. En tout cas pour moi.

— Je comprends. »

Elle a vidé le reste de son café dans la neige.

« J'ai besoin de faire pipi. Tu regardes si personne ne vient ? »

C'était dit pour plaisanter, mais nous avons l'un et l'autre entendu le double sens de sa phrase et aucun de nous n'a ri.

« Je surveille », ai-je répondu.

Elle a disparu derrière un rocher, alors que j'observais le soleil en calculant que, la pente étant douce et Natalie ayant une meilleure technique de marche, plus efficace, nous devrions réussir à rentrer en deux heures et demie.

« Roy ! »

Son cri a ricoché en un long écho.

Je me suis retourné.

« Viens voir ! »

Je me suis relevé et j'ai franchi les cinquante mètres jusqu'au rocher. De l'autre côté, Natalie m'a montré la neige.

« Des empreintes. »

Et, en effet, il y avait des empreintes de pattes, quatre orteils et le coussinet arrière, qui formaient ensemble une coiffe de fou du roi.

« Ce n'est pas un loup ?

— Ça se pourrait, mais c'est sans doute un chien.

— Les empreintes ne sont pas trop grandes ?

— Ça dépend du chien. En pratique, c'est impossible de voir la différence.

— Au salon de coiffure, une femme disait qu'un loup avait été observé dans les parages.

— Je crois que ce salon produit pas mal de fake news. C'est un terrain de chasse, il y a beaucoup de chiens dans le coin.

— Mais si jamais c'est un loup... Le soleil va bientôt se coucher... »

Elle a paru effrayée.

« Si c'est un loup, c'est sûrement un animal solitaire », ai-je affirmé, m'efforçant de paraître rassurant. La tâche ne devait pas être impossible pour un homme ayant près de vingt ans de plus que cette jeune femme devenue brutalement adulte. « En général, ce sont des individus qui sont seuls parce qu'ils ont perdu leur combat contre le mâle alpha. Il ne s'agit donc pas d'un loup très fort. Séparé de sa meute, il n'a pas pu manger à sa faim et a déjà perdu des forces, il est affaibli, condamné à mort. Et puis, il a plus peur de toi que toi de lui.

— On parie ? »

Un léger sourire a transparu sur sa mine inquiète. Avait-elle réellement peur ou me faisait-elle marcher ?

« La prochaine fois, on n'aura qu'à emporter chacun notre Remington, ai-je conclu quand nous fûmes prêts à repartir.

— C'est interdit d'abattre les loups.

— En cas de légitime défense, on a le droit d'abattre n'importe quoi.

— Tu es sûr ? » Devant moi sur le sentier, elle s'est retournée sans ralentir, a fermé un œil. « Si tu es sur l'échafaud, condamné à mort, tu as le droit d'étrangler le bourreau ? Si le roi t'ordonne de te précipiter sous le feu des mitraillettes ennemies, tu as le droit de le descendre ? »

Je me suis contenté de secouer la tête. Elle a contrefait une voix grave.

« Bon Dieu, mais c'est quoi, ces questions ?!

— Regarde où tu mets les pieds.

— Avoue que tu te dis, bon Dieu, mais c'est quoi, ces questions. »

L'amusement a dansé dans ses yeux à la couleur singulière.

« Je me dis, ai-je fait en la poussant en avant, bon Dieu, mais c'est quoi, ces questions ? »

Son rire est parti en trilles, dans le bon air frais, sous le ciel d'automne pâlissant.

Natalie est repartie en voiture au crépuscule.

Carl n'était pas à la maison. À l'hôtel, sûrement. Je me doutais avec qui.

Je suis resté à contempler les croquis jusque tard dans la soirée. Connaissant les dimensions de Zadra, j'ai essayé d'évaluer quelle influence un changement d'échelle aurait sur la physique du parcours. Je me suis débattu quelque temps avec les formules, mais les compétences nécessaires me faisaient défaut. Alors, avant de me coucher, j'ai envoyé un mail à Glen Moore pour me renseigner sur la faisabilité de l'opération. Et le surcoût.

Au moment de m'endormir, j'ai entendu au loin une note triste et longue. J'ai pensé au pluvier doré, mais ce n'était pas ça. Ni un chien. Ni un loup. Certes, je n'en avais jamais entendu, mais ceci paraissait trop humain. On aurait dit un chant, et j'avais probablement déjà sombré dans mes rêves quand il a été interrompu par un cri venu de Huken. J'ai vu le corbeau sur la boucle de ceinture de Sigmund Olsen.

12

Le dimanche a apporté du vent et une couche nuageuse uniforme qui progressait rapidement dans le ciel.

Cette fois encore, nous recevions à domicile. Le calendrier, m'avait expliqué Carl, était constitué de telle sorte que l'Os FK effectuait toutes ses rencontres à domicile avant novembre et jouait ensuite ses derniers matchs-retours d'automne dans les clubs en plaine, où le risque de neige était moindre.

Les fanions de la tribune d'honneur étaient tendus à l'horizontale quand j'ai pris place juste derrière Carl.

J'ai noté que le regard de Mari l'effleurait à peine et était assorti d'un sourire furtif, formel, comme s'ils n'avaient absolument pas été enlacés dans une chambre de l'hôtel-spa d'Os quelques heures auparavant. Ce qui se passait entre eux était un sujet que nous n'abordions jamais, cela correspondait très certainement plus à un souhait de ma part qu'à celui de Carl. Je ne voulais pas être complice de cette histoire-là, il avait dû le sentir, c'était sans doute plus simple pour lui aussi. Quand on n'a confié son secret à personne, on peut presque s'imaginer qu'il n'est qu'un caprice de l'imagination. Je l'avais en tout cas vécu ainsi pour Rita, à l'époque. Et pour Shannon, bien entendu. En ce qui concerne Shannon, il m'arrive d'ailleurs encore d'avoir des doutes. Est-ce véritablement arrivé ou ai-je rêvé ?

Que ce soit sur la tribune ou autour du terrain, le public était plus clairsemé aujourd'hui ; la promotion était assurée. La composition de l'équipe le reflétait aussi. J'ai vu Alex ôter son survêtement d'échauffement, il serait sur le terrain au coup d'envoi.

Avant l'arrivée de l'arbitre central et des arbitres de touche, le speaker s'est avancé au centre de la pelouse, un micro dans une main, un bon-cadeau dans l'autre. C'était une idée de Carl qu'avant le coup d'envoi de chaque match le meilleur joueur d'Os lors du match précédent se voie offrir deux heures de soins à l'espace bien-être de l'hôtel.

Carl m'a adressé un clin d'œil malicieux au moment où le speaker annonçait le nom du lauréat, les gens ont applaudi et Kurt Olsen a trottiné vers le cercle central.

« Un petit bonus qui s'ajoute à l'avenant au contrat qui lui a été proposé vendredi », m'a chuchoté Carl.

Kurt a pris le bon du spa, mais au lieu de s'acquitter du traditionnel « merci » et de repartir, il s'est emparé du micro. Un vilain grésillement a résonné dans les haut-parleurs et le speaker a fait pivoter Kurt pour le placer dos au vent.

« Je pense que c'est la première fois qu'un entraîneur est élu meilleur joueur, mais je dois dire que je valide totalement. »

Rires dans la tribune VIP.

« Je vais saisir cette occasion pour informer le club et vous autres qui le suivez que j'ai pris une décision. »

Carl a souri, les mains dans le dos, le ventre en avant. C'était la première fois que je notais qu'il avait pris un peu plus que cette prestance dont il parlait et qu'il devait désormais se pencher légèrement en arrière pour garder l'équilibre. L'idée m'est venue que cette silhouette avait peut-être été celle de l'ancien roi d'Os, Willum Willumsen, quand il avait l'âge de Carl.

« J'ai décidé que j'avais rempli ma mission pour le club, a déclaré Kurt. J'aurais bien voulu continuer, mais en tant que lensmann, je suis appelé à d'autres missions et, pour des raisons diverses et variées, je vais être très pris dans les temps à venir. »

Le seul bruit qu'on entendait sur le terrain était le sifflement du vent et le claquement des fanions.

« Les patrons là-bas m'ont proposé un contrat. » Il nous a désignés et un unique rire a retenti sur le côté, Erik Nerell, semblait-il. « C'est très cool, enfin, c'est la moindre des choses, ils ont les moyens et je déchire en tant qu'entraîneur. »

Une fois encore, Nerell, le fidèle disciple de Kurt, s'est marré.

« Mais à partir de maintenant je souhaite me concentrer pleinement sur mon travail de lensmann, j'en ai le devoir. Je dois donc passer le relais. Je vous remercie de votre confiance et je vous dis à la prochaine. » Il a brandi son bon du spa et parlé par-dessus les applaudissements. « Ça, je ne vais pas avoir le temps, donc je laisse quelqu'un d'autre en profiter ! Alex était bon au dernier entraînement, à lui le bain de vapeur ! »

J'ai coulé un regard vers Carl qui, le visage figé, frappait ses paumes l'une contre l'autre comme s'il les punissait.

« Mais qu'est-ce qu'il fout, ce mec ? a-t-il sifflé du coin de la bouche.

— De toute évidence, il a une bombe dans son arsenal, ai-je murmuré en applaudissant, moi aussi. Et maintenant, il prend de la distance. »

Carl a acquiescé, il savait à quoi je faisais allusion. Kurt possédait de quoi tout faire péter, mais avant de faire exploser la dynamite, il devait sortir de la pièce, s'éloigner de nous. Pas de liens, pas de conflits d'intérêts. Ils avaient trouvé quelque chose dans les épaves, aucune autre raison ne pouvait expliquer qu'il renonce à son contrat d'entraîneur et à l'occasion de devenir une véritable légende à Os. Enfin, bien sûr, il aspirait toujours à devenir une véritable légende, mais dans un autre secteur. Il serait l'homme qui avait élucidé les meurtres non seulement de son père, mais d'un total de sept personnes, sept meurtres sur lesquels il avait plus ou moins été seul à enquêter pendant toutes ces années. Alors j'ai applaudi encore. Car il méritait d'être acclamé, cet enfoiré de guerrier des tranchées, cet increvable, qui avait tenu bon quand les saisons se succédaient sans jamais rien de nouveau sur le front.

Rita nous a dévisagés, j'ai décelé dans ses prunelles une lueur que je n'y avais jamais vue. De la haine froide, sans partage. Traversé par un putain de rayon gamma, j'ai frissonné de la tête aux pieds. On pouvait rationaliser autant qu'on voulait sur ce qui pouvait conduire une femme vous ayant autrefois ouvert son cœur et sa chambre à coucher à vous détester aujourd'hui, on ne pouvait s'empêcher de s'interroger sur la légitimité de ce sentiment. Était-on le monstre répugnant qu'elle voyait ? Mais si on avait suscité son amour, ou en tout cas son intérêt, cela signifiait forcément qu'on ne l'avait pas toujours été, non ? Alors à quel moment exactement le changement était-il intervenu ? Quand avait-on perdu le contact avec sa propre humanité ? En voyant la Cadillac emporter Shannon dans le précipice ? Ou avant, quand les parents avaient disparu, dans une autre Cadillac ? Ou alors encore plus tôt, à douze ans, quand on était dans le lit du dessus et qu'on se bouchait les oreilles en essayant de se transporter ailleurs par la pensée ?

Rita s'est retournée vers le terrain. Les équipes se préparaient pour le coup d'envoi. J'avais cru comprendre que les enjeux étaient plus importants pour les visiteurs, qui risquaient la relégation. Il s'agissait donc du combat habituel : celui qui est le meilleur, le plus intelligent et le plus fort contre celui qui en veut le plus.

À notre retour du stade, j'ai préparé un plat de pâtes et nous avons mangé en échangeant nos hypothèses sur la bombe de Kurt Olsen.

« Eh bien. Si ta copine de Kripos a dit qu'ils avaient relevé du sang et des cheveux, et qu'à ton avis ça signifie qu'ils ne les ont pas trouvés dans un endroit évident, il se peut que ce soit dans le coffre de ma Cadillac », a suggéré Carl.

J'ai remarqué qu'il veillait à ne pas prononcer le nom de Shannon. Après l'avoir frappée à mort, il l'avait portée dans le coffre de sa voiture. Et puis il m'avait appelé à la rescousse. Évidemment. Je ne m'explique toujours pas comment j'ai pu garder mon flegme quand j'ai compris ce qui était arrivé. Pourtant, alors que ma vie s'écroulait, j'avais sans me trahir pris les rênes, décidé que nous allions installer Shannon au volant, pousser la voiture jusqu'au précipice et déguiser la sortie de route en accident. « Encore un accident dans le virage des Chèvres ? » avait protesté Carl. Je lui avais expliqué que, statistiquement, près de la moitié des accidents se produisaient là où il y en avait déjà eu la même année, alors trois en dix-huit ans dans le virage des Chèvres, ce n'était pas franchement extraordinaire.

J'ai piqué ma fourchette dans une farfalle. « On avait lavé ce coffre très soigneusement, je doute qu'ils y aient trouvé quoi que ce soit.

— De quoi pourrait-il s'agir, alors ?

— Je ne sais pas. Je suis peut-être parano et ils ont juste trouvé des cheveux ici et là, et quand ils auront fait les analyses, il apparaîtra que ce sont ceux des victimes ou les tiens ou les miens et on n'aura plus aucun souci à se faire. Dessert ?

— On en a ?

— Je ne sais pas, tu as fait des courses ? »

Nous nous sommes regardés et nous avons éclaté de rire.

Carl s'est couché de bonne heure. La veille, en revanche, je l'avais entendu rentrer, et il était tard.

Avec qui Mari s'était-elle alliée pour avoir un alibi ? Grete Smitt, son amie d'enfance ? Ça n'aurait pas manqué de sel ! Cela dit, n'était-ce pas ce que les grandes nations avaient fait avant 1914 en s'alliant avec celles qu'elles redoutaient le plus d'affronter dans une guerre ? Mari s'était-elle associée avec la réplique du KGB à Os ? Car c'était une performance que de parvenir à maintenir une telle liaison à peu près secrète pendant tant d'années. Si tel était le cas, devais-je en prendre de la graine ?

J'ai ouvert ma boîte mail, Moore m'avait répondu. Il serait ravi de faire le déplacement pour voir le site et discuter du projet, et j'avais raison sur le fait qu'il ne suffisait pas de multiplier toutes les dimensions par un coefficient de proportionnalité. Il précisait que, en règle générale, le coût marginal pour construire plus long et plus haut n'était hélas pas dégressif, mais progressif. Je lui ai écrit que je n'avais rien dans mon agenda qui ne puisse être déplacé et qu'il pouvait venir quand il voulait, de préférence dès que possible.

Ensuite, j'ai cherché « chant de berger » et « Kari Midtgard », sans résultat, j'ai donc envoyé un SMS à Natalie pour lui demander le titre de la chanson qu'elle avait chantée.

La réponse est venue deux minutes plus tard.

Kjenner du Kari Midt-i-gard ?

J'ai trouvé le titre sur Spotify. Un vieux bonhomme, enregistrement ancien, pas grand-chose qui rappelle le phrasé limpide de Natalie, celui-ci aussi avait de l'âme, simplement c'était une autre âme.

Aussitôt après m'est parvenu un autre message.

Tu es intéressé pour de bon ?

Rejetant une ou deux tentatives de réponse de petit malin (« définis *pour de bon* » et « c'était juste pour savoir s'il y a des habitants entre Opgard et Nergard* »), j'ai opté pour trois lettres.

Oui.

Et puis plus rien.

Je me suis couché, j'ai lu quelques lignes de *La montagne magique* de Thomas Mann, qui était un puissant somnifère, inépuisable, j'étais dessus depuis deux ans et je n'avais jamais réussi à lire plus d'une page avant de m'endormir. Et d'ailleurs, je me dirigeais vers ma nuit quand un message est arrivé.

Désolée pour la réponse tardive, long coup de fil. Si tu veux plus de musique folklorique hardcore, tu pourrais venir avec moi à un concert à Notodden mercredi. On a besoin de spectateurs.

Mercredi. Service de nuit. J'ai répondu :

Sympa, mais je travaille à la station-service ce soir-là. Une autre fois.

J'ai alors reçu un pouce levé.

J'ai lu une autre page de *La montagne magique*. Puis une autre. Et encore une. J'ai soupiré et j'ai éteint la lumière. Je suis resté à cligner des yeux dans le noir, je me suis tourné et retourné

* Opgard, la ferme du haut, Midtgard, la ferme du milieu, Nergard, la ferme du bas. *Kjenner du Kari Midtgard* : « Connais-tu Kari de Midtgard », la ferme du milieu.

sur le matelas. J'ai songé que ça n'avait rien d'extraordinaire de souffrir d'insomnie quand on venait de comprendre que le lensmann était sur le sentier de la guerre et qu'il y avait peut-être une bombe dans la maison.

Puis, à l'évidence, je me suis endormi malgré tout.

13

La bombe a explosé le mardi matin.

À 10 heures. Profitant de ce que nous étions deux à la station-service, j'œuvrais dans l'aire de ravitaillement pour changer les rouleaux de papier absorbant, ramasser les feuilles usagées qui traînaient par terre, essuyer les pistolets de distribution, vider les seaux et les remplir d'eau savonneuse propre. J'ai entendu rétrograder, puis des graviers ont crissé sur l'asphalte. Un véhicule arrivait. Je me suis retourné. La voiture a freiné, j'ai vu l'homme derrière le pare-brise. Sous un crâne lisse, ponctué de quelques touffes de cheveux, une paire d'yeux bleus ternes me fixaient. Les joues creuses conféraient une forme de sablier à ce visage hâve, aux traits tirés. Le couvreur-zingueur Moe avait l'air malade, mais il avait eu l'air malade d'aussi loin que je me souvienne. Quand il prenait de l'essence, il payait par carte à la pompe, n'entrait jamais dans la boutique, pas depuis que je l'avais tabassé dans sa cuisine. Il a aspiré ses joues encore plus, comme s'il avait l'intention de cracher, mais il lui aurait alors fallu baisser la vitre de son vieux fourgon et ç'aurait été trop démonstratif. À la place, il a fait ronfler son moteur, une mise en garde, avant de relâcher la pédale de débrayage et de repartir vers la nationale.

Alors que je l'observais qui roulait vers l'est, j'ai reçu un appel.

Dan Krane d'*Os Blad*.

Je dois reconnaître que je me suis raidi en l'entendant : il y avait eu une fuite, l'information serait en une de l'édition papier du lendemain et en première position de l'édition en ligne dans l'heure. C'était une bombe. Il a employé cette image. Et donc, il souhaitait un commentaire de ma part.

« Alors, il faudrait que tu m'expliques ce qu'est cette bombe. »

Mon cerveau s'efforçait d'enclencher la vitesse supérieure, d'anticiper, d'établir une stratégie éclair de ce que j'allais dire, ou plutôt ne pas dire, et d'échafauder un argument pour justifier mon refus de m'exprimer. J'avais lu que, grâce à de nouvelles technologies, les analyses d'ADN étaient bien plus rapides qu'autrefois, je n'aurais pas dû être surpris, cela faisait tout de même plus d'une semaine qu'ils avaient remonté les voitures. En revanche, il était surprenant que la presse prenne contact avec nous avant la police, qui elle aussi devait souhaiter une explication. Quelle que soit cette information. Et la fuite, d'où provenait-elle ? De Kurt Olsen, bien sûr, sans quoi les quotidiens nationaux auraient été sur le coup avant *Os Blad*. J'aurais dû comprendre l'avant-veille, quand il avait annoncé qu'il quittait son poste d'entraîneur ; il savait déjà qui était incriminé par ces analyses. Il avait mesuré l'urgence de disparaître de la liste des employés des frères Opgard. Cette fuite était sans doute une mise en scène délibérée avec, dans le rôle de la marionnette consentante, Dan Krane, contempteur des Opgard devant l'Éternel. Il voulait nous voir rissoler quelque peu dans la poêle à frire publique avant que nous ayons le temps de nous cacher derrière nos avocats. Mon cœur battait la chamade, je ne pouvais le nier.

« La bombe… » À porter au crédit de Dan Krane, sa voix ne

trahissait aucune jouissance sadique. «… c'est qu'une fuite a révélé que le rapport de la Direction des routes qui va être publié mercredi déconseille la construction du tunnel de Todde.

— Quoi ?! me suis-je exclamé, sans avoir besoin de feindre la stupéfaction.

— D'après le rapport, la construction du tunnel dépasserait largement le cadre budgétaire posé par le Storting. Et quand bien même ce problème serait résolu, il règne une certaine incertitude sur les questions de sécurité de l'ouvrage. Bref, c'est une bombe qui pulvérise tout le projet de Todde. Je fais donc ma tournée téléphonique pour obtenir les réactions à chaud des personnes les plus directement concernées. J'aimerais avoir la tienne, en tant que propriétaire de la station-service et de plusieurs biens immobiliers. »

J'ai expulsé l'air de mes poumons. J'ai vu Egil, au comptoir, glisser trois petits pains pour le prix de deux dans un sac en papier et faire le bonheur d'un client de plus. Ses lèvres ont formé un mot. Le prix. Cette façon de préciser le prix à voix haute, il la tenait de moi, du temps où les gens payaient encore en liquide. Tout le monde réglant désormais par carte et voyant le montant affiché sur le terminal de paiement, j'avais abandonné cette pratique, mais lui non. « Cent soixante-deux couronnes », pouvait-il dire, et le client de répondre « Je le vois bien », mais cela n'affectait pas Egil. Tant mieux. Et avec la nationale intacte, son emploi était assuré pour les années à venir aussi.

J'ai répondu à Krane quelques mots sur le sujet, je ne me souviens plus exactement comment j'ai formulé ça, mais j'ai en tout cas parlé des emplois, en soulignant que si le tracé n'était pas modifié, la route devrait au moins être rénovée.

« Oui, j'en ai déjà parlé avec Jo Aas et il est d'accord. »

Bien sûr qu'Aas revenait à la charge. En son temps, il avait déploré le coût exorbitant des tunnels et l'agonie des campagnes auprès d'un ministre des Transports sourd à ses remarques. Une fois de plus, il avait eu raison.

« J'ai vu l'annonce légale de ton acquisition du camping de Rita Willumsen la semaine dernière, a continué Krane. Bon timing, sur ce coup-là. Soudain, cet achat ne paraît plus si bête.

— Il te paraissait bête avant la publication du rapport sur le tunnel ? »

J'avais essayé d'adopter un ton léger pour lui permettre de se rattraper, mais il n'a pas saisi ma perche.

« Six millions et demi pour ce terrain, c'est déjà cher payé quand la nationale passe droit devant, alors quand le tracé aura changé et que l'endroit deviendra un véritable désert... Certains parleraient de pure idiotie. Un commentaire sur cet achat et sur son timing ? »

J'ai sorti le pistolet d'une pompe pour essuyer le carburant qui avait coulé.

« Non. En fait, Dan, j'ai du travail, là.

— Je vois. Je vais appeler ton frère. C'est bien pour l'hôtel aussi, tout ça.

— C'est bien pour tout le bourg. Et pour ton journal aussi. En fait, je suis impressionné que tu paraisses si mesuré, Dan. »

Il a ricané brièvement.

« Vraiment ? »

Je n'ai pas répondu. Krane avait oublié son parler local, ça lui arrivait souvent après un verre ou deux. Et ce rire amer m'a donné l'impression que, l'espace d'un instant, il s'était ouvert, m'avait montré sa haine du bourg, de cet endroit qui le gardait prisonnier, lui, le cocu, père de trois enfants, ayant un sens des responsabilités trop développé pour pouvoir se tirer. À moins que ce ne soit Mari, son amour pour elle, qui le maintenait captif, car l'amour ne libère pas, il vous emmure et vous prive de volonté. Je l'avais appris et c'est pourquoi je ne m'en approchais pas. À la réflexion, je ne pouvais que ressentir une certaine commisération pour Dan Krane. Et j'ai alors songé qu'il avait peut-être vu le tunnel de Todde comme une issue. Privé de toute irrigation sanguine, Os aurait dépéri, le journal aurait mis la clef sous la porte, Mari et lui auraient dû déménager pour trouver du travail, une école. C'était sa bouée de sauvetage, l'espoir qui lui avait permis de tenir le coup. Cette idée était si triste que je me suis senti appelé à conclure notre conversation par quelques paroles encourageantes, et même aimables.

«Au revoir», ai-je dit avant de raccrocher.

Je suis passé derrière la boutique pour rejoindre l'atelier. Une fois dans le petit bâtiment, j'ai longé le tracteur désaffecté, qui était garé au-dessus de la fosse d'inspection. Sur une étagère se trouvaient deux vieux bidons de détergent industriel Fritz, un rappel. J'avais essayé de déterminer comment j'allais pouvoir me débarrasser de ce produit toxique. Je me suis assis dans la chambre que je m'étais aménagée autrefois et j'ai téléphoné à Carl pour lui raconter la fuite d'information. Manifestement, GeoData avait écrit le rapport que nous avions commandé.

Lui aussi avait un ton plutôt posé. Le bénéfice était déjà actualisé, comme on dit. Je l'ai averti que Dan Krane allait certainement prendre contact avec lui pour obtenir un commentaire.

«Il faut qu'on parle, toi et moi, m'a averti Carl.

— Pas de problème. Je finis à 18 heures.

— De préférence avant.» Sa voix… Il était stressé. «Tu pourrais monter à l'hôtel à l'heure du déjeuner?

— OK. Ça ne va pas?

— Il y a… un peu beaucoup de trucs, c'est tout.»

Nous avons raccroché. J'ai contemplé les plaques d'immatriculation rares que j'avais clouées au mur. Basutoland, Afrique équatoriale française, Johor, Honduras britannique. Une évidence m'a alors sauté aux yeux : je collectionnais seulement des choses qui n'existaient plus. Je n'avais pas de photos d'amis, de connaissances, ni de Carl et moi, pas une seule. Je ne consignais dans mon album de souvenirs que ce qui avait disparu.

J'ai regagné la boutique.

Cela ne dérangeait pas Egil que je fasse un tour à l'heure du déjeuner.

« Et puis cet après-midi, tu n'auras qu'à rentrer chez toi plus tôt, si tu veux, ai-je conclu.

— Oh, je vais rester. Pas grand-chose à faire en ce moment.

— Non ?

— Je m'emmerde comme un rat mort à la maison. Tout le monde est parti. »

Par « tout le monde », Egil entendait sans doute ses deux copains avec qui il avait joué sur ordinateur pendant son adolescence.

« Si tu veux, je peux te donner des heures en plus demain soir. »

Son visage s'est éclairé.

« C'est vrai ? »

J'ai souri.

« Le service du soir est à toi. »

En quittant la station-service juste avant midi, j'ai décidé de faire un rapide crochet par la banque.

Vendelbo est sorti m'accueillir, puis nous avons réintégré son bureau.

« Vous avez entendu la nouvelle ?

— Bien sûr. À la radio. Des députés conservateurs et travaillistes l'ont déjà commentée. Ils disent que si ces fuites sont exactes, la future nationale devra repartir sur la planche à dessin.

Le changement de tracé interviendrait au plus tôt dans dix ou quinze ans, peut-être jamais. Et à la radio locale, Aas et Voss affirmaient que, sans tunnel, la route devrait forcément passer par Os, il n'y a pas d'autre solution.

— Vous allez peut-être devoir rester ici, en fin de compte.

— Oh, je me plais bien à Os !

— Et ça jette sans doute un autre éclairage sur la solidité de mon dossier, non ?

— J'y ai déjà pensé, oui. »

Il s'est calé sur sa chaise, a joint les mains sur la nuque.

« L'emprunt de la station-service est remboursé et elle n'est pas hypothéquée, n'est-ce pas ?

— Exact. »

J'ai moi aussi joint les mains sur ma nuque. Il paraît que le mimétisme est une expression inconsciente de l'empathie, mais je suppose qu'il y a des exceptions.

« Pareil pour l'immeuble Merkur, le bâtiment du Chute Libre, le camping, les vingt-cinq pour cent du bâtiment dans lequel nous nous trouvons actuellement, les actions de l'hôtel-spa d'Os et ma partie des terres d'Opgard. Zéro dette.

— Bien. On organise un rendez-vous avec l'agence régionale ? »

À l'hôtel, on m'a informé que Carl avait déjeuné et était au spa. J'ai descendu l'escalier vers la réception de l'espace bien-être, où une face plâtrée et repeinte m'a annoncé que Carl était au hammam et l'avait priée de m'y envoyer. J'ai répondu que je n'obéirais qu'à une condition : qu'elle éteigne la musique sirupeuse de mindfulness qui suintait des haut-parleurs.

Souriant comme si elle pensait que je blaguais, la fille m'a tendu une serviette de bain.

Je me suis déshabillé dans le vestiaire et j'ai rejoint Carl.

Quand j'ai ouvert la porte, de la vapeur s'est échappée de l'étuve et je l'ai vu pendant une ou deux secondes, nu, sur l'une des rangées du dessus, puis la brume blanche l'a happé de nouveau. Je me suis installé au-dessous de lui, en m'efforçant de convaincre mon corps qu'il n'était pas dangereux de respirer un air à près de cent pour cent d'humidité. J'ai attendu. Carl a pris son souffle, l'inspiration rauque.

« Sur Internet, la ministre des Transports explique qu'elle ne veut pas s'exprimer avant d'avoir lu le rapport dans son intégralité.

— C'est raisonnable. Mais elle conclura que le tunnel de Todde est mort.

— Oui. Et ton prêt, ça en est où ? »

J'ai observé fixement la brume sans répondre.

« Relax. On est seuls.

— Ça va se régler. Je vais envoyer le descriptif du projet et le budget à Vendelbo aujourd'hui. Dès qu'ils auront une évaluation récente de mes biens, ils voudront un rendez-vous. Vendelbo a le pied sur l'accélérateur et pense y parvenir en début de semaine prochaine. Décision la semaine suivante.

— Si tard ?

— J'ai prévenu les associés de GeoData qu'ils devraient attendre leurs douze millions pendant deux semaines. Ils comprennent. Qu'est-ce qui t'inquiète ?

— Je m'inquiète ?

— Oui. »

Je savais que Carl ne chercherait pas à protester, je le connaissais aussi bien que lui me connaissait.

« Alpin, a-t-il répondu.

— Quoi, Alpin ?

— Ils sautent du train en marche.

— Quoi ?!

— Ils prétendent que leurs ingénieurs ont découvert des dommages significatifs laissés par l'incendie.

— Quel genre de dommages ?

— Ils ne l'ont pas défini très précisément. Des dommages sur les éléments structuraux qui, à terme, abîmeront les fondations. Suffisamment pour qu'ils ne veuillent pas courir le risque d'investir.

— Vraiment ? »

J'ai regardé vers Carl, mais il était dissimulé par la vapeur.

« Vraiment.

— Tu les crois ? Ce n'est pas que nous avons commandé un rapport fallacieux et qu'on s'en est pris un autre dans la gueule en retour ? »

Il a ri sans joie.

« J'aurais facilement pu croire qu'ils mentaient. Après tout, c'est des Français. Donc s'ils s'étaient servis du rapport pour marchander le prix d'émission, j'aurais eu des soupçons, mais ils déclinent toute la transaction, point final.

— Enfin, maintenant, on va garder la nationale. Ça change la donne, ils vont peut-être reconsidérer leur décision, tu ne crois pas ? »

Silence.

« Carl, si tu es en train de secouer la tête ou de la hocher, je ne peux pas le voir.

— Non. Ils ne vont pas changer d'avis.

— Parce que ?

— Parce que je leur ai déjà dit que la nationale resterait à Os.

— Tu leur as quoi ?

— Ben, j'ai fait l'actualisation de valeur de flux pour eux. »

« L'actualisation de valeur de flux » ou le calcul de ce que le cash-flow futur vaut au prix d'aujourd'hui. C'était l'une de ses deux expressions de prédilection, il la tenait de ses études d'économie aux États-Unis. L'autre était *preemptive strike*, « frappe préventive », chose qu'il prétendait avoir apprise de moi lors de mes bagarres au bal d'Årtun. Frapper le premier, agresser dès qu'on pressent une forte probabilité que la partie adverse attaque.

J'ai poussé un gémissement.

« Donc là, les Français sont au courant que des gens, vraisemblablement nous, ont acheté ce rapport.

— Ils doivent avoir leur petite idée, oui, mais ils s'en contrefoutent, Roy. C'est un projet hôtelier parmi la centaine d'autres qu'ils envisagent, la plupart dans des pays plus corrompus que la Norvège. »

Je ruisselais, sans savoir ce qui était sueur et ce qui était vapeur condensée. En tout cas, ça me chatouillait. Ça me chatouillait à beaucoup d'endroits. Aux mauvais endroits.

« Alors, tu vas faire quoi ? Arrêter la construction de la nouvelle aile ?

— C'est trop tard, les contrats sont signés, les frais d'annulation si près du lancement des travaux nous briseraient.

— Alors ?

— Alors je pensais, ce prêt que tu vas avoir... »

Évidemment. Nous en étions de nouveau là. Carl avait fait une connerie et avait besoin que son grand frère vienne à la rescousse. Mais pas cette fois. C'était fini, ces histoires. Shannon, ça avait été la dernière fois.

« Le prêt concerne le parc d'attractions, Carl. Tu te rends bien compte que je ne peux pas l'utiliser pour te sortir du pétrin.

— Me sortir encore du pétrin, tu veux dire ?

— Ce ne sont pas les mots que j'ai employés, mais d'accord, te sortir encore du pétrin.

— Enfin, tu sais bien que tu me le dois. »

Je me suis retourné, mon regard s'est perdu dans la ouate blanche. Je n'étais pas certain d'avoir bien entendu. Oui, je pensais avoir une dette, lui devoir un dédommagement pour l'enfance qu'il avait eue, mais c'était mon raisonnement, pas le sien. Nous étions dans une situation démente, on aurait cru que lui, la victime, avait accepté, voire partiellement refoulé, les agressions nocturnes dans notre chambre commune, et que moi, j'étais celui qui n'avait pas réussi à mettre tout cela derrière moi. Sans doute avait-il plus ou moins consciemment joué sur mon sentiment de culpabilité, mais jamais il n'avait déclaré ouvertement que je lui étais redevable. Et c'était la première fois que je percevais une amertume pareille dans sa voix quand il s'adressait à moi.

Il a repris la parole, son timbre était redevenu doux et caressant, Carl en mode persuasion, tel que je le connaissais.

« On est une famille, Roy. Même si l'hôtel est à moi, le parc d'attractions, à toi, un plus un, ça fait plus que deux.

— Je sais, mais…

— Tant qu'elle a une garantie et que tu paies tes traites et tes intérêts, la banque ne fera pas super gaffe à la manière dont tu dépenses l'argent. En plus, ce serait vraiment très temporaire, seulement un mois, maximum deux. Jusqu'à ce que j'aie un nouvel investisseur. Les deux Chinois que j'avais éconduits sont toujours intéressés. Je peux les lancer dans une guerre des enchères. Je te promets que tu récupéreras l'argent bien avant d'avoir à rembourser les montagnes russes. Tu en dis quoi, grand frère ? »

C'est curieux, l'emprise que certaines personnes peuvent avoir sur vous. On a beau repérer leurs stratagèmes, démasquer à dix kilomètres de distance ce qu'elles font de la main gauche pendant qu'elles s'imaginent qu'on est concentré sur la main droite, elles obtiennent ce qu'elles veulent. Car elles tiennent votre cœur dans leur paume, et peu importe que ce soit celle de la main droite ou de la main gauche.

« Je vais y réfléchir, ai-je conclu.

— Je n'en demande pas plus. Ce soir, je vais rentrer tard, mais on parle des détails demain après le boulot ?

— D'accord. Enfin, non, demain, je vais faire un tour à Notodden.

— Ah oui ? Pourquoi ?

— Je vais à un concert.

— Seul ?

— Non. Natalie pense que je pourrais bien aimer ce groupe. »

Je l'avais mentionné incidemment, mais d'un ton sans doute trop détaché. Quoi qu'il en soit, j'ai eu beau tendre l'oreille, je ne suis parvenu à entendre aucune réaction de sa part alors qu'il se cachait dans la vapeur.

« Amusez-vous bien, s'est-il contenté de répondre. Et après-demain ?

— Ça marche. Bon, il faut que j'y aille.

— D'accord. Je vais rester encore un peu. »

J'ai pivoté sur le seuil, en gardant la porte ouverte jusqu'à ce que suffisamment de brume soit évacuée pour me permettre de m'assurer que Carl était seul. Il l'était, seul et nu, posant sur moi un regard que je ne savais comment interpréter. C'est bizarre comme quelqu'un avec qui on a vécu si intimement pendant tant d'années peut soudain avoir l'air d'un étranger. On pense que ce doit être la lumière, ou qu'on est fatigué, ou qu'il s'agit de son petit frère et qu'il ne peut rien vous cacher. Avant de se rendre compte que, putain, on ne se connaît même pas soi-même.

14

« On te fait beau pour Natalie Moe ? »

Grete Smitt me massait le cuir chevelu. La tête dans le lavabo, j'étais relativement vulnérable. J'espérais pour le moins que le bruit de l'eau courante empêchait les deux autres personnes présentes dans le salon de l'entendre. Les affaires roulaient pour Grete, elle avait embauché une jeune femme et je savais qu'elle était à la recherche de locaux plus appropriés sur la place centrale.

« Juste la coupe habituelle, ai-je répondu. Tu n'as pas besoin de me faire beau. »

Je ne sais pas si elle avait relevé l'insulte implicite et je ne sais pas non plus où elle avait déniché que Natalie et moi allions à Notodden ce soir-là, mais je n'avais l'intention de lui demander ni l'un ni l'autre. Elle m'a entouré la tête d'une serviette, m'a conduit au fauteuil libre et a peigné mes cheveux mouillés avant d'attaquer le travail, à l'aide de ses célèbres ciseaux japonais Niigata 1 000, et elle ne manquerait pas de glisser à un moment ou un autre de son monologue qu'ils lui avaient coûté quinze plaques.

« Tu ne vieillis pas, toi, Roy. »

J'étais surpris du compliment. J'ai examiné mon visage.

Dans un sens, elle avait raison. Un nez brutal, bulbeux, une bouche large, un menton rectangulaire, des yeux enfoncés et des cheveux sombres dont l'implantation basse est du genre qui promet de ne jamais battre en retraite, du moins, pas totalement. Était-ce l'association mentale avec une femme nettement plus jeune qui entraînait sa remarque sur mon âge ? Son intonation suggérait toutefois qu'elle n'avait pas fini sa phrase. Et j'ai su ce que la suite devait être : *Contrairement à ton frère, Carl.*

J'ai perçu aussi que ce n'était pas tant parce que c'était vrai, puisque ça l'était, que parce que Grete restait obnubilée par lui. Autrefois, cette obsession s'était nourrie d'un amour à sens unique collant et sans espoir, qui avait débouché sur un coup d'un soir, Carl étant ivre mort. Aujourd'hui, Grete cherchait sans doute plutôt à se prouver qu'elle avait eu beaucoup de chance de finir avec Simon Nergard. Et bien que Simon Nergard soit un con sans intérêt, ou précisément parce qu'il l'était, elle avait sûrement raison.

« Ton frère part dans un pays chaud ?

— Comment ça ? »

J'ai regretté dans la seconde de ne pas lui avoir simplement répondu que je ne savais pas.

« Il est venu se faire bronzer deux fois cette semaine.

— Et puis quoi ? La vitamine D, c'est bon pour la santé, non ?

— Oui, mais les gens du bourg pensent que les hommes qui vont au solarium sont homos. C'est pour ça qu'il n'y en a que trois qui viennent ici : le directeur de la banque, Stanley Spind et Kurt Olsen. Et tout le monde sait que Kurt aime les femmes. À Os, on a une peur bleue de tout ce qui est homo. J'avais Adrian qui travaillait ici, tu te souviens ? »

Je me souvenais. Un garçon que Stanley avait rencontré en

vacances à Ibiza et qui avait emménagé à Os. Il avait tenu huit mois, une belle performance.

« Un coiffeur top, mais j'ai été obligée de le laisser partir. Même les femmes étaient nerveuses d'avoir un homo qui les tripotait. »

Je n'avais pas la moindre idée de là où Grete voulait en venir, je ne souhaitais pas le savoir, et j'ai fermé les yeux dans l'espoir de signifier ainsi mon désintérêt.

« Mais c'est sympa que Carl et Kurt puissent au moins se faire bronzer ensemble. Ils ne sont pas les meilleurs amis du monde depuis que Kurt a refusé de continuer d'entraîner l'équipe de Carl. Enfin, tu en dis quoi, toi ? »

J'en dis le moins possible, ai-je pensé en mon for intérieur.

« À mon avis, ils sont passés à autre chose.

— Ça n'en avait pas l'air quand Carl est sorti du poste de lensmann hier matin. On m'a raconté qu'il était furieux. Il jurait comme un charretier et il est reparti en laissant de la gomme sur le parking. »

Je me suis concentré pour respirer lentement. Pourquoi étais-je venu ici ? Julie aurait pu me raccourcir ma coupe derrière les oreilles et dans la nuque, vite fait dans l'arrière-salle du Chute Libre. J'ai toussoté.

« Il avait dû faire une meilleure proposition à Kurt et Kurt l'a refusée aussi. »

Le crissement des super ciseaux japonais s'est interrompu. De toute évidence, l'évaluation de cette explication requérait de la concentration.

« Peut-être… » Les ciseaux ont repris leur activité. « En parlant de proposition, un coiffeur de Notodden m'a appelée la semaine dernière, il voulait me racheter mes Niigata 1000. Devine combien il m'offrait. »

Le miroir me renvoyait l'image de l'horloge derrière moi. Je ne devais monter chercher Natalie à l'hôtel qu'à 18 heures, j'avais du temps. Tout le temps du monde, en l'occurrence. Et inopinément l'idée qui m'avait traversé à intervalles réguliers ces huit dernières années a montré sa sale tête : je disposais de plus de temps que je n'en voulais.

Une pluie légère tombait quand nous avons roulé hors du bourg, au son de « Don't Go to Strangers ». Comme d'habitude, j'ai regardé dans mon rétroviseur juste après le panneau d'entrée du bourg.

« ZO, a déclaré Natalie.

— Hein ?

— En miroir, ça fait ZO. C'est pour ça que tu regardes dans ton rétro, non ? »

Je ne pouvais que sourire.

« Je croyais être le seul à y avoir pensé.

— Oh non ! Ça me mettait toujours de bonne humeur de voir ce ZO. Ça voulait dire que je m'éloignais du bourg. »

J'ai hoché la tête. Je n'étais pas sûr de savoir comment interpréter ses paroles. Des choses désagréables s'étaient-elles produites après son déménagement, quand elle rendait visite à ses parents ? J'espérais que non. Non seulement pour Natalie, mais aussi pour moi et pour Moe, car je lui avais promis que, s'il touchait de nouveau à sa fille, je le tuerais, et j'avais fermement l'intention de tenir ma promesse.

« Qu'est-ce qu'on écoute ?

— J. J. Cale. Des trucs des années 1970.

— Il chante « Don't Talk to Strangers » ?

— Presque.

— Ma tante me répétait toujours de ne pas en parler. »

Les secondes suivantes sont restées silencieuses dans la voiture. Seulement J. J. Cale et les essuie-glaces sur deux et quatre.

« Elle m'appelait Non-talie. Elle avait elle-même subi les abus de mon grand-père. Elle et mon père aussi, disait-elle.

— Comment ça ? Ta tante savait que tu…

— Oui. Elle l'avait deviné, en tout cas. »

Mon pouls a accéléré, je me suis rendu compte que j'appuyais involontairement sur le champignon.

« Et tout ce qu'elle a fait, ça a été de te dire de ne pas en parler ?

— Si ça avait été ta famille, tu es vraiment certain que tu l'aurais divulgué ? »

J'ai senti son regard sur moi. Je ne savais que répondre et, de toute façon, ma gorge était soudain trop nouée.

« Elle m'a expliqué que ça finirait par s'arrêter. Avec mon grand-père, c'était passé du jour au lendemain. Ça ne s'était plus jamais reproduit et, au bout de quelques années, ça semblait n'être jamais arrivé, comme quand les chairs se referment autour d'une balle.

— D'accord. Et c'est le cas pour toi ? Ça semble n'être jamais arrivé ? »

J'ai levé le pied.

« Non. Non, ce n'est pas le cas, mais je n'ai plus peur de lui.

— Pourquoi ? Physiquement, il reste assez fort pour… » J'ai d'abord cherché un autre mot, mais rien ne servait de l'éviter plus longtemps. Je lui ai lancé un regard. « Te violer. »

Elle n'a même pas eu un battement de cils.

« Sûrement. Mais il ne peut plus diriger tous mes faits et gestes. Il a perdu son emprise sur moi. Et après la mort de maman, il a aussi perdu le peu de prise qu'il avait sur lui-même. C'est un homme triste, Roy. Il est à la maison et… je ne sais pas. Il attend la mort. Je ne le hais pas. Enfin, si, mais je l'aime aussi. Je sais que c'est dingue et c'est ce qui me fait enrager. Qu'un homme qui ne mérite pas la moindre de mes larmes me fasse pleurer parce que j'ai pitié de lui. Je voudrais le haïr. Tu comprends ? Mon cerveau le hait, mais mon cœur me trahit. »

J'ai acquiescé. Je comprenais.

Nous avons roulé longtemps en laissant J. J. Cale faire son truc, calmer le jeu. Jusqu'à ce qu'elle me pose la question que j'aurais dû voir venir.

« Pourquoi tu l'as fait ?

— Ton père, tu veux dire ?

— Oui. Tu n'étais pas le seul à avoir des soupçons.

— Non ?

— Non. Mais tu es le seul à avoir agi. Pourquoi ?

— Ça doit être parce que je suis un citoyen responsable. »

Elle a regardé dehors, il faisait nuit, la pluie avait redoublé, il n'y avait rien à voir.

Et puis, tout bas, elle a ajouté :

« Tu ne veux pas en parler ? »

J'ai vu mes jointures blanchir alors que je serrais le volant. Si je voulais en parler ? Oui, je suppose que nous le voulons tous. Raconter, être compris. Avoir quelqu'un qui nous aide à redevenir humains, à supporter notre propre image dans le miroir. Mais je n'avais eu personne à qui m'adresser. Personne qui comprendrait. Personne dont je puisse être sûr qu'il tiendrait sa langue.

« Roy ? »

À part Natalie. Qui était passée par là. Qui avait son propre secret de famille dans l'équation.

J'ai respiré, sans savoir si ma voix porterait.

« Mon père aussi était un agresseur. »

Voilà, je l'avais dit.

J'ai respiré encore une fois.

« C'est ce qui m'a permis de reconnaître cette honte que ton père portait comme un sac de sable sur son dos.

— Je pensais que c'était une histoire de ce genre. Combien de temps ça a duré ? »

J'ai hésité. Devais-je préciser que ce n'était pas moi, mais Carl qui avait été la victime ? Que j'avais été le grand frère dans le lit du dessus qui faisait semblant de dormir, qui laissait tout cela se produire, parce qu'il croyait ne rien pouvoir faire, parce qu'il s'imaginait que c'était le genre de choses qui se déroulaient dans une famille et au sujet desquelles on la bouclait. Non, je ne pouvais pas livrer Carl en pâture, c'était son employeur, et cette histoire lui appartenait à lui.

« À partir de mes douze ans, par là.

— Pareil que moi. Et ça s'est arrêté quand ?

— Quand mes parents ont eu un accident de voiture et sont morts.

— À propos. Tu es à plus de cent, là.

— Oh merde ! » J'ai ralenti. « Merci. »

Elle a posé la main sur mon bras. J'ai senti sa chaleur traverser ma veste et ma chemise en flanelle.

« C'est moi qui te remercie. Tu le sais, Roy ? Tu sais que tu m'as sauvé la vie ? »

J'espérais qu'elle n'enlèverait jamais sa main.

« Tout ce que je sais, c'est que tu m'as donné une nouvelle occasion de faire quelque chose de juste.

— Se dresser contre l'agresseur. »

J'ai hoché la tête. J'ai vu mon majeur droit, qui ne s'abaissait pas complètement sur le volant et restait plus haut que les autres doigts. Le résultat d'une frappe préventive. Dans la cuisine de Moe, j'avais posé un ultimatum – je garderais le silence à condition qu'il envoie sa fille ailleurs – et, avant que nous commencions à nous battre, il avait eu le temps de me briser une phalange d'un coup de marteau. Mais à la fin, je l'avais laissé sanglotant, en position fœtale, sur le lino, un petit ruisseau de sang s'écoulant jusqu'à l'assise de l'une des chaises renversées. Et quelques jours plus tard, Natalie était partie à Notodden.

Elle a enlevé sa main, monté le volume. Je me suis calé contre l'appuie-tête et j'ai fixé mon regard aussi loin que le permettait le faisceau lumineux de mes phares.

Oh, woman, when in doubt, call on me.

Ce fut un concert inhabituel, du moins, il ne ressemblait à rien dont j'avais pu faire l'expérience. La salle n'était pas grande. Un bar, quelques tables, des modules de scène. La cinquantaine de spectateurs semblaient soit connaître les protagonistes, soit faire partie de leur famille. Le premier membre du groupe à arriver sur scène était un jeune type en costume folklorique du Hallingdal, veste blanche, gilet rouge, knickers noirs, chaussettes montantes blanches. Il jouait du violon Hardanger et tapait la cadence du pied, si énergiquement que la bière giclait du verre posé sur une chaise à côté. Après deux courts chants de fenaison, un autre jeune homme l'a rejoint. En costume du Setesdal, lui, et coiffé d'un chapeau noir à larges bords. Vu la réaction de la salle et le charisme du bonhomme, c'était la star. Un type imposant, au regard de silex. Dans un suédois troublé par l'alcool, il a annoncé qu'il allait jouer une composition de l'homme qui avait été son maître. Quand il a placé le violon au creux de son cou et saisi le manche, j'ai aperçu une croix tatouée sur sa main. Il a compté, démarré à cinq et j'ai su que j'allais assister à un spectacle sortant de l'ordinaire. Il jouait dur et agressif, et après le premier morceau, les projecteurs éclairaient déjà des crins détachés de l'archet. Lui battait du pied sur une stompbox, qui sonnait comme la fusion d'une grosse caisse et d'une guitare basse à une note. J'ai fermé les yeux. C'était fou, vaste, cool, très familier et tout nouveau à la fois, comme une fille avec qui on a grandi et qui revient au bourg comme neuve, une autre, quelqu'un qu'on ne comprend que maintenant. À moins qu'il ne s'agisse de soi-même ; insensiblement, petit à petit, on s'est transformé, on a acquis la connaissance nécessaire pour voir, entendre et comprendre ce qui était sous nos yeux depuis le début.

J'ai lancé un regard vers Natalie, elle m'a observé. Elle a levé sa bouteille de bière, moi mon verre d'eau.

Puis l'ensemble du groupe a joué. Batterie, contrebasse à deux cordes, accordéon et deux violons Hardanger.

Ils jouaient fort, pour formuler les choses ainsi. Tout était section rythmique, hormis les violons, desquels provenaient des harmoniques, des distorsions, des lignes de basse, deux rythmes divergents, qui menaçaient de chaos, mais finissaient néanmoins par se rencontrer, comme trois et quatre se retrouvent dans douze. Quand on pressentait que ça partirait à gauche, ça partait à droite, et on ne reprenait son souffle que pour tomber en chute libre. Mais comme sur de bonnes montagnes russes en bois, on sentait une harmonie sous-jacente, un ordre, un sens. Le Suédois a jeté son chapeau noir. Il avait les cheveux courts, hormis sa mèche devant, d'un noir luisant, coiffée sur le côté et enfilée à travers une boucle d'oreille, à la manière des violoneux d'autrefois que j'avais vus en photo. La mèche était nommée « flèche ». Le Suédois a retroussé les lèvres, ses yeux étaient exorbités et il feulait vers nous quand la musique versait dans les excès.

Au bout d'une heure, quand nous pensions que le concert était terminé, et je suis persuadé que certains l'espéraient, le Suédois a appelé Natalie. Elle est montée sur scène en portant une espèce de corne presque aussi longue qu'elle-même. C'était l'instrument que j'avais vu sur l'affiche à l'extérieur, une vieille illustration nationale-romantique d'une bergère jouant de la trompe. La graphie du nom du groupe, Hell Spelemannslag, me disait quelque chose, mais je ne savais plus où j'avais vu ces lettres gothiques.

Natalie a placé ses lèvres autour de l'extrémité la plus étroite de l'instrument, sa poitrine s'est soulevée. Elle a soufflé. Et cette fois, c'était mon tour de reconnaître la longue note triste qui l'avait saisie lors de notre promenade en montagne. Le son du pluvier doré. Elle jouait un total de trois notes, encore et encore, dans le même ordre, et la répétition finissait par envoûter. Le Suédois a accompagné ce cycle lent en tapant doucement du pied sur la stompbox. Et Natalie a chanté. La salle était parfaitement silencieuse, on n'entendait que cette voix limpide, presque en pleurs, et le rythme, semblable à de lourds battements de cœur. J'ai fermé encore les yeux en jurant intérieurement, parce que cette fois, j'étais vraiment en chute libre.

Après le concert, les membres du groupe, Natalie incluse, sont sortis par une porte derrière la scène.

Quand ils sont revenus dans la salle, la majeure partie du public était partie. Natalie et le Suédois sont venus s'asseoir avec moi. Il avait enlevé sa veste, sa chemise blanche détrempée se plaquait contre sa poitrine. D'un geste brutal, il a posé une thermos au centre de la table.

« Roy, m'a présenté Natalie. Et Roy, voici Ola.

— Donc, c'est toi, Roy, a-t-il dit, en suédois. Elle a raison. »

Je lui ai serré la main.

« Raison ?

— Sur le fait que tu ressembles à Leonard Cohen, mais en moins beau. Un *uddevallare* ?

— C'est quoi ? »

Il a exhibé un large sourire. Il n'avait probablement qu'un ou deux ans de plus que Natalie et pourtant je voyais briller plusieurs dents en or à l'arrière de sa mâchoire.

« Un *kaffegök,* un café-docteur.

— Merci, mais je conduis.

— Bon. » Il a versé le café alcoolisé dans son verre et dans celui de Natalie. « Qu'est-ce que t'en penses, Roy ?

— De ?

— De nous, bien sûr. »

Je les ai scrutés tour à tour.

Ola a ricané.

« Mais du groupe, de notre musique, bordel !

— Ah d'accord. » J'ai réfléchi. « C'était… corsé.

— Corsé. Comme un *uddevallare* ?

— Comme un Jimi Hendrix. »

Il a hoché la tête, l'air content.

« Bien. Tu as compris. Presque, en tout cas.

— Presque ?

— Natalie dit que tu t'intéresses à la musique, tu es plus vieux que nous et tu es norvégien, alors je pensais que tu saisirais une référence plus proche.

— Ah oui ?

— Oh oui ! On peut tracer une ligne droite entre ces deux sommets de l'art musical norvégien. La musique folklorique et… »

Il s'est tu, m'a dévisagé, dans l'expectative, ses prunelles intenses animées d'une expression amusée. Je me creusais la tête. Mais, non… enfin… Si ! L'affiche ! J'avais enfin trouvé la dernière pièce du puzzle.

« Le black metal. Burzum. L'affiche à la bergère, c'est la couverture d'un de leurs albums. »

Ola s'est tourné vers Natalie.

« Il est pas mal, ton copain. Bon, ma chérie, il faut que je sorte sacrifier. »

« Sacrifier ? » me suis-je étonné.

Natalie a bu une gorgée de bière.

« C'est un truc du Setesdal. Il n'y a pas si longtemps, les fermes les plus reculées sacrifiaient encore de la nourriture et du sang aux dieux. Quand il sort vomir, Ola dit qu'il fait son offrande.

— Ça lui arrive souvent ?

— Avant chaque concert et parfois après. Avant, c'est le trac. Après, l'épuisement. C'est un artiste et il est exigeant envers lui-même.

— Tu veux dire qu'il vit de sa musique ? »

Elle a souri.

« Non, tu vois bien que ce ne serait pas possible. Il travaille comme sacristain à l'église de Notodden. Mais il vit et respire pour la musique. Dans le Bohuslän, où il a grandi, il jouait de la *nyckelharpa*. Il a commencé quand il avait cinq ans.

— Je ne connais pas.

— On pourrait dire que c'est une version suédoise du violon Hardanger, sauf que les cordes s'enfoncent à l'aide de touches au lieu des doigts et qu'il n'y en a que quatre. Ensuite, il a découvert le violon Hardanger à un concours de musique folklorique chez des cousins du Setesdal. Enfin, là-bas, c'est un instrument appelé violon de campagne, qui a en plus des cordes sous-jacentes, c'est un précurseur du violon Hardanger. Ola a été subjugué. Il s'est dégoté l'un des meilleurs profs de la vallée et y a emménagé.

— Et maintenant c'est un sacristain dont les modèles sont des incendiaires d'églises ? »

Elle a ri.

« Ola entend seulement la musique et les sentiments. Tout le reste n'est que distraction. »

L'admiration dans sa voix, l'éclat de ses yeux... Il était temps de rentrer. J'ai consulté ma montre.

« Tu voudrais rester jusqu'à demain ? m'a-t-elle demandé.

— Demain ?

— On va faire la fête. Je vais dormir chez Ola. Il y a de la place pour toi aussi. »

Mon ventre s'est noué.

« Il faut que je rentre, je travaille tôt. Tu n'auras qu'à prendre le car. »

J'ai perçu l'effet de mon propos au moment où les mots sortaient de ma bouche. Un marchand de tapis. Et il était trop tard pour ravaler mes paroles. J'ai vu qu'elle voulait parler, clarifier, m'assurer qu'elle ne m'avait pas proposé de rester à Notodden pour pouvoir se faire reconduire à Os le lendemain matin. À la place, elle a furtivement porté la bouteille à ses lèvres en clignant des yeux. La main qu'elle avait posée sur mon bras n'avait bien sûr été que cela, une main posée sur mon bras. Notre conversation nous avait conduits dans une impasse, nous sommes restés silencieux et d'un seul coup je me suis vu avec ses yeux, avec les yeux d'Ola, avec les yeux des gens qui étaient dans la salle, et tous ces yeux voyaient un type d'âge mûr baver devant une fille dont il aurait pu, en arrondissant un peu, être le père. Non, d'ailleurs, il ne bavait même pas, il boudait. Pendant que son petit ami était sorti faire un tour. Ça faisait pitié, putain !

J'ai serré les poings sous la table. C'était quoi, mon problème ? Je venais de lui montrer un aspect de moi si honteux que, pendant une seconde, j'ai regretté de ne pas nous avoir tués sur la route. Enfin non, pas elle. Elle et Ola me paraissaient être en mesure de se rendre mutuellement heureux. Et puis j'allais avoir une seconde chance dans la mesure où je serais seul en voiture pour le retour. J'ai ri.

Natalie m'a dévisagé avec surprise.

« Quoi ?

— Rien, je… Je m'étais dit qu'on pourrait profiter du trajet vers Notodden pour discuter du lancement des montagnes russes et du parc d'attractions, maintenant que nous allons sans doute pouvoir garder la nationale, mais on a trouvé plus sympa de parler de musique et de notre enfance. Moins…

— … de notre enfance! » nous sommes-nous écriés en chœur. Et cette fois, c'est elle qui a ri.

Je me suis préparé à partir.

« On pourra faire ça par téléphone la semaine prochaine. »

On aurait dit que je l'avais giflée, elle a levé des yeux de victime.

« D'accord. Merci d'être venu. Sois prudent sur la route. »

Dehors, en me dirigeant vers ma voiture, j'ai vu Ola et le type en costume du Hallingdal s'engueuler. Ola avait les mains sur les épaules de son camarade et était désormais si ivre qu'il semblait prendre appui sur lui. Ni l'un ni l'autre ne m'ont remarqué.

Je me suis garé devant la maison à 1 h 30 du matin. La voiture de Carl n'était pas là. J'ai pris deux bières dans la cuisine avant de mettre le cap sur le jardin d'hiver. Dix minutes plus tard, les phares de la BMW m'éblouissaient. Carl m'a rejoint, s'étant lui aussi muni d'une bière, et s'est laissé choir à côté de moi.

« Tard, ai-je commenté. Tu as célébré la nationale?

— Nan. J'ai baisé Mari Aas. Encore. »

Nous avons bu en contemplant la nuit, dehors. Il pleuvait toujours.

« Tu n'as pas l'air surpris, a-t-il noté.

— La seule chose qui me surprenne, c'est que tu m'en parles. Ou plus exactement que tu ne le fasses que maintenant. Pourquoi?

— Parce que je voudrais savoir ce que tu en penses.
— De quoi ?
— Du fait qu'on se mette en couple, elle et moi. Pour de vrai.
— Qu'elle divorce de Dan, tu veux dire ?
— Oui.
— Elle ferait ça ? Avec les enfants et tout ?
— Oui. Dan Krane souhaite quitter Os, elle, non.
— Et dans un tel cas de figure, ce serait pratique de t'avoir comme époux et papa des enfants ? » J'ai levé ma bouteille vers la ferme Aas, dans la vallée, à la santé de Mari. « C'est bien pensé de sa part, de troquer un mari qui n'assure pas contre le roi d'Aas. Bon timing. Elle pourra emménager presque directement dans un palais flambant neuf, juste à temps pour pouvoir décider de la décoration intérieure. Et pour toi aussi, c'est bien, tu n'es pas franchement fait pour vivre seul.
— Arrête, Roy ! Ce n'est pas comme si on n'y avait jamais pensé, Mari et moi.
— Ah bon ? Et qu'est-ce qui vous a retenus ?
— Elle. Plusieurs facteurs ont joué. Une question d'amour-propre parce que je l'ai trompée à l'époque et que tout le bourg le sait.
— Bon sang, ça fait une éternité.
— Oui, mais sa confiance en moi a sans doute été ébranlée. On a commencé à se revoir du vivant de Shannon, du coup elle m'a vu infidèle deux fois. Et puis les enfants sont attachés à Dan. D'après elle, c'est un super papa. Enfin, c'était. Sa cote a légèrement baissé dans ce domaine aussi. »

Il s'est penché en avant, a calé ses coudes sur ses genoux et joint les mains autour de sa bouteille.

« Je lui ai signalé que si on le faisait maintenant, quand les gens ne parlent que de la nationale, ça passerait plus inaperçu.

Elle refuse de l'admettre, mais ces considérations comptent pour elle, bien sûr. En tout cas, elle avait l'air plus partante quand on en a parlé ce soir.

— Évidemment. Parce que en gardant la nationale Os devient d'un seul coup un endroit où elle et les enfants peuvent rester, et en même temps, elle se doute bien que, de toute façon, Dan n'aura pas la force de demeurer dans un bourg où il sait, comme tout le monde, d'ailleurs, qu'il est cocu.

— Il le sait, tu crois ?

— Dan Krane a des yeux pour voir, lui aussi, Carl. Personne ne peut ignorer que la petite dernière est de toi.

— Oh, merde, a-t-il soupiré doucement, les yeux dans la nuit.

— Et tu ferais bien de te méfier, les cocus, c'est dangereux.

— Oui, tu es bien placé pour le savoir. »

J'ai acquiescé.

« Rita m'avait expliqué que le *hanrei* norvégien vient de l'allemand *Hahn-reh*. Quand on castrait les coqs, on coupait leurs éperons et on les leur cousait sur la crête pour identifier les individus déjà castrés dans une basse-cour. Les éperons finissaient par s'incruster et devenir des cornes. Ces cornes, Rita rappelait toujours que nous devions nous en méfier. Si je n'avais pas fait attention en le tuant le premier, Willum m'aurait tué, et il t'aurait tué aussi.

— Amen. »

Pendant une fraction de seconde, j'ai été ramené dans la voiture avec Natalie, avant de me rendre compte que c'était Carl qui posait la main sur mon avant-bras.

« Tu sais quoi, Roy ?

— Quoi ?

— Tu es le meilleur grand frère qu'un imbécile comme moi puisse avoir. »

Son ton renfermait une telle chaleur, une telle sincérité, que j'ai dû ravaler la boule dans ma gorge. Quand deux vies sont enchevêtrées comme les nôtres, c'est impossible de tout voir et de tout ressentir d'un coup. Il faut se focaliser sur des segments, on dit « Tu te souviens de la fois où… » et pendant un instant donné, rien d'autre n'est jamais arrivé, seuls les sentiments que cet épisode éveille existent.

« Oh, je pense que je te vaux largement comme imbécile ! »

J'aurais dû m'éclaircir la voix avant de parler.

Il s'est tourné vers moi.

« Raconte. »

J'ai soufflé par le nez et puis j'ai bu une gorgée de bière.

Il m'a serré le bras, sans me lâcher des yeux.

Alors j'ai raconté. La soirée, comment j'avais réussi à me mentir à moi-même avant de me rendre compte de ce que je fabriquais. Enfin, fabriquer n'est pas le mot, je ne fabriquais rien du tout, mais j'éprouvais.

« Tu es amoureux ! » s'est-il exclamé en riant. Il s'est balancé d'avant en arrière sur son fauteuil. « Putain, Roy ! Je ne t'ai jamais vu amoureux ! »

Ses paroles m'ont pris aux tripes. Il avait l'air ravi, et quoi qu'il en soit, je ne pouvais pas lui révéler la vérité, à savoir que j'avais été tellement amoureux de la femme avec qui il était marié que j'avais déménagé à Kristiansand pour m'éloigner, et qu'au plus sombre de cette période j'avais envisagé de sauter d'un pont.

J'ai essayé de rire avec lui.

« Bon, ça va sûrement passer, ai-je déclaré.

— Oh, tu vas bien damer le pion à ce violoneux. »

Carl a ouvert deux bouteilles, m'en a tendu une.

« Mais tu es sourd ou quoi ? Je ne veux pas damer le pion à qui que ce soit. C'est Natalie Moe, la fille du couvreur-zingueur.

Pas plus tard qu'hier, c'était une gamine ! Je vais rester sagement dans mon coin jusqu'à ce que ça passe. »

Mais Carl ne jetait pas l'éponge. « Il est beau à voir, cet Ola ?

— À voir, je ne sais pas, mais à entendre, on croirait Jimi Hendrix. La concurrence aurait été rude même pour un bijou comme toi. »

Carl a souri d'aise.

« Allons, Roy ! Tu n'as jamais été aussi beau que maintenant.

— Espèce de crétin. »

Nous avons trinqué. J'ai consulté ma montre. Plus que quatre heures avant de me lever. J'ai ri.

« Mais elle a dit à Ola que je ressemblais à un moche Leonard Cohen.

— Contradiction dans les termes ! s'est écrié Carl.

— Et puis sur la route du retour, je me suis souvenu d'une histoire. Fin des années 1960, à New York. Leonard Cohen est un Canadien plus âgé qui traîne avec les jeunes du milieu folk. Parmi eux, une jeune guitariste à la voix fabuleuse, Joni Mitchell. Il a réussi à l'emmener dîner, ils se dirigent vers le Chelsea Hotel quand une limousine ralentit à leur hauteur. Une vitre sans tain se baisse, c'est Jimi Hendrix. Le visage de Joni s'illumine. Et il l'interpelle : "*Hé Joni ! Tu viens faire un tour ?*"

— Et ?

— *Et ?!* Là, je me dis *fuck* « Suzanne Takes You Down » et « Hallelujah », voilà « Purple Haze » et « Voodoo Child », et si j'avais été Leonard, j'aurais poussé Joni et je serais monté dans la limousine de Jimi à sa place en espérant qu'il veuille bien me baiser moi. »

Carl a renversé la tête en arrière, inspiré profondément et éclaté de rire. C'était libérateur de l'entendre. Le rire de Carl qui disait que la vie n'était pas si grave, putain ! L'amour non plus. Et la mort, pareil. Il fallait cueillir le jour, tout était transitoire, et rien, strictement rien, n'était authentique, vrai ou durable.

« Et alors, finalement ? » Il a essuyé ses larmes. « Elle est partie avec Jimi ? »

J'ai réfléchi. « Je ne m'en souviens pas. Je serais tenté de le croire. »

Je me suis levé pour refaire notre stock de bières. La nuit allait être longue.

15

Le mercredi, Glen Moore est arrivé à Os, en voiture de location.

Je suis monté le chercher à l'hôtel et l'ai emmené au camping. Il était follement enthousiaste.

« Roy ! Maintenant je vois pourquoi vous vouliez aligner ces montagnes russes sur les montagnes du paysage. Et ce lac ! Vous savez quoi ? Quelle que soit sa taille, je pense que ce parcours pourrait être un chef-d'œuvre. »

Il avait des questions sur la géologie des lieux et sur la possibilité d'acquérir les champs environnants, car le site lui paraissait tout de même un peu limite. Je lui ai répondu du mieux que je pouvais et lui ai expliqué les règles de concession qui soumettaient ces terres à une obligation d'exploitation agricole.

« Ce sera un spectacle magnifique aussi bien pour les visiteurs qui sont sur les montagnes russes, et pour les spectateurs au sol, que pour les automobilistes en transit dans le bourg. En résumé : eux aussi vont vouloir s'arrêter pour acheter leur ticket », a conclu Moore.

Nous avons décidé de remonter à l'hôtel pour déjeuner et examiner les dessins.

Moore a remarqué trois bonshommes en tenue de

camouflage assis sur des chaises pliantes devant un chalet ; deux d'entre eux astiquaient des fusils.

« C'est la saison de la chasse ?

— Oui.

— Qu'est-ce que vous chassez par ici ?

— Surtout des cerfs et des biches, des élans, quelques chevreuils. »

Et parfois des humains, ai-je pensé. Je venais de voir Kurt Olsen dans son Land Rover, roulant au pas. Je n'avais plus eu de nouvelles de l'examen des épaves, l'histoire du sang et des cheveux n'était peut-être qu'une fausse alerte, mais le passage du lensmann n'en avait pas moins provoqué un picotement entre mes épaules, pour reprendre la formule des livres de la série Morgan Kane, le sentiment que quelqu'un m'avait dans le viseur.

Après le déjeuner, nous avons pu emprunter une salle de réunion. Un groupe en sortait. Carl était du nombre, il m'a adressé un petit sourire de connivence, j'ai compris pourquoi en voyant Natalie arriver peu après.

« Salut, Roy », m'a-t-elle lancé en souriant.

Je lui ai rendu son sourire. Je ne l'avais pas appelée après Notodden. J'aurais dû, bien sûr, ne serait-ce que pour l'informer que je n'allais pas me consacrer au marketing avant que les autres éléments soient en place et que j'aie un entrepreneur pour construire le circuit et une banque pour le financer. J'aurais pu m'arrêter et lui en faire part tout de suite, mais son apparition m'avait pris au dépourvu. Je sentais même le rouge me monter légèrement aux joues.

Une fois la porte refermée derrière nous, Moore s'est émerveillé.

« Dites-moi, comment se fait-il que les femmes norvégiennes soient si diablement belles ? »

J'ai haussé les épaules, il n'a pas insisté.

Nous avons consacré les quatre heures suivantes aux plans, les originaux de Shannon et ceux de Moore, présentant un circuit de profil identique en plus grand.

« Ce seront les plus hautes en bois du monde, elles battront Zadra, mais seulement de deux mètres », a-t-il précisé.

Il ne pensait toutefois pas que la vitesse de pointe dépasserait celle de Zadra, qui était de cent vingt et un kilomètres à l'heure. Les conditions climatiques plus froides entraîneraient plus de friction entre les roues et les rails, et ce paramètre jouerait davantage que la résistance de l'air légèrement moindre ici, en altitude. Cependant, la vitesse exacte du parcours ne serait connue qu'une fois la construction achevée.

La question du coût a été amenée sur le tapis.

« Nous parlons de douze à treize millions de dollars. »

Je ne lui ai pas caché la vérité, à savoir que j'étais tributaire de l'obtention d'un prêt de ma banque locale, ce qui requérait un plan de financement équilibré. En étant réaliste sur les estimations de revenus, je ne pouvais pas mettre ce prix.

« Eh bien. Voyons ce que nous pouvons faire. Les clients affirment systématiquement que leur projet est unique, qu'il faut que nous le réalisions pour moins cher parce que ce sera une vitrine pour nous. Pour la première fois, c'est effectivement le cas. Ces montagnes russes pourraient être vraiment particulières, Roy. J'adorerais les construire. Sincèrement. »

J'ai souri. Et puis j'ai marqué un petit temps d'arrêt, je venais de marchander, non ?

Je l'ai raccompagné à sa voiture au crépuscule.

Une détonation a retenti dans l'air au-dessus de nous, l'Ottertind nous en a renvoyé l'écho. Glen Moore a scruté la montagne, les paupières plissées.

« Espérons que le chasseur soit en mesure de voir sa cible. »

Oui, ai-je renchéri intérieurement, alors que les feux arrière de Moore disparaissaient vers le bourg, espérons que le chasseur sache sur quoi il tire.

Le vendredi, deux jours après la présentation du rapport sur le tunnel de Todde, Carl et moi avions rendez-vous à la banque. Les médias ayant déjà abondamment couvert la fuite, la publication proprement dite n'avait pas fait les gros titres, la presse rendait simplement compte d'un ou deux commentaires de membres de la commission des Transports du Storting, personne ne semblait vouloir contester la conclusion des experts. Le député du Parti libéral l'exprimait ainsi : « Nous devons accueillir ce rapport non pas avec regret, mais avec joie. Songez au gaspillage de plusieurs milliards de couronnes qui est ainsi épargné à la société. »

Dans la salle de conférences de la banque, les opinions étaient partagées. Les deux émissaires de l'agence régionale située à Notodden jugeaient que c'était un jour noir pour tout le comté hormis Os, tandis que Vendelbo reprenait les propos du député du Parti libéral.

Carl avait le teint pâle et était inhabituellement silencieux. Bien qu'il soit 11 heures du matin, il m'avait demandé de conduire, m'expliquant que Lewi, le directeur d'AUB, était venu signer les derniers contrats de construction de la nouvelle aile et qu'ils avaient ensuite fêté ça ; le dîner avait été suivi de quelques verres au bar.

« Ces Lettons sont coriaces », s'était-il lamenté.

J'ai décrit le projet « Parc d'attractions d'Os ». Ma présentation PowerPoint m'avait paru plus impressionnante dans la cuisine d'Opgard. J'ai annoncé de modestes estimations de fréquentation dans les conditions actuelles, puis les projections plus élevées quand la circulation augmenterait sur la nationale améliorée, qui passait littéralement à un jet de pierre du parc. Je n'ai décelé aucun franc enthousiasme sur leurs visages, même pas chez Vendelbo.

Carl l'avait visiblement remarqué aussi, ce qui expliquait sans doute qu'il y soit allé un peu fort en vantant l'effet domino dont bénéficieraient à coup sûr plusieurs autres clients de la banque, notamment l'hôtel. Comme d'habitude, il a réussi à communiquer son enthousiasme, et j'ai même vu l'un des émissaires de Notodden opiner de la tête. Mais après le laïus de Carl, les banquiers ont posé leurs questions et les visages de marbre sont revenus. Naturellement, ils n'ont pas manqué de souligner que les plans du parc débordaient sur des propriétés voisines qui étaient des terres agricoles : comment entendions-nous résoudre ce problème ? J'ai dit la vérité, à savoir que je m'étais entretenu ces derniers jours avec les deux propriétaires ; l'un d'eux était prêt à vendre si le prix était juste et l'autre, à m'offrir un bail de location de vingt ans. J'avais consulté la municipalité au sujet de la réaffectation de surfaces agricoles et jusqu'ici j'interprétais positivement les signes. Il s'agissait tout de même d'un projet qui pouvait dynamiser toute la commune.

Vendelbo a conclu la réunion en nous remerciant et en nous informant que nous aurions une réponse dans le courant de la semaine suivante.

« Cette espèce de péteux suffisant ! s'est insurgé Carl quand nous sommes remontés dans ma voiture. Tu l'as vu ? Il buvait du petit-lait.

— Vendelbo ?

— Quand on a repris le club et que sa petite banque de merde n'a plus eu son nom sur le devant du maillot des joueurs, il était furax. Et aujourd'hui, il est là, avec son petit costume bon marché à la con, à nous servir ses petits feuilletés à l'amande à la con, et pour une fois il trouve qu'il a le pouvoir qu'il mérite.

— Je crois que tu te trompes.

— Ah bon ?

— Selon moi, Vendelbo n'a fait que son travail, et moi, je n'ai pas fait le mien. J'ai été trop mauvais.

— N'importe quoi ! C'est juste qu'ils n'arrivent pas à prendre de recul et à avoir une vision d'ensemble.

— Personne n'a de vision d'ensemble, Carl. J'ai été mauvais. Toi, tu as fait ce que tu pouvais.

— C'est normal, tu es mon frère.

— Merci. Hélas, le fait qu'on soit frères constitue justement une partie du problème.

— Merde, quoi ! » Carl a abattu sa main contre le tableau de bord. « Un bon argument, c'est un bon argument, peu importe de qui il vient. »

En arrivant sur le parking devant le restaurant de l'hôtel, j'ai pu constater que c'était le coup de feu du déjeuner.

« Ça a l'air plutôt plein. »

Carl a soupiré. « Il faut bien ça pour justifier le coût d'un cuisinier qui a remporté le Bocuse d'Or. » Il a ouvert sa portière. « Si Vendelbo te refuse cet emprunt, je lui interdirai l'accès au hammam.

— Tu penses qu'il prendra cette menace au sérieux ?

— Oh, oui.

— D'accord. Et, Carl ?

— Oui ?

— Un petit pschitt de spray pour l'haleine… »

Il a suivi mon conseil en rigolant et m'a tapoté la joue avant de descendre de voiture et de rejoindre l'entrée d'un pas énergique. Rien d'urgent ne l'attendait, mais, m'avait-il expliqué, en business comme dans une ruelle de Caracas où on voulait éviter de se faire braquer, une règle de vie prévalait : avoir l'air pressé.

« Pour le restant de tes jours, a précisé Stanley Spind de l'autre côté de son bureau étroit.

— Je dois prendre ces cachets *pour le restant de mes jours* ?! »

Incrédule, je fixais l'ordonnance qu'il me tendait.

Il m'avait expliqué que mon problème était vraisemblablement d'origine génétique plus que lié à un mode de vie malsain.

« Oui, toi et cent mille autres Norvégiens qui ont trop de cholestérol. À moins que tu ne veuilles mourir d'un infarctus, par exemple. Comme cent mille autres Nor…

— … Merci », l'ai-je interrompu.

J'aimais bien Stanley. Sous sa blouse blanche, il portait une chemise hawaïenne ouverte, à motif têtes de mort, il se teignait en blond et il avait une allure de trentenaire, bien qu'il ait en réalité le même âge que moi.

« Et puis tu devrais modifier ton alimentation et faire plus de sport.

— Je croyais que c'était génétique et pas une question de mode de vie.

— Oui, mais ça ne signifie pas que tu ne dois pas être plus rigoureux que…

— … cent mille autres Norvégiens ?

— Exact. Tu pourras acheter les comprimés en pharmacie. La plus proche est à…

— … Notodden, ai-je déclaré d'un ton de regret.

— Je sais. »

Brusquement, Stanley s'est arrêté de pianoter sur son clavier.

« Ta station-service relève de l'Agence de la sécurité alimentaire, non ?

— Oui.

— Os, c'est trop petit pour que quelqu'un veuille y ouvrir

une pharmacie, mais tu pourrais avoir un point de vente de médicaments à la station-service, tu sais ?

— Oui, je sais. J'en vends déjà un certain nombre qui sont délivrés sans ordonnance. Du paracétamol, la pilule du lendemain, des trucs comme ça.

— Mais ce dont je te parle, c'est vendre ceux qui sont sur ordonnance. Tu te les ferais envoyer par les pharmacies et les gens ne seraient plus obligés d'aller à Notodden. C'est un peu de boulot, mais vu que nous n'allons finalement pas nous dépeupler, l'activité pourrait être rentable. Je l'ai proposée au Coop, mais la direction pense ne pas avoir suffisamment de caissiers majeurs. Asle m'a promis que la banque accorderait volontiers un prêt de lancement à quiconque souhaiterait ouvrir un point de vente.

— Merci, mais je pense que je ne vais pas trop épuiser ma limite de crédit. »

Sentant mon téléphone vibrer dans la poche, j'ai replié mon ordonnance et remercié Stanley, et je suis sorti de son cabinet pour répondre dans la salle d'attente.

C'était Julie, sa fille était malade et aucun des remplaçants habituels ne pouvait assurer son service du soir au Chute Libre.

« Erik ne peut pas se débrouiller ?

— Pas seul. Pas un vendredi soir.

— Je t'aurais bien prêté quelqu'un de la station-service, mais le seul qui soit assez vieux pour servir de l'alcool, c'est Egil, et ce week-end il est à un rassemblement de motards à Kongsberg.

— Egil ? Mais il ne fait pas de moto ?

— Non, mais Børge et lui ont un club de motards.

— Børge Lid ? Il a son permis moto ? Quand il a emménagé à Os, il était aveugle d'un œil. Au moins.

— Ni l'un ni l'autre n'ont leur permis, mais Børge a une moto sans plaque.

— Et ces deux-là ont donc un club de motards ?

— Lid & Evensen. Chouette logo, tu ne l'as jamais vu ? »

Elle a ri. Elle avait arrêté de fumer lors de sa première grossesse, mais la cigarette s'entendait encore dans son bon rire grave et bouillonnant, qui était une récompense en soi quand on le déclenchait.

« Moi, je peux te remplacer.

— Toi ?

— Je sais tirer une bière, changer un fût, et me servir d'une caisse enregistreuse. Et faire le DJ.

— DJ, c'est la chasse gardée d'Erik, il ne te laissera pas la place, mais merci, tu es trop chou, Roy.

— Un vrai petit chou. »

16

Quand je suis arrivé au Chute Libre, Erik était à une table, le stop-trottoir devant lui. Il était 19 heures, les clients de jour étaient rentrés chez eux, ceux du soir ne débarqueraient pas avant une heure ou deux.

Je me suis posté derrière lui et l'ai regardé guider la craie sur le tableau. Il avait déjà écrit DJ ERIK FRIDAY NIGHT LIVE en grandes lettres soignées et ajoutait « Hits only ».

« Qu'est-ce que t'en penses ? »

Il a observé son œuvre en essayant d'incliner la tête sur le côté.

Je dis « essayant », parce que sa tête était si petite, et son cou musclé si épais qu'ils ne faisaient qu'un. Là où Erik s'arrêtait poussait une brosse, autrefois aussi drue que celle de Novak Djokovic, et désormais fendue d'un chenal inattendu. C'était comme la fonte des pôles, tout fichait le camp. En plus, il s'était mis à se teindre les cheveux, probablement pour tenter de préserver le jaune paille de sa jeunesse, mais on aurait dit des spaghettis crus.

« C'est beau, ai-je répondu au sujet du stop-trottoir. Tu as un style personnel, tu devrais donner ton nom à une police de caractères.

— Eh bien, a-t-il rétorqué sans lever les yeux, au moins, je sais écrire en mettant les lettres dans le bon ordre. »

J'ai vu la peau de sa nuque se contracter au moment où il se rendait compte qu'il était allé trop loin.

J'ai ri.

« Un-zéro pour toi ! Bon, quels sont les ordres, patron ? »

Il a enfin levé les yeux, m'a observé, un sourire acerbe aux lèvres.

« Je croyais que c'était toi, le patron.

— Propriétaire et patron, c'est deux choses différentes, tu sais. »

Je lui ai rendu son sourire, mais je subodorais que la soirée risquait d'être fatigante.

Au début, ça allait.

À 21 h 30, les clients ont commencé à arriver et à 22 heures, la salle était bondée.

Préposé à la tireuse à bière, je ne manquais pas de travail.

DJ Erik, c'était Erik diffusant la playlist de son téléphone. Et il n'avait pas menti, il n'y avait que des tubes ou, plus précisément, un mélange de ringardises du genre « Bombadilla Life » et de valeurs sûres inattaquables comme « Hungry Hearts », sans oublier, évidemment, la chanson emblématique du Chute Libre : « Free Fallin' ». Dès que j'avais une seconde pour souffler, je scannais les lieux. Je ne sais pas pendant combien de temps j'ai réussi à me faire croire à moi-même que je ne guettais rien de spécial. Quoi qu'il en soit, elle n'était pas là, et tant mieux.

Si on veut qu'un débit de boissons marche dans un endroit comme Os, on ne peut pas viser une clientèle en particulier. Il faut de tout, le tiers et le quart, comme on dit. Cependant, j'ai tout de même été un peu surpris de voir apparaître Asle Vendelbo, qui m'a commandé quatre pintes. Non seulement c'était étonnant de voir le directeur de banque sans son costume, mais en plus il avait une femme et deux enfants à la maison. Il a ensuite déposé les pintes devant trois jeunes hommes. Je n'en reconnaissais qu'un seul, un sanguin pas particulièrement futé surnommé Johnny Depp. Johnny parce que c'était son nom, Depp parce qu'il était deputy, adjoint, du lensmann Olsen. Les mecs ont pris les bières, mais ils n'avaient pas l'air très enclins à faire la conversation à Vendelbo. Il s'était assis à côté de Johnny, qui vidait son verre à grandes lampées. Johnny a regardé la main qu'il posait sur son épaule comme si c'était une fiente, et puis, faisant signe à ses deux camarades de le suivre, il a changé de table.

Profitant de ce qu'Erik faisait un tour de salle pour ramasser les verres vides, j'ai attrapé son téléphone sous le comptoir, ouvert Spotify et tapé Hell Spelemannslag. Il n'y avait pas de photo sur la page du groupe, mais il affichait tout de même 137 auditeurs mensuels. J'ai cliqué sur l'un des onze morceaux disponibles, « Ihjælslått » – la mélodie du démoli –, j'ai monté le volume et j'ai appuyé sur « play ». Les violons Hardanger sont passés à l'offensive, et pendant une seconde, la salle a fait arrêt sur image, comme figée sur place. Puis le reste du groupe a déboulé dans la chanson et les chiens étaient lâchés. J'ai jeté un chiffon sur le téléphone et je suis retourné à la tireuse à bière alors qu'Erik accourait.

« Mais qu'est-ce tu fous ?! a-t-il crié par-dessus les notes stridentes. Tu veux faire fuir tout le monde ?

— Je pensais que ça pourrait être chouette, un peu de musique locale et ne sentant pas le moisi.

— Le moisi ? Je ne vois pas ce qui pourrait sentir plus le moisi qu'un violon Hardanger. Mais où est mon téléphone, putain ? »

Il cherchait fébrilement entre les verres sous le comptoir.

« Je vais te le retrouver dès que j'aurai fini de tirer cette pinte. »

Hors de lui, il m'a fusillé du regard.

Dans l'ensemble, les morceaux de Hell Spelemannslag duraient entre deux et trois minutes, « Ihjælslått » a donc pu se terminer avant qu'on revienne à Creedence. J'ai vidé le lave-vaisselle pour la deuxième fois de la soirée et annoncé que j'allais ramasser les verres.

Je me suis arrêté en coup de vent à la table de Vendelbo, qui était seul.

« Vous ici ? » a-t-il fait en souriant faiblement.

Il n'avait pas l'air tout à fait sobre.

« Alors ? Qu'ont pensé les mecs de l'agence régionale ? »

Vendelbo a fait tourner son verre.

« À votre avis ?

— Qu'ils ne croyaient pas à ce projet.

— Un parc d'attractions dans un village de montagne, Roy. Vous conviendrez que ça ressemble à un projet sérieusement casse-gueule.

— Soit. Mais ils n'ont pas besoin d'y croire, ce qui compte, c'est que je puisse présenter des garanties. »

Il n'a pas répondu. En jean et T-shirt, il n'avait pas l'air plus jeune, mais au contraire plus âgé. C'était toutefois son visage plus que sa tenue qui jurait.

« Pas vrai ? ai-je ajouté.

— Exact. » Il a bu une gorgée de bière. « Ce n'est pas vrai. »

J'ai senti l'inquiétude me gagner.

« Vous êtes en train de dire quoi, là, Vendelbo ? »

Il m'a regardé droit dans les yeux, cette fois. Et son regard, lui, portait toujours un costume.

« C'est une question de confiance. Je ne devrais pas vous en parler, mais le problème est que Carl semble impliqué.

— Carl ? En quoi est-ce un problème ?

— Les traites de l'hôtel n'ont pas toujours été remboursées en temps et en heure et l'agence régionale trouve que la comptabilité de Carl offre un éclairage insuffisant sur ce qui se déroule réellement dans la société. »

J'avais la bouche sèche.

« Mais l'hôtel-spa d'Os et le parc d'attractions sont deux sociétés distinctes.

— Je le répète, c'est une question de confiance. Vous, vous voyez deux sociétés en conjonction, nous, nous voyons des dettes en conjonction. Vous devriez peut-être essayer une autre banque, une qui n'ait pas de risque de crédit sur Carl.

— Mais… aucune autre banque ne comprendra la valeur de ce que je possède à Os.

— Elles seront certainement plus prudentes, mais si vous leur donnez du temps, elles vous feront sûrement une offre.

— Combien de temps ?

— Voyez-en plusieurs, accordez-leur un mois ou deux. Ne cherchez pas à les bousculer, parce qu'elles préféreront alors refuser.

— Je ne dispose pas d'un mois ou deux.

— Mais si. Vous nous expliquiez que la construction ne commencerait pas avant le printemps.

— Oui, mais… »

Ceci était un coup de tonnerre dans un ciel serein. Et qu'étais-je censé dire, bordel ? Que j'avais besoin de douze millions de couronnes d'ici deux semaines pour verser un pot-de-vin ?

« Asle ? » En prononçant ce prénom pour la première fois de ma vie, j'ai entendu combien il sonnait faux dans ma bouche. « Vous êtes capable de convaincre les gens de l'agence régionale que nous sommes fiables. Faites-le, s'il vous plaît. »

Il a dodeliné de la tête.

« Je le pourrais sans doute, Roy, mais le problème est que je partage leur inquiétude. Pas en ce qui vous concerne vous, mais au sujet de Carl. »

Avait-il des informations sur mon frère ? J'ai envisagé de lui poser la question, mais je ne l'ai pas fait.

« Quand prenez-vous votre décision ?

— Le dossier va être examiné mercredi.

— D'accord. » Je me suis levé. « Je trouverai de quoi vous convaincre d'ici là. »

Encore une fois, il a esquissé son sourire pâle, triste.

« Rien ne pourrait me réjouir davantage, Roy. »

J'ai baissé les yeux vers lui. À cet instant précis, une partie de moi le haïssait. Une autre éprouvait de la pitié, il semblait si peu à sa place ici, tellement seul.

Pendant le reste de la soirée, j'ai tiré des bières, alors que mon cerveau turbinait. Si je montrais à Halden et à Fuhr l'enregistrement de la chambre d'hôtel où on les voyait accepter du liquide, je pourrais sans doute leur faire peur et les faire patienter pour le paiement. Toutefois, étant donné qu'ils savaient très bien que j'avais autant à perdre qu'eux dans un scandale de corruption, leur patience aurait des limites. Quand nous nous étions vus, le vrai rapport était probablement terminé, il attendait dans un tiroir. Il leur suffisait d'expliquer qu'ils avaient réexaminé les données, un truc dans ce goût-là, et ils seraient à l'abri, n'auraient plus à craindre que quelqu'un examine de trop près le rapport acheté. Il fallait que je parle avec Carl, qu'il se rende compte du merdier qui se profilait.

« Une bière, oncle Roy », ai-je entendu commander quelqu'un d'une voix très pâteuse, provoquant les rires de ses deux acolytes.

C'était Johnny Depp. Il était soûl, avait le regard vaseux.

« Désolé, nous n'avons pas le droit de servir des clients ivres. »

J'espérais que, contrairement à ce que toute mon expérience avait pu m'enseigner, nous nous en tiendrions là.

Il a ri.

« Et qu'est-ce qui te fait croire que je suis bourré, tonton ?

— Le fait déjà que tu me prends pour ton oncle.

— Pas mon oncle à moi, pauvre tache. L'oncle d'un des gamins d'Aas. »

Johnny a observé ses deux camarades, en quête de soutien. Les trois jeunes hommes souriaient d'aise ; cette fois, cependant, ils n'étaient pas hilares, ils me scrutaient, dans l'expectative. « The Jean Genie » de David Bowie était diffusé dans le bar, un bon point pour Erik, et la chanson arrivait à la fin de la partie qui tend vers le crescendo.

« Mais bien sûr, quand j'y repense, je ne peux pas exclure d'être ton oncle », ai-je déclaré.

Là où on pense que la chanson se dirige vers un nouveau refrain, « The Jean Genie » s'arrête net, et dans le silence qui a suivi, Johnny m'a dévisagé. Ses maxillaires travaillaient, il a ouvert la bouche, l'a refermée, comme un putain de poisson d'aquarium.

« Pas de repartie, Johnny ? Vu ton temps de réaction, on pourrait aussi craindre une conduite en état d'ivresse, non ? Je te sers un coca ? Non ? Coca zéro ? »

Johnny Depp a secoué lentement la tête, qu'il penchait comme s'il se préparait à un coup de boule, ses pupilles dilatées étaient juste au-dessous de sa paupière.

« Comme tu voudras, ai-je conclu. Et quoi qu'il en soit, passe le bonjour de ma part à ta sœur. »

S'oubliant, l'un des copains de Johnny a rigolé, mais il s'est vite interrompu.

Johnny a frappé.

J'avais une main sur la tireuse à bière, l'autre autour d'un verre à moitié plein, mais ce n'était pas une excuse. Les bals d'Årtun m'avaient appris quand un type saturé d'alcool et d'hormones allait disjoncter. Sa posture m'avait révélé qu'il s'apprêtait à frapper, alors pourquoi n'ai-je pas esquivé ? Étais-je devenu vieux, mou, abruti ? Peut-être. Mais je l'avais poussé dans ses derniers retranchements, jusqu'à ce qu'il n'ait plus le choix, non ? Et n'avais-je pas presque salué l'arrivée de ce coup ? Avec le comptoir entre nous et ses bras courts, je savais que la force de Johnny serait réduite, mais suffisante pour que je ressente l'impact. Que je ressente *quelque chose*. Il a été plus violent que je ne l'escomptais. J'ai vu des étoiles, j'ai basculé en arrière, et je me suis soudain retrouvé le cul par terre, du verre brisé entre les cuisses, de la mousse de bière imprégnant mon pantalon.

Quelqu'un a crié. La musique s'est éteinte. La foule s'est attroupée. Erik s'est frayé un chemin jusqu'au bar.

« Qu'est-ce qui se passe, bordel ?! »

Je me suis relevé en me frottant le menton et j'ai vu l'air tétanisé de Johnny. Soudain, il avait dégrisé. Car, contrairement à Erik, il savait ce qui se passait et identifiait très précisément ce qui était sur le point d'advenir. Le titre d'*Os Blad* : « Un agent de police agresse violemment un barman ». Vu le nombre de témoins qui attendaient à la pompe à bière, Dan Krane n'aurait même pas besoin d'employer le conditionnel dans son article. Johnny s'imaginait peut-être tourner les pages du journal jusqu'aux offres d'emploi.

« Rien. J'ai trébuché, c'est tout. » D'une voix plus forte, je me suis adressé à la cantonade. « Il ne s'est rien passé ! On retourne boire et danser ! »

Rires épars.

Erik s'est empressé de rejoindre l'ampli derrière le comptoir pour augmenter le volume de la musique.

L'un des copains de Johnny lui a posé la main sur l'épaule et a essayé de l'éloigner, mais Johnny est resté à me dévisager. J'ai épousseté les bouts de verre de mon pantalon et je me suis penché vers lui, en parlant si bas qu'il était seul à m'entendre.

« On oublie, Johnny ? Comme ça, tu pourras rester Depp. Mais ça signifie que tu m'es redevable. C'est clair ? »

Il a continué de me fixer, puis il a cligné des yeux, le regard vide, il a ouvert et refermé la bouche et est enfin parvenu à articuler une phrase.

« Espèce de taré ! »

Chassant la main de son copain, il a pivoté sur ses talons et s'est dirigé d'un pas mal assuré vers la sortie.

J'ai consulté ma montre, pas encore minuit. Erik a monté le son de la « Macarena ». Oui, la soirée allait être fatigante.

Peu après 2 heures du matin, je suis ressorti dans la nuit, j'ai pris mon téléphone et constaté que j'avais eu deux appels en absence. L'un de Carl, l'autre d'un numéro non enregistré dans mes contacts, mais dont je me souvenais. Ce numéro m'avait aussi envoyé un SMS. « Appelle-moi. Ça ne fait rien s'il est tard. »

J'ai rappelé et plaqué l'appareil contre mon oreille alors que je traversais la place centrale pour rejoindre ma voiture.

« Salut. »

Natalie avait la voix gorgée de sommeil.

« Salut. Je te réveille ?

— Oui. Où es-tu ?

— Sur la place centrale. J'ai travaillé au Chute Libre ce soir. Je viens seulement de voir ton message.

— Ah oui. Je voulais juste… » Elle s'est interrompue pour bâiller.

Était-ce parce qu'elle avait de la compagnie qu'elle chuchotait ainsi ? Je n'avais pas l'intention de lui poser la question.

«… Je me demandais juste si tu pourrais me montrer comment chasser.

— Chasser des animaux ? »

Il y a eu un silence, qui m'a révélé qu'elle était seule.

« Natalie ? »

Moi aussi, je chuchotais à présent.

« Oui. Non, enfin, je ne l'ai jamais fait.

— Mais tu penses que moi, oui ?

— Ce n'est pas le cas ?

— Juste deux ou trois fois. J'ai seulement levé du petit gibier.

— Du petit gibier ?

— Des lièvres, des oiseaux. Le genre de choses qui se croquent en une nuit. »

Elle a ri doucement. J'entendais un air de musique au loin. Un casque sans doute.

« Tu as disparu. »

Je suis monté dans ma voiture.

« Oui, peut-être. Je ne suis toujours pas certain que nous ayons besoin l'un de l'autre en ce moment. Et puis tu es prise.

— Prise ?

— Par un autre travail.

— Oui, c'est vrai », a-t-elle articulé avec lenteur.

M'étais-je trompé ? Était-ce autre chose que du sommeil dans sa voix ? Elle n'était pas ivre, sa diction était trop claire, mais défoncée, peut-être. Marijuana ? Ecsta ? Cachetons ?

« Enfin, évidemment, je peux te montrer le peu que je sais sur la chasse.

— Quand ça ?

— Tu es libre quand ?

— J'ai tout mon week-end. »

Ce timbre voilé, cette élocution lente conféraient à sa phrase un ton joyeux. On aurait dit qu'elle m'offrait, non pas deux jours, mais sa vie entière. C'était risible, mais ça n'a pas empêché mon cœur de battre tendrement dans ma poitrine. Et moi qui étais si bien parti pour m'en remettre.

« Demain, ai-je déclaré. À 10 heures à l'hôtel. D'accord ?

— D'accord. »

Nous avons raccroché et j'ai collé mon front contre le volant.

Bordel…

17

C'était une de ces chaudes journées d'octobre qui, chez nous, en altitude, se présentent comme un cadeau inespéré. Quelques nuages blancs défilaient dans le ciel, et dès que le soleil disparaissait, la température plongeait, mais par ailleurs, le vieil astre chauffait encore.

Au bout d'un kilomètre, nous avons enlevé nos vestes en goretex. J'avais décroché la carabine au-dessus de la porte d'entrée et je la portais en bandoulière. Tout en marchant, j'expliquais à Natalie ce que je savais sur le permis de chasse, ce qui n'était pas grand-chose, puisqu'il n'était devenu obligatoire qu'après mes débuts de chasseur, à l'âge de sept ou huit ans.

« Avec Carl, on aurait peut-être dû passer notre permis, c'est possible, mais papa a écrit à la commission municipale de la montagne en expliquant qu'on était des chasseurs accomplis, il a ajouté une photo de nous, munis de fusils, à côté de deux carcasses de chèvres et on a été dispensés. »

Elle a ri.

Marchant hors des sentiers, nous avons fait s'envoler quelques lagopèdes, mais j'ai précisé à Natalie que s'il était, en théorie, possible de tirer des oiseaux à la carabine, ce que nous chassions, c'était le lièvre.

Il n'y avait pas un souffle de vent, au point que nous avons pu enlever nos vestes pour notre première pause-café sur une hauteur offrant une vue panoramique.

« Bon, il faut qu'on t'apprenne à tirer. »

J'ai chargé la carabine et montré à Natalie dans quelle position s'allonger, comment tenir l'arme, viser, respirer, appuyer sur la queue de détente sans à-coups.

Elle a fait feu. La détonation a retenti, l'écho a mis plusieurs secondes pour nous parvenir.

« Encore ! » s'est exclamée Natalie.

J'ai ri, chargé.

« Cette fois, vise une cible. Le bouleau nain, là-bas, imagine que c'est un nazi.

— Ou un communiste ? »

Un œil fermé, elle a lentement basculé la queue de détente.

À la troisième tentative – elle avait alors chargé la carabine elle-même –, l'arbre a légèrement tremblé.

« Tu es une chasseuse-née », ai-je commenté en souriant alors qu'elle exultait.

Nous avons repris un peu de café pour fêter ça.

« Tu penses que je serais capable de tuer quelqu'un ? Si c'était pour de vrai, j'entends ?

— Tuer un innocent, tu veux dire ?

— Pas forcément un innocent. Et pas en contexte de guerre, parce que là, on ne choisit pas. Non, je parle de décider : cette vie-là, je vais l'éteindre.

— Ça dépend du mobile. Si tu penses que le monde sera un endroit meilleur sans cette personne, peut-être.

— J'y ai réfléchi. Si j'avais l'occasion d'abattre un ou deux chefs d'État qui ont infligé des souffrances à l'humanité et en infligent encore, est-ce que j'y arriverais ? Et tu sais quoi ? Je ne crois pas. Enfin, je l'aurais souhaité et voulu, mais je n'y serais pas arrivée. Et toi ? »

J'ai fait claquer ma langue comme si je goûtais cette question.

« Difficile à dire.

— Oui, hein ? »

Comme elle semblait avoir l'intention de poursuivre sur ce thème, j'ai toussoté et je lui ai demandé si elle pensait que Hell Spelemannslag pourrait être intéressé par un concert au Chute Libre.

Elle a secoué sa jolie tête en grimaçant.

« C'est paradoxal, mais plus un endroit est petit, moins les gens semblent avoir de goût pour leur musique folklorique.

— Peut-être, mais Ola voudrait peut-être se battre pour sa musique, vu que c'est le bourg de sa bonne amie ? »

Elle s'est tournée vers moi. « On est à la chasse à quoi, tu disais ?

— Au lièvre.

— C'est de la chasse à l'affût ? »

Je me suis contenté de sourire. Elle a souri aussi, a contemplé de nouveau la vue.

« Je ne sors pas avec Ola. C'est un de mes meilleurs copains, on est plutôt comme frère et sœur. On n'a aucun secret l'un pour l'autre, on a vu le meilleur et le pire l'un chez l'autre et on s'adore quand même.

— C'est dommage. Vous m'aviez l'air d'un couple d'époux bien installé.

— D'époux ?! » Elle a renâclé par le nez. « Ola m'a prévenue qu'il jouerait à mon mariage à condition d'être mon témoin, mais il n'y aura jamais de mariage.

— Pourquoi ? »

Elle a haussé les épaules.

« Tu m'as libérée. Et j'aimerais bien rester libre.

— Je ne t'ai pas libérée. C'est toi qui t'es libérée.

— Bon, d'accord, mais tu m'as ouvert la porte, en tout cas. »

Je n'ai pas répondu. J'ai fixé le tapis de bruyère pourpre et, pendant une seconde, j'ai eu l'impression que ses pensées étaient les miennes quand elle s'est exclamée :

« Mon Dieu, mais on dirait vraiment que la bruyère est en feu ! »

Nous avons fini notre café en silence. Puis, sans un mot, nous avons chargé nos sacs sur nos épaules et nous nous sommes dirigés vers l'intérieur des terres.

Une heure plus tard, nous avons atteint un lac bordé de sorbiers et de bouleaux de montagne.

Ce serait sans doute mentir que d'affirmer que je n'étais absolument pas préparé à sa proposition.

« On se baigne ? »

Nous avons allumé un feu avant de nous déshabiller, gardant toutefois nos sous-vêtements, même si nous savions que nous devrions ensuite les ôter et nous en passer pour le restant de la promenade, car le feu ne suffirait pas à sécher le coton épais. Je suis entré dans l'eau le premier. Elle était si froide que j'ai instantanément perdu toute sensation dans les jambes.

« C'est permis de faire marche arrière ?

— Sûrement pas ! »

Natalie s'est précipitée devant moi et jetée en avant, les bras tendus. Elle a disparu sous la surface et est remontée quelques mètres plus loin.

J'ai juré tout bas, puis plongé derrière elle, croyant un instant perdre connaissance.

En sortant la tête de l'eau, j'ai croisé Natalie qui regagnait frénétiquement le bord, les yeux exorbités, les lèvres déjà bleues.

« Oh ben non, c'est tout ? » ai-je crié, battant moi aussi en retraite.

Nous nous sommes séchés, rhabillés, et assis quasiment dans le feu. Comme nous claquions toujours des dents, nous avons tenté de nous réchauffer en nous frictionnant. Elle a niché un nez glacial au creux de mon cou, appuyé son front contre ma joue. Je l'ai serrée dans mes bras et j'ai senti nos souffles s'apaiser, puis elle a levé son visage vers le mien et j'ai regardé ses iris de couleur singulière. J'ai regardé, regardé, regardé, et elle est restée, restée, restée. J'ai attendu, et je ne l'ai embrassée que quand il n'a plus été possible de faire autrement. Elle a rouvert ma chemise. Et moi, la sienne. Elle avait la chair de poule, elle tremblait, je ne savais pas si c'était de froid ou d'excitation, mais quand elle a déboutonné mon pantalon, puis le sien, et m'a attiré dans la bruyère, j'ai su. Elle s'est assise sur moi, les gouttes de ses cheveux m'atteignaient comme de petits baisers. Je voulais préciser qu'elle n'était pas obligée, suggérer que nous nous en tenions là, mais quand j'ai respiré pour parler, elle a posé la main sur ma bouche comme si elle avait lu la protestation sur mon visage.

« Je ne prends pas la pilule ni rien », m'a-t-elle chuchoté alors qu'elle se penchait en avant et me guidait en elle, son souffle râlant contre mon cou.

Cela paraissait réel et irréel à la fois. Jour et nuit, j'avais été hanté par le rêve de faire l'amour avec elle, à présent, j'étais dans ce rêve, mais nous ne faisions pas l'amour, nous baisions. Comme si nous avions quelque chose à expulser, comme si nous étions un remède l'un pour l'autre, un moyen de lutter contre un mal.

La bruyère me griffait le dos alors que Natalie ondulait sur moi, les paumes en appui sur mon ventre. Je la voyais à contre-jour, se découpant sur le ciel, le mouvement de ses seins, ses paupières closes, son visage orienté vers le haut, vers ailleurs. Nous ne faisions qu'un, comme on dit, et pourtant elle avait l'air si loin, si seule. L'air de *vouloir* être seule. Puis sa respiration est devenue plus saccadée, elle était en montée, j'ai compris que je ne devais pas la déranger, mais essayer de suivre son rythme, ne pas lui faire obstacle, simplement renforcer par petites touches ce qu'elle faisait elle-même. Elle a joui dans un long gémissement furieux et tremblé. Ses cheveux sont retombés sur son visage et elle s'est affalée sur moi.

Ensuite, nous n'avons pas bougé. Ses doigts étaient contre les miens, mais je n'ai pas obtenu de réponse quand je les ai caressés. Je voulais l'enlacer, mais je me suis retenu. Elle n'aurait qu'à venir à moi quand elle serait prête. À la place, et pour la deuxième fois, j'ai écouté son souffle s'apaiser. Quelque part, un oiseau sifflait, un merle à plastron. Je me suis souvenu d'une observation que j'avais livrée la première fois que Shannon, Carl et moi avions parlé tous les trois : les oiseaux de montagne mâles ne chantaient pas pour les femelles, car ils trouvaient cela maniéré, et préféraient leur construire un nid qui puisse les impressionner.

« Des hôtels ? avait répliqué Shannon. Ou des stations-service ?

— J'ai bien l'impression que les hôtels marchent mieux », avais-je alors répondu.

Natalie a bougé légèrement.

« Oh ben non, a-t-elle déclaré d'une voix grave qui imitait la mienne. C'est tout ? »

J'ai souri.

« C'est ce que tu te dis, non ?

— Non, ai-je répondu, et cette fois, je l'ai enlacée. Je me dis "tout ça, et ce n'est que la première fois". »

Percevant un infime tressaillement, j'ai regretté mes paroles.

« Relax, c'était juste une proposition de ma part. Je trouve que ça aussi, c'était chouette. D'accord ? »

Sa tension s'est dissipée.

« Merci », a-t-elle murmuré avant de m'embrasser sur la joue.

Aussitôt après, elle a entrepris de se rhabiller.

« Je rentre.

— Déjà ? »

J'ai attrapé mon pantalon.

« Eh bien, maintenant, on a levé notre lièvre, non ? »

Je sais que c'était censé être une plaisanterie, mais nous n'avons rigolé ni l'un ni l'autre.

« Je vais marcher seule. Continue donc de chasser, toi.

— Je t'accompagne, bien sûr. » J'ai ouvert mon sac à dos. « Mais tu ne veux pas qu'on mange un peu d'abord ? »

Elle a fait non de la tête.

« J'ai pas mal de trucs de boulot à finir avant la fête du personnel. Et puis, si ça ne te dérange pas, j'ai envie de voir comment c'est de marcher seule en montagne. Ça te va ? »

J'ai dû avoir l'air bien stupéfait, parce qu'elle a ri.

« Je ne vais pas me perdre, Roy. Je vois l'Ottertind et j'ai du réseau pour le GPS. Ça te va ou pas ?

— Bien sûr que ça me va. »

Mon ton était interrogateur mais elle n'a pas relevé. Elle s'est contentée de remballer ses affaires et a plaqué brièvement sa joue contre la mienne avant de partir.

Je suis resté assis auprès du feu à la regarder s'éloigner. Je m'interrogeais, évidemment. Que venait-il de se produire ? Qu'est-ce qui avait merdé ? Était-ce ma faute ? Ou était-ce ce qu'elle voulait ? Le côté physique, mais le moins d'intimité possible. Bien sûr, c'était peut-être lié à son enfance foutue en l'air. Ç'aurait été surprenant que tout cela n'ait pas la moindre incidence sur son rapport à la sexualité. Néanmoins, je suis arrivé à la conclusion que rien ne servait de trop gamberger, j'avais peut-être été un mauvais coup. Ou un coup tout à fait potable, mais elle ne ressentait pas le besoin de renouveler l'expérience. Ou alors c'était l'usage, de nos jours, quand on avait chopé un lièvre.

Elle a rapetissé de plus en plus, pour finalement disparaître derrière une hauteur.

Je me suis resservi du café.

Le feu s'est éteint, la fumée serpentait vers le ciel, il n'y avait vraiment pas de vent.

Près d'une heure s'était écoulée et j'avais réussi à penser à autre chose – comment diable allais-je bien pouvoir persuader Vendelbo de m'allouer ce prêt – quand je l'ai vu. Si je n'avais pas été si statique, et s'il n'y avait pas eu ce lac entre nous, il ne se serait jamais montré.

Il était arrivé sans que je m'en aperçoive, mais le voilà qui se tenait sur une pierre du rivage, séparé de moi par seulement cent mètres d'une eau parfaitement calme. Son pelage gris et noir contrastait sur la bruyère pourpre, ses oreilles se dressaient au-dessus de sa tête robuste. Le loup. Efflanqué, mais grand. De longues pattes antérieures, un poitrail large.

Nous nous sommes observés, l'un et l'autre sans bouger. J'avais laissé ma carabine contre un arbre à deux mètres de distance, et si, bien sûr, l'animal ne savait pas que cela me rendait moins dangereux, je me sentais néanmoins plus vulnérable. Deux loups solitaires sur le même territoire. Mes terres, son terrain de chasse. Pensait-il ? En était-il capable ? Avait-il suffisamment faim, m'envisageait-il comme une proie potentielle ? J'en doutais. Je crois plutôt qu'il essayait d'évaluer le risque que je représentais. Et puis – ayant conclu que bof, non, ce gars-là ne va pas me causer de problème – il m'a présenté son flanc et il s'est mis en mouvement, au petit trot, dans la direction opposée à Natalie.

Après avoir versé de l'eau sur le feu de camp, je m'apprêtais à partir quand j'ai entendu la détonation, là où le loup se dirigeait ; peut-être était-il sur la trace du gibier sur lequel le chasseur venait de tirer.

Il faisait toujours plein jour quand je suis redescendu vers l'hôtel, où j'avais laissé ma Volvo. Le Land Rover de Kurt était garé à côté. Comme j'approchais, les portières se sont ouvertes, Kurt et Johnny en sont descendus. Ils portaient tous deux un jean, ainsi que des vestes standards à haute visibilité et étaient armés chacun d'un fusil.

« Police ! a crié Kurt et le mot a ricoché sur les vitres des voitures avant de pénétrer dans le restaurant. Roy Opgard, tiens ta carabine par le canon et pose-la par terre ! Tout de suite ! »

Pendant une fraction de seconde, j'ai cru qu'il plaisantait, ou du moins que ce n'était pas à prendre au pied de la lettre, j'étais à deux doigts de brandir la carabine pour leur signifier que je pouvais la leur donner, qu'ils n'avaient pas besoin de venir la chercher, mais leur langage corporel révélait que c'était du sérieux. En agitant ma carabine, je risquais d'offrir à Kurt Olsen le prétexte dont il rêvait depuis toutes ces années. Alors j'ai obtempéré, j'ai saisi l'arme par le haut du canon, je me suis baissé et je l'ai posée délicatement sur l'asphalte.

« Fais glisser ton sac à dos et lève les mains en l'air pour qu'on les voie ! »

Je me suis exécuté. Dans le restaurant, des têtes se sont tournées vers nous.

« Ensuite, tu fais quatre pas dans notre direction, tu te tournes et tu t'allonges à plat ventre, le nez contre le sol ! Tout de suite ! »

La scène paraissait absurde. Nous étions à Os, pas dans le

Bronx, et c'était Kurt Olsen, un lensmann aux jambes arquées et au crâne surmonté d'une tignasse à la Boris Johnson. Qui plus est, il m'aboyait ses ordres comme s'il s'adressait à ses joueurs de quatrième division.

Cependant j'ai obéi. En faisant les quatre pas commandés, j'ai vu un mur de mines horrifiées dans le restaurant. Et parmi elles, Natalie, debout entre deux tables, la main sur la bouche.

Je me suis couché sur la chaussée et j'ai respiré la poussière du revêtement en pensant qu'à tout le moins, si je suivais exactement ses instructions, Kurt n'aurait pas d'excuse pour m'infliger une humiliation surpassant celle d'une arrestation ordinaire. Bien entendu, je me trompais. D'abord, il s'est assis sur mes reins, comme si j'étais son poney, il m'a tordu les mains dans le dos et il m'a menotté. Puis, comme je ne pouvais pas me relever par mes propres moyens, il m'a attrapé par le col et hissé sur mes pieds. Et pendant que je me trouvais dans cette posture, Kurt me tenant par la nuque, j'ai vu un flash. C'était Dan Krane. Cinq mètres plus loin, entre les voitures, il braquait son objectif sur moi. Deux autres flashs ont suivi.

« Merci. »

Je ne sais pas s'il s'adressait à moi ou à Kurt. Il a abaissé son appareil pour vérifier le résultat sur le petit écran. Tout cela pendant que Kurt attendait, en me tenant. Dan lui a fait un petit signe de tête.

« Bon, on y va », a déclaré Kurt.

Il m'a poussé en direction du Land Rover. Johnny m'ouvrait la portière arrière. Quand j'ai embarqué, j'avais beau avoir largement la place de passer, Kurt a mis sa main sur ma tête dans un geste censément protecteur, souhaitant sans doute montrer à son public que les services du lensmann restaient professionnels jusque dans les moindres détails. Il aurait probablement voulu que nous ayons des droits Miranda en Norvège pour pouvoir me les réciter.

Johnny a balancé mon sac à dos et ma carabine dans le coffre et pris place sur le siège passager. J'ai vu le flash de Krane s'actionner encore une ou deux fois quand nous quittions le parking.

18

Après deux minutes de silence, j'ai vu Kurt me scruter dans le rétroviseur.

« Tu ne me poses même pas de question, Roy ? C'est si évident que ça ? »

Haussant les épaules, j'ai regardé par la vitre. Le temps se couvrait. D'une manière générale, le week-end semblait plus mal parti que le matin ne l'avait laissé présager.

Une fois au modeste poste de lensmann, Johnny m'a ôté les menottes et montré une chaise dans le réduit aveugle qui faisait office de cellule et servait aussi de débarras. Des piles de dossiers et de papiers se dressaient le long des murs. Il m'a apporté un café, nos regards se sont croisés. Le sien s'est détourné le premier.

Kurt est entré, il s'est assis.

« Ça te va si on enregistre ? »

Il a posé sur la table un téléphone dont je voyais qu'il était déjà en mode enregistrement.

« Oui. Si moi aussi j'ai accès à l'enregistrement après.

— Bien entendu, a-t-il répondu en souriant. Peux-tu m'indiquer ton nom, ta date de naissance et l'adresse de ton domicile pour que ce soit enregistré ? »

Je me suis exécuté.

Il a joint les mains avant de mentionner une date et une année.

« Ça t'évoque quelque chose ?

— C'est loin tout ça, Kurt. On était encore très jeunes, toi et moi, mais vu que tu me poses la question et que tu essaies de me coller la disparition de ton père sur le dos depuis que tu es toi-même devenu lensmann, je devine que c'est le jour de sa disparition, ou peut-être le jour où on a retrouvé la barque vide, et ses bottes à l'intérieur.

— Le jour de sa disparition, Roy. Que faisais-tu, ce jour-là ?

— Tu m'as déjà interrogé sur le sujet ici même il y a huit ans, Kurt. Consulte tes notes.

— Je veux que toi, tu consultes ta mémoire. »

Depuis mon arrestation devant l'hôtel, Kurt était resté étonnamment froid, ce qui suggérait qu'il avait de bonnes cartes en main mais, à présent, je voyais ses maxillaires s'activer et travailler sur divers sentiments refoulés.

« Et ta conscience », a-t-il ajouté, la gorge plus serrée, le timbre métallique.

Je me suis à peine penché en avant, et j'ai parlé fort, en articulant soigneusement.

« Voilà, je voudrais rendre bien clair sur cet enregistrement que, à ce stade de l'interrogatoire, ni la personne qui m'interroge, le lensmann Kurt Olsen, ni quiconque au poste ne m'a informé de la raison de mon arrestation, on ne m'a pas notifié mes droits, on ne m'a pas expliqué si j'étais obligé ou non de répondre aux questions au-delà de celles concernant mon identité, on ne m'a pas précisé la durée pendant laquelle la police va ou peut me garder, ni parlé de la possibilité de prendre contact avec un avocat. »

Kurt a ricané en lançant un regard à Johnny, qui était adossé contre le mur derrière lui.

« Tout doux, Roy ! On allait y venir.

— Note pour l'enregistrement. Le lensmann Olsen confirme avoir démarré l'interrogatoire sans que ces informations m'aient été communiquées. »

Kurt Olsen s'est penché en avant, le visage cramoisi à présent, il a coupé l'enregistrement.

« Ne fais pas le malin, Roy, c'est perdu d'avance. Coopère, sans quoi ton cas pourrait se compliquer.

— Voui… Tu vas effacer cet enregistrement ou tu vas me le donner ?

— À ton avis ? »

Je n'ai pas répondu.

Kurt a fermé les yeux, inspiré profondément. C'était peut-être un machin zen ; d'après Julie, il avait été le seul homme à participer aux cours de yoga fort éphémères qui avaient pris place au sous-sol de la librairie. Oui, il avait probablement imaginé comment se déroulerait l'interrogatoire et voulait maintenant le remettre sur les rails. Il a appuyé de nouveau sur la touche d'enregistrement et cette fois, son ton était velouté.

« Dans un premier temps, nous pouvons te garder pendant quarante-huit heures, car ce dont nous te soupçonnons est passible d'une peine d'emprisonnement supérieure à six mois. Si, après ces quarante-huit heures, nous souhaitons te garder plus longtemps, nous devrons saisir le juge des libertés. Tu peux prendre contact avec un proche et avec un avocat. Dans tous les cas de figure, tu n'es pas obligé de répondre aux questions que nous te posons. C'est clair ?

— Oui.

— Tu es arrêté au motif que la police te soupçonne d'avoir

commis ou d'avoir été complice du meurtre de Sigmund Olsen, ancien lensmann de la commune d'Os.

— D'accord. C'est toujours ton soupçon personnel miteux, Kurt, ou il y a du nouveau dans l'affaire ? »

Il a pincé les lèvres, esquissant ce qu'on pourrait peut-être qualifier de sourire. J'ai frissonné et je me suis armé de courage. Ils avaient prélevé du sang et des cheveux, m'avait précisé Vera. Rien de trop grave a priori, mais je voyais sur le visage de Kurt que ça ne sentait pas bon. Enfin, pour moi.

« Les techniciens ont dû chercher longtemps, mais ils ont fini par découvrir du sang sur la Cadillac de tes parents. Du sang et trois cheveux.

— Pas étonnant.

— Oui, mais ce n'était pas à l'intérieur de la voiture, Roy. Pour être précis, ils ont trouvé tout ça en dévissant la plaque d'immatriculation arrière. »

J'ai eu la sensation qu'on me tirait la peau du crâne. Dans un flash, j'ai visualisé la scène. C'était catastrophique. J'ai vu la bouche de Kurt remuer alors que ma peau se rétractait autour de mes yeux, de mes oreilles, de ma bouche. Sigmund Olsen avait atterri sur le dos et son corps s'était plié en angle droit, le haut avait glissé vers le coffre de la Cadillac et sa tête avait tapé juste au-dessus de la plaque d'immatriculation. Emportant quelques cheveux, le sang avait coulé et s'était cimenté autour de vis et d'écrous. Et cette putain de preuve ADN était restée protégée, à attendre patiemment que quelqu'un soit assez minutieux pour chercher là. Quelqu'un comme Kurt Olsen. Il affichait désormais un air de triomphe, il avait dû rêver de la tête que je ferais quand il m'exposerait la situation. Et c'est sans doute pourquoi il n'a pas su s'arrêter.

« S'il nous a fallu un peu de temps pour déterminer que c'était le sang et les cheveux de mon père, c'est parce que nous n'avions ni profil génétique ni fragments biologiques d'où extraire son ADN. À l'époque, personne n'a eu l'idée de garder pour plus tard quelques cheveux recueillis sur une de ses vestes, par exemple, et aujourd'hui, tout a été ou nettoyé ou jeté, à part une chose.» Il a brandi un doigt. «Enfin deux, plutôt.» Il a souri de toutes ses dents en tendant son majeur vers moi. «Ses santiags en peau de serpent. Que tu avais toi-même déposées dans la barque pour qu'il ait l'air de s'être noyé. Celles-là, on ne les a pas jetées. Je me suis mis à les porter, en hommage au meilleur lensmann du bourg. Et bien m'en a pris, parce qu'on a trouvé des rognures d'ongles sous la semelle intérieure. De mes ongles et des siens.»

Kurt jubilait monstrueusement. La tête que je faisais devait correspondre à toutes ses attentes. Mon front était au bord de l'explosion, encore un ou deux tours de vis et mon visage éclaterait.

«On savait que mon père s'était rendu à Opgard le jour de sa disparition, mais maintenant on sait aussi qu'il n'en est jamais reparti. Il est tombé dans Huken et a saigné sur la voiture qui s'y trouvait. Au moment des faits, ton frère et toi aviez expliqué l'avoir vu repartir. Et aujourd'hui, Roy, tu dis quoi?»

J'ai dû m'étirer les zygomatiques une ou deux fois pour être en mesure de remuer la bouche.

«Je dis que j'aimerais appeler un avocat.

— Le plus proche est à Notodden. Il y a en tout et pour tout deux avocats sur la liste et je suis relativement certain qu'ils sont occupés un samedi, mais si tu veux attendre ici le restant de la journée et de la nuit que quelqu'un fasse le déplacement d'Oslo, il n'y a pas de problème. L'autre option est que tu répondes à quelques questions tout de suite et tu pourras repartir après.

— Non.»

Kurt a soutenu mon regard, les prunelles éteintes.

«Bien, a-t-il finalement conclu. Nous notons que tu refuses

de répondre à quelques questions sans la présence d'un avocat. Si tu signes maintenant ce document indiquant que tu acceptes de te présenter à la police tous les quinze jours, tu pourras te lever sur tes deux jambes et t'en aller.

— C'est pas très raisonnable.

— Je suis d'accord. » S'arc-boutant sur sa chaise, il a tiré un paquet de cigarettes froissé de sa poche. D'une chiquenaude, il en a éjecté une et l'a glissée entre ses lèvres. « Mais dans la mesure où il n'y a pas de risque de destruction de preuves et où je ne te soupçonne pas de vouloir t'enfuir à l'étranger, je n'ai aucune raison de te garder. »

Il a tendu la main pour arrêter l'enregistrement et m'a fusillé du regard quand j'ai interposé la mienne.

« Ce que je voulais dire, c'est que c'est pas très raisonnable de me faire repartir à pied. Vous m'avez embarqué devant l'hôtel, j'exige que vous m'y reconduisiez. »

Il m'a dévisagé. Nous pensions sans doute la même chose : si la police me déposait devant l'hôtel une demi-heure après m'avoir interpellé, les clients du restaurant qui avaient assisté à mon arrestation pourraient y voir un aveu d'erreur.

« Ma requête est enregistrée sur le téléphone. Quelle est la réponse ? »

Les yeux de Kurt ont brûlé de haine.

« Johnny », a-t-il appelé, le regard fixé sur mon front.

J'ai suivi Johnny Depp sur le parking. À mi-chemin de la voiture, je me suis retourné. Sur le perron du bâtiment, Kurt Olsen nous observait. Au soir tombant, je voyais la braise de sa cigarette rougeoyer. Les lumières de la banque, du cabinet médical et de l'administration municipale étaient éteintes. Kurt était-il en possession des résultats d'analyse d'ADN depuis un ou deux jours, mais avait choisi de m'arrêter un samedi parce qu'il me serait difficile de dénicher un avocat ? Il était évident, en tout cas, qu'il s'était mis d'accord avec Dan Krane au préalable, comme chacun sait, les parents de jeunes enfants ont des week-ends chargés. Sans trop y compter, il avait peut-être espéré tirer quelque chose de moi. Et sans doute avait-il obtenu ce qu'il voulait. M'humilier. Signaler au bourg entier qu'on me suspectait. Lancer la machine à ragots, faire sortir la vermine des boiseries. Donner une nouvelle chance à ceux qui disposaient d'informations sur les événements de l'époque, mais ne les avaient jamais communiquées au lensmann.

Johnny m'a ouvert la portière d'une Honda Civic cabossée.

Il s'est ensuite engouffré dans le véhicule à côté de moi, a tourné le contact. Le moteur a hoqueté plusieurs fois avant de démarrer dans un sifflement qui ne prêtait à aucune confusion.

« Il faut que tu fasses attention avec cette voiture.

— C'est juste la courroie d'alternateur qui est détendue. Je vais m'en occuper. »

Johnny s'est engagé sur la route.

« La courroie d'alternateur, tu pourrais sans doute t'en charger toi-même, mais ce bruit, c'est celui d'une courroie de distribution usée. Si elle pète, le moteur est foutu. »

Johnny m'a lancé un regard pour s'assurer que je ne lui racontais pas d'histoires.

« Viens donc à la station-service lundi, on te changera la courroie à l'atelier. C'est vite fait. »

Il s'est concentré sur la route.

« Cette comédie, ce n'était pas mon idée. On est montés te chercher à Opgard, mais ton frère nous a informés que tu étais parti à l'hôtel. Et du coup, Kurt a décidé de t'attendre là-bas.

— Et Dan Krane ?

— Kurt s'était mis d'accord avec lui pour qu'il vienne prendre des photos devant le poste de lensmann à notre arrivée, mais du coup, il l'a prévenu qu'on serait à l'hôtel. C'était plus spectaculaire. »

J'ai hoché la tête. Nous avons roulé quelques instants en silence.

« Merci, a alors déclaré Johnny. De ne pas avoir parlé d'hier.

— Si je devais porter plainte, ce ne serait pas au lensmann, mais au commissariat de Notodden. »

Il a changé de position sur son siège.

« Tu as l'intention de le faire ? »

J'ai dodeliné de la tête. Je n'avais aucune intention de porter plainte contre ce jeune homme, il avait sans doute appris sa leçon. De plus, j'avais désormais bien d'autres chats à fouetter. Les preuves ADN. Natalie. Un pot-de-vin et un investissement sur le point de tomber à l'eau. De quoi pousser un homme à bout. De quoi l'inciter à se raccrocher aux branches. Ce qui explique peut-être pourquoi j'ai répondu par une question.

« Il se passe quoi entre Vendelbo et toi ?

— Il se passe quoi ?

— Il vous paie des bières, à tes copains et toi. »

Johnny a ricané. Il hésitait, mais il devait bien se douter que la condition pour que je ne porte pas plainte était qu'il me livre cette information. Il s'agissait maintenant de faire preuve d'un peu de bonne volonté.

« Il voudrait mettre les mains dans mon slip. Il n'y a pas de honte à avoir. Ça n'arrivera jamais, mais s'il veut régaler, c'est son problème, et il peut m'offrir toutes les bières, tous les restos et tous les emprunts qu'il veut.

— Des emprunts ?

— Oui. Enfin, ça ne s'est pas concrétisé, hein.

— Raconte.

— Eh ben, il y a quinze jours, je lui ai montré une photo d'une Porsche d'occase. Une belle affaire qui est à vendre à

Notodden. Et il m'a annoncé qu'il m'accorderait un prêt à un taux inférieur au marché. »

J'ai senti mon pouls, qui avait déjà pas mal travaillé ce jour-là, accélérer encore. Cela pouvait-il être la branche à laquelle je cherchais à me raccrocher ?

« C'étaient des paroles en l'air, non ?

— Non, non, il le pensait.

— Comment tu le sais ?

— Il m'a envoyé toute l'offre par SMS. Traites peu élevées à un taux proche de zéro. Il m'a expliqué qu'on pouvait signer le contrat à la banque après la fermeture, qu'il trouverait un moyen pour que je puisse payer. Mais j'ai vu clair dans son jeu et, évidemment, j'ai refusé. Moi, j'aime bien les filles, tu vois ?

— Il t'a sûrement envoyé d'autres SMS, non ?

— C'est le moins qu'on puisse dire, a répondu Johnny en rigolant.

— Des photos aussi ?

— Non, non. Il est marié, il ne peut pas risquer que ça se sache dans le bourg.

— Mais ces SMS révèlent peut-être ce qu'il recherche ?

— Oui, en tout cas, il faut être assez bouché pour ne pas le comprendre. »

Il m'a jaugé, j'ai vu la suspicion dans son regard stupide.

« Où tu veux en venir, au juste ?

— À l'hôtel. »

Nous avons continué de rouler, mais il avait ralenti, comme s'il était sur ses gardes et attendait quelque chose qui allait venir, mais sans savoir quoi.

« Johnny. Que dirais-tu si on concluait un petit marché toi et moi ? »

19

Le dimanche, je travaillais à la station-service. Mon cerveau bénéficiait ainsi d'une trêve et pouvait cesser de turbiner autour des nouvelles preuves ADN de la police et du fait que je devais me procurer cent millions de couronnes, dont douze de toute urgence.

La veille, Carl et moi avions eu un entretien sur Zoom avec Liv Goebbel, une avocate pénaliste à Oslo que Carl connaissait. Nous avions pris rendez-vous le lundi. C'était une quinqua pleine de vie, qui avait son franc-parler. Je l'avais rencontrée à un dîner à l'hôtel et, moi qui place la barre très haut en la matière, je m'étais immédiatement senti en confiance. Elle était apparue sur l'écran, assise à son bureau bien rangé ; la fenêtre derrière elle donnait sur l'hôtel de ville. Rire au whisky et débit si rapide que je devais me concentrer pour suivre ses propos. Même sans les fragments d'ongles, nous avait-elle expliqué, la police aurait sans doute découvert que le sang derrière la plaque d'immatriculation provenait de Sigmund Olsen.

« Avec les instruments d'analyse actuels, une goutte de sang d'une femme enceinte peut nous fournir non seulement l'empreinte génétique du fœtus, mais encore celle du père de l'enfant à naître. Dans le cas présent, on aurait pu utiliser l'ADN de Kurt Olsen pour prouver que le sang était celui de son père. »

Goebbel était surprise que la police ne semble poursuivre que moi et n'ait pas interrogé aussi Carl. Elle nous avait demandé quel âge nous avions alors. Apprenant que je venais d'avoir dix-neuf ans, alors que Carl n'en avait pas encore dix-huit, elle avait décrété qu'il ne fallait pas chercher plus loin. L'âge de la majorité pénale avait beau être quinze ans, une limite claire se situait à dix-huit aussi. Il était difficile de mettre en examen et d'incarcérer quelqu'un qui était mineur au moment des faits, alors tant qu'à affecter des ressources à une vieille affaire, la police avait intérêt à se concentrer sur la personne susceptible d'encourir une condamnation. Moi.

Sur le site d'*Os Blad*, une brève traitait d'une interpellation à la suite de la découverte d'ADN dans le cadre d'une ancienne affaire de disparition. Il n'y avait ni précisions sur l'affaire en question ni mention de mon nom ou photos de l'arrestation. Goebbel y voyait de la déontologie journalistique ; dans la mesure où j'avais été libéré et où il n'y avait pas de mise en examen, le public n'avait pas besoin d'en savoir plus. Découragés, Carl et moi nous sommes contentés d'un échange de regards : de toute évidence, cette femme d'Oslo ne comprenait pas que tout le monde à Os, absolument tout le monde, savait depuis belle lurette qui avait été arrêté et de quoi cette personne était suspectée. Kurt Olsen ne faisait qu'attendre le coup de fil de quelqu'un qui aurait des informations.

Comme j'avais à peine dormi, la sonnerie du réveil à 6 heures du matin m'a presque semblé une libération. Le dimanche était le jour le plus chargé à la station-service, les occupants des chalets plus haut dans la vallée rentraient chez eux. Ils voulaient du carburant et de quoi se sustenter pendant leur long trajet en voiture. Entre deux clients, Egil m'a raconté que son rassemblement de motards avait été un franc succès. Quand j'ai voulu savoir comment on mesurait le succès d'un rassemblement de motards, si c'était par le nombre de participants, il m'a répondu que l'affluence était un facteur secondaire, ce qui importait était que les gens passent un bon moment.

« C'était mieux que prévu, alors ?

— Hein ?

— Si on parle de succès, c'est que l'ambiance était meilleure qu'on ne l'escomptait.

— Je crois que les organisateurs tablaient sur un succès », a conclu Egil.

Je venais de larguer cinq hot-dogs à la salade de crevettes sur le comptoir quand Natalie est entrée. Elle avait rassemblé ses cheveux sous une casquette de base-ball et portait un hoodie à l'effigie de Tame Impala. Elle s'est arrêtée devant le présentoir des lave-glaces. Elle avait les traits tirés. Une fois la file d'attente écoulée, elle s'est avancée vers moi.

« Que puis-je pour toi ? »

Elle m'a regardé droit dans les yeux et une fois de plus, je me suis senti faible. Et merde...

« Dis-moi ce que tu as, a-t-elle répondu tout bas.

— Eh bien, j'avais une promotion sur de la viande de chèvre coriace. Elle était vieille, mais elle avait bien tenu le coup, je dois dire. »

Elle a ri silencieusement, avec ses yeux fatigués.

« C'est ce que je dirais aussi. Mais il me semble pourtant que cette viande a été saisie hier. Il y avait un problème ? »

J'ai haussé les épaules.

« Certaines personnes pensent qu'à l'époque où tu es née, la chèvre, qui était jeune, a chargé l'ancien lensmann et l'a fait tomber dans Huken.

— C'est le cas ? »

J'ai secoué la tête. La porte s'est ouverte. Un client. Egil était occupé aux pompes.

« Mais de toute façon, il faut jeter la viande, ai-je déclaré en gardant un œil sur le client. Tu devrais chercher ailleurs, où les produits sont plus frais.

— Roy ? »

Je l'ai observée. Elle souriait, mais par intermittence, comme si ça lui était difficile.

« Pardon. »

J'ai essayé de sourire aussi.

« Il n'y a rien à pardonner. Tu fais exactement ce que tu veux, Natalie.

— D'accord. » Elle a inspiré à fond, elle semblait se hisser sur la pointe des pieds. « Je veux… » Elle s'est tue. Ayant pris un bidon de lave-glace, le client s'est placé derrière elle. « Te revoir. Enfin, si toi, tu veux. »

Elle était tellement belle, comme une chanson qui donne envie de pleurer. Et ce n'était pas que j'avais peur qu'on se serve de moi, c'est souvent bien pour les choses qu'on s'en serve, mais tout était devenu trop compliqué, je n'étais pas en mesure de gérer ça par-dessus tout le reste. Le problème était que la voir, c'était se faire injecter de la morphine quand on était perclus de douleur, c'était impossible de ne pas en vouloir davantage. Alors je me suis forcé à déporter mon regard vers le client derrière elle.

« On a une offre à trois bidons pour le prix de deux.

— Houlà ! s'est réjoui le client, et avant que j'aie eu le temps de l'informer qu'il n'avait qu'à les prendre en sortant, il a foncé vers le présentoir.

— On en reparle plus tard, Natalie ? Quand les choses se seront tassées. D'accord ? »

Je l'ai observée encore. Ses yeux s'étaient recouverts d'une membrane brillante, ses pupilles étaient dilatées, noires. Avait-elle pris quelque chose ? Pleurait-elle ?

« Et les choses se seront calmées quand ? »

Elle avait la voix nouée. J'avais la gorge sèche.

« Dans cinq, six… » J'hésitais entre semaines et jours. J'ai vu une larme se former entre les cils courts et fins au-dessous de ses yeux à la couleur singulière. « Heures, ai-je dit. Quand j'aurai fini ma journée de travail. Retrouve-moi dehors à 18 heures. »

À 16 heures, je suis sorti, j'ai rangé l'aire de ravitaillement et je suis allé trouver la jeune génération de tuneurs qui stationnaient dans leurs sleepers surélevés pour les uns, abaissés pour les autres.

« Ramassez vos mégots. »

J'ai désigné cinq mégots de cigarettes sur l'asphalte.

« Oui, papa. »

Le type qui fumait à son volant s'est appuyé sur son avant-bras dénudé. Il portait un gilet en jean aux manches découpées. Un tatouage sur sa peau annonçait No Mercy.

« Alors ?

— On le fera en partant. »

Affichant une décontraction tout ce qu'il y a de plus crispée, il a aspiré une bouffée.

« Non. Je veux que l'aire de ravitaillement soit propre.

— En partant, papa. » Un rictus aux lèvres, il a levé sa bouteille de coca. « On est clients, non ? »

Je lui ai arraché sa cigarette d'un coup sec avant qu'il ait le temps de réagir et je l'ai expédiée sur la banquette arrière, où une nana et un mec se sont écartés d'un bond en criant.

« Putain, c'est quoi ce bordel ?! a beuglé le conducteur.

— Voilà, comme ça, tu sais ce que j'en pense, ai-je conclu

avant de me diriger vers la glissière de sécurité en haut de la berge du lac de Budal.

J'ai sorti mon téléphone et appelé Asle Vendelbo.

« Oui ?

— Je crois que j'ai ce qu'il me faut pour que vous m'accordiez ce prêt.

— C'est vous, Roy ?

— Oui. Un nouvel élément est apparu du côté de mes actifs depuis la dernière fois qu'on s'est vus. Un élément que vous pouvez prendre comme garantie. Ça vous va si je fais un saut à la banque demain matin ?

— Si tel est le cas, ce sont de bonnes nouvelles que vous m'annoncez là. »

Je ne percevais pas franchement de jubilation de sa part.

« Mais j'ai cru comprendre que vous étiez dans le collimateur de la police ? a-t-il poursuivi.

— Un malentendu. Nous pourrons en parler demain, ainsi que d'autres sujets. À 10 heures, ça vous convient ?

— Demain, ça va être un peu compliqué, Roy.

— Un peu compliqué, c'est mieux que très compliqué. Au fait, vous avez les salutations de Johnny Depp. »

Il y a eu un silence.

« 10 heures ? »

Vendelbo a toussoté. « Si on arrive à s'en tenir à une demi-heure maximum.

— Je parie que ce sera moins long. »

Le point faible... Je l'avais trouvé. Avais-je le cœur suffisamment froid pour l'exploiter ?

J'ai pivoté sur mes talons et j'ai commencé à marcher vers la station-service. Le type en gilet en jean était sorti de sa voiture. Il m'attendait. Il basculait le poids de son corps d'un pied sur l'autre en sautillant. Un roux est sorti d'une autre voiture pour lui chuchoter quelques mots. Gilet-en-jean l'a dévisagé d'un air incrédule, avant de me dévisager. Le roux a regagné son véhicule en toute hâte et Gilet-en-jean a ouvert sa portière pour se rasseoir dans le sien.

« Hé, hé, hé ! ai-je crié. Les mégots d'abord. »

Il m'a fixé, même à dix mètres de distance, je voyais sa pomme d'Adam monter et descendre. Puis il s'est accroupi pour ramasser les mégots. Indubitablement, le roux venait de lui expliquer que je m'étais fait arrêter la veille et que j'étais soupçonné du meurtre de l'ancien lensmann.

« Bouh ! »

Je l'avais simplement murmuré en passant devant lui, mais il a sursauté et laissé tomber les mégots par terre.

J'avais le cœur assez froid, assurément, et plutôt deux fois qu'une.

À 18 heures tapantes, j'ai quitté la boutique de la station-service.

Natalie grelottait à côté de sa voiture, les bras croisés sur la poitrine. J'étais un peu surpris, puisqu'il ne faisait pas froid, au contraire, même.

« Tu as attendu longtemps ? »

Elle a secoué la tête.

« Tu as l'air d'avoir froid. On fait un tour en voiture ?

— C'est ce que vous faisiez quand tu étais jeune ?

— Absolument. Si tu avais ton permis et une bagnole, tu avais réussi socialement. »

Elle a ri.

« Donc tu étais chauffeur pendant que les autres buvaient et draguaient les filles ?

— C'est si évident que ça ?

— Peut-être. Tu connaîtrais un endroit où on pourrait être seuls ? De préférence à l'intérieur.

— Tu n'as rien contre l'odeur de cambouis ? »

En ouvrant la porte de l'atelier, j'ai songé que, en dehors de moi, la dernière personne à y être entrée était Shannon.

Nous nous sommes assis dans la chambre où j'avais vécu pendant plusieurs années. Moi, dans le fauteuil Stressless, elle, sur le lit. Le teint pâle, elle tremblait comme une feuille ; j'ai allumé le puissant chauffage d'appoint que j'utilisais autrefois en hiver. J'ai mis sur la platine le seul album de Lou Reed qui vaille, *Transformer*, et j'ai fait bouillir de l'eau. Le pot était dans le placard au-dessus de la cuisinière depuis au moins dix ans, mais le miel étant comme le meurtre, sans date de péremption, j'en ai ajouté trois cuillerées dans la tasse.

« Tu as l'air de quelqu'un qui est en train de tomber malade.

— Je suis malade. » Elle a bu une petite gorgée de thé brûlant. « Merci. C'est quoi ? » Elle a pointé l'index sur le mur.

« Des plaques d'immatriculation de pays qui n'existent plus. Mon oncle les collectionnait. Il y en a certaines dont j'ai hérité en reprenant l'atelier et d'autres que je me suis procurées moi-même.

— Basutoland, a-t-elle lu sur une plaque.

— Actuellement, c'est le Lesotho.

— Le Lesotho ?

— Un minuscule royaume, une enclave en Afrique du Sud. C'est paraît-il très beau, dans les montagnes, il neige sur les sommets les plus hauts.

— Un peu comme ici, donc. Un royaume dans les montagnes. Qui est le roi ? »

J'ai pris ma boîte de tabac.

« Là-bas ou ici ? »

Elle a souri.

« Tu sais de drôles de choses, Roy.

— Le nom du roi m'échappe. En tout cas, il a pris la succession de son père qui était mort dans un accident de voiture.

— Ah bon ?

— Il sortait de leur domaine pour inspecter le cheptel quand il est tombé dans un précipice. On a suggéré que la voiture avait été trafiquée, que c'était un attentat.

— Qu'est-ce que tu en penses ?

— C'est des théories complotistes. En tout cas, maintenant, c'est son fils qui occupe le trône.

— Comment s'appelle-t-il ?

— Je ne sais pas.

— On cherche sur Google ?

— Ou on laisse ça en suspens ? »

Ça a été complètement différent cette fois. Lent, tendre, une exploration patiente. Et quand nos sondages ont abouti et que nous avons trouvé ce que nous cherchions, nous avons continué avec une passion latente, à petit feu. J'ai dû la retenir une ou deux fois, mais ensuite, elle a compris. Tels deux danseurs, nous avons enfin identifié nos rythmes et nos longueurs d'onde, et c'est seulement alors que nous avons pu augmenter progressivement la fréquence.

Elle a joui sans un bruit. Et pleuré convulsivement, mais tout aussi silencieusement, contre mon épaule. Nous avons encore bu du thé. J'ai retourné le disque et nous avons refait l'amour. Ensuite, nous avons regardé le premier film de Peter Jackson, *Bad Taste*, car nous avions découvert que nous en étions tous deux dingues. Et que nous étions en outre dingues du mot « dingue ».

Je suis allé à la boutique de la station-service chercher une pizza surgelée que nous avons cuite dans le four.

Il faisait chaud dans la chambre à présent et pourtant Natalie claquait des dents, mais elle n'avait pas de fièvre, au contraire, quand je la prenais dans mes bras, elle était toute fraîche, moite de sueur.

« Tu souffres de quoi ?

— À ton avis ?

— Je pense qu'on appelle ça le manque. »

Elle a hoché la tête.

« Qu'est-ce que tu prends ?

— J'ai mes limites, mais au sein de ces limites, je suis flexible.

— C'est-à-dire ?

— Ecsta, speed, cocaïne. Des microdoses de kétamine quand je suis déprimée. De l'herbe pour dormir. Du yagé quand j'en trouve et que j'ai les moyens. C'est plus une habitude. Comme maintenant. Ça va, j'irai mieux dans un jour ou deux.

— Pourquoi tu recommences ? »

Elle a gonflé les joues, soufflé.

« Bonne question. Parce que je m'ennuie, parce que je suis déprimée, parce que pendant un moment ça arrête la circulation dans ma tête.

— Le yagé arrête la circulation ?

— C'est un autre genre de circulation, en tout cas.

— Et tes trucs, tu les trouves où ?

— Je dois aller à Notodden.

— Chez Ola ? »

Elle m'a fixé pour s'assurer qu'elle pouvait avoir confiance en moi.

« Comment as-tu deviné ?

— Ola ? Eh bien, c'est un métalleux qui joue du violon, non ?

— Faux. Les métalleux sont des mecs dysfonctionnels, mais carrés, en costume, des nerds travailleurs qui viennent d'endroits paumés. C'est les mecs de la musique folklorique qui mènent une vie rock'n'roll. Et qui en meurent. Ça a toujours été le cas. Tu sais, je garde en permanence sur moi un petit flacon d'ipéca, à cause des mecs du groupe. Enfin d'Ola surtout, c'est lui qui prend le plus de cachetons.

— Qu'est-ce que c'est ?

— L'ipéca ? Une racine nauséabonde, qui fait vomir de façon spectaculaire, mais quand quelqu'un fait une overdose, il faut lui faire ingérer ça dans l'heure qui suit. Sinon, c'est foutu. » Elle s'est interrompue. « Je te fais peur ?

— Peur ?

— Je prends des drogues. J'ai été victime d'abus sexuels. Je suis dépressive. La vie est plus simple quand on évite ce genre de personnes.

— Ah, ça, non, ça va. Moi aussi, je traîne un ou deux trucs. »

J'ai sorti la pizza du four, je l'ai déposée sur un plat et j'ai entrepris de la couper. Derrière moi, Natalie a bougé sur le lit.

« Quoi, à part que ton père t'a agressé ? »

Je ne me suis pas retourné.

« Ça ne suffit pas ?

— Si, mais il y a autre chose, non ?

— Eh ben. Peut-être. Il y a toujours autre chose. »

J'ai partagé la pizza en six, l'ai posée, ainsi que deux assiettes, sur ses genoux, par-dessus la couette, et je me suis glissé à côté d'elle.

« Enfin, si tu en as la force, ai-je précisé en montrant la pizza.

— J'en ai la force. Raconte-moi donc.

— Je voulais dire...

— Je sais ce que tu voulais dire, mais je voudrais savoir. »

J'ai détaché un morceau de pizza. Les fils de fromage fondu donnaient l'impression de s'accrocher, de ne pas vouloir, ou pouvoir, lâcher prise. J'ai croqué, mastiqué pendant qu'elle attendait ma réponse en m'observant.

« Moshoeshoe II !

— Quoi ?

— C'était son nom. Le roi du Lesotho. Son fils aîné s'appelle Letsie III. Beaucoup de conjectures autour de l'accident, mais aucune conclusion claire. Et papa aussi parlait d'Opgard comme de son royaume, de son domaine. Il était Moshoeshoe, et moi, je suis Letsie, qui a repris le domaine. À une différence près. »

Natalie a pris une part de pizza.

« Laquelle ?

— Je ne crois pas que Letsie ait tué son père. »

20

J'avais dix-huit ans, Carl pas encore dix-sept.

Je lui avais promis que papa ne l'agresserait plus, que sinon, je le tuerais. Papa le savait, il l'avait lu dans mon regard, et il s'en félicitait ; sans doute aspirait-il à ce que je le libère de la salle de torture qu'il avait sous le crâne. Il était venu dans notre chambre la nuit précédente. À présent, il cognait inlassablement dans le sac de frappe de la grange. Il savait que j'étais derrière lui. Il avait sorti le fusil, qui était appuyé contre le mur, chargé, prêt à l'emploi, il me suffisait de lui tirer une balle dans la tête à bout portant et de déposer l'arme à côté de lui. Le lensmann Sigmund Olsen conclurait à un suicide selon la méthode habituelle des hommes du coin. Mais je n'y suis pas parvenu. Je n'y arrivais pas, putain ! Car j'avais beau le haïr, il était moi et j'étais lui.

Alors ça a continué.

Jusqu'au soir de cette même année où Carl et moi étions devant le jardin d'hiver, dans la vieille Volvo qu'oncle Bernard m'avait offerte. Devant nous, la Cadillac descendait vers le virage des Chèvres, papa et maman à son bord. Je savais ce qui allait se produire. En une demi-heure de travail, j'avais défait la vis et l'écrou qui couplaient la colonne de direction et la crémaillère, percé deux trous dans les flexibles de frein et recueilli le liquide dans un seau. Je n'avais pas prévu que maman serait dans la voiture, mais il y avait une forme de justice là-dedans aussi. Elle avait fait semblant de ne pas savoir, et elle avait refusé d'entendre quand j'avais essayé de le lui dire. Maman avait toujours aimé papa plus que Carl et moi, peut-être était-ce une anomalie biologique, comme on dit, en tout cas, c'était ainsi. Du reste, je ne peux pas prétendre que je ne la comprenais pas, que je ne comprenais pas la surpuissance de la honte ; moi non plus, je n'avais prévenu personne. Et d'ailleurs, je n'aurais pas trouvé injuste d'écoper aussi de la condamnation à mort que j'infligeais à ma mère.

Je me souviens encore de mes violents battements de cœur, je les imaginais audibles quand le crissement des cailloux sous les pneus s'est tu et a cédé la place au silence. Je me souviens du feu arrière rouge qui me fixait, tel l'œil d'un témoin muet. Et puis il avait disparu. Cent mètres de chute libre. Je me souviens du choc sourd de la voiture qui atteignait le fond du précipice, un bruit étonnamment bas, et ma première pensée avait été qu'ils avaient pu survivre. Bientôt nous verrions papa apparaître en haut de la falaise et ramper sur le bord, ensanglanté, non mort, mais le regard animé de cette espèce de fureur saturée de haine de soi. Nous avions attendu et attendu, jusqu'à être complètement sûrs.

« Tu as fait ce que tu devais faire », a murmuré Natalie.

J'avais mis longtemps pour raconter, répondant à ses questions en cours de route et ouvrant deux vieilles bières qui étaient tout à fait buvables. Je n'avais pas protesté quand elle s'était roulé un joint pour atténuer le manque, comme elle l'avait formulé. La nuit était tombée sans que nous ayons allumé la lumière.

« Oui, j'ai fait ce que je devais. Et si c'était à refaire, je le referais. » J'ai imité sa voix comme elle avait pris l'habitude d'imiter la mienne. « Je te fais peur ? »

Je devinais son sourire dans le noir. Elle a caressé mon torse nu, ma joue, mes cheveux, ma nuque.

« Non. Et maintenant, je me pose juste une dernière question.

— Oui ?

— Comment tu sais que tu peux avoir confiance en moi ? »

J'ai souri à mon tour.

« J'ai confiance en toi ? Tu es nue, alors je vois bien que Kurt Olsen n'a pas scotché de micro sur ton corps, et sans enregistrement, ce serait ta parole contre la mienne. »

Elle m'a poussé.

« Arrête de déconner. Et si je prends des trucs, des trucs plus forts que ça… » Elle a montré son joint. « Et que ça me rend bavarde ? Je ne dis pas que je vais le faire, mais ça, tu ne peux pas en avoir la certitude.

— Il faut bien prendre des risques dans la vie. »

Je ne voyais pas la couleur de ses iris, seulement le blanc de ses yeux, et le contour de sa tête, de son corps. Il faisait sombre, si j'avais voulu, j'aurais pu imaginer que c'était Shannon. Mais je ne voulais pas. Je n'en avais pas besoin.

Elle s'est rapprochée, m'a embrassé. Elle avait un goût d'herbe et de bière et de Natalie. Je l'ai embrassée à mon tour, non pas parce que ça m'avait excité, mais parce que j'étais curieux de voir si ça l'excitait, elle. Son baiser est devenu plus vorace, j'ai réagi instantanément.

« Oh mais bon sang ! me suis-je exclamé en la lâchant.

— Je sais ! » a-t-elle crié en éclatant de rire.

J'ai épousseté les miettes de pizza de la couette et j'ai ramassé le plat vide pour le laver. Je lui tournais le dos, en me demandant dans quelle situation je m'étais fourré. Avais-je avoué un meurtre en guise de déclaration d'amour ? Avais-je remis mon destin entre ses mains pour prouver quelque chose ? Ou faisais-je maintenant comme papa ? Poser le fusil contre le mur, chargé, prêt à l'emploi, avant de tourner le dos en espérant plus ou moins qu'elle saisirait l'occasion ? Peut-être. Peut-être pas. Car je lui avais seulement relaté mes deux premiers meurtres.

On avait pu remonter les corps de papa et maman, mais pas la Cadillac, qui avait été laissée au fond de Huken, l'opération aurait été trop coûteuse et trop dangereuse. Je n'avais pas raconté à Natalie que le lensmann Sigmund Olsen nourrissait le soupçon qu'il ne s'agissait pas d'un pur accident. Il était venu à Opgard et avait souhaité descendre dans Huken pour examiner le véhicule. Carl l'avait alors poussé. Je ne lui avais pas parlé non plus du chasseur de dettes, de Willumsen, de Shannon et du bébé.

J'ai retiré mes mains quand je me suis rendu compte que la douleur que je ressentais était due à l'eau du robinet devenue bouillante.

21

« Bon, assez parlé météo. » Asle Vendelbo a consulté sa montre pour me rappeler que nous disposions d'une demi-heure tout au plus. « Vous parliez de changement du côté de vos actifs.

— Tout à fait. »

J'ai regardé par la fenêtre la place centrale. La circulation sur la nationale en ce lundi matin était plutôt faible. J'ai attendu qu'il me pose la question.

« De quel genre d'actifs s'agit-il ? »

Sur son bureau trônait une photo de famille. Il joignait le bout des doigts. Les manches de sa veste de costume étaient trop courtes. J'ignore pourquoi les directeurs de banque des campagnes sont toujours moins bien habillés que ceux des villes. À ma connaissance, ils perçoivent pourtant le même salaire. Est-ce pour donner aux paysans le sentiment que leur directeur de banque est plus proche de la base, comme on dit ? Est-ce parce que, pour le client moyen d'Os, un costume Zegna paraîtrait comique, presque insultant ?

« Nous parlons de *goodwill.*

— De *goodwill* ?

— Oui. Ce qui dans la balance des biens est immatériel.

— Je sais ce qu'est le *goodwill.* Mais c'est une notion

fourre-tout, ça englobe tout ce qui n'est pas immobilisations corporelles, alors de quel genre de goodwill parlons-nous ? Une marque ? Une bonne réputation ? Un brevet ?

— Une bonne réputation.

— Dois-je en conclure que vous avez une ou plusieurs offres de rachat de votre station-service excédant largement la valeur du bien ?

— Non. »

Vendelbo a poussé un gros soupir. Soulagé, semblait-il. À mon arrivée, à 10 h 05, de la sueur perlait au-dessus de sa lèvre supérieure. Il m'avait aussitôt emmené dans son bureau, où le café était prêt, en bavardant de sujets anodins. Il devait avoir un mauvais pressentiment, se demander de quoi il retournait. À présent, il avait l'air plus rassuré.

« Alors ces plus-values qui seraient attachées à la société restent hypothétiques. De toute façon, la banque ne prend pas de garanties sur le *goodwill* de réputation. Une bonne réputation peut se perdre du jour au lendemain. A fortiori si…

— Si quoi… ? »

Se redressant sur son fauteuil, il a plongé son regard dans le mien, avec ce qu'il considérait sans doute comme de l'autorité.

« A fortiori si le propriétaire de la société est dans la ligne de mire de la police. Enfin, je le répète, de toute façon nous ne pouvons pas prendre la bonne réputation comme garantie.

— Même s'il n'est pas question de ma bonne réputation à moi ?

— Pardon ?

— Même si ce n'est pas ma bonne réputation, mais la vôtre dont j'ai acquis la propriété ? »

Il a péniblement dégluti et sa voix a retrouvé la fréquence aiguë du début de notre conversation.

« De quoi parlez-vous, Roy ? »

J'ai posé mon téléphone devant lui.

« J'ai ici des e-mails et des SMS que vous avez envoyés à un jeune homme. Si vous avez envie de vous taper un mec, ça ne concerne que vous et votre femme, mais, bien sûr, il existe une possibilité qu'elle ne soit pas au courant et si jamais je lui faisais suivre tous ces messages, vous seriez peut-être obligé de changer cette photo de famille sur votre bureau. »

On aurait dit qu'un feu de stop éclairait le visage de Vendelbo alors qu'il fixait mon écran de téléphone.

« Mais pire que la ruine de votre mariage, ce serait celle de votre carrière. » J'ai laissé à Vendelbo le temps de relire ce qui apparaissait sur la page suivante. « Vous n'auriez pas dû rédiger cette offre par écrit, Asle. Vous m'avez abondamment expliqué les critères pour obtenir un crédit bancaire et je vois moi-même que je ne les remplis pas. Attirer un jeune homme qui vous plaît en utilisant l'argent de la banque pour lui offrir un prêt sans garantie à un taux largement inférieur au marché, comment pourrait-on appeler ça ? De la corruption ? Du soudoiement ? Je ne suis pas un homme de mots, mais je suis sûr que l'agence régionale en a un. Et Dan Krane et *Os Blad* certainement aussi. »

Vendelbo m'a dévisagé. Il parlait maintenant d'une voix si rauque qu'elle en était méconnaissable.

« Que voulez-vous ? »

J'ai hoché la tête lentement.

« Il nous reste vingt minutes pour discuter des détails, mais la version courte est que je voudrais qu'on m'accorde un prêt de cent millions de couronnes d'ici une semaine. Si vous y parvenez, je n'aurai pas à appuyer sur cette touche. »

J'ai montré le symbole « transférer » avant de me carrer dans mon fauteuil. Vendelbo fixait un point droit devant lui en respirant fort par le nez.

À la fin, il s'est éclairci la voix.

« Quel taux envisagiez-vous ?

— Le taux du marché. » J'ai joint les mains sur mon ventre. « Les Opgard ne marchandent pas. »

J'ai vu que Natalie m'avait téléphoné.

« Salut, mon amour », a-t-elle répondu quand je l'ai rappelée.

C'était évidemment de l'humour, et pourtant ces mots me réchauffaient le cœur.

« Tu travailles à la station-service ce soir ?

— Non.

— Si tu veux, je pourrai préparer à dîner.

— Avec plaisir.

— 19 heures ?

— Parfait. J'apporte quelque chose ?

— Comme quoi ?

— Une bouteille de vin, par exemple. »

Elle a ri. « Tu veux dire que tu roulerais jusqu'à Notodden pour aller au Vinmonopol ?

— Tu penses que je n'en ai pas en réserve à la maison ?

— Je me trompe ?

— Oui.

— Oui ?

— Et non. J'en prendrai une à Carl. »

Son rire m'a chatouillé l'oreille.

« Merci, mais pas pour moi, Roy. Ce soir, je vais boire de l'eau.

— Je comprends.

— Oui ?

— Le vin était une mauvaise idée. Tu as dit hier qu'à partir d'aujourd'hui, c'était sobriété toute.

— Je ne fais pas dans la demi-mesure, le reste ne marche pas. Tu aimes la truite ?

— Pêchée par tes soins ?

— Oui. Au rayon frais du Coop.

— C'est comme ça qu'on la préfère, d'élevage, domptée et raide morte. Consommée en quantités suffisantes, elle tue les chlamydias. »

Elle était bon public et mes mauvaises blagues ne méritaient pas tant, mais tant qu'elle rirait, je continuerais.

Nous avons raccroché et je me suis arrêté devant le stop-trottoir du Chute Libre pour admirer l'œuvre d'art d'Erik avant d'entrer dans le bar.

« *Chou-froid à la Erik* ? »

Erik a levé les yeux de son journal.

« C'est un consommé de chou-fleur froid.

— Tu sers ce plat parce que c'est bon ou parce que ça donne un jeu de mots rigolo ?

— C'est bon. » Il a affiché un grand sourire. « Mais *chaud-froid*, *chou-froid*, c'est un jeu de mots cool aussi, non ?

— Et la boutique, ça tourne ? »

Dix clients dans la salle. Douze en comptant les deux bonshommes qui remplissaient des bulletins de tiercé.

« Oui, ça va. Devine quel chiffre on a fait vendredi.

— Beaucoup. Mais il faut dire aussi que tu avais avec toi un as de la tireuse à bière.

— C'est les tubes, oui ! s'est-il récrié. Je sais que tu en dénigres un certain nombre, mais ces chansons marchent à fond. Il faut savoir trouver la catégorie qui touche tous les âges, les deux sexes et les quatre orientations sexuelles que nous avons à Os. »

Le sourire d'Erik était cette fois si large qu'on voyait ses deux dents en or, mais je ne l'ai pas interrogé plus avant sur les orientations en question. Je l'avais déjà entendu raconter cette blague, et j'avais beau ne plus avoir la chute en tête, je me souvenais qu'elle ne valait pas d'être réentendue.

« Au fait, a-t-il repris, étant donné qu'on a un menu complet, on a déposé une demande auprès de la Direction des routes pour mettre un panneau de signalisation au bord de la nationale, tu sais, ceux avec un couteau et une fourchette. On espère te voler quelques clients qui achètent de la nourriture à la station-service.

— Ne vous gênez pas pour moi, ai-je répondu en souriant. Si le panneau rappelle aux automobilistes qu'ils ont faim, on en ressortira sans doute tous gagnants. C'est une idée de toi ou de Julie ? »

Il a eu l'air perplexe. « Ça, je ne sais plus. Je pense que c'était notre idée à tous les deux. »

J'ai hoché lentement la tête à la Os. L'idée de Julie, donc.

« C'est bien d'avoir des idées, et de faire preuve d'initiative. C'est nécessaire pour augmenter la rentabilité. D'ailleurs, c'est plus ou moins l'objet de ma visite. »

Erik m'a examiné, il était sur ses gardes. Rien de très étonnant, quand je m'exprimais, globalement, c'étaient des mauvaises nouvelles pour lui.

« Je me suis penché brièvement sur les comptes trimestriels. Le problème, ce ne sont pas les variables, mais les frais fixes. C'est-à-dire principalement le coût salarial des employés permanents. »

J'ai vu que c'était ce qu'il craignait. Le Chute Libre ne comptait que deux employés, à savoir Julie et lui-même, or Julie était bonne, et de surcroît enceinte, je n'allais donc ni vouloir ni pouvoir la remercier.

« Je n'ai pas encore parlé avec Julie, je voulais voir ça avec toi d'abord.

— Voir quoi ? » Son accent dur trahissait la fureur et le désespoir.

« J'ai l'intention de lui proposer la propriété partielle du Chute Libre en échange d'une baisse de son salaire. Comme ça, on se retrouve dans le même bateau, que les circonstances soient favorables ou non. Je me disais que ça pourrait être une offre avantageuse sachant que la nationale va continuer de passer devant le bar. »

Le jeu de ses maxillaires signalait qu'il serrait les dents.

« Et moi ? »

Sa voix était rocailleuse.

« Je pensais te proposer la même chose.

— La même chose ? »

Il m'a considéré d'un air incrédule, ou plutôt comme quelqu'un qui supposait que le cahier des charges de « la même chose » révélerait qu'il ne s'agissait absolument pas de la même chose, mais au contraire d'un marché parfaitement merdique.

« Toi, Julie et moi serions copropriétaires à hauteur d'un tiers chacun. »

Erik a fermé à moitié un œil, mais pas à la manière de Natalie, pour traduire la curiosité ; non, chez lui, c'était de la méfiance à l'état pur.

« Tu veux qu'on achète nos parts ?

— Non. Vous aurez un tiers chacun gratuitement. Et en échange, vous acceptez une baisse de salaire de quinze pour cent. Si on part des deux derniers résultats semestriels, Julie aurait une augmentation de revenus de vingt-cinq pour cent et toi, de vingt-huit.

— Je gagnerais plus à ce changement que Julie ?

— Son salaire est plus élevé que le tien, donc une baisse de quinze pour cent, ça fait plus. Et je le répète, vous auriez le même pourcentage des bénéfices. »

Il ne savait pas à quoi s'en tenir.

« Pourquoi… veux-tu faire ça ? »

J'ai écarté les bras.

« Je te l'ai dit, je crois à l'idée d'être tous dans le même bateau. Donner à des gens qui font preuve d'initiative et d'inventivité la propriété de leur activité. Je pense que ce qui est bien pour eux est bien pour moi. Comme ton chou-froid. Et "Bombadilla Life". »

Il a ri, s'est interrompu, a secoué la tête et ri encore.

« Putain ! »

Ses dents en or ont scintillé. Je savais ce qu'il ressentait. J'avais ressenti la même chose quand j'avais enfin pu acheter la station-service où je travaillais depuis tant d'années. Ce qui était à moi était enfin *mon* à-moi. C'est le paysan en nous, nous devons posséder, avoir de la terre, nous tenir sur notre propre sol, de préférence nous en procurer davantage. Une putain de maladie ! Et la voilà qui s'était réveillée en Erik ; je voyais le démon agricole revivre dans ses prunelles.

« Mais c'est clair, ai-je précisé, quand on est dans le même bateau, ça signifie que s'il y en a un qui coule, les autres coulent aussi. Il faut s'entraider.

— C'est clair, a répondu Erik, l'air légèrement absent, balayant la salle d'un regard déjà différent, évaluateur, celui du propriétaire qui calcule les recettes et les dépenses.

— Par exemple, il faut que tu m'aides à me souvenir d'un épisode de l'hiver où j'avais dix-sept ans. Toi, tu devais en avoir quinze, non ?

— Ah ? Ça a un rapport avec le fait que Kurt t'a emmené au poste samedi ?

— Oui. Je sais que vous êtes potes, Kurt et toi.

— Potes, potes, je n'irais pas forcément jusque-là, s'est-il empressé de préciser. C'est plutôt qu'il a l'habitude de venir me trouver quand il a besoin d'aide. Il sait qu'il l'obtiendra parce que la licence du bar a toujours dépendu de sa caution, tu vois ?

— Tu es au courant que Kurt ne s'est jamais fait à l'idée que son père s'était suicidé et qu'il cultive une théorie conspirationniste nous impliquant, Carl et moi, n'est-ce pas ?

— Ouais, il y a quelques années, il avait voulu me faire descendre dans Huken pour examiner la voiture.

— Voilà, c'est ça. C'est pourquoi il faut que tu l'aides à reconstituer les événements du jour où mon paternel est rentré dans une congère juste à côté de la ferme Nerell quand tu avais quinze ans.

— Ton père a fait ça ?

— Oui, tu ne t'en souviens pas ? »

Il a gratté ses cheveux couleur spaghetti. « Comme ça, non.

— Ce n'est pas étonnant. Ça fait un bail et puis l'incident n'avait pas été très dramatique. Mais laisse-moi t'expliquer tout ça étape par étape et on verra si ça te rafraîchit la mémoire. C'est drôle, ces souvenirs d'enfance, il suffit souvent de les réactiver. »

La bouche entrouverte, Erik m'a scruté, l'air concentré, puis il a hoché la tête très, très lentement.

« Peut-être bien. »

22

« Ça a commencé quand j'avais douze ans et que j'ai eu mes premières règles, m'a expliqué Natalie. Je ne sais pas si c'était lié. J'ai essayé de me renseigner auprès d'amis psychologues, en abordant le sujet de façon générale, bien sûr, parce que je ne parle jamais à personne de ce qui se déroulait chez moi à l'époque. Et ces amis m'ont répondu qu'il y avait évidemment des facteurs biologiques, mais les psychologues, c'est comme les astrologues, ils acceptent tous les schémas faciles et les liens flagrants. En l'espèce, l'effet aurait dû être inverse. Biologiquement, ce n'est pas intelligent de mettre sa fille en cloque. Et mon père l'avait compris, d'ailleurs. C'est pour ça qu'il m'achetait la pilule du lendemain à ta station-service les fois où il pensait avoir été imprudent. »

Elle s'est repositionnée au creux de mon bras. Son lit était aussi étroit que celui que j'avais à l'atelier, mais à ce stade de nos relations, toute largeur excédant les cent centimètres aurait été de la place perdue.

« Il paraît que jusqu'à douze ans, j'étais une fille joyeuse et extravertie, mais ensuite je suis devenue taciturne, sombre, quelqu'un avec qui personne ne voulait être et qui ne voulait être avec personne. Mais aucun prof ni autre adulte ne me posait de questions.

— Pareil pour Carl. C'est-à-dire que des gens ont fini par avoir un vague soupçon, mais c'est sur moi qu'il portait.

— Oui, tu vois. Cela étant, je trouve difficile de clamer que les adultes auraient dû voir ceci ou cela. Souvent, à cet âge-là, on change un peu de personnalité, c'est normal. Je serais peut-être devenue comme ça sans les agressions aussi. Je ne pense pas, mais je n'en sais rien. C'est peut-être moi. La même chose pour mon goût pour la défonce.

— Ah oui ?

— C'est dans ces années-là que j'ai découvert la boisson. Si l'accès avait été plus facile, j'aurais bu encore plus. Je collais aux bottes des garçons qui pouvaient se procurer de l'alcool de contrebande et c'est sans doute ce qui me valait une réputation de traînée, qui n'était que partiellement justifiée. Enfin, de toute façon, la picole ou la promiscuité sexuelle sont des comportements de victime classiques, mais je ne peux pas savoir comment j'aurais été sans ça. Peut-être que j'aime me défoncer. Et coucher à droite à gauche.

— Vraiment ? »

Elle a respiré à pleins poumons.

« Non. Avant ces derniers jours, je n'avais rien pris depuis un an, donc je préfère manifestement être clean. Et j'ai couché avec huit garçons. Toi inclus. Je ne sais pas avec combien de filles tu as couché, mais dans les milieux que je fréquente, huit, ça fait de moi une nonne.

— Huit, c'est plus que moi, mais ça ne fait pas beaucoup.

— Bon, d'accord, neuf en comptant mon père. »

Il y a eu quelques secondes de silence et puis nous avons tous deux éclaté de rire.

« Tu trouves ça absurde qu'on en parle avec un tel détachement ? »

— Non. Autrement, on ne pourrait pas.

— C'est drôle. C'est comme de parler d'événements qui se sont déroulés dans un univers parallèle, dans un rêve ou dans un cauchemar, et puis on trouve des preuves que c'était vrai. La culotte qu'il a déchirée, son odeur dans les draps… »

Elle s'est interrompue, elle avait peut-être senti que je me raidissais, perçu la colère blanche qui systématiquement me gagnait face à de telles images. La simple vue du lit superposé de notre chambre pouvait accélérer mon pouls.

« Ça va ? » a-t-elle demandé.

J'ai humé l'odeur de ses cheveux, mon rythme cardiaque a baissé. Un klaxon a retenti sur la place centrale. L'appartement de Natalie se trouvait au premier et unique étage de la Maison de la Laiterie. L'aménagement de la chambre était réduit à sa plus simple expression et les murs étaient nus, dans le salon aussi. Comme chez quelqu'un qui, dès le premier jour, s'était adonné corps et âme à son travail et n'avait pas eu de temps à consacrer à son logement, ni de motivation pour. Ou comme chez quelqu'un qui n'avait aucune intention de rester là.

« C'est plutôt moi qui devrais te demander si ça va. Continue.

— D'accord. » Elle m'a embrassé l'épaule. « Après être partie de chez mes parents, j'ai longtemps essayé de m'expliquer comment ça avait pu durer toutes ces années. C'était que mon père avait eu les coudées franches, bien sûr. On vivait seuls dans une ferme, je n'avais pas de frères et sœurs, et ma mère, déjà malade, restait alitée la plupart du temps. Nos relations sociales étaient très limitées et nous n'avions pas de voisins ou de cousins gênants. Mais quand même. Je savais. Ce n'est pas comme la victime d'inceste que j'ai rencontrée à Notodden, son père l'avait persuadée que son désir était aussi le sien, qu'elle aussi voulait ça, et elle avait beau savoir que c'était faux, elle continuait d'en porter la honte. Mon père avait essayé d'en faire autant. Sûrement pour me rendre plus conciliante, ou pour s'assurer que je ne dirais rien à personne, mais il n'y était pas arrivé. Ce n'est pas pour cette raison que je n'avais averti personne. J'avais peur, mais pas pour moi-même. Non, j'avais peur de ce qui lui arriverait à lui. C'est dément, non ? De se faire du souci pour la personne qu'on déteste par-dessus tout sur terre ?

— Oui, mais c'est ça la définition de la famille proche, non ?

— Parfois il me lisait des extraits de la Bible à voix haute. Sur les hommes de Dieu qui couchent avec des membres de leur famille. Abraham et sa demi-sœur. Lot et ses filles, etc. Mon père était le dévot de la maisonnée, mais il avait renoncé à me rendre pieuse. Et pourtant, il se servait de ces histoires pour me convaincre qu'on n'allait pas brûler en enfer.

— Ou plutôt, il essayait de s'en convaincre lui-même, peut-être ?

— Possible. Quoi qu'il en soit, il essayait de brosser un tableau dans lequel ce qu'il faisait était bien, du moins pas monstrueux, mais il faut bien vivre avec soi-même.

— Oui. » J'ai glissé un sachet de tabac sous ma lèvre. « Il le faut bien. Jusqu'à ce qu'on décide qu'on n'est pas obligé. »

J'ai écouté le soir d'automne. Le bruissement du vent dans les feuilles, la jolie mélodie à deux voix d'un moteur rugissant et de pneus hurlants qui perdaient de la gomme.

« Ton père et la carabine contre le mur ?

— Pour le punir, j'aurais dû le laisser vivre avec lui-même, mais j'étais obligé, ai-je déclaré. Pour sauver mon petit frère. À cet égard, c'était une euthanasie plus qu'un meurtre. »

La voiture a disparu. Je me suis imaginé que c'était une Volvo, avec deux garçons à bord, qui roulait maintenant à cent vingt sur la nationale, vers les limites de la commune, hors d'Os. Alors j'ai répondu à la question qui n'avait pas été formulée.

« Ma mère… je ne sais pas. Oui, je l'ai condamnée à mort parce qu'elle n'était pas intervenue. Mais on aurait dit qu'elle savait ce qui allait se produire. Le soir, j'ai emporté le couteau de chasse dans mon lit, et j'attendais qu'il vienne dans notre chambre. Il est venu, mais il a peut-être flairé le danger. En tout cas, il a fait demi-tour. Et là, j'ai entendu pleurer dans la cuisine, par le trou du tuyau de poêle. Je suis descendu, maman était assise à la table. Nous n'avions jamais prononcé un mot sur ce que papa faisait à Carl, mais ce soir-là, elle s'est exprimée sans détour : "Tu sais, Roy, j'aime tellement ton père que je ne pourrais pas vivre sans lui. Si je devais choisir entre te sauver la vie ou sauver la vie de Carl et le sauver lui, je le choisirais lui, Roy. Sache-le. Je ne vaux pas mieux que ça comme mère."

— Elle aurait elle-même fait le choix de monter dans cette voiture avec ton père, tu crois ? »

J'ai cligné des yeux, essayé de voir dans l'obscurité.

« Je ne sais pas. On est doués pour croire ce qu'on a besoin de croire. C'est le cas de ton père et c'est mon cas à moi.

— Roy. » Elle s'est lovée tout contre moi, nue et chaude. « Ne mentionne plus jamais ton propre nom dans la même phrase que celui de mon père, d'accord ?

— D'accord. »

Elle est allée faire un tour dans la salle de bains et en allumant la lampe de chevet pour chercher mon caleçon, j'ai aperçu quelques petites taches de sang sur le drap. Natalie revenait à ce moment-là, elle a ri.

« C'est drôle ?

— Non, mais tu devrais voir ta tête ! » Elle m'a embrassé sur le front. « C'est la tête de quelqu'un qui croit avoir commis un meurtre. Tu ne m'as pas tuée ! J'ai parfois des saignements après un rapport sexuel, c'est tout, ce n'est pas grave et ce n'est pas un phénomène inhabituel. »

Nous nous sommes glissés de nouveau sous la couette, serrés l'un contre l'autre, l'oreille tendue vers l'extérieur, à l'écoute de changements dans le paysage sonore.

« Tu es allé à Cracovie ?

— Cracovie ?

— Quand tu étais en Pologne. Le parc d'attractions était tout près, non ? Il paraît que la vieille ville est sublime.

— Il paraît, oui, mais je voyageais seul, donc je n'avais pas vraiment de raison de m'y rendre. J'ai visité le parc d'attractions et ensuite j'ai pris le premier avion pour rentrer.

— Ça te tenterait, un week-end là-bas ?

— Toi et moi ?

— Oui, on pourrait sortir d'Os. Tu en aurais besoin, toi aussi, non ?

— Ça se peut, oui.

— Je serais bien partie vendredi, mais c'est le jour de la fête du personnel à l'hôtel. J'ai vérifié, il y a des vols directs bon marché au départ d'Oslo le samedi aussi.

— Tu veux dire le week-end qui vient ?

— Pourquoi pas ? »

J'ai cligné des yeux dans l'obscurité. Elle et moi, genre... À Cracovie, de tous les endroits possibles. Eh oui, merde ! Pourquoi pas ? Cette idée ne paraissait pas complètement absurde, si ? Certes pas. Elle était tout ce qu'il y avait de plus juste, au contraire.

23

Le mercredi après-midi, j'ai reçu le coup de fil attendu. Mon dossier avait été traité lors de la réunion de crédit : le prêt était accordé.

Nous avons brièvement évoqué les modalités pratiques sans faire la moindre allusion à l'autre partie de notre marché. Il n'y avait d'ailleurs aucune raison de s'inquiéter, nous étions dans le même bateau désormais. Si jamais je m'avisais de divulguer ce que je savais sur Vendelbo, il serait révélé que je m'en étais servi pour le forcer à m'accorder un prêt et je sauterais, moi aussi. Mais tout de même, cette conversation… On aurait pu croire qu'il s'agissait d'un prêt parfaitement ordinaire. Asle Vendelbo a même réussi à me féliciter d'un ton sincère. De la pure comédie. Comme s'il nous soupçonnait d'être sur écoute.

L'idée ne m'avait jamais effleuré : et si Kurt Olsen m'avait arrêté pour me faire peur, pour voir ce que j'allais entreprendre ? S'il m'espionnait dans l'espoir de me voir trahir que j'avais un meurtre à cacher ? Je n'avais pas l'intention de lui offrir une affaire de corruption en prime.

C'est pourquoi je n'ai pas pris mon propre téléphone, mais celui d'Egil pour appeler Halden.

« Oui ?

— Bonjour, Halden. Ici le garage d'Os. Votre voiture est prête. Où voulez-vous qu'elle soit livrée ? »

Dans le silence qui a suivi, j'ai entendu Jon Fuhr à l'arrière-plan, il semblait conclure un appel.

« Un instant. » La voix de Halden chevrotait perceptiblement. « Je vous passe le copropriétaire du véhicule. »

J'ai entendu l'appareil changer de main, puis la voix de Fuhr m'est parvenue.

« Nous devrions nous voir pour reparler une dernière fois des conditions de livraison. Par mesure de précaution.

— D'accord. À l'hôtel de Notodden ?

— Non, quelque part sur la nationale. Je vous envoie les coordonnées géographiques. Demain, zéro cinq zéro zéro. Vous pouvez y être ?

— À 5 heures du matin ?

— Nous avons une journée de travail chargée, un tas de réunions. Et puis comme ça, on sera sûrement moins dérangés. Emportez le téléphone sur lequel je vous envoie les coordonnées. Ça vous va ? »

J'ai tendu l'oreille, comme si les ondes sonores du réseau téléphonique pouvaient me révéler les pensées de Fuhr.

« Ça me va. »

Ensuite, j'ai appelé Carl pour lui raconter que l'emprunt était approuvé.

Il a exulté si bruyamment que j'ai dû écarter le téléphone de mon oreille.

L'après-midi, je suis remonté à Opgard et quand je suis entré dans la cuisine, Carl souriait à tout rompre en tournant le bouchon d'une bouteille de champagne.

Le bouchon a sauté au plafond et Carl a rempli les deux flûtes vertes qui, d'après papa, étaient le cadeau de mariage le plus stupide qu'on ait jamais vu et n'avaient servi qu'une seule fois. Non pas à ma naissance ni à celle de Carl, mais lors de l'achat de la Cadillac.

J'ai trempé les lèvres dans mon verre, tandis que Carl buvait le sien cul sec.

« Bon, a-t-il déclaré. J'ai parlé avec le conseil d'administration et voici le plan : tu achètes la totalité de l'émission à raison de cinq cents couronnes l'action, soit cinquante millions de couronnes au total. »

J'ai failli m'étrangler avec mon champagne. « Acheter ?! Mais bon sang, on avait parlé d'un prêt, pas d'un achat. D'un prêt à court terme.

— Oui, oui, relax. L'achat est assorti d'une option de vente te donnant le droit, mais pas l'obligation, de revendre le tout à l'hôtel-spa d'Os dans six mois pour cinq cent dix couronnes l'action. Ces six mois nous laissent largement le temps de trouver de nouveaux investisseurs. Et les dix couronnes de différence devraient couvrir les intérêts que tu verses à la banque avec une petite marge. Même si le cours plonge, tu pourras nous revendre tes actions sans pertes. Et s'il monte au-dessus de cinq cent dix couronnes, tu pourras les conserver si tu le souhaites.

— Mais non, je ne pourrai pas. Dans six mois, j'aurai besoin de l'argent pour construire les montagnes russes.

— Je sais, et le marché n'étant pas précisément liquide pour l'action de l'hôtel-spa d'Os, nous pensons de toute façon émettre à cinq cents couronnes et racheter à cinq cent dix. D'accord ? »

J'ai fait tourner mon verre.

« Donc ce serait tout bêtement un prêt de ma part à la société ?

— Exact. Tu n'y gagneras pas grand-chose, mais pendant six mois, tu détiendras trente pour cent des parts et tu disposeras d'un siège au CA.

— Avec les actions que je possède déjà, on monte à trente-six pour cent, donc je devrais plutôt être président, non ? »

Carl a ri.

« Je pense que nous tiendrons pendant ces six mois sans changer de président, Jo Aas fait du bon boulot. Qu'en penses-tu, grand frère ? »

J'ai fait claquer ma langue. En réalité, je n'aimais pas le champagne, mais celui-ci était meilleur que ceux qu'on avait pu me servir auparavant. J'ai levé mon verre.

« Je t'adore ! » s'est écrié Carl.

Il a choqué sa flûte contre la mienne, le champagne a débordé.

Pendant qu'une pizza chauffait dans le four, j'ai rapporté à Carl ma conversation avec Halden et Fuhr, ainsi que les conclusions que j'en tirais. Il a hoché la tête et téléphoné à Me Goebbel pour l'informer que j'allais lui envoyer des trucs.

Nous avons mangé notre pizza à la table de la cuisine. Carl s'est plaint de devoir boire tout le champagne seul.

« Je conduis.

— Tu conduis ? Mais tu as toute la nuit pour éliminer avant de retrouver Fuhr demain matin.

— Je ne vais pas tarder. Je dors chez Natalie. »

Il a haussé un sourcil.

« Vraiment ? Un coup de trois soirs ? Elle est si bonne que ça au lit ? »

J'ai haussé les épaules et pris l'une des croûtes auxquelles, conformément à son habitude, Carl n'avait pas touché.

« On va faire un tour à Cracovie ce week-end.

— Ah oui ? Vous retournez voir les montagnes russes ?

— Non. On va juste…

— Juste ?

— Se promener dans la vieille ville, boire du vin, bien manger.

— *Toi* ? »

Il a ri, mais ces derniers jours, son rire avait perdu l'insouciance qui le rendait si communicatif. Le changement était intervenu avant mon arrestation, ce n'était pas cela qui le préoccupait. Était-ce Mari Aas ? Ruminait-il sur l'opportunité de faire le grand saut et de se mettre en couple ? Était-ce la maison, tous les problèmes à régler, les constants retards ? Ou le travail, maintenir les apparences tout en multipliant les efforts pour améliorer la rentabilité, puisque maquiller le rouge des comptes allait bientôt devenir tâche impossible ? J'aurais pu l'interroger. Pourquoi ne le faisais-je pas ? S'était-il immiscé entre nous quelque chose qui m'en empêchait ? Mais non, qu'est-ce que ça aurait pu être ?

« Quelque chose te tourmente, Carl ? »

Il m'a observé pensivement.

« C'est un tout. La somme de tout ça. Enfin, tu sais bien, toi aussi, tu sens la pression.

— Comment ça ?

— Tu penses que Kurt Olsen a mis nos téléphones sur écoute. Cette paranoïa envahit tout.

— Tu as raison. Il faut garder la tête froide. Rester prudents sans paniquer. »

Ayant consulté ma montre, je me suis levé.

« Tu t'en vas déjà ? »

La question semblait lui avoir échappé et il n'avait sans doute pas voulu avoir ce ton implorant. J'ai contemplé les beaux et grands yeux de mon petit frère, et pendant une fraction de seconde, j'ai envisagé d'appeler Natalie pour décommander, en lui expliquant que Carl avait besoin de compagnie ce soir-là.

En quittant la ferme, j'avais l'impression de le voir derrière moi, debout dans le jardin d'hiver, son visage se colorant de rouge quand j'appuyais sur la pédale de frein avant le virage des Chèvres.

Et après l'amour, dans les bras de Natalie endormie, je suis resté éveillé, la voix de mon père lancinante dans ma tête. « On est une famille. Nous n'avons que nous-mêmes et personne d'autre. Les copains, les petites amies, les voisins, les habitants du bourg, l'État, tout cela n'est qu'une illusion, qui ne vaut rien le jour où on en a besoin. Ce jour-là, c'est nous contre eux, Roy. Nous contre tous. »

24

Il était 4 h 55 et il faisait encore nuit quand j'ai rejoint la position correspondant aux coordonnées géographiques qui m'avaient été envoyées. Mes phares ont capturé Jon Fuhr, les bras croisés sur la poitrine, adossé à la seule voiture des lieux. Pas celle de la dernière fois, mais une Suzuki Across. J'ai remarqué le logo de « Bislet location de voitures ». L'endroit était bien choisi, peu fréquenté. Étaient-ce l'aspect désert et l'atmosphère confinée qui faisaient que les automobilistes boudaient cette aire de repos ? De hautes parois rocheuses verticales bloquaient la vue sur trois côtés et, derrière la glissière de sécurité, une berge caillouteuse menait au bord d'un petit lac sans charme. Ou était-ce simplement que les gens préféraient rouler vingt minutes de plus pour arriver à Os, où l'aire de repos offrait de la nourriture, une vue sur un lac plus pittoresque et des pompes à essence ?

Je suis descendu de voiture. La lune se reflétait sur l'eau noire et immobile.

« Alors ? Halden n'a pas voulu venir ?

— C'était inutile. »

Fuhr s'est gratté la joue, sa peau s'était parée de quelques boutons supplémentaires.

« Je voulais juste vous transmettre le numéro de compte sur lequel virer l'argent. »

Il m'a tendu une feuille. Un corbeau a crié pendant que je regardais ce qui était écrit.

« Deux comptes aux îles Caïmans ?

— Anonymat complet. C'est mieux pour tout le monde, non ?

— Sans doute, oui. »

J'ai replié la feuille pour la ranger dans ma poche arrière.

« Je voudrais récupérer la feuille. Je vous l'ai donnée pour que vous transfériez l'argent tout de suite.

— Tout de suite ?

— Vous avez votre téléphone, non ? »

Il a repris la feuille d'un coup sec. Comme il tournait le dos à la lune, je ne pouvais pas saisir l'expression de son visage.

Je me suis frotté les mains, il faisait froid.

« Quelle est l'urgence ?

— L'urgence, c'est que vous êtes soupçonné de meurtre et que vous ne pourrez sûrement pas procéder à des opérations bancaires quand vous serez derrière les barreaux.

— Eh bien ! Qui vous a raconté ça ?

— Des gens du coin qui travaillent sur le projet de tunnel de Todde. Enfin, *travaillaient* serait plus exact. S'il est vrai que la police enquête sur vous, le risque que cette affaire sorte au grand jour devient nettement plus important. Bent pense que nous devrions sauter du train en marche, refuser l'argent et présenter un rapport révisé, et puis nous foutre de vos menaces, de vos histoires de nous pousser par la fenêtre d'un hôtel ou je ne sais quoi.

— Oui, parce que vous n'aurez pas grand-chose à craindre si je suis sous les verrous, hein ? C'était votre raisonnement ? »

Il n'a pas répondu. Son regard suivait un camion qui roulait sur la route.

« Bon. Halden n'est pas là, parce que vous avez peur de moi. Vous avez conclu que si j'étais effectivement un meurtrier, on pouvait imaginer que je voudrais vous faire la peau maintenant que le rapport est publié, ce qui m'éviterait de vous verser les douze millions de couronnes.

— Ce qui vous éviterait aussi le risque d'un rapport révisé. Ce n'est pas inhabituel, les rapports révisés.

— C'est censé être une menace ?

— Non, c'est une source de motivation. »

Fuhr a basculé le poids de son corps sur ses deux jambes. Il était préparé, cette fois. Je ne pouvais pas compter sur l'effet de surprise pour le démolir. Il n'avait pas l'air d'avoir particulièrement peur non plus. Son acné florissante suggérait une augmentation de sa consommation de stéroïdes et, par conséquent, une hausse de son taux de testostérone. Était-ce l'explication ? Ou était-il armé ? Bien sûr qu'il l'était. Sous son bomber, un objet dépassait de son pantalon. Plusieurs interprétations étaient possibles, mais je savais que c'était un pistolet. Mon cœur a battu la chamade.

« Bon, ai-je déclaré, en espérant que Fuhr n'entendrait pas que j'avais peur à présent. Inutile de débattre de questions anodines. » J'ai pris mon téléphone. « Il suffit d'appuyer sur deux, trois touches et vous aurez votre argent.

— C'est plus que deux, trois touches, il y a deux virements à faire. Six millions sur le premier, neuf sur l'autre.

— De tête, ça fait quinze, ça, non ?

— Le prix a augmenté, Opgard. Je le répète, maintenant que vous avez la police sur le dos, le risque est tout autre pour nous.

— Six sur le compte de Halden et neuf sur le vôtre, alors, je présume ?

— Allez, asseyons-nous dans votre voiture. »

Ma gorge s'est asséchée. La circulation était inexistante, nous n'avions pas vu un seul véhicule depuis le camion. Fuhr a perçu mon hésitation et laissé retomber ses bras sur ses flancs, comme quelqu'un qui s'apprête à faire feu. J'ai senti le poids de son regard méfiant pendant que je m'installais derrière le volant. Il s'est coulé sur le siège passager. Et une pensée délirante m'est venue : il n'avait pas encore sorti son pistolet, je pouvais démarrer, verrouiller les portières, baisser la vitre, et rouler de l'autre côté de la courte glissière de sécurité. La voiture se remplirait d'eau avant qu'il n'ait le temps de réagir et moi, je pourrais sortir par ma fenêtre ouverte. Je le répète, c'était complètement dingue, mais de toute façon, l'idée d'une attaque avait dû transparaître sur mon corps : quand je me suis tourné vers lui, Fuhr avait sorti ce qui était un pistolet. Et un bien moche, de surcroît.

« Ne tentez rien, Opgard. Transférez l'argent sous mes yeux, ensuite on partira chacun de notre côté et on ne se reparlera plus jamais. Ça vous convient ? »

J'ai hoché la tête, le regard rivé à la bouche du canon. Une bouche en cul-de-poule qui promettait une mort rapide et plus ou moins indolore. Deux semaines plus tôt, j'aurais eu peur aussi, mais, et c'est un peu triste, je me serais également félicité de cette situation. Aujourd'hui, tout était différent.

« Au fait, a-t-il ajouté. Débloquez votre téléphone et donnez-le-moi. »

J'ai obéi, observant ses gestes alors qu'il pianotait d'une main tout en me surveillant d'un œil. Il m'a rendu l'appareil. J'ai constaté qu'il avait effacé le message des coordonnées géographiques.

« Je comprends, ai-je commenté.

— Vous comprenez quoi ?

— Je comprends votre plan.
— Je viens de vous l'exposer.
— Oui, la partie où on ne se reparle plus jamais est vraie. »
Il a posé la feuille des numéros de compte sur mes genoux.
« Allez, arrêtez de débiter des conneries, Opgard, et faites les virements. »
Je n'ai pas bougé d'un millimètre, me contentant de fixer la feuille des yeux.
« Tout de suite ! »
Il a appuyé le pistolet contre ma tempe.
« Je doute que vous m'abattiez avant que j'aie viré l'argent. Après, en revanche… »
Un car est passé. Le silence est revenu. On n'entendait rien d'autre que la respiration de deux hommes dans l'exiguïté d'un habitacle de voiture. Deux hommes qui respiraient toujours…
« Tapez les chiffres ! a sifflé Fuhr dans mon oreille.
— Faites-le vous-même. »
Je lui ai tendu l'appareil.
« Quoi ?
— Vous avez oublié ce que je vous expliquais à Notodden, Fuhr ? Quand on tend un piège, il faut faire en sorte que le piège ne soit pas plus bête que la proie.
— De quoi parlez-vous, bordel ?
— De votre plan. Je suis relativement certain que c'est le vôtre et pas celui de Halden. Et il consiste à me rencontrer dans un endroit désert, sans témoins, où on ne peut pas retracer votre passage. C'est pour ça que vous venez en voiture de location et c'est pour ça que je suis plus ou moins certain que vous avez laissé votre portable chez vous. Je me trompe ? »
Il n'a pas répondu. La pression du pistolet sur ma tempe a augmenté.
« Bien entendu, vous effacez de mon téléphone le message

dans lequel vous m'indiquez les coordonnées géographiques, parce qu'un policier aurait *pu* les trouver ; mais bien entendu, la police ne s'interrogera pas, il est parfaitement clair qu'il s'agit d'un suicide. Quoi de plus évident qu'un type sur le point de se faire rattraper par un vieux meurtre et qui prend la sortie la plus facile. Tout respire le cas classique de l'homme seul suicidaire. Lieu désert avant le lever du jour, à l'intérieur de sa voiture, pistolet. J'ai d'ailleurs l'impression que vous avez trouvé le bon angle pour ce tir, Fuhr. Je suppose que vous vous êtes dégoté une arme dont on ne peut pas retracer l'origine. Par votre ancien milieu de gangs, peut-être ? C'est là que vous avez écopé de votre condamnation pour violence, non ? »

J'ai entendu Fuhr repositionner sa main autour de la crosse, comme s'il avait tellement serré que l'acide lactique commençait à monter dans son avant-bras. Il a tendu sa main libre, poussé quelque chose dans la poche de mon blouson.

« C'est quoi ?

— Votre lettre d'adieu, Opgard. Pour dissiper les doutes. Mais il n'est pas encore trop tard. Si vous transférez l'argent maintenant, personne ne mourra.

— Oh que si ! Vous me prenez pour un con ? Vous n'avez pas écrit cette lettre d'adieu pour me menacer, mais pour l'utiliser. La seule chose qui me sauverait maintenant, c'est de ne pas virer l'argent.

— Il y a pire qu'une balle dans la tête, Opgard. »

J'ai ri.

« Tiens, voilà donc le véritable Fuhr qui pointe le bout de son nez. Vous parlez de torture ? Au cric ? Au couteau ? Enfin, ça n'aurait plus l'air d'un suicide, si ?

— Allez vous faire foutre ! » Du sang semblait soudain avoir été injecté dans ses boutons. « Si vous ne transférez pas les fonds, je vous tue et puis je tue… »

Son souffle crachotait contre mon oreille et il flottait désormais dans l'habitacle une odeur qui, si l'on en croit les thrillers américains, est celle de la peur, de la testostérone ou de l'adrénaline. Voire les trois à la fois.

« Et puis vous tuez qui ? Parce que c'est ça, le problème. Je vais peut-être me faire coincer pour meurtre, donc maintenant je n'ai pas vraiment peur de mourir. En même temps, je n'ai personne que vous puissiez tuer et qui compterait plus pour moi que ma propre personne. C'est triste, évidemment, mais en l'espèce, c'est un coup de bol pour moi. »

Il a dégluti, retrouvé la maîtrise de sa respiration. De lui-même et de la situation, devait-il penser.

« Vous ne captez pas, Opgard. La meilleure solution serait que nous obtenions l'argent. L'autre option, un peu moins bonne, serait que vous disparaissiez, que toute cette affaire disparaisse et que nous revenions au point de départ, avant que vous débarquiez. Par conséquent, si vous ne commencez pas à taper sur-le-champ, je vous abats dans cinq secondes. En revanche, si vous effectuez le transfert d'argent, il est possible que je ne vous tue pas. Pourquoi ne pas saisir cette chance ?

— Je voudrais plutôt vous faire une offre que vous ne pourrez pas refuser et qui résoudra tout cela au mieux pour nous deux.

— C'est-à-dire ?

— Ouvrez ma boîte mail, allez dans les messages envoyés. Le premier, adressé à Liv Goebbel, ouvrez-le. »

Le pistolet contre la tempe, j'entendais Fuhr pianoter et je regardais droit devant moi, dans l'obscurité. Je me trompais, ou le ciel s'était nuancé d'accents légèrement grisâtres de l'autre côté du lac ? En tout cas, je savais que Fuhr venait de lire l'e-mail que j'avais envoyé la veille.

Se référer aussi à la conversation téléphonique de ce jour. Au cas où je décéderais ou disparaîtrais pendant plus de soixante-douze heures, j'autorise par la présente Liv Goebbel, en sa qualité de conseil juridique, à ouvrir le lien ci-dessous et la vidéo ci-jointe, puis d'en faire connaître le contenu aux autorités concernées. Veuillez agréer l'expression de mes salutations distinguées. Roy Opgard.

Quelques secondes plus tard, j'entendais nos voix dans la chambre 333 de l'hôtel Brattrein. Fuhr a visionné la vidéo jusqu'au bout, y compris mon récapitulatif à la fin.

La pression du pistolet a disparu. Tête baissée, Fuhr regardait fixement le téléphone.

« La bonne nouvelle, ai-je précisé, c'est que les Opgard ne marchandent pas. Alors je vais bien sûr transférer les douze millions de couronnes, parce que c'était douze, n'est-ce pas ? »

Sans détourner son attention de l'écran, Fuhr a acquiescé de la tête, si lentement qu'on l'aurait cru originaire d'Os.

« Bien, alors on est quittes. Rendez-moi mon portable, on va s'en occuper tout de suite. »

J'aurais dû le voir venir, mais visiblement, j'avais perdu mon feeling et je ne détectais plus le moment où les gens allaient péter les plombs. Fuhr m'a frappé. Un coup dans le front. Avec son pistolet. J'ai vu des étoiles. Le sang a coulé dans mon œil et j'en ai senti la chaleur et le goût métallique en pointant la langue au-dessus de ma lèvre.

« Voilà, a-t-il décrété. Maintenant, on est quittes. »

Une fois Fuhr reparti, j'ai attendu que mon pouls revienne progressivement à la normale.

J'ai sorti la lettre de ma poche. Il l'avait rédigée en lettres capitales, sûrement pour que l'écriture soit aussi impersonnelle que possible et que personne n'ait l'idée de vérifier qu'elle ressemblait à la mienne.

J'EN AI ASSEZ DE CETTE VIE. ADIEU. OPGARD.

Concis, efficace. D'une certaine façon, j'étais impressionné, car c'est assez précisément ainsi que je l'aurais formulé moi-même.

« Ça ressemble à un mille-pattes qui me marche sur la tête, ai-je commenté devant le miroir que Stanley Spind me présentait.

— Au moins tu n'auras pas besoin de t'acheter de costume pour Halloween, a-t-il rétorqué en remballant son nécessaire de couture. Et pour info, je ne crois pas une seconde à cette histoire d'encadrement de porte.

— C'est ce que j'avais trouvé de mieux. »

J'ai effleuré les points de suture.

« Pas touche ! » Stanley s'est glissé derrière ma chaise et a entrepris de me bander le front. « C'était quoi, au fait, cette arrestation, l'autre jour ? »

Stanley était quelqu'un de fiable ; pour autant que je puisse en juger, il n'avait aucune intention cachée. De plus, il se montrait délicieusement indifférent au jeu d'intrigues dont le reste du bourg se délectait. Stanley, c'était, pour reprendre l'expression suédoise, du tuyau droit. Il parlait franc, demandait sans détour ce qu'il voulait savoir. Comme maintenant, puisque étant un immigré dans le bourg, il n'était pas aussi intégré dans les cercles de ragots que les autochtones.

« Voyons voir. Secret professionnel ?

— Si tu le souhaites, oui.

— Ils ont trouvé du sang de l'ancien lensmann sur la Cadillac de mes parents. Kurt essaie de relier ça aux individus qui sont toujours vivants. Le suicide de son père ne cadre pas avec son récit personnel et il essaie de réécrire l'histoire.

— Je vois. C'est ce que nous faisons, nous les humains. Nous fabriquons les récits qui nous arrangent. Toi aussi, non, Roy ? »

J'ai haussé les épaules. « J'imagine que chacun est le héros de son propre film.

— Et tu as sans doute raison. Bon, eh bien, Os a maintenant son premier habitant en turban ! » Stanley a fixé le bandage et s'est rassis à son bureau. « Et comment ça va, côté cœur, Roy ? »

J'ai souri.

« Tu n'as pas de patients qui attendent ?

— Si. C'est pour ça que je te pose la question.

— Ah bon ? »

J'ai décroché ma veste de la patère. Il a souri de toutes ses dents en joignant les mains derrière la tête.

« C'est mon examen de santé express. En règle générale, quand les gens sont amoureux, ils sont en bonne santé.

— Ah bon ? Tu as beaucoup de résultats empiriques sur le sujet ?

— Juste des preuves anecdotiques, mais qui en contrepartie sont solides. Alors, qui est l'heureuse élue ? »

Je n'ai pas pu m'empêcher de rire.

« Tu veux dire que tu le *vois* sur les gens ?

— Je le vois à leur tension, à leur pouls et au blanc de leurs yeux.

— C'est plutôt l'inverse, non ? Les gens en bonne santé tombent plus facilement amoureux.

— Ça se peut.

— Et toi, Stanley ? Comment ça va, côté cœur ?

— Je te répondrai la semaine prochaine, je vais à la montagne ce week-end. » Il a jeté quelques mots sur une feuille. « Des antidouleurs, en cas de besoin. »

J'ai lu l'ordonnance.

« Euh, je voudrais savoir un truc, par pure curiosité. C'est vrai qu'on peut faire des tests de paternité avant la naissance ?

— Tout à fait. L'empreinte génétique du bébé est déterminée par des cellules faciles à prélever dans le sang de la mère.

— Fabuleux.

— N'est-ce pas ? »

Quand j'ai traversé la salle d'attente, le couvreur-zingueur Moe s'y trouvait. Il avait le regard vissé à un magazine et l'y a gardé. Il avait dû entendre ma voix dans le cabinet.

J'ai appuyé mon pied sur la pédale de la petite poubelle en métal, y ai laissé tomber le préservatif en frissonnant légèrement alors que le couvercle se refermait.

« Ta tête luit dans le noir, a noté Natalie alors que je revenais dans la chambre.

— L'homme invisible.

— Quoi ?

— Seul son bandage se voit. Si j'enlève mon bandage, je serai invisible et je pourrai faire de toi ce que je veux.

— Tu peux faire de moi ce que tu veux avec le bandage. »

Je me suis glissé dans la chaleur du lit, elle m'a tourné le dos en tendant les fesses et a poussé un couinement joyeux.

« Je peux te poser une question ? ai-je demandé.

— Je t'aurais répondu oui, mais quand tu commences de cette façon, je ne suis pas trop sûre. »

Elle m'a rapproché d'elle en tendant les bras en arrière.

« Ça peut attendre. Ou plus exactement, ça peut être complètement abandonné.

— Non.

— Si.

— Maintenant c'est trop tard. Pose-moi ta question.

— Je…

— Envoie !

— Tu as déjà été enceinte ? »

Ça a été comme si les plombs avaient sauté, le courant ne passait plus. Elle m'a lâché.

« J'en sais rien, a-t-elle fini par répondre au terme d'un long silence.

— Je suis au courant que tu as pris la pilule du lendemain, mais est-ce qu'il t'est arrivé de savoir ? »

L'oreiller a crissé quand elle a secoué la tête.

« Tu y as pensé ? À avoir un enfant ? »

Je l'ai sentie se raidir.

« Non, non, me suis-je empressé d'ajouter, je ne suis pas en train de te proposer quoi que ce soit, je suis juste curieux. »

Elle est restée muette. Pendant longtemps. Je regrettais de nous avoir entraînés sur ce terrain miné.

« Oui.

— Oui, tu as pensé à avoir un enfant ?

— Oui, je l'ai su. » Elle s'est tournée vers moi. « Que j'étais enceinte. Une fois.

— De…

— De lui.

— Il le savait ?

— C'est lui qui m'a envoyée chez le médecin. Alors j'ai… » Elle a cherché un autre mot, mais a renoncé. « Je l'ai fait disparaître.

— Tu te souviens s'ils avaient fait des prélèvements sanguins ?

— … Non. Mais où tu veux en venir, Roy ?

— Je ne sais pas. En l'occurrence, je ne sais pas. »

Il y a eu un blanc, j'ai noté un changement d'atmosphère dans la pièce. Un indésirable s'était immiscé dans le lit, entre nous. Je savais que je devais l'éjecter au plus vite, avant qu'il ne s'incruste. J'ai dégluti.

« Je t'aime.

— Qu'est-ce que tu as dit ? »

Je percevais une authentique stupéfaction dans sa question.

Je me suis éclairci la gorge.

« Désolé de ma mauvaise diction. Je ne suis pas tellement entraîné à prononcer ce mot. Je disais… »

Ses lèvres contre les miennes ont coupé court à la suite.

« Aïe, ai-je lâché sobrement après son baiser.

— Oh, désolée. Ton front…

— Enfin bon. Ça ne fait pas si mal que ça. »

J'ai attiré sa tête contre la mienne.

« Mets un…, a-t-elle murmuré après quelques instants.

— Il n'y en a plus.

— Je veux t'avoir en moi, mais fais attention. Ovulation.

— Ooh, non ! Je ne nous fais confiance ni à moi ni à toi sur ce point. On va attendre Cracovie, il paraît que les capotes polonaises sont moins chères. »

Son corps était traversé de secousses.

« Je ne suis pas surpris que tu pleures de joie, ai-je commenté. Moi aussi, j'aurais voulu être baisé par moi. »

Elle est retombée à mes côtés, hilare. C'était vraiment le meilleur public que j'aie jamais eu.

« Tu ris parce que c'est drôle ou pour saluer mon effort ?

— Disons que c'est un mélange des deux », a-t-elle répondu en me caressant la joue.

Quelques instants plus tard, elle m'a parlé tout doucement à l'oreille.

« On n'a pas le droit de le dire au bout de seulement deux semaines, tu sais ? Mais bon, d'accord, moi aussi, je t'aime. »

Avant de m'endormir, je me suis dit que les choses s'arrangeaient. Putain, ce qu'elles s'arrangeaient !

Mais, bien sûr, ça, c'était ce jour-là.

Deux jours plus tard, la donne avait de nouveau changé.

25

En ce samedi, à 6 heures du matin, le brouillard était dense. Une fine couche de neige s'étalait sur la route descendant d'Opgard ; elle tenait toujours à Nergard et même sur la place centrale. Les températures annoncées étant positives, tout ce blanc fondrait dans la journée, mais je me félicitais d'avoir mis mes pneus d'hiver, nous ne serions pas obligés de rouler à vitesse d'escargot jusqu'à l'aéroport.

D'une manière générale, tout était allé foutrement vite ces derniers jours.

L'assemblée générale ayant déjà voté l'émission, une rapide réunion du conseil d'administration avait suffi pour me valider comme acquéreur et l'argent, cinquante millions de couronnes, était versé : les actions m'appartenaient. En tout cas pendant les six mois avant que je ne les revende. J'avais lu lentement et attentivement le contrat d'émission et l'option de vente. Tout m'avait l'air correct, mais forcément, des sommes pareilles, ça peut vite troubler la digestion.

Arrivé à la Maison de la Laiterie, j'ai vu mon reflet dans la porte et j'ai pu constater que mes cheveux cachaient la majeure partie de ma cicatrice, j'avais enlevé mon bandage en me réveillant. J'ai rappuyé sur la sonnette de Natalie.

Je lui avais téléphoné avant de prendre le volant, elle n'avait pas répondu. Il était possible qu'elle soit encore en train de dormir pour récupérer de la soirée du personnel à l'hôtel, dont elle était sans doute rentrée tard. Carl, en tout cas, avait déboulé dans la maison à 3 heures du matin, le bruit m'avait réveillé, et à mon départ, il ronflait toujours, un véritable moteur deux-temps. Ce qui m'inquiétait davantage était que je ne parvienne pas à la réveiller maintenant non plus. J'avais entendu sa sonnette un matin où elle était sortie nous acheter de quoi déjeuner et elle était stridente comme une cloche d'école.

J'ai consulté ma montre.

Diverses réponses à la question « qu'est-ce qui s'est passé, bordel ? » se succédaient dans mon esprit, mais je les écartais l'une après l'autre. Je n'en ai retenu qu'une seule : Natalie avait craqué et gisait dans son appartement, complètement défoncée ou assommée par je ne sais quel stupéfiant. Alors, me foutant de la matière à ragots que j'allais ainsi fournir au bourg, j'ai sonné chez son voisin. J'ai entendu que la sonnerie n'était pas très discrète chez lui non plus.

Quelques instants plus tard, une voix endormie est sortie de l'interphone fissuré. J'ai expliqué la situation, Natalie semblait ne pas se réveiller et nous avions un avion à prendre. Le voisin avait l'air dubitatif, je m'étais présenté quand il avait décroché et, ces jours-ci, mon nom était probablement associé plutôt à « meurtrier présumé ». Cependant, j'ai précisé que Natalie était allée à une soirée, il a compris le tableau et, comme on pouvait s'y attendre à Os, ils avaient échangé leurs clefs, au cas où.

Au premier, le voisin, qui avait enfilé un pantalon de jogging distendu et un T-shirt orné du message « Don't Suck », se tenait prêt à ouvrir la porte.

Il est resté sur le palier pendant que j'entrais. Je ne sais pas à quoi je m'attendais, mais l'appartement était vide, le lit, fait.

Alors, c'est clair, une ou deux autres explications me sont apparues, mais je n'arrivais pas à y trouver de logique.

Je suis ressorti sur le palier en m'excusant du dérangement, j'ai affirmé que je la trouverais sûrement ailleurs.

Et je suis monté à l'hôtel.

La réceptionniste avait été de service toute la nuit et n'avait pas participé à la fête du personnel, mais, oui, elle avait vu ses collègues aller et venir. Elle savait évidemment qui j'étais, le frère de son boss et un actionnaire de l'hôtel. Pourtant, elle a hésité quand je lui ai demandé si Natalie Moe était partie. Je lui ai montré le billet d'avion à son nom, en lui expliquant que j'étais passé la prendre et qu'elle n'était pas chez elle. La fille a rougi en répondant que Natalie avait quitté la fête tôt, vers 21 h 30, si ses souvenirs étaient exacts. Elle avait pris un taxi. Je ne pouvais que me perdre en conjectures sur le sens de ce rougissement, alors je lui ai posé la question avant de trop deviner.

« Seule ou accompagnée ?

— Seule.

— Sobre ? »

La fille a gonflé ses joues et eu l'air malheureuse.

« Non. »

OK, ça pouvait donc signifier qu'elle était partie chez quelqu'un. Un amant ? Une copine ?

« Et vous ne savez pas où elle allait ?

— Non.

— Quel taxi était-ce ? »

Elle s'est mise à pianoter sur son clavier d'ordinateur, sans doute pour voir s'il y avait une réservation.

« La voiture était blanche ou rouge ?

— Rouge.

— Ça me suffit… Merci. »

Dehors, j'ai appelé Dagur.

Il a répondu à la deuxième sonnerie. Je lui ai demandé où il avait conduit Natalie Moe.

« Désolé, Roy, a-t-il fait dans sa version chantante de notre dialecte, mais je ne peux pas te le dire.

— Je me fous de savoir à qui elle a rendu visite, Dagur, je veux juste m'assurer qu'elle va bien.

— Je sais, mais je suis soumis au secret professionnel.

— N'importe quoi !

— Si, si. Les gens l'ignorent souvent, mais nous sommes légalement soumis au secret professionnel.

— Quoi ?!

— Si je révèle des informations, je risque à la fois une sanction juridique et ma licence. Désolé, mais si tu veux que je m'exprime sur mes clients, il faut que tu prennes contact avec Kurt. Je dois raccrocher, Roy. »

La communication a été coupée.

« Et merde ! »

Me rendant compte que j'avais balancé mon téléphone par terre, je l'ai ramassé et j'ai pu constater que l'écran était lézardé.

Je suivais du pouce les irrégularités du verre tout en me demandant quoi faire, quand mon écran s'est illuminé. J'ai d'abord cru l'avoir activé par mon geste, mais j'ai alors senti la vibration et vu que c'était Natalie qui m'appelait. Je me réveillais enfin d'un cauchemar.

« Oui ? » ai-je presque crié. Enfin, pas presque, d'ailleurs.

« Roy ? » Sa voix n'était pas pâteuse, mais elle semblait indéniablement mal en point. « Je suis tellement désolée.

— Où es-tu ? Tout va bien ?

— Je ne vais pas pouvoir aller à Cracovie, Roy.

— Pas de problème. Où es…

— … mais toi, je trouve que tu devrais y aller. »

J'ai marqué un temps d'arrêt.

« Tu trouves… Pourquoi est-ce que j'irais seul ?

— Parce que… parce que je ne peux pas y aller avec toi. »

Je guettais des bruits, autour d'elle, susceptibles de m'indiquer où elle était.

« Bon, écoute, ça a déconné hier, c'est ça ? Je comprends. Ce sont des choses qui arrivent. On n'aura qu'à faire ce voyage une autre fois. Ce n'est pas grave. Vraiment pas.

— Si. C'est grave. »

Elle était au bord des larmes et c'est peut-être pourquoi j'avais envie de pleurer, moi aussi.

« Pas si tout va bien pour toi. J'ai ma voiture. Laisse-moi venir te chercher.

— Non ! » a-t-elle tranché d'un ton vif. Trop vif.

« D'accord. D'accord. J'ai l'impression que tu n'as pas besoin que je te soûle à cet instant précis. Je me trompe ? »

Elle n'a pas répondu.

J'ai soufflé, je m'entendais : une putain de poule mouillée.

« Natalie ? Appelle-moi quand tu te sentiras mieux. Enfin… appelle-moi.

— Roy ? »

Je n'aimais pas sa façon de prononcer mon nom comme si elle prenait son élan pour dire quelque chose qui allait me déplaire encore plus.

« Oui ? me suis-je forcé à répondre.

— On ne peut plus se voir. »

Ma gorge s'est nouée. En fin de compte, je ne m'étais pas réveillé, le cauchemar continuait.

« Pourquoi ? ai-je articulé d'une voix faible. Tu disais pourtant que… »

Je n'ai pas terminé ma phrase.

« Oublie que je l'ai dit, Roy. Tu m'entends ? Oublie tout. Tout ça, c'est ma faute. Ma faute à *moi*. D'accord ?

— Mais…

— Pas de mais, Roy… Je dois raccrocher.

— Il y a quelqu'un d'autre, c'est ça ? »

Je l'ai entendue hésiter.

« C'est moi, d'accord ? Il n'y a personne dont tu entendras parler.

— Si ce n'est personne d'important pour toi, Natalie, c'est bon. Je le pense. Je suis un homme adulte, je sais que ça arrive de faire des conneries. On peut en parler.

— Non ! Non, on ne peut pas, Roy. Je suis désolée.

— Ou ne pas en parler, d'ailleurs. On peut…

— Écoute-moi, Roy ! »

Je me suis fait la réflexion que si quelqu'un était en droit de gueuler, c'était plutôt moi, mais ça ne me tentait pas.

« Je t'écoute. »

Elle a respiré deux fois, fort, en tremblant.

« Il faut me promettre une chose, Roy.

— Oui ?

— Ne viens pas me chercher. Tu me promets ? »

J'ai dégluti, une fois, deux fois, trois fois. J'ai remué la langue, façonné mes joues et mes lèvres pour murmurer ces trois pauvres mots.

« Je te promets. »

Une poule mouillée. Celle qu'Ibsen avait décrite dans *Un ennemi du peuple*. Cet été-là, Rita Willumsen me l'avait lu inlassablement : « Aslaksen est une poule mouillée, un pleutre. Il manque de courage, de virilité*. »

« Merci. »

Natalie a raccroché.

---

* *Un ennemi du peuple*, Henrik Ibsen, traduit par Prozor (Wikisource).

Je suis resté les bras ballants, sur le parking. Et je me suis rendu compte que je me trouvais précisément à l'endroit où je m'étais agenouillé quand Kurt m'avait arrêté. J'avais envie de retomber sur mes genoux, d'ailleurs. Cette scène venait-elle vraiment de se produire ? Quel genre de démon jugeait amusant de jouer avec moi comme ça ? Ce devait être la sanction. La sanction pour sept meurtres.

« Mais tu n'étais pas censé prendre un avion, aujourd'hui ? s'est étonné Egil derrière le comptoir quand je suis entré dans la station-service.

— Annulé. »

J'ai continué d'avancer en direction du bureau.

« À cause du brouillard ? »

J'ai écarté les bras d'une façon qu'il pourrait interpréter à sa guise.

« Je vais faire un peu de paperasse, OK ? Appelle-moi si tu as besoin d'aide.

— D'accord. »

Il m'a suivi du regard comme si j'étais une bombe à retardement. Travailler a toujours été mon remède contre la mélancolie. À l'instar de la plupart des remèdes, il ne guérit rien du tout, ne fait qu'atténuer les symptômes. Mais tant que je pouvais occuper mon esprit à des tâches manuelles, nettoyer l'espace lavage, par exemple, ou intellectuelles, examiner les comptes, mon cerveau avait moins le loisir de ruminer en vain autour de ce qu'on appelle les affaires du cœur.

Dans le bureau, j'ai suspendu mon caban à côté du blouson en cuir d'Egil, qui était orné de deux os entrecroisés dans un cercle de lettres gothiques : Lid&Evensen MC Club. Je me suis assis à la table étroite qui ployait presque sous les piles de papiers, j'ai écarté les échantillons de produits et la cafetière-filtre défectueuse avant de me lancer dans l'examen des derniers chiffres trimestriels que je n'étais pas arrivé à faire concorder. J'étais perdu. Je ne prétends pas être fin psychologue, je pense que la plupart des gens qualifieraient Roy Opgard d'homme simple, pratique, en quête de solutions simples, pratiques. C'était peut-être là que résidait le nœud du problème : je n'étais pas apte à saisir le fonctionnement du cerveau, et du cœur, de personnes comme Natalie.

J'ai repoussé brutalement les feuilles de comptes.

Car ce n'était pas vrai, que je ne comprenais pas les gens. C'était comme pour la lecture, j'étais dyslexique et je lisais parfois certains mots de travers, mais je savais lire, merde ! Alors qu'est-ce qui m'était caché ici ? Si Natalie s'était droguée et avait couché avec un type avec lequel elle n'avait pas l'intention d'engager une liaison, eh bien quoi ? Elle avait honte, évidemment. Il se pouvait bien sûr qu'elle interprète sa propre infidélité... Infidélité ? Mais bordel, on ne s'était même pas définis comme un couple ! Quoi qu'il en soit, elle interprétait peut-être un coup d'un soir, bourrée, comme un acte manqué signalant qu'elle n'était pas encore prête à s'engager dans une relation aussi intime que celle vers laquelle elle se lançait avec moi. Non ? Non ! C'était comme les chiffres trimestriels, ça ne collait pas. Elle aurait pu m'expliquer en face et calmement qu'être en couple avec moi ne correspondait pas à ses désirs. Sans drame ni cris hystériques au téléphone.

Qu'était-il arrivé ? Quand elle m'avait dit qu'elle m'aimait aussi, n'était-elle pas sincère ? Au-delà de le *croire*, je l'avais *senti*. Mais si elle m'aimait, le reste ne cadrait pas. Ça ne cadrait pas.

J'ai fermé les yeux, crispé les mâchoires, canalisé mes pensées. Puis, rouvrant les paupières, je me suis penché à nouveau sur la comptabilité. J'ai posé le doigt sur la première colonne, j'ai inspiré un grand coup et j'ai commencé à chercher l'erreur.

Il était 10 heures et j'avais presque terminé de compulser les trois derniers rapports mensuels quand je me suis raidi. La porte était ouverte et seule une mince cloison me séparait de la boutique ; de ma place j'entendais Egil servir les clients. Et je connaissais la voix qui me parvenait maintenant. Natalie. Je n'ai pas saisi ses paroles, mais j'ai perçu un léger coup sur le comptoir, suivi de la voix haute et claire d'Egil.

« Trois cent quatorze couronnes. »

Il n'y a qu'un seul article qui coûte trois cent quatorze couronnes à la station-service, et nous le gardons juste derrière le comptoir. EllaOne, la pilule du lendemain.

J'ai serré les paupières, les mâchoires. Je me suis agrippé au bureau, comme si j'étais sous l'eau et que le courant menaçait de m'entraîner dans la boutique pour la retrouver. Et j'ouvrirais la bouche pour parler, mais il n'en sortirait que des bulles et, sous ses yeux captivés, je me noierais. La porte a fait *ping*. Natalie était ressortie. J'ai avidement aspiré une bolée d'air, me rendant alors compte que j'avais retenu mon souffle.

J'ai enfoui la tête dans mes bras sur le bureau, le temps de reprendre mes esprits, assez en tout cas pour être en mesure de me lever pour aller chercher un café dans la boutique. En attendant devant le distributeur, j'ai regardé par la fenêtre. La neige avait effectivement fondu, mais le brouillard demeurait opaque. J'ai eu le temps d'apercevoir le dos de Natalie se dirigeant vers la place centrale, elle marchait lentement sur la piste cyclable et piétonne, courbée en avant et vêtue d'une parka bien trop grande qu'il me semblait n'avoir jamais vue. Puis elle a été happée par le brouillard.

Egil était totalement absorbé dans la contemplation de son téléphone.

« Le pistolet de la pompe deux est mal remis, lui ai-je signalé.

— J'y vais. »

Son visage était en mode repos, comme s'il venait de vendre à Natalie Moe un pain et un litre de lait, et pas la pilule du lendemain. Sans doute ne fallait-il pas s'en étonner, je ne l'avais pas informé que nous allions à Cracovie ensemble, et il n'avait pas dû entendre la rumeur à notre sujet, ou alors il supposait que nous avions été imprudents, pas de quoi fouetter un chat. Soit. J'ai regagné le bureau et je me suis remis au travail. Je n'avais toujours pas cerné cette putain d'erreur. Juste avant midi, une voix aux inflexions islandaises a résonné au comptoir.

« Il paraît que vous étiez au rassemblement de motards, Børge et toi ?

— Oui, a répondu Egil. Pompe numéro un, sept cent soixante couronnes.

— J'espère que c'étaient des gens paisibles. En Islande, c'est le Texas, en ce moment. Les Hell's Angels, les Bandidos, les Outlaws, ils y vont tous.

— En Islande ? Pourquoi ?

— Tout le monde veut être le roi quelque part, tu sais. Tu t'es trouvé une moto ?

— Pas encore. Le marché est vraiment calme en ce moment, presque rien à vendre.

— C'est vrai. Tu devrais peut-être envisager d'acheter la mienne ? Depuis qu'il y a l'hôtel, je suis tellement occupé avec mon taxi que je n'ai presque plus le temps de rouler. Je pourrais sûrement te proposer un bon prix.

— Oui ? Je l'ai déjà vue, mais elle est dans quel état ? »

Ici, Dagur s'est lancé dans un développement et son ton me suggérait qu'il serait long.

Je suis sorti par la porte arrière du bureau, qui ouvre directement sur l'espace où est garée ma Volvo, entre la boutique et l'atelier. J'ai contourné la boutique et je me suis dirigé vers la Mercedes rouge à la pompe numéro un. Voyant Dagur de dos, toujours en conversation à l'intérieur, je me suis assis sur le siège passager.

Ce n'est pas que je sois un as des ordinateurs, mais j'ai déjà pris le taxi à Os et j'ai noté que les courses effectuées s'affichaient sur l'écran au-dessous de la radio. J'ai appuyé sur l'écran, qui a aussitôt été activé. Et voilà! Les courses de la nuit sont apparues, récapitulant le lieu de départ, le kilométrage, le montant. Plusieurs partaient de l'hôtel, mais une seule aux alentours de 21 h 30. Pour être précis, 21 h 23. Le kilométrage suggérait une destination plus lointaine que la Maison de la Laiterie, mais elle n'était pas affichée. J'ai appuyé sur la course pour voir si j'obtenais davantage de renseignements. Aucune mention de la destination, mais des informations sur le paiement.

Ce n'était pas Natalie Moe qui avait payé.

J'ai frissonné.

Après le numéro de carte suivait le nom d'Anton Moe. Le couvreur-zingueur. Son père. Et je me suis rappelé où j'avais vu cette parka. Sur lui.

La nausée est montée si soudainement que j'ai failli vomir. J'ai ouvert la bouche, je n'arrivais pas à respirer par le nez. J'ai fermé les yeux, je les ai rouverts, mais non, si c'était un rêve, j'en étais encore prisonnier. J'ai appuyé sur la touche de retour et je suis ressorti du véhicule.

« Eh ben, ça, c'est ce que j'appelle du service! » m'a lancé Dagur à la porte de la boutique quelques secondes plus tard.

J'ai frotté l'éponge savonneuse sur son pare-brise.

« Les bons clients méritent un bon service, tu sais. »

J'ai versé un peu plus d'eau avant de racler la vitre.

Dagur s'est posté à côté de moi.

« Je suis désolé de ne pas avoir pu t'aider ce matin, Roy. Ça s'est résolu ? »

Il avait une grosse barbe et de doux yeux marron, Dagur. Si on ne peut pas supposer que tous les Islandais sont des gens bien, gentils, moi, en tout cas, je n'en avais encore jamais rencontré qui ait l'air de ne pas l'être. Sachant, certes, que je n'en avais rencontré que trois.

« Ça s'est résolu, oui. Natalie a trop bu à la soirée et elle était complètement déboussolée quand elle s'est réveillée chez son père. »

Il a ri.

« Oui, j'ai pensé que ce serait mieux de la conduire là-bas.

— *Tu* as pensé que ce serait mieux de la conduire là-bas ?

— Je sais qu'elle habite à la Maison de la Laiterie, mais vu son état, je me suis dit que c'était plus sûr d'avoir quelqu'un qui puisse veiller sur elle. »

Je l'ai observé.

« C'est drôlement prévenant de ta part, Dagur. »

Il m'a adressé un sourire chaleureux.

« C'est la moindre des choses. Quand on vit dans une petite localité, on doit veiller les uns sur les autres, non ?

— C'est vrai. J'ai cru comprendre qu'Anton était sorti, avait payé et l'avait aidée à rentrer dans la maison ?

— Oui. Elle était complètement assommée, la pauvre, j'ai dû l'aider, moi aussi. Mais il ne l'a pas engueulée, il s'est contenté de lui prêter assistance, en bon père qu'il est. Un type bien, cet Anton. Je... »

Il s'est tu, l'histoire du secret professionnel lui revenait à l'esprit.

« Bon, bon. Merci pour le lavage de vitre ! »

Il est monté dans sa voiture et j'ai repoussé l'essuie-glace contre le pare-brise. J'ai détaché une feuille de papier pour essuyer la raclette pendant que la Merco repartait en direction de la place centrale.

Sept meurtres.

J'avais sept meurtres sur la conscience.

J'avais espéré m'en tenir là.

26

« Il faut que je trouve cette putain d'erreur, ai-je déclaré en prenant un café à la machine.

— Ah oui ?

— Ça me rend fou. Donc là, je vais m'enfermer dans le bureau et je ne veux être dérangé sous aucun prétexte. D'accord ? »

Egil m'a considéré avec une certaine stupéfaction, mais il a hoché la tête.

J'ai monté de deux crans le volume de sa musique.

« C'est bien, ce truc », ai-je menti.

Et puis j'ai regagné le bureau, j'ai verrouillé la porte et j'ai enfilé ma veste. Au moment de ranger mon téléphone dans le tiroir, je me suis aperçu que j'avais un appel en absence de Kurt Olsen. J'ai hésité, mais à peine. Je suis sorti par la porte du fond et je me suis dirigé vers l'atelier. Dans la salle de graissage, derrière le tracteur, se trouvait le vélo de ma jeunesse, mon moyen de locomotion d'antan. Parfois, Carl et moi nous chronométrions dans ce que nous appelions le Tour d'Opgard, du bourg à la ferme. Il m'arrivait encore de le prendre pour aller me baigner au lac de Budal. Enfin, le faisais-je vraiment ? D'emblée, je n'arrivais pas à me rappeler à quand remontait la dernière fois.

J'ai attrapé une pince coupante sur le panneau mural, enfilé une paire de gants et sectionné la chaîne du vélo en repensant à la conversation que j'avais eue autrefois avec Moe dans sa cuisine, quand je lui avais promis que je le tuerais s'il touchait encore à sa fille.

« Comment pensez-vous me tuer ?

— Coups entraînant la mort, je me disais. Ça me paraît assez biblique, non ? »

J'ai appliqué un chiffon sur mes jointures, enroulé la chaîne deux fois autour et refermé mon poing. Oui, c'était suffisamment biblique.

La chaîne dans ma poche, je suis monté dans ma voiture et j'ai démarré en faisant gronder le moteur le moins possible afin de ne pas me faire entendre d'Egil.

J'ai pris vers l'est, histoire de quitter la station-service en évitant aussi qu'il me voie, et puis j'ai fait demi-tour sur la nationale devant l'abri en bois antédiluvien qui servait jadis pour le dépôt et la collecte de bidons de lait frais. En traversant la place centrale, j'ai discerné, derrière le rideau de brouillard, de la lumière au premier étage de la Maison de la Laiterie. Elle n'était pas allumée quand je m'y étais rendu quelques heures plus tôt.

Bien. Au moins, Natalie était hors de la ligne de mire. J'ai continué, toujours vers l'ouest.

Cette purée de pois m'arrangeait bien. Avec un manque de visibilité pareil, peu de gens pourraient affirmer que c'était ma voiture qu'ils venaient de voir. Bon timing, donc. Enfin, il y avait cet appel de Kurt. Qu'est-ce qu'il voulait, encore ? D'une manière générale, ce n'était pas un bon timing de tuer quelqu'un quand la police cherchait à vous contacter.

Peut-être est-ce ce qui m'a permis de me ressaisir.

Ou alors, c'est de m'être soudain souvenu de ce que mon père répétait quand il m'apprenait à boxer. « Perdre le contrôle, c'est perdre le combat. » Car c'était l'un des avantages que j'avais eus aux bals du samedi soir, quand je me trouvais face à un type qui voulait casser la gueule de Carl, parce qu'il avait dragué une fille à ne pas draguer. Eux étaient fous de rage, moi, calme et froid.

À présent, en revanche, j'étais celui qui était dominé par la fureur.

J'ai ralenti, en m'enjoignant à moi-même de bien réfléchir. Même par un tel brouillard, j'allais avoir vachement de mal à me dépêtrer d'un meurtre si je me rendais chez le type et que je le frappais à mort. À plus forte raison dans un bourg où il n'y avait qu'un seul homme qui soit déjà suspecté de meurtre.

J'ai roulé encore plus lentement.

Être dans le même bateau.

Voilà. Je pouvais sans doute le sanctionner comme la dernière fois, mais plus durement. Le blesser sérieusement. Un cadavre ne pouvait pas se défendre, tandis que blessé mais encore vivant, Moe devrait le faire, sans quoi il serait révélé qu'il sodomisait sa fille. J'avais beau savoir que je devais garder la tête froide, je n'arrivais pas à m'empêcher de visualiser Natalie, inconsciente sur le lit, sa robe remontée sur le ventre, et son père sur elle, je me la représentais le matin, se réveillant, seule, inspectant le bas de son corps et déduisant ce qui s'était passé. Ce qui s'était *encore* passé. Mais cette fois elle se blâmait elle-même. Elle se sentait si coupable qu'elle ne pouvait ni me regarder en face ni m'expliquer. Elle se considérait comme un article défectueux, indigne de l'amour pur et véritable de qui que ce soit. Comment le savais-je ? Eh bien, parce que j'en étais un moi-même.

Me rendant compte que j'avais accéléré, j'ai ralenti.

« Perdre le contrôle, c'est perdre le combat, ai-je murmuré en m'efforçant de repousser les images. Maintenant, tu le blesses. Tu pourras le tuer plus tard. »

À trois ou quatre kilomètres à l'ouest du centre du bourg, la ferme Moe était située dans les terres, au-dessus de la nationale. J'ai quitté la route et remonté le chemin en roulant au pas. Avec un brouillard pareil et plusieurs centaines de mètres de champs cultivés entre la ferme et le voisin le plus proche, je pouvais partir du principe que personne ne m'avait vu.

Je me suis garé entre la maison et la grange.

La fenêtre de la cuisine était éclairée et je voyais le fourgon dans la grange, dont la porte était grande ouverte. Moe était chez lui, aucun doute là-dessus.

J'ai gravi les marches du perron et tapé à la porte.

« Vous cherchez quelqu'un, Opgard ? »

Je me suis retourné lentement.

Moe, avec sa tête en sablier, se tenait sur le seuil de la grange. Natalie avait raison, la carabine de son père était une Remington. Il la tenait à hauteur de poitrine, braquée sur moi.

« Je vous cherche vous, ai-je répondu. Je ne pensais pas que vous me verriez arriver.

— Non, mais le son porte dans le brouillard, vous savez. Et du reste, la personne que vous cherchez, je pense que c'est Natalie, pas moi.

— Non, seulement vous. On avait un marché, vous vous souvenez ?

— J'ai cru comprendre que vous lui couriez après. »

Sa voix sifflait et grinçait comme des gonds mal graissés, des touffes de cheveux se dressaient sur sa tête bien que je ne sente pas le moindre souffle d'air.

« Ça explique pourquoi vous étiez si désireux de la faire partir de chez elle. Déjà à l'époque, vous la vouliez. Il fallait juste l'envoyer à l'alpage pour l'engraisser le temps qu'elle atteigne la vingtaine. » Il a avancé dans la lumière brumeuse plate. « C'est pas vrai, Opgard ?

— Non. »

J'avais la voix rauque.

« Oh si, c'est vrai. Mais Natalie est une fille intelligente, donc ça ne va pas se produire. Et vous savez quoi ? J'en ai assez de me balader en regardant derrière mon épaule, assez de me demander ce que vous allez bien pouvoir inventer. Il paraît que vous êtes un putain de meurtrier. »

J'ai avalé ma salive. Ça agit sur les fonctions corporelles, d'être visé par une arme à feu, et là, c'était la deuxième fois en vraiment trop peu de temps.

« Venez. » Moe a désigné la porte de la grange d'un signe de tête. « On va faire un tour à l'intérieur. »

Je n'ai pas bougé.

« Comme vous voulez. »

Il a mis sa carabine en joue.

J'ai descendu les marches du perron et je me suis dirigé vers la grange.

« Entrez là. »

Moe s'est écarté de l'ouverture pour rester à bonne distance de moi. Il n'avait sans doute pas oublié ma droite foudroyante.

Je suis entré et j'ai avancé à côté du fourgon.

« Plus loin. »

Il m'a montré la direction avec sa carabine.

J'ai obéi et continué vers l'ancienne porcherie. Moe m'a précédé ; j'avais la lumière du jour dans le dos. Peu à peu, j'ai compris ses intentions. Bien sûr ! Il voulait me descendre. J'avais la bouche tellement sèche que j'ai dû m'y reprendre à deux fois pour produire un son avec mes cordes vocales.

« Et comment vous pensez l'expliquer ensuite, Moe ?

— Laissez-moi faire. Quand ils trouveront un tueur qui s'est vu refuser ses avances et s'est ensuite introduit ici, un couteau à la main, ils en concluront que c'était de la légitime défense.»

En l'occurrence, son propos avait du sens. Il lui suffisait de me glisser un couteau dans la main après coup. C'était la raison pour laquelle il s'était positionné à l'intérieur. Il voulait qu'on pense que je l'avais acculé dans un coin, qu'il n'avait pas eu le choix. La tête légèrement penchée, il fermait un œil et me visait de l'autre, juste au-dessus de la lunette de la carabine. À deux mètres de distance, il en fallait beaucoup pour rater le tir; s'il visait si soigneusement, je supposais donc que c'était pour me coller sa balle dans la tête. Afin d'être sûr que je resterais là où j'étais tombé et de faciliter la tâche des policiers qui reconstituerait les événements. Son doigt a appuyé sur la queue de détente.

Comme il visait ma tête et que j'étais à contre-jour, il n'a certainement pas vu ma main descendre dans ma poche, saisir l'extrémité de la chaîne et la ressortir. J'ai baissé le bras le long de mon flanc avant de le tendre vers l'avant. Je savais qu'une chaîne de 116 maillons mesurait cent cinquante-huit centimètres de long, que mon bras en pleine extension en faisait soixante-dix et que la question de la longueur d'un canon de Remington 700 BDL n'était donc pas cruciale. La chaîne a produit un bruit de caquètement en s'enroulant autour du canon comme un fouet. J'ai tiré d'un coup sec et arraché la carabine des mains de Moe au moment où il faisait feu. Avant même que l'arme ne heurte le sol, j'ai compris que la balle m'avait touché à la jambe.

J'ai lu que ça ne faisait pas particulièrement mal de se prendre une balle dans le corps. J'ai aussi lu qu'il ne fallait pas croire les affirmations selon lesquelles ça ne ferait pas particulièrement mal de se prendre une balle dans le corps. Personnellement, je dirais que c'était particulièrement douloureux. Pas au point, toutefois, de m'empêcher de ramener la chaîne vers moi avant que Moe, qui plongeait en avant, n'ait le temps de rattraper sa carabine.

La suite des événements est moins claire dans mon esprit.

Je me souviens de Moe s'élançant vers la porte, et j'ai probablement bravé la douleur pour le poursuivre, car aussitôt après nous étions au sol, à côté du fourgon. J'ai réussi à passer au-dessus et à m'asseoir sur sa poitrine en immobilisant ses bras sous mes genoux, après quoi j'ai sorti le chiffon, enroulé la chaîne de vélo autour et je me suis mis à frapper. Pas très fort au début, je m'échauffais, mais ensuite j'ai de nouveau un blanc, et après, je me rappelle avoir vu une gueule – enfin, ce qui avait été une gueule, c'est effrayant, le pouvoir de lacération et de destruction d'une chaîne –, et on aurait dit celle de Dog, et comme pour lui, j'ai pensé qu'il me fallait impérativement abréger les souffrances de ce pauvre être. Dog avait gémi avant que je mette un terme à son supplice et Moe aussi gémissait. La fureur aveugle m'avait quitté ; si j'ai continué de frapper, ce n'était pas pour infliger de la douleur, mais pour l'arrêter. J'ai frappé et frappé jusqu'à ce qu'il n'y ait plus rien à frapper, jusqu'à ce que je sente contre mes jointures le plancher qui était *sous* sa tête.

Après, c'est le noir total.

Mon souvenir suivant, c'est que j'observais Moe, qui ne respirait plus désormais, et j'avais sacrément mal à la jambe. J'ai vu le trou que la balle avait laissé dans mon pantalon et j'ai entendu un bruit mouillé dans ma chaussure quand j'ai basculé le poids de mon corps. Le sang qui a débordé de ladite chaussure s'est enfoncé dans le bois non traité du plancher. Ça m'a réveillé : mon sang se trouvait sur ce qui était maintenant une scène de crime, ça, c'était vingt ans de taule.

L'instinct de fuite me taraudait au corps alors que j'essayais d'ignorer les conseils de mon amygdale pour plutôt écouter les autres parties de mon cerveau, qui m'expliquaient que j'avais une alternative : me foutre de tout, prendre mes jambes à mon cou et me faire arrêter ensuite, ou alors rester, être constructif, faire ce qu'il fallait et risquer de me faire prendre en flagrant délit. Car, c'est évident, le bruit porte dans le brouillard, comme l'avait dit Moe, et les voisins avaient sûrement entendu la détonation. S'ils ne venaient pas eux-mêmes voir ce qui se passait, Kurt Olsen serait ici cinq à dix minutes après leur appel. En résumé : si je filais, le résultat serait à coup sûr catastrophique, si je restais, probablement catastrophique. Alors j'ai choisi la seconde option.

J'ai regardé autour de moi. Moe avait un établi, un bon assortiment d'outils sur le panneau mural et sûrement plusieurs autres dans la boîte qui était par terre. J'ai commencé par y prendre un rouleau de ruban adhésif toilé, dont j'ai fait plusieurs tours autour de ma plaie sanglante en serrant bien la jambe. La balle n'avait pas laissé de lésion de l'autre côté, de toute évidence, sa trajectoire s'était interrompue contre l'os, elle n'avait pas traversé. J'ai observé encore le panneau d'outils. Marteaux, pinces, scies. Contre le mur étaient empilés quatre pneus de voitures, surmontés d'un cric. Moe lui-même, ou plutôt son cadavre, me rappelait les tableaux de Pablo Picasso que Rita Willumsen m'avait montrés, ces visages complètement organisés. Rita m'expliquait que Picasso s'était servi du surréalisme pour peindre avec plus de réalisme que la réalité elle-même, une définition parfaite de la situation actuelle, surréaliste et foutrement vraie à la fois.

Et la solution m'est apparue. Je devais peindre un tableau. Un tableau qui ait l'air plus réaliste que la scène de malade qui venait de se produire.

27

Le tableau était quasiment peint.

J'ai consulté ma montre en quittant la ferme Moe. Quarante minutes s'étaient écoulées depuis que j'avais tué le couvreur-zingueur. Heureusement, le brouillard restait dense. La météo avait annoncé que le temps allait se lever dans le courant de la journée. Mon téléphone affichait un nouvel appel en absence de Kurt Olsen. Huit minutes plus tard, je dépassais la station-service et je faisais demi-tour devant l'abri à lait avant de revenir me garer derrière la boutique hors de la vue d'Egil. Ma jambe gauche me lançait. J'ai jeté un coup d'œil vers le salon de coiffure de Grete, je l'espérais trop occupée en ce samedi pour passer son temps à la fenêtre.

Dans l'atelier, j'ai ouvert l'un des bidons de détergent Fritz et j'y ai laissé tomber la chaîne de vélo. Je n'ai pas revissé complètement le bouchon, afin d'éviter une explosion du bidon au moment où la réaction chimique commencerait. Je ne savais pas combien de temps il faudrait pour dissoudre du métal, les os de l'ancien lensmann n'avaient complètement disparu qu'au bout de plusieurs jours. N'étant pas sûr non plus de ces histoires de réaction chimique, j'ai posé le bidon dans la pelle du tracteur, que j'ai montée jusqu'à la position la plus haute. Ensuite, je suis ressorti de l'atelier, j'ai verrouillé la porte et j'ai regagné discrètement le bureau. J'ai déboutonné mon caban, brossé les épaulettes humides, et je suis allé dans la boutique. J'ai pris une boîte de paracétamol sur l'étagère des médicaments.

« Tu l'as fait ? »

Certes Egil n'aurait sans doute pas déployé un tel flegme pour m'annoncer qu'il venait de me démasquer, pourtant je dois reconnaître que mon cœur s'est arrêté de battre une seconde.

« Tu as détecté l'erreur ? a-t-il ajouté.

— Possible, mais là, je dois filer. »

J'ai reboutonné mon caban tout en me dirigeant vers la sortie.

« Au fait, le lensmann te cherchait. »

Je me suis raidi. Si Kurt Olsen était venu, ils avaient dû toquer à ma porte, s'apercevoir que j'étais parti, ma voiture aussi, et mon alibi avec.

« J'ai dit que tu étais là, mais que tu étais occupé. Il a demandé que tu le rappelles. »

Soulagé, j'ai pu respirer de nouveau.

« Il a téléphoné ?

— Oui.

— D'accord. À plus.

— Tu boites.

— Je me suis tiré une balle dans la jambe ce matin. »

Egil a ricané avant de plonger le nez vers son téléphone.

J'ai contourné le bâtiment vers l'arrière, je suis monté dans la voiture dont je venais de descendre, j'ai avalé quatre comprimés de paracétamol à sec et j'ai démarré. Ce n'était pas passé loin avec Olsen, et bien sûr, Grete restait un témoin potentiel, mais si je parvenais à finir de peindre mon tableau, avec un peu de chance je n'aurais pas besoin d'alibi.

Neuf minutes plus tard, je me suis arrêté dans la cour

d'Opgard. La voiture de Carl n'y était pas, il devait être à l'hôtel. J'ai titubé jusqu'à la cuisine, ouvert le tiroir qui contenait nos médicaments et cinq minutes plus tard j'avais bandé ma jambe déjà sérieusement enflée. J'ai décroché la carabine dans le vestibule, je l'ai chargée, j'ai relevé la trappe et je me suis engouffré dans le froid humide du cellier à pommes de terre, hauteur sous plafond : un mètre cinquante. J'ai refermé la trappe au-dessus de moi pour renforcer encore l'isolation phonique et, sans lumière, j'ai fait feu dans l'un des sacs de bois.

Dehors, ensuite, j'ai constaté que le brouillard s'était dissipé, seules quelques houppes voguaient dans le ciel. Putain, j'arrivais trop tard !

Mais de l'autre côté de la maison, j'ai vu que la vallée était encore sévèrement embrumée.

J'ai claudiqué aussi vite que je pouvais jusqu'à ma voiture.

Quand je me suis arrêté sur la nationale en contrebas de chez Moe, on ne voyait toujours ni sa ferme ni celles de ses voisins. J'ai baissé ma vitre, tendu l'oreille. Pas un bruit. Rien ne portait à croire que l'alerte avait été donnée.

J'ai roulé doucement sur le chemin et je me suis garé. Dans la grange, j'ai avancé sans regarder le corps de Moe, mon cœur battait la chamade.

Je m'apprêtais à repartir, mais j'ai marqué une pause à côté de ma voiture et je suis resté à examiner la maison. Avais-je touché la poignée de porte ? Je suis allé l'essuyer à l'aide de ma manche, et puis je l'ai baissée. La porte était bien sûr ouverte, il n'y avait aucune raison qu'elle ne le soit pas. Après un temps d'hésitation, je suis entré. Sur le mur longeant l'escalier qui menait au premier était accrochée une broderie encadrée. J'ai lu le texte.

Et que sert à un homme de gagner le monde entier, s'il vient à perdre son âme ?

J'ai lancé un regard vers là où ça avait dû se produire, et j'ai gravi les marches.

Il y avait deux chambres à coucher, le lit était défait dans l'une et l'autre.

J'ai soulevé les couettes, d'abord celle du grand lit, puis celle du lit simple. Il n'y avait de sang sur aucun drap-housse. Mais l'incident avait pu se dérouler dans le salon, et ensuite elle s'était réveillée sur le canapé au milieu de la nuit et avait gagné sa chambre par ses propres moyens. J'ai fermé les yeux et réfléchi. J'ai songé qu'il était fort dommage que j'aie déjà tué Anton Moe, parce que maintenant, je ne pouvais plus recommencer.

Rouvrant les yeux, je me suis aperçu que la luminosité avait changé, c'était beaucoup plus clair dehors.

Deux minutes plus tard, je regagnais la nationale.

J'avais une douleur pulsatile dans la jambe. Le cabinet médical étant fermé le samedi, j'ai appelé le numéro privé de Stanley Spind. Une voix féminine m'a annoncé que l'abonné n'était pas joignable et je me suis souvenu qu'il était en week-end à la montagne.

L'asphalte mouillé scintillait, le soleil était tout près de traverser le brouillard.

Et puis, alors que j'avais roulé cent mètres, notre bourg s'est soudain bardé de colonnes de lumière, comme sur les tableaux de Jésus qui ornaient la chapelle. Sans doute en aurais-je vu la beauté, moi aussi, si je n'avais pas été désespéré et dubitatif quant à mon salut.

Carl n'était pas dans son bureau.

« Il se fait masser », m'a répondu le réceptionniste de service.

Je ne me suis pas arrêté pour parlementer avec la fille à l'accueil de l'espace bien-être et, après avoir d'abord déboulé dans deux pièces où je dérangeais des clients en plein massage, j'ai trouvé Carl. C'est-à-dire que la personne étalée sur la table de massage avait une serviette sur les reins et la tête dans un trou, mais je reconnaissais les grains de beauté sur le dos de mon petit frère.

« Laissez-nous seuls.

— *Please leave, sir…* », a protesté la masseuse, indignée.

Mais Carl l'a interrompue.

« *It's OK, Petra, just continue.* Roy, elle ne capte pas un mot de norvégien. De quoi s'agit-il et pourquoi n'es-tu pas en route pour Cracovie ? »

Je me suis assis sur une chaise et penché très bas pour parler au nez et au menton qui dépassaient du trou.

« Cracovie est annulé. Natalie ne voulait plus y aller.

— Non ? Pourtant elle est plutôt partante pour tout. »

J'ai eu un instant de surprise, mais c'était difficile d'interpréter ses propos dans la mesure où, je le répète, je ne voyais pas grand-chose de son visage et où on parle d'une voix bizarre quand on a quelqu'un qui nous appuie sur le dos.

« Kurt a essayé de me joindre. Je ne sais pas exactement de quoi il s'agit, mais je doute que ce soit un hasard qu'il le fasse un samedi, donc je pense qu'il serait judicieux de prendre contact avec Goebbel.

— D'accord. Eh bien, fais-le, alors.

— C'est ton avocate.

— C'est la nôtre, maintenant. Appelle-la.

— Merci.

— Merci ? Non mais, bon sang, Roy, tu te transformes en gros sensible ou quoi ?

— Peut-être bien. Je voulais juste te prévenir.

— Tu aurais pu te contenter d'un coup de fil.

— Comme je te l'ai expliqué l'autre jour, je pense que nous devons faire attention au téléphone.

— Tu n'es pas un peu parano, là ?

— Un peu de paranoïa n'a jamais fait de mal à personne. » Je me suis levé pour partir, mais l'à-propos m'a fait lui poser la question malgré tout. « Qu'est-ce que tu veux dire par partante pour tout ? »

Il n'a pas répondu. Pendant que la masseuse lui faisait je ne sais trop quoi latéralement sur les lombaires, il pivotait la croupe de droite à gauche et de gauche à droite, comme un chien qui remue la queue.

Il a demandé à Petra de faire une pause et de nous laisser seuls une minute.

Dès qu'elle a quitté la pièce, il s'est assis sur la table de massage. Sa serviette a glissé. Il avait, me semblait-il, pris encore un kilo ou deux depuis la dernière fois que je l'avais vu nu.

« Tu es livide, ça ne va pas ?

— J'ai un truc dans la jambe, c'est tout.

— Bon, pour commencer, Natalie, c'est un plan cul, quoi.

— Un plan cul ? Qu'est-ce qui te fait croire ça ? On devait partir en week-end à Cracovie, bordel !

— Mais c'est ce qu'on fait avec un plan cul, justement. Deux jours, des billets d'avion à cinq cents couronnes, on picole pas cher et on baise. Quand c'est sérieux, tu emmènes la fille à Paris ou à New York, non ? »

Je l'ai dévisagé. Son regard de chien battu a éveillé une profonde inquiétude en moi, et par cela j'entends plus profonde que celle qui m'habitait déjà.

« Qu'est-ce que tu essaies de me dire, Carl ?

— Vous n'êtes pas *ensemble*, si ? Tu n'as pas le monopole, quoi ?

— Viens-en au fait, Carl. » J'ai entendu ma voix vibrer. Car je savais.

« Le fait ? » Il m'a adressé un sourire penaud, coupable. « Le fait, eh ben, c'est que… enfin… je l'ai baisée à la soirée d'hier. »

J'ai dégluti, mais ça faisait trop à absorber, ce n'étaient que des mots, des bruits.

« Dis-moi que ce n'est pas vrai, Carl.

— Ce n'est pas vrai. » Il a soupiré lourdement. « Enfin si, c'est vrai. On a bu un ou deux verres de trop, et… bref, c'est arrivé.

— À la soirée ? Comment est-ce possible ?

— La soirée se déroulant dans un hôtel, les possibilités ne manquaient pas. C'était sans doute une partie du problème, d'ailleurs.

— Où et quand ?

— La suite nuptiale était inoccupée. Quand ? Eh bien, il était tôt. Est-ce qu'il était déjà 21 heures ? Enfin, bref, ensuite, elle a vidé le minibar et elle était tellement soûle que je lui ai proposé de rester dans la chambre jusqu'au lendemain pendant que je retournais à la soirée. Mais elle a dû flairer le scandale et elle a insisté pour rentrer, alors j'ai demandé à la réception de lui commander un taxi. »

Je me sentais vide, vidé de tout. De mes forces, de mes émotions, de mes intentions, de mes idées, de mon envie de continuer de vivre cette vie. Tout.

« Elle voulait rentrer parce qu'elle avait un avion à prendre pour Cracovie, ai-je murmuré.

— C'est possible, mais elle ne m'en a pas parlé. Elle ne t'a pas mentionné du tout, alors je pensais que… enfin, je n'ai pas beaucoup pensé, d'ailleurs. Je suis sincèrement désolé, Roy. Surtout quand je vois la peine que ça te fait. »

J'ai baissé la tête, fixé le sol, ma jambe qui avait enflé au point d'appuyer contre le tissu de mon pantalon.

« Parce que ça t'en fait, n'est-ce pas ?

— Quoi donc ?

— De la peine ?

— Oui, ça me fait de la peine.

— Ça doit te faire vachement mal. »

Je n'ai pas répondu, je l'ai simplement observé. Son visage éclairé, sa voix, qui était bien la sienne, et pourtant, je voyais un étranger. Il avait l'air de me scruter, lui aussi, mais lui a trouvé ce qu'il cherchait, du moins son hochement de tête le suggérait.

« Dis-moi si je peux faire quelque chose pour réparer.

— Non, c'est bon. De toute façon, je l'ai perdue. »

J'ai ravalé ma salive et n'ai pas prononcé les mots qui s'imposaient. *Et maintenant je t'ai perdu toi aussi.*

Ensuite, je suis remonté à la réception pour demander la clef de la suite nuptiale, prétextant que je voulais la visiter pour des amis qui envisageaient d'organiser leur mariage à l'hôtel.

Le jeune homme a consulté son ordinateur.

« La chambre n'a pas encore été nettoyée.

— Peu importe, je vais la visiter en l'état. » J'ai tendu la main, et comme il hésitait, j'ai ajouté : « Je possède trente-six pour cent des parts de cet établissement. »

La porte de la suite s'est refermée derrière moi dans un déclic doux.

La lumière inondant la pièce était réfléchie par les draps du grand lit à baldaquin prévu pour les heureux mariés. Tellement de lumière que j'ai dû plisser les yeux. Mais même des yeux à peine entrouverts ont pu voir les petites taches de sang rouge en écartant la couette.

J'ai ouvert le minibar. Visiblement, il avait été regarni. Il y avait largement de quoi boire jusqu'au black-out pour au moins une personne.

Ensuite, j'ai rendu la clef au réceptionniste et je suis rentré à Opgard.

Il était 4 heures de l'après-midi quand le SUV de Kurt Olsen est entré dans la cour. Johnny et lui en sont descendus.

En rentrant de l'hôtel, j'avais changé mon bandage et fouillé dans le tiroir des médicaments pour voir quels antidouleurs nous avions. J'avais dans la main un sachet d'anxiolytiques vert olive que Carl s'était procurés juste après la mort de Shannon quand j'ai aperçu un flacon de Tramadol qui lui avait été donnée après son opération de l'appendicite. En ayant pris trois, j'étais tellement assommé que j'ai dû me traîner hors de mon fauteuil pour ouvrir à Kurt et Johnny.

« Pourquoi tu ne réponds pas au téléphone ? m'a demandé Kurt, la cigarette au bec.

— C'est un devoir civique ? ai-je rétorqué en m'accrochant au chambranle de la porte.

— Non, mais si tu l'avais fait et que tu t'étais présenté au poste de lensmann, tu nous aurais épargné cette redite.

— Tu vas encore m'arrêter ?

— La dernière fois, ce n'était qu'une interpellation.

— Et là ?

— C'est une arrestation.

— Pour quoi ? »

Je ne savais pas ce qu'il allait répondre et à cet instant précis, je m'en contrefoutais, ça me soulageait d'en terminer, de tirer un trait sur tout ça, de boucler la boucle.

Kurt a tapé sa cendre.

« Nous avons découvert que tu avais acheté un billet d'avion pour Cracovie.

— Oui, et alors ?

— Et alors ? m'a-t-il imité. Si tu étais moins dyslexique, tu aurais peut-être vu que le document que tu as signé chez nous t'interdit de sortir du territoire. C'est une infraction en soi, Roy. Et ça rend tellement plus facile d'obtenir que le juge des libertés nous accorde la détention provisoire. »

Cette fois-ci, ils n'ont pas braqué d'arme sur moi, ils ne m'ont pas non plus menotté.

Mais quand nous sommes entrés au pas de charge dans les locaux du poste de lensmann, j'ai tout de suite compris que c'était du sérieux.

28

Mon premier constat a été que Kurt et Johnny semblaient avoir fait le ménage pour l'occasion. La table de la cellule avait été déplacée au centre du petit secrétariat, où se trouvaient déjà deux personnes. Gilliani, et ses lunettes d'intello coincé, et une femme râblée au teint pâle que je n'avais jamais vue, mais qui, à l'instar de Gilliani, avait un badge de Kripos autour du cou.

Oui, c'était du sérieux. Ces gens-là ne faisaient pas la route d'Oslo un samedi pour le plaisir. Il y avait également un type dont le costume avait l'air tout droit sorti de la penderie de Vendelbo.

Kurt m'a fait asseoir.

« J'avoue, ai-je déclaré.

— Vous avouez quoi ? »

La femme râblée a allumé un petit enregistreur sur la table.

« À vous de décider. »

J'ai bâillé. Le bâillement peut être un signe de fatigue, mais aussi, comme l'expliquera n'importe quel psychologue de comptoir, une réaction de stress, particulièrement répandue chez les chiens.

Dans mon cas, il résultait d'un léger excès de Tramadol.

« Je vous déconseille de les laisser décider, a protesté l'homme en costume de Vendelbo.

— Qui êtes-vous ?

— Je suis le deuxième et dernier nom de la liste des personnes que la police appelle quand elle a besoin d'un avocat de la défense à Notodden et ses environs. »

Il était difficile de deviner sur sa face de bouledogue s'il cherchait à être drôle ou non. En revanche, j'avais moins de doutes quant au fait qu'il était sorti tard la veille et que la police l'avait tiré du lit. Bien, comme ça, on était deux à avoir envie de dormir. Le gars a ouvert un calepin.

« Ma première question est de savoir si vous acceptez que je vous défende.

— Je devrais ? »

Il m'a répondu d'un ricanement.

« Je peux repartir tout de suite si vous voulez. Je suis payé à l'heure, mon temps de trajet inclus, et j'ai pas mal d'autres choses que je voudrais bien faire aujourd'hui. »

Kurt Olsen a toussoté.

« Accepte, Roy, il n'y a que les criminels professionnels qui refusent l'avocat commis d'office et en réclament un autre. »

Gilliani m'a adressé un signe de tête imperceptible.

« Alors, d'accord. Suis-je arrêté parce que j'ai réservé un vol pour Cracovie ou parce que vous avez du nouveau ?

— Permettez-moi plutôt…, a commencé l'avocat, mais j'ai levé la main et il a fermé sa gueule.

— Les éléments dont nous disposons suffisent amplement, a affirmé Kurt. Kripos peut confirmer que le sang trouvé derrière la plaque d'immatriculation est celui de mon père. N'est-ce pas ? »

Il s'est tourné vers la Râblée, qui a hoché la tête, faisant sautiller gaiement sa queue-de-cheval blonde.

« C'est exact, oui, nous avons prélevé du sang qui est celui de l'ancien garde champêtre territorial.

— Garde quoi ?

— Garde champêtre territorial. »

Kurt a eu l'air gêné.

« Ça ne s'appelle plus lensmann.

— C'était ce *mann*, un titre qui se termine par "homme", ce n'était pas inclusif, a expliqué la Râblée. Quoi qu'il en soit, le sang…

— Alors tu as perdu le titre de ton père ? » ai-je coupé sans quitter Kurt des yeux.

Je le voyais. Il m'avait menti : ils avaient autre chose. Mais quoi ?

« Ça, tu n'en as parlé à personne, Kurt. L'écriteau dehors dit toujours "Poste de lensmann d'Os".

— L'écriteau va être remplacé, a-t-il grommelé entre ses dents. Tu veux répondre aux questions, oui ou non, Roy ?

— Je dois objecter, si mon client…

— La ferme ! nous sommes-nous écriés en chœur, Kurt et moi, sans un regard pour l'avocat.

— Allez, balancez vos questions, ai-je déclaré.

— Comment qualifieriez-vous votre relation avec votre père ? a commencé la Râblée.

— Mon père ? Mais quel rapport ?

— Nous avons aussi quelques questions sur cette sortie de route.

— Ah oui ? Laquelle ? »

Gilliani s'est éclairci la voix.

« Nous avons été surpris de trouver sur le véhicule certaines pièces défectueuses dont le défaut ne pouvait pas être imputé à l'accident. Étant donné que vous bricoliez des voitures à l'époque…

— Faux. J'étais mécanicien», l'ai-je interrompu, à seule fin de bénéficier d'un court temps de réflexion.

Car c'était cela que Kurt refusait de me dire. Ils n'avaient pas seulement cherché du sang sur la Cadillac. Évidemment.

Gilliani a ajusté ses lunettes d'un geste agacé.

«Je ne vois pas trop où est la différence, mais je le répète…

— … La différence, c'est que c'est un métier. Quand les gens vous demandent ce que vous faites, vous répondez que vous jouez au policier et au voleur?»

Visiblement excédé, Gilliani a regardé l'avocat pour qu'il m'intime de changer d'attitude et de me conduire convenablement, avant de reprendre.

«Bref. Nous avons trouvé deux trous sur les flexibles de frein et une colonne de direction découplée de ce qui, si j'ai bien compris, s'appelle la crémaillère. D'après… euh… le mécanicien que nous avons consulté, ce pourrait être la raison pour laquelle vos parents n'ont pas réussi à prendre le virage près de votre ferme. Des commentaires sur le sujet?»

J'ai hoché la tête. Lentement et longtemps.

S'efforçant sans doute de lire la situation, l'avocat à la gueule de bois a jugé opportun de s'acquitter d'une remarque.

«Mon client n'est pas obligé de répondre à d'hypothétiques questions.

— Il n'a pas à répondre à quoi que ce soit s'il ne le souhaite pas», a riposté la Râblée, les yeux rivés sur moi.

J'ai bâillé. Oui, j'ai bâillé. Ce n'était pas une provocation, mon cerveau avait tout simplement besoin de plus d'oxygène. Une fois mes méninges aérées, je me suis bien calé sur ma chaise.

«Écoutez, les gars, j'ai déjà une longue journée derrière moi, alors si vous permettez, je vais être aussi concis que possible. Telle que j'interprète la situation, le lens… pardon, le garde-machin que voici m'a arrêté avant de me libérer dans l'espoir de m'avoir fait peur, ce qui me pousserait à la faute et me ferait ainsi révéler que j'ai tué son père. Comme, à sa grande déception, je ne l'ai pas tué, il se sert de ce billet pour Cracovie comme prétexte pour obtenir ma détention provisoire et voir si je craquerai après être resté enfermé quelque temps. Pour me mettre la pression, vous inventez une hypothèse délirante selon laquelle j'aurais un rapport avec la mort de mes propres parents. Je me trompe ? Non, ne réponds pas, Kurt, c'était une question rhétorique, comme on dit. Voici donc ce que je vous propose. Je vous fournis sur-le-champ un témoin qui permet de donner à la présence de sang sur la voiture une explication tout à fait plausible et non spectaculaire. En prime, vous obtenez des aveux sans réserve que j'ai tué mes parents. Ça vous va ? »

Cinq têtes m'ont dévisagé pendant de longues secondes. Puis la queue-de-cheval s'est mise à danser de nouveau, la Râblée hochait la tête.

À côté de moi, Erik Nerell fixait l'enregistreur sur la table.

En temps normal, Kurt et Kripos l'auraient interrogé seul, mais Erik avait insisté sur ma présence pour, je cite, l'aider à se souvenir. Kurt lui avait répondu que c'était hors de question, mais Erik s'était alors adressé aux deux enquêteurs de Kripos : s'ils voulaient entendre son témoignage, c'était en ma présence ou pas du tout.

Nous étions donc tous là, Erik, moi et l'avocat, d'un côté de la table, Kurt et les deux de Kripos en face.

« Raconte, toi, a dit Erik, et puis je t'arrêterai si ça ne correspond pas à mes souvenirs. »

Voyant que Kurt allait protester, je me suis hâté de prendre la parole.

« C'était l'hiver avant que mes parents se tuent. Papa et moi étions en voiture, tout près de la ferme Nerell. Ce n'était pas un virage serré et, en plus, on ne roulait pas très vite, mais il y avait du jeu dans le volant et les freins étaient faiblards. Papa le savait depuis le jour où ce bandit de Willumsen lui avait vendu la Cadillac d'occase à un prix faramineux. Bref, on est sortis de la route et on s'est retrouvés le cul dans une congère. Pas de dommages, ni humains ni matériels, mais on n'arrivait plus à remonter sur la chaussée. Et puis Erik et son père, qui nous avaient vus, sont arrivés et m'ont aidé à pousser. On était à deux doigts d'y arriver, mais les roues se sont enfoncées dans la neige et finalement le père d'Erik est parti chercher son tracteur pour nous remorquer. » Ici, j'ai marqué une pause pour qu'Erik puisse opiner du chef, oui, oui, c'était bien ça.

« Nous pourrions peut-être entendre la suite de la bouche d'Erik à partir de là », a suggéré la Râblée.

Il m'a scruté, l'air incertain. Je l'ai encouragé d'un signe de tête et il s'est essuyé les mains sur son pantalon avant de parler.

« Ben, c'est ça, oui. Le lensmann, enfin l'ancien lensmann, arrivait en voiture, il s'est arrêté. Quand on lui a expliqué que mon père était parti chercher son tracteur, il a affirmé qu'on y était presque, qu'il suffisait de pousser un peu pour remettre le véhicule sur la route. C'est bien ça, non, Roy ? »

J'ai pris la suite avant que la Râblée n'intervienne.

« Oui, et on lui a répondu qu'on avait essayé, mais le lensmann estimait que tout était question de pousser au bon endroit en y mettant le paquet. Il avait probablement envie de montrer qu'il était plus fort que le père d'Erik, donc il s'est posté derrière la voiture en empoignant fermement le pare-chocs. Il nous a montré où nous placer, nous les jeunes, et il a crié à papa d'appuyer légèrement sur l'accélérateur. Le lensmann a poussé de toutes ses forces, il en rugissait, même. Et la voiture a bougé, mais lui a glissé. Ça devait être ses bottes en peau de serpent, les semelles sont vachement glissantes, non ? En tout cas, il s'est cogné la tête sur le coin de la plaque d'immatriculation. Il saignait et tout. Tu te souviens, Erik ?

— Bien sûr. »

Je me suis adressé à Kurt.

« Il ne l'a pas raconté le soir, à la maison ?

— Non. Et je n'ai pas souvenir de plaie au front non plus. »

J'ai haussé les épaules.

« Ce n'est peut-être pas le genre d'intervention dont un lensmann se vante en rentrant chez lui à la fin de sa journée de travail. Et cette coupure était légèrement au-dessus de la naissance des cheveux, non, Erik ? »

Erik a secoué la tête.

« Je ne sais plus trop, c'était il y a longtemps, donc ce n'est pas évident de se souvenir très précisément, mais ça doit être ça, oui.

— Il avait beaucoup de cheveux, ton père, hein, Kurt ? Donc ça se peut que tu n'aies pas vu la plaie. »

Laissant Kurt remporter notre duel de regards, je me suis adressé aux autres personnes présentes.

« Bon, quoi qu'il en soit, au final, le père d'Erik a réussi à remettre la voiture sur la route à l'aide de son tracteur, donc ça s'est bien terminé. Enfin, ce jour-là, en tout cas. »

Kurt et ses deux confrères de l'autre côté de la table et du bon côté de la loi ont échangé un regard. La Râblée a murmuré à l'oreille de Gilliani avant de revenir vers moi.

« Et les aveux que vous nous avez promis, Opgard ?

— Ben, c'est évident, d'après ce que je viens de vous raconter.

— Et comment donc ?

— J'étais mécanicien. La voiture de papa était tellement

pourrie qu'elle était difficile à conduire, et je n'ai pas pris le temps de m'en occuper. C'est clair que c'était ma faute. »

Le silence régnait dans la pièce.

La Râblée a toussoté.

« C'est l'intégralité de vos aveux ?

— Pour moi, c'est beaucoup. »

Nouvel échange de regards entre collègues.

« Vous pouvez nous expliquer pourquoi vous n'aviez pas réparé sa voiture ?

— Ma seule excuse, c'est qu'il ne me l'a jamais demandé. Pour le reste, c'est sans doute l'histoire des enfants de cordonniers, sauf que c'est l'inverse et que c'est le père du…

— Merci, j'ai compris. »

Elle a rassemblé ses documents, lançant inconsciemment un mouvement de repli. Ils repartaient bredouilles. Enfin, ils le voyaient peut-être autrement. Peut-être qu'ils étaient professionnels jusqu'au bout des ongles et étaient donc satisfaits de la tâche qu'ils avaient accomplie en lavant un innocent de tout soupçon. Peut-être. Kurt Olsen, en revanche, ne voyait pas les choses ainsi. Quand nous sommes partis, il était affalé sur sa chaise, le regard vague.

Dehors, le soir tombait. Erik m'a proposé de me reconduire à Opgard.

« Tu as fait du bon boulot, Erik, ai-je commenté quand nous nous sommes assis dans la voiture qui était garée au bout de la place centrale.

— J'ai fait du mieux que je pouvais. Tu penses que j'aurai les documents de propriété du Chute Libre quand ?

— La semaine prochaine. »

J'ai levé les yeux vers la Maison de la Laiterie. La fenêtre de sa chambre était éclairée.

29

Deux comprimés de Tramadol dans le sang et six bières devant moi, j'étais dans le jardin d'hiver et j'attendais.

Quoi, je l'ignore.

Que Natalie m'appelle ?

Que Carl rentre ?

Qu'on m'informe qu'Anton Moe avait été retrouvé mort ?

Ou que Kripos et Kurt arrivent dans la cour, tous gyrophares allumés, et m'arrêtent pour l'un des maintenant huit meurtres dont j'étais coupable ou complice ?

J'ai ouvert la première bouteille en récapitulant la situation.

Natalie m'avait largué et la rupture semblait liée au fait qu'elle avait baisé mon frère. Évidemment, je ne pouvais pas être entièrement sûr du lien de cause à effet. Je ne pouvais pas savoir si, ayant décidé de me larguer, elle avait considéré qu'elle pouvait se permettre de s'envoyer en l'air avec Carl, ou si c'était simplement arrivé, comme il le prétendait, et elle jugeait par conséquent qu'elle ne pouvait plus continuer à me voir. Peut-être pensait-elle qu'il ne dirait rien, que cela pourrait m'être caché si elle et moi ne nous voyions plus. Et l'alcool n'était nullement comme une circonstance atténuante pour elle, c'était au contraire le signe qu'elle avait failli à plusieurs niveaux.

Qu'un Carl ivre ait emmené une femme ivre, n'importe quelle femme d'ailleurs, dans une chambre d'hôtel pour se la faire n'était pas précisément une surprise. Qu'il se déplace sciemment sur mon terrain de chasse était plus difficile à encaisser. Un plan cul ? Il savait que j'étais fou amoureux de cette fille. Alors pourquoi elle ? Était-il lui aussi amoureux ? Non, je l'aurais perçu, c'était mon frère, on se connaissait par cœur.

Vraiment ?

J'avais eu une liaison avec Shannon dans son dos sans qu'il s'en rende compte, et pourtant je ne suis pas précisément un candidat à l'oscar du meilleur acteur.

J'ai ouvert la deuxième bouteille.

Sans doute était-il singulier que je trouve plus douloureux de penser à l'histoire de Natalie et de Carl qu'au fait que je venais de tuer un homme innocent. Enfin, innocent, il ne l'était pas. Donc, soit, je sentais que je pouvais vivre avec. Oui, je le pouvais. C'était sans doute l'avantage d'avoir déjà sept meurtres à son actif, ça désensibilisait un peu.

Cela étant, je pouvais sûrement me faire coincer pour ce meurtre, on ne pense jamais à tout quand on efface ses traces. Par exemple, je n'avais pas pensé qu'Olsen senior avait pu saigner sur la voiture en tombant dans le précipice, je n'avais pas réfléchi au fait que j'avais percé des trous dans les flexibles de frein et découplé la colonne de direction et la crémaillère. Mais c'était réglé maintenant.

Tout était réglé.

Erik avait sa part du Chute Libre.

Halden et Fuhr, leurs douze millions.

Asle Vendelbo et Johnny Depp, leur promesse que je garderais le silence.

J'en aurais presque ri, parce que ça me rappelait le titre du seul livre que je me souvenais d'avoir vu papa lire, dans les années 1980. *The Art of the Deal.* Que le taré qui l'avait écrit soit devenu président était du grand n'importe quoi. Le Roi d'Amérique, l'autre. Mais, de toute évidence, ce sont rarement les bonnes personnes qui y atterrissent, dans cette « Mansion on the Hill ».

À propos d'Erik, je n'avais pas informé Julie que j'allais lui donner à elle aussi la propriété d'un tiers du bar. Je l'ai appelée.

Elle a réussi à articuler un « Coucou » au milieu d'un bâillement.

« Désolé, tu étais déjà couchée ?

— Non, non. J'ai travaillé tard hier soir, je suis juste fatiguée.

— Je croyais que tu ne travaillais pas hier ?

— Non, mais Carl m'a demandé si je pouvais m'occuper du bar de l'hôtel. Ils avaient une fête du personnel, alors il voulait libérer le plus possible d'employés.

— Je vois. Dis, j'ai une offre à te faire.

— Ah oui ? Et c'est positif ou négatif ?

— J'ai parlé d'offre, non ?

— Ouais, mais on parle aussi d'offre de retraite anticipée quand on veut te signifier que tu es superflu. »

J'ai ri. Je songeais parfois que, à part Carl, Julie était la seule personne avec qui je pouvais rester dans une pièce pendant des heures sans que mon habituelle lassitude sociale se manifeste.

« Tu seras au boulot demain ?

— Oui. On ouvre à 11 heures, comme le pasteur.

— Je ferai un saut. »

Nous avons raccroché. J'ai vidé ma deuxième bière, envisagé d'en prendre une troisième. J'avais googlisé les effets secondaires du Tramadol et, s'agissant d'un opioïde, il était écrit que ce n'était pas une très bonne idée d'y associer de l'alcool. Dans ce cas, peut-être serais-je mieux inspiré de prendre encore un comprimé et de monter me coucher. Je n'en suis pas sûr, mais je crois que c'est ce que j'ai fait. En tout cas, cette nuit-là, mes rêves étaient assaisonnés aux opioïdes. Shannon était sur une chaise, elle essayait de se libérer, mais n'y arrivait pas parce qu'elle avait deux énormes clous plantés dans les cuisses. Elle criait en tendant les bras vers un bébé qui, sur la chaise voisine, tétait le sein de Natalie, laquelle était assise sur les genoux de Carl. La serviette de Carl ayant glissé, il était nu. Il remuait ses hanches pour la faire sautiller en chantant une comptine. Et d'un seul coup l'enfant entonnait d'une profonde voix de basse « Connais-tu Kari Midtgard de Tinn ? Jamais elle ne laisse un garçon l'approcher. » Et je constatais alors qu'il avait un visage de vieillard. Je mettais du temps pour voir qui c'était et je ne pouvais que rire, bien que j'aie surtout envie de pleurer. Car ce vieillard, c'était moi.

30

Les cloches de la chapelle résonnaient dans la vallée.

Café de la paroisse et absolution, pouvait-on lire, écrit de la main d'Erik, sur le stop-trottoir du Chute Libre.

« Tu boites » est la première chose que m'a dite Julie quand je suis entré.

« J'ai une balle de carabine dans la jambe. C'est pas un peu tôt d'ouvrir à 11 heures ? »

La salle était déserte.

« Si, mais je ne tiens pas en place quand je reste à attendre à la maison. Tu t'es foulé la cheville ?

— C'est peu de le dire. Alors voici mon offre : je te transfère un tiers à toi et je transfère un tiers à Erik. Ce tiers, je te le donne en contrepartie d'une baisse de salaire de quinze pour cent et d'un engagement de ta part à rester gérante pendant encore au moins deux ans au-delà de tes congés maternité et tout ça. »

J'ai d'abord vu de la surprise, puis la calculatrice qui tournait à plein régime derrière ses pupilles.

« J'y gagnerai, a-t-elle conclu après quelques instants. Enfin, à moins qu'on fasse naufrage. Et si on exploite le potentiel comme j'en ai le projet, j'y gagnerai beaucoup.

— Alors fais-le. »

Julie est venue de mon côté du bar et m'a serré dans ses bras.

« Merci. »

Elle a essuyé une larme.

« Merci ? Mais ma seule motivation c'est qu'Erik et toi, vous vous défonciez et que moi aussi, je gagne plus d'argent.

— Je sais, mais merci quand même.

— Je vais m'occuper des papiers cette semaine. »

Elle m'a servi un café.

« Comment c'était de retravailler au bar de l'hôtel ?

— Comme avant. C'est curieux, non ? Notre génération ne vit pas du tout comme celle de nos grands-parents. On s'habille autrement, on lit autrement, on mange autrement, mais par contre, on boit exactement pareil. On va au bar et on se bourre la gueule. Comme il y a cent ans, non, mille ans ! Au moins.

— De ce point de vue, c'est un business sûr. Il y avait beaucoup de gens bourrés vendredi soir ?

— Plutôt, oui. »

J'ai bu une gorgée de café et je me préparais à en boire une autre afin de me donner une contenance et d'atténuer la portée de ce dont je m'apprêtais à parler, mais je n'en ai pas eu le temps, la question est partie toute seule.

« Il y avait Natalie Moe ?

— Natalie ? Oui. Tu l'as revue depuis qu'elle est revenue au bourg ? C'est devenu une sacrée meuf. »

J'ai scruté les grands yeux bleus innocents de Julie. Visiblement, la rumeur de Natalie et moi n'était pas encore arrivée jusqu'à elle.

« Oui. Elle m'a aidé sur un projet. Elle était aussi bourrée que les autres ? »

Julie a reposé sa tasse, elle a contemplé le plafond, l'air de se mordre l'intérieur de la joue.

« Non, pas aussi bourrée.

— Plus ?

— Oui et non.

— C'est-à-dire ?

— Je ne sais pas ce qu'elle avait bu au dîner, mais ensuite, au bar, elle a commandé de l'eau. Elle avait l'air parfaitement sobre. Et puis une demi-heure plus tard, elle était complètement paf. Comme si elle avait pris un cacheton. Elle avait la tête pendante, elle vacillait sur sa chaise. Si ça avait été quelqu'un d'autre, j'aurais dû lui demander de quitter le bar, tu vois ? Mais ce n'est pas la première fois que je vois ça et je me suis dit, voilà quelqu'un qui a des problèmes de drogue. Heureusement, Carl est intervenu avant que j'aie besoin de le faire. »

J'ai juré et prié intérieurement. Oh merde, s'il vous plaît, faites que ce ne soit pas ça.

« Comment il s'y est pris ?

— Il l'a raccompagnée dehors, la pauvre. Plus tard dans la soirée, j'ai cherché à savoir où elle était et quelqu'un avait vu Carl l'aider à monter dans un taxi. C'est un mec bien, ton frère. »

J'ai hoché la tête lentement, puis j'ai remercié Julie, je l'ai embrassée et je suis reparti.

Je suis resté debout à côté de ma voiture que j'avais garée juste devant sa porte. Il n'y avait pas de lumière dans l'appartement de Natalie, mais n'avais-je pas vu les rideaux bouger ?

Contrairement à Carl, je n'avais pas de voiture à boîte automatique. Chaque fois que je devais appuyer sur la pédale de débrayage, ma jambe me faisait grimacer de douleur.

J'hésitais entre remonter à Opgard et faire une halte à la station-service pour voir comment ça allait. Dans ces cas-là, il suffit parfois de laisser son corps prendre la décision. Il a choisi la troisième option : l'hôtel. Je pouvais bien sûr prétendre que je ne savais pas pourquoi.

Bravant le règlement, je me suis garé devant l'entrée, j'ai clopiné vers la réception pour qu'on m'indique où se situait la lingerie. Sans doute me reconnaissait-on, on m'a en tout cas montré un couloir et laissé m'y rendre sans poser de questions. Au fond de ce couloir, j'ai poussé une large porte ornée d'un écriteau « Réserve » et je me suis retrouvé dans une vaste pièce ressemblant à un garage. S'y trouvaient une douzaine de chariots, dont les bords étaient si hauts que j'ai dû m'étirer sur la pointe des pieds pour y mettre les mains. J'ai sorti une housse de couette blanche.

« *Can I help you, sir?* »

Je me suis retourné vers la femme qui m'avait parlé. Son accent provenait sans doute d'Europe de l'Est et son allure était plus brusque que sa question.

« *I'm looking for an ear...* »

Je n'arrivais plus à me souvenir comment on disait « boucle d'oreille » en anglais.

« Je comprends un peu de norvégien », a précisé la femme.

Elle était trapue, avait l'air puissante et dégageait l'autorité naturelle des gens qui sont sûrs de leur rôle, indépendamment de leur place dans la hiérarchie.

« Une boucle d'oreille. De mon amie. Elle pense l'avoir perdue dans le lit, la tige se serait accrochée sur le matelas. Si ça ne vous ennuie pas, j'aimerais juste chercher dans le chariot des draps.

— Il y a des draps dans tous les chariots.

— Tous ? »

Je les ai comptés en vitesse. Onze. Ça risquait de prendre du temps.

« Elle est venue ici quand ? »

Le masque de pierre de la femme avait cédé la place à son strict opposé : un visage vivant, expressif.

« Avant le week-end.

— Je suis désolée, linge cherché tous les matins.

— Nor Tekstil, à Skien, mais c'est seulement les jours de semaine et la boucle d'oreille a été perdue la nuit de vendredi.

— Quelle chambre ?

— La suite nuptiale.

— Une amie ou votre nouvelle épouse ? »

J'ai souri et elle aussi, en soupirant, puis elle a pointé l'index.

« Pas sûr, mais probablement un des trois chariots. Je reviens dans deux minutes, je vais me renseigner. »

J'arrivais au fond du deuxième, en ayant déjà identifié un drap sur lequel la cliente avait manifestement eu ses règles, du moins espérais-je que c'était ça, quand j'ai découvert celui aux petites taches rouges. Je n'avais pas de couteau sur moi, mais je ne m'étais pas coupé les ongles depuis un certain temps et j'ai raclé le sang.

« Alors ?

— Rien, malheureusement.

— Les filles de mon équipe n'ont rien trouvé, je leur ai parlé. Je suis désolée.

— Ces boucles d'oreilles n'ont pas coûté très cher, je lui en achèterai d'autres. »

Elle a esquissé un petit sourire espiègle d'une moitié de la bouche.

« Et peut-être être un peu plus doux la prochaine fois ? »

De retour à Opgard, je me suis passé un cure-dent sous les ongles et j'ai déposé le sang séché dans une boîte de tabac Berry vide. Puis j'ai appelé Vera Martinsen.

« Salut ! »

Elle a ri.

« Quoi ?

— Gilliani m'a raconté qu'Olsen avait fait une tête de trois pieds de long quand il a su comment le sang avait atterri derrière cette plaque d'immatriculation.

— Kurt n'abandonnera jamais.

— Je t'avais prévenu quand on se voyait, tu devrais le signaler à l'Inspection générale pour faire évaluer si c'est un cas de harcèlement.

— Je sais. Mais bon, là, je me demandais autre chose. Deux choses, en fait. La première, c'est si mon téléphone est sur écoute.

— Non.

— Non ? Tu peux l'affirmer comme ça ?

— Quelqu'un s'est renseigné auprès de nous sur les modalités d'obtention d'une autorisation, je te laisse deviner qui. Nous lui avons répondu qu'il en fallait vraiment beaucoup pour l'obtenir. Bien plus que ces histoires. Et la deuxième chose ? »

Je lui ai expliqué.

En raccrochant, j'ai senti que mes douleurs avaient empiré. D'après Internet, la prise de Tramadol était associée à un risque de dépendance élevé, ainsi que de surdose, mais n'en pouvant plus, j'ai rouvert le tiroir des médicaments au bout de quelques minutes. J'ai aussi envisagé de prendre l'un des comprimés vert olive, je savais qu'ils agissent comme un somnifère, mais en fin de compte je me suis rabattu sur un autre Tramadol. Puis je me suis traîné jusqu'à ma chambre. Tout en enlevant mon T-shirt, je me suis tourné vers la fenêtre. La maison d'Opgard se situe à peine trop en retrait du précipice de Huken pour permettre de voir l'ensemble du bourg, mais loin en bas, je distinguais la hauteur sur laquelle se trouvait le Domaine royal. Il y avait de la lumière, Carl devait y être. Peut-être qu'il inspectait les travaux ou faisait visiter les lieux à Mari. Si tel était le cas, elle devait à mon avis avoir des opinions claires sur l'aménagement. En admettant qu'ils y étaient, cela effleurait-il Carl que, moins de quarante-huit heures plus tôt, il avait trompé la femme avec laquelle il s'entretenait actuellement de chambres d'enfants ? Et ce, en baisant l'une de ses employées et, qui plus est, la femme dont son frère était amoureux ? J'ai songé qu'à cet instant même, ils étaient peut-être debout devant l'une des immenses baies vitrées et contemplaient les lumières d'Opgard. Je pouvais me servir des rideaux pour communiquer avec Carl en morse. Lui communiquer que j'avais assez perdu, que je ne voulais pas le perdre aussi. Que j'essayais de le détester, mais que c'était vrai, les liens du sang étaient plus forts que tout, plus que le bien et le mal. La famille c'est comme la guerre, on ne choisit pas son camp. Je ne voulais pas être né ici et être un Opgard, putain, mais c'est que j'étais.

Mon téléphone a sonné.

Je me suis baissé et je l'ai extirpé de mon pantalon par terre.

Stanley.

« Je rentre de la montagne, je viens seulement de trouver ton message. Tu t'es tiré une balle dans la jambe ?

— Oui.

— Et tu n'es pas allé à l'hôpital de Notodden ?

— Trop mal. Je me suis fait un bandage.

— Bon sang, Roy ! Je serai à Os dans une heure. Tu peux être au cabinet à ce moment-là ? »

Stanley examinait ma jambe et moi, le plafond.

« Tu as eu une chance incroyable.

— Oui, c'est aussi mon impression.

— La balle s'est arrêtée contre l'os et il ne semble pas y avoir d'éclats osseux. La plaie est tellement superficielle que je vois le projectile. Mais on va t'acheminer à Notodden pour faire une radio et extraire le métal.

— Vraiment ? Tu ne peux pas t'en charger, toi, puisque tu vois la balle ? »

Stanley a lâché un rire bref avant de comprendre que je ne plaisantais pas.

« Si on était sur une île déserte, je m'en serais chargé, évidemment, Roy, mais il est préférable de minimiser le risque infectieux et l'hôpital reste un choix plus sûr.

— Je ne veux pas.

— Oui, mais…

— … Je ne veux pas comme "je refuse". Ou bien tu ôtes ce projectile, ou bien je prends un briquet à la maison, je chauffe une pince à épiler et je m'en occupe moi-même. »

Stanley m'a observé pensivement.

« Tu es conscient des conséquences possibles d'une infection ?

— Mais oui… Amputation et pension d'invalidité. Tu décides quoi ? »

Il a poussé un gros soupir.

« Bon.

— Et pas d'anesthésie, merci. »

Stanley a haussé son sourcil soigné.

« Sûr ? »

J'ai réfléchi.

« Je rectifie. Tous les anesthésiques dont tu disposes. »

Là, de nouveau, un blanc. Il est possible que j'aie oublié d'informer Stanley de ma prise de Tramadol et que l'association avec ce qu'il m'avait administré m'ait sonné, toujours est-il que je ne me souviens pas de grand-chose avant d'entendre un bruit métallique. J'ai ouvert les yeux en déclarant que c'était exactement le même que dans les westerns, quand Doc ouvre sa pince et que la balle tombe dans le haricot en métal.

Stanley a ri et m'a montré la balle sanglante.

Il m'a refait un bandage, m'a donné une ordonnance d'anti-douleurs et un arrêt maladie, avant de préciser que dans mon état je ne pouvais pas prendre le volant, il allait me ramener chez moi.

Je lui ai répondu que c'était gentil de sa part, mais que j'allais appeler Dagur, c'était son job de conduire les malades.

En sortant en appui sur mes béquilles, j'ai vu une braise de cigarette rougeoyer dans la nuit devant le poste de lensmann.

« Bonsoir, ai-je dit.

— Bonsoir », a répondu Kurt, en se décollant du mur contre lequel il était appuyé. Il a laissé tomber sa cigarette, les étincelles ont filé sur l'asphalte avant qu'il plante son talon dans le mégot pour l'exterminer. « Qu'est-ce qui est arrivé à ta jambe ?

— Tir accidentel à la maison. Dis-moi, c'est les horaires de bureau habituels ou tu me suis ? »

Il a eu un rire court et froid.

« Et pourquoi le ferais-je ?

— Parce que tu veux prouver mordicus que j'ai tué quelqu'un, par exemple ?

— Tu es un putain de tueur, Roy. Tu te souviens du jeu vidéo qui était dans l'entrée de l'ancien Kaffistova ? » Il a désigné le Chute Libre d'un geste. « Là où un astéroïde explosait devant ton engin spatial et il fallait éviter les débris ? Au début, c'était facile, mais quand tu progressais dans les niveaux, ça devenait de plus en plus dur, ils arrivaient plus vite, plus serré, et à la fin, ça devenait carrément impossible.

— Je m'en souviens bien, oui. Il me semble que c'était moi qui détenais le record, non ? »

Il a secoué la tête.

« Personne ne s'en souvient, Roy. »

La Mercedes de Dagur est arrivée devant moi. J'ai glissé mes béquilles sur la banquette arrière avant d'ouvrir la portière avant, en lançant par-dessus mon épaule : « Demande à Rita, je pense qu'elle s'en souvient. »

Nous avons roulé et, dans mon rétroviseur, j'ai vu la flamme du briquet de Kurt, il allumait une autre cigarette.

31

Anton Moe a été découvert le lundi matin. Avant l'heure du déjeuner, tout le bourg était au courant.

La possibilité que Natalie le découvre m'avait bien sûr traversé l'esprit, mais d'après Grete il l'avait été par un voisin, qui s'était étonné de ne pas le voir à la chapelle la veille et qu'il ait omis de hisser son drapeau un dimanche alors qu'il était manifestement chez lui, puisqu'il y avait de la lumière dans sa maison.

« La scène était absolument épouvantable. Il avait la tête démolie. »

Grete s'est pris les joues, comme si elle avait elle-même été sur place. Dans la boutique de la station-service, Egil, Simon Nergard et moi formions son public.

« Ça ne m'étonne pas, ce fourgon doit bien peser deux tonnes, a commenté Simon. Ce qui est plus surprenant, par contre, c'est qu'il se soit mis *sous* le véhicule pour changer ses pneus.

— Il voulait peut-être profiter de ce que le fourgon était surélevé pour vérifier un truc sous le châssis, ai-je suggéré.

— D'accord, mais comment tu arrives à faire tomber un cric qui a une charge de deux tonnes ? Pas en donnant un coup de pied dedans par inadvertance, en tout cas.

— Non, il a plutôt dû faire bouger le fourgon même, l'ébranler. Par exemple, il a pu heurter le tambour de frein sans s'apercevoir que le cric était de travers.

— Oh, putain ! s'est exclamé Egil en grimaçant. Et il s'est ramassé le tambour de frein droit dans la gueule.

— Ce n'était pas beau à voir. » Grete a poussé un gros soupir. « Kurt a été obligé de faire appel à Natalie pour l'identification du corps.

— Pourquoi ? » ai-je lâché involontairement. Tous les regards se sont braqués sur moi. Je me suis humecté les lèvres. « Pour autant que je sache, ces dernières années, Kurt a plus vu Anton qu'elle.

— C'est vrai, a renchéri Grete. Et Anton s'étant fait enlever un testicule, ils auraient pu l'identifier là-dessus. »

Cette fois, c'est elle que tout le monde a dévisagée.

« Vous ne le saviez pas ? » Elle a feint la surprise. « Anton avait un cancer. »

Toute la journée, je me suis demandé comment Natalie prenait la nouvelle. Certes, je lui avais promis de ne pas essayer de la joindre, mais un décès dans la famille n'annulait-il pas une telle promesse ? Peut-être espérait-elle que je la contacterais ? Enfin, c'était surtout moi qui espérais qu'elle espérait, mais pouvais-je concevoir de ne plus *jamais* lui parler ? Dans le cas contraire, n'était-ce pas le moment ?

Sur le coup de 13 heures, Vera Martinsen m'a téléphoné.

« J'ai eu le labo qui m'a confirmé que l'échantillon d'urine était préférable, mais c'est faisable. Ils voulaient savoir si je souhaitais une analyse chromatographique ou si un simple test de dépistage immunologique suffisait.

— Quelle est la différence ?

— Le test de dépistage est plus simple et plus rapide si tu cherches une substance définie.

— C'est le cas. » Je lui ai précisé laquelle.

« D'accord, mais avant de te rendre ce service, je voudrais m'assurer que ça ne me retombera pas dessus, Roy.

— Je te le promets. Ça n'a rien à voir avec les histoires d'Olsen.

— Alors je te fais confiance.

— Fais-moi confiance », ai-je conclu, en espérant que ma conviction transparaissait dans mon ton.

Les clients se succédaient en flux régulier et chaque fois que j'entendais un SUV arriver aux pompes, je jetais un coup d'œil, m'attendant plus ou moins à ce que ce soit Kurt. Mais il n'est pas venu. Pas avant 17 heures. L'inimitable bruit d'un Land Rover m'est parvenu. Kurt est descendu et a disparu derrière la boutique. Puis il a reparu et s'est dirigé vers l'entrée, les jambes plus arquées que jamais, le pas lent. Il s'est posté devant le comptoir, les pouces sur sa boucle de ceinture, à la manière du shérif que je suis sûr qu'il était persuadé d'être.

« On ne peut pas continuer de se voir comme ça, Roy. »

Il avait dû préparer cette réplique depuis longtemps.

« J'ai un certain nombre de questions, ici ou au… »

Il a hésité.

« Au poste, ai-je complété. Ici, ça ira. »

Il a souri furtivement.

« Je suppose que tu as su qu'Anton Moe avait été retrouvé mort. »

J'ai acquiescé. Voyant qu'il attendait que je m'exprime sur la situation, j'ai gardé le silence.

Il a changé d'appui sur ses jambes.

« Vu le contexte, j'aimerais savoir où tu étais samedi matin à 10 h 30. »

Alors que nous nous scrutions sans un mot, une chasse d'eau a retenti, puis la porte des chiottes du personnel s'est ouverte.

« Egil ! » ai-je crié.

Il nous a rejoints à petits pas traînants.

« Egil, j'étais où à 10 h 30, samedi matin ? »

Son regard a coulé de moi à Kurt avant de revenir sur moi. Il s'est gratté l'oreille.

« Ben, t'étais ici, non ?

— Le garde champêtre territorial voudrait une réponse catégorique.

— Qui ?

— Kurt.

— Ah oui. Voyons voir… Samedi matin. T'étais ici. Tu te souviens pas ? Tu étais dans le bureau, tu essayais de relever l'erreur dans les comptes. »

J'aurais voulu l'interrompre à ce moment-là, mais je n'ai pas été assez rapide.

« Tu avais verrouillé la porte en disant que tu ne voulais pas être dérangé. »

Egil était manifestement content d'avoir pu apporter ces détails inutiles. J'ai juré intérieurement.

« Et tu ne l'as pas dérangé ? a vérifié Kurt.

— J'ai essayé, parce que l'afficheur d'une des pompes faisait la grève, mais il n'a pas répondu, alors je m'en suis occupé moi-même. »

Kurt a haussé un sourcil. J'ai montré mes oreilles.

« C'est mes AirPods. J. J. Cale et la compta, c'est l'harmonie parfaite. »

Il a hoché la tête.

« Je peux voir le bureau ?

— Si tu veux. »

J'ai essayé d'afficher un air indifférent.

Kurt m'a adressé un petit sourire et, de nouveau, j'ai eu le sentiment qu'il détenait des informations, un putain d'atout dans sa manche.

« Je veux », a-t-il déclaré.

J'ai avancé sur mes béquilles dans la pièce exiguë et je me suis interposé entre lui et la porte arrière tout en désignant le bureau qui croulait sous les papiers.

« J'ai de la paperasse en retard, tu vois. »

Kurt s'en contrefoutait, son attention se situait derrière mon épaule.

« Où mène cette porte ?

— Celle-ci ?

— C'est la seule qu'il y ait, non ? »

Il a glissé son bras à côté du mien, m'obligeant plus ou moins à me déplacer, et a ouvert la porte.

« Voyez-vous ça ! Ta voiture est garée ici. » Son ton semblait enchanté. « On va prendre l'air, toi et moi, Roy ? »

J'ai posé doucement mes béquilles sur l'asphalte mouillé.

Le pasteur, qui sortait de la halle de lavage dans sa voiture, est parti sans nous voir.

Réjoui, Kurt s'est balancé sur ses santiags en peau de serpent en allumant une cigarette.

« C'est pas terrible, comme alibi, dis donc… Ça pourrait même se retourner contre toi. À ton avis, comment réagira le jury quand le procureur demandera à Egil si, au cours de toutes ces années, tu t'es souvent enfermé dans cette pièce sans lui apporter l'aide qu'il sollicitait, et qu'il répondra que ce n'est arrivé qu'une seule fois ? Le jour où Anton Moe a été tué.

— Tué ? » J'ai étouffé un bâillement. « Je croyais que son fourgon lui était tombé dessus.

— C'est que certains croient, en effet. » Kurt a aspiré une bouffée de tabac en donnant un léger coup de pied dans les pneus de ma Volvo. « Et moi aussi, j'y ai cru au début, jusqu'à ce que je parle avec son voisin, qui m'a expliqué que le dernier signe de vie de la ferme était un coup de feu samedi matin, à 10 h 30. S'il était en mesure de me donner un horaire si précis, c'est qu'il écoutait la radio et que la détonation a troublé l'introduction de l'épisode du jour de, tu sais, cette série sur les rois de Norvège.

— Désolé, mais celle-là, je pense que je l'ai loupée.

— Alors je me suis interrogé sur quoi on tirait un samedi à 10 h 30 du matin.

— Des chevreuils ?

— C'est ce que pensait le voisin aussi. Après tout la chasse est ouverte, et apparemment, ils viennent souvent paître sur ces terres, surtout au lever du jour. Le voisin m'a raconté qu'il en avait abattu un depuis la fenêtre de sa cuisine il y a quatre ans.

— Mystère résolu.

— Pas tout à fait. » Kurt a tiré une autre bouffée. « Le brouillard était épais samedi matin. On ne voyait rien. Et je sais ce que tu vas m'objecter, les chevreuils ont pu s'approcher de la maison, mais pour voir un animal à ce moment-là, il fallait qu'il soit à cinq mètres maximum. À cette distance, tu ne rates pas ton coup. Or nous n'avons pas de cadavre.

— Peut-être que ce n'était pas un coup de feu, mais un quelconque claquement. »

Kurt a secoué la tête.

« Il y avait une Remington sur le mur du fond de la grange. J'ai vérifié. Quand une balle a été tirée, l'odeur subsiste pendant au moins une semaine. Cela ne fait pas l'ombre d'un doute, la carabine a été utilisée récemment, dis donc. » Il s'est balancé d'avant en arrière en cassant légèrement les genoux, il avait l'air de boire du petit-lait. « Dans ces cas-là, on s'interroge. Pourquoi a-t-il tiré ? C'était pour se défendre ? Contre quelqu'un qui aurait représenté un danger pour lui, par exemple ? »

J'ai consulté ma montre.

« On pourrait accélérer la cadence, Kurt ? »

Il a ri. « Si tu veux. Mais on va peut-être aller quelque part où on sera sûrs de ne pas être dérangés, non ?

— Pourquoi ?

— Tu vas comprendre. »

J'ai désigné l'atelier.

« Bien. »

Il a écrasé son mégot sous sa semelle.

Entrant le premier, j'ai appuyé mes béquilles contre le mur, à côté du vélo, puis j'ai avancé une chaise pour Kurt et je me suis assis sur l'autre. Il est resté debout devant le vélo.

« Elle a cassé ? a-t-il demandé en pointant sa santiag sur l'emplacement vide de la chaîne.

— J'en ai eu besoin pour autre chose.

— Ah oui, j'ai vu qu'on pouvait s'en servir pour fabriquer des clefs multiprises.

— C'est ça. »

J'ai frissonné. Sans doute parce que l'arme du crime, du moins ce qu'il en restait, se trouvait dans la pelle de tracteur, moins d'un mètre au-dessus de sa tête. Ou parce que je songeais que ce qu'il cherchait en réalité, à savoir le corps de son père, avait été dissous dans cette même pelle. Ou bien c'était simplement le froid humide de l'atelier.

« La peste ou le choléra. » Restant debout, Kurt a promené son regard, comme pour avoir une vue d'ensemble avant de s'asseoir. « Pas facile de choisir, hein, Roy ? »

Il s'est laissé tomber sur la chaise, les bras croisés, un grand sourire aux lèvres.

« Si. Le choléra.

— Ah bon ?

— C'est moins mortel que les formes de peste les plus répandues.

— Soit. Dans ce cas, ceci est la peste. »

Il a plongé la main dans sa poche avant de l'ouvrir devant moi, révélant un objet en métal.

« Tu reconnais ?

— Je devrais ?

— Cette balle était logée dans ta jambe.

— Eh ben ! Comment tu l'as dénichée ? »

Le prenant entre son pouce et son index, il a examiné le projectile sanglant.

« Quand le voisin de Moe a parlé de détonation, je me suis rappelé que tu prétendais avoir été victime d'un accident de tir chez toi. Et un ou deux autres souvenirs me sont revenus par la même occasion. Par exemple la fois où tu avais déboulé en accusant Moe d'avoir agressé sexuellement sa fille. »

Moi aussi, je m'en souvenais. L'endroit où j'avais « déboulé » était le solarium de Grete, et pendant que j'exposais mes soupçons à Kurt, rien d'autre n'était venu de son lit de bronzage que les volutes de fumée de cigarette. Il avait balayé toute l'histoire d'un geste.

« Juste après, Moe avait des plaies au visage et toi, la main blessée. Deux et deux font quatre, Roy. Tu crois que je ne sais pas compter ? »

J'étais tenté de répondre, mais je m'en suis abstenu.

« Alors ce matin, j'ai appelé Stanley. Je l'ai informé que nous considérions être en présence d'une affaire criminelle et qu'il y avait risque de récidive. Il avait donc obligation de lever le secret médical. Je l'ai sommé de fouiller dans sa poubelle. Et ta da ! »

Magnanime, je n'ai pas commenté ses maniérismes théâtraux.

« Qu'est-ce que tu entends par risque de récidive ?

— Tu ne regardes pas la télé, Roy ? C'est toujours le danger avec les tueurs en série comme toi. » Kurt a refermé son poing sur le projectile. « Et toi et moi, nous savons que si j'envoie le tout à Kripos, l'analyse balistique montrera que la balle de ta jambe provenait de la carabine de Moe. Ce qui te situe sur la scène de crime à peu près à l'heure de la mort de Moe et pourrait apporter un éclairage sur un ou deux aspects.

— Comme quoi ?

— Comme les blessures au visage de Moe qui, selon moi, ne correspondent pas tout à fait à cette histoire de tambour de frein, et la présence d'entailles fraîches dans le plancher comme si quelqu'un avait raclé du bois au couteau ou au rabot. Tu crois avoir été malin, Roy, mais au fond, les événements ne sont pas particulièrement difficiles à reconstituer. Tu es allé chez Moe et tu l'as attaqué. Quand il a essayé de se défendre à l'aide de sa carabine, il a seulement réussi à t'atteindre à la jambe et tu l'as frappé à mort, manifestement pas à mains nues, cette fois, puisque tes mains ont l'air intactes. Le sang de Moe et le tien, tu les as enlevés en rabotant le plancher, et tu as maquillé la scène de crime pour faire croire à un accident. Je chauffe ? Tu n'as pas besoin de répondre, Roy, c'est une question… comment tu disais, déjà ? Rhétorique ? »

Il a rouvert son poing.

« Cette balle signifie vingt ans de prison pour toi, Roy. Et c'est pour ça que c'est la peste. Mais après, tu as le choléra. »

Il m'a scruté jusqu'à ce que je fasse ce qu'il souhaitait en lui demandant ce qu'était le choléra.

« C'est que tu avoues avoir tué mon père, l'avoir poussé dans le précipice, avant de mettre sur l'eau une barque vide, dans laquelle tu avais placé ses santiags pour faire croire qu'il n'était qu'un pauvre suicidé. D'accord ? »

Il m'a observé pour s'assurer que je comprenais.

J'ai toussoté.

« Ça paraît assez similaire.

— N'est-ce pas ? Les crimes maquillés en accidents, c'est ton… »

Il cherchait les mots.

« Modus operandi », ai-je proposé.

Il a secoué la tête.

« Ta méthode.

— D'accord. Mais ce que je voulais dire, c'est que ta peste et ton choléra me paraissent plus ou moins équivalents.

— Non, non, non. Pour commencer, tu étais très jeune quand tu as tué mon père, c'est une circonstance atténuante, ensuite il y a réduction de peine parce que le meurtre remonte à loin. Tu prendras cinq ans maximum.

— Et toi, tu auras… quoi ? »

La température du regard de Kurt a chuté.

« Le nom de mon père sera lavé. »

J'ai hoché la tête.

« Alors qu'est-ce que tu suggères ?

— Un marché. Tu avoues le meurtre de mon père et je balance cette balle dans le lac. »

Mon hochement a ralenti jusqu'à ce que ma tête ne remue qu'à peine.

« Donc Natalie Moe n'apprendra jamais qui a tué son père parce que tu estimes plus important de restaurer l'honneur de ta famille ou un truc dans ce goût-là ? »

Cette fois, j'ai physiquement ressenti le froid du regard de Kurt.

« Tu n'auras pas de meilleure offre, Roy. Eh bien ? »

Je me suis frotté le menton. Depuis que Natalie s'était plainte de ma barbe de cinq jours qui lui écorchait la peau, je m'étais rasé tous les jours. Jusqu'à samedi. Et à présent, la repousse me démangeait.

« Je sais que tu voudrais bien être un as de la négociation, Kurt, comme pour le camping, mais tu n'y arrives pas franchement.

— Ah bon, a-t-il répondu d'une voix éteinte.

— Le meilleur moyen de réussir une transaction est de faire en sorte que toutes les parties soient dans le même bateau.

— C'est le cas. Tu as une peine réduite et je rétablis la vérité sur mon père.

— Écoute, Kurt. Admettons, de façon tout à fait théorique, que tu aies raison sur le fait que j'ai commis ces deux meurtres. Dès que j'aurai avoué celui de ton père, tu n'auras plus aucune raison de jeter cette balle et je serai condamné pour les deux. Inversement, si c'est toi qui jettes la balle en premier, je n'aurai plus de raison d'avouer, et tu te retrouveras avec deux affaires de meurtre que tu ne pourras plus résoudre. Ce que tu dois faire ici, c'est créer un équilibre de la terreur, une situation où la chute de l'un est aussi celle de l'autre. Mais clairement, ça requiert une certaine capacité intellectuelle que... »

Cette fois, je l'ai vu venir, mais je suis resté passif. Kurt ne m'a pas frappé, mais s'est jeté sur moi. Il a attrapé mon bras et mon poignet, a tordu jusqu'à ce que la douleur me mette à genoux et me courbe vers le sol alors que, derrière moi, il me sifflait à l'oreille : « Je ne prends pas de leçon d'un putain de bouseux qui a un pistolet à essence dans une main et l'arme d'un crime dans l'autre, compris ?

— Compris, ai-je gémi, par le coin de ma bouche qui n'était pas plaqué sur le béton froid du sol.

— Alors, tu décides quoi ?

— La peste.

— Hein ?

— La peste ! Et au fait, tu es en train de tabasser un homme en arrêt maladie. »

Il m'a lâché, je me suis relevé.

« Donc tu préfères être condamné pour le meurtre de Moe ? »

Kurt a rajusté son blouson en jean comme si c'était un blazer hors de prix.

« En tout cas, je ne vais pas avouer ce que je n'ai pas fait.

— Comme tu voudras. Tu vas le regretter, Roy, parce que je vais trouver des preuves que tu as tué mon père aussi.

— Dans ce cas, tu auras obtenu ce que tu veux. » J'ai épousseté des saletés de ma joue. « Et au fait, c'est hors sujet, mais tu m'as impressionné là, ta formulation sur le pistolet à essence dans une main et l'arme d'un crime dans l'autre. Quelle finesse. »

Il m'a fusillé du regard une dernière fois avant de tourner les talons. Ses pas ont généré l'écho concis de la colère dans l'atelier, puis la porte a claqué derrière lui, et je me suis affalé sur ma chaise.

J'ai sorti mon téléphone et tapé un message.

Toutes mes condoléances.

Je l'ai effacé, c'était trop froid, même pour Roy le Terrible. Ce que j'ai écrit à la place ne valait pas tellement mieux.

Je viens d'apprendre la nouvelle pour ton père. Appelle-moi si tu veux parler.

Mais si elle m'appelait, que faire ? Avouer que mon intention avait été de blesser son père parce que j'étais persuadé qu'il l'avait violée quand elle était complètement vulnérable ? À quoi bon ? Je pouvais seulement lui offrir d'être là pour elle si elle avait besoin de moi, non ? Charge à elle ensuite de ne pas me répondre si elle haïssait désormais tout ce qui portait le nom d'Opgard.

J'ai appuyé sur « envoyer ».

32

Mon cerveau avait besoin d'un répit.

Je me suis donc concentré sur les tâches pratiques, le travail routinier à la station-service, charger mon comptable de Notodden de rédiger les documents de conversion de mon entreprise individuelle en société en nom collectif pour entériner la propriété à trois du Chute Libre. J'avais transféré cinquante millions de couronnes de mon prêt à la société Hôtel-Spa d'Os et, détenant trente-six pour cent des parts, j'en étais désormais le plus gros actionnaire. Carl avait proposé de convoquer une assemblée générale pour m'élire au conseil d'administration, mais j'avais répondu que ce n'était pas nécessaire, je n'allais garder les actions que pendant six mois et, de toute façon, j'aurais alors dû suivre les décisions du conseil, qui obéissait toujours aux moindres desiderata de Carl.

Ces distractions parvenaient peut-être à détourner temporairement mes pensées de Natalie et des bombes qui menaçaient d'exploser autour de moi, mais elles n'éliminaient pas mes douleurs à la jambe. Malgré de solides doses de somnifères, je ne dormais pas.

J'ai décidé de tester l'un des comprimés vert olive de Carl. Et cette nuit-là, j'ai dormi comme une souche.

Je savais bien sûr que ce type d'automédication n'était pas recommandé et que je risquais de devenir dépendant, mais ces cachets fonctionnaient trop bien.

Au bout de trois jours, j'ai néanmoins décidé d'arrêter. N'étant toujours pas endormi à 4 heures du matin, je suis finalement descendu en prendre un, en me promettant que c'était le dernier. Mon souvenir suivant est que Carl me secouait dans mon lit.

« Ils ont appelé de la station-service et se demandent ce que tu es devenu », a-t-il articulé si fort que j'en ai déduit qu'il s'efforçait de me réanimer depuis un bout de temps.

J'ai pris mon téléphone sur la table de chevet. Six appels en absence d'Egil, un de Vera.

« Qu'est-ce que tu leur as dit ? »

Me tenant sur une jambe, j'enfilais mon pantalon.

« Que tu étais en arrêt maladie, mais Egil n'était pas au courant.

— Il n'a trouvé personne pour me remplacer à la dernière minute. » J'ai tenté de poser les deux pieds sur le sol. « D'ailleurs, ma jambe va beaucoup mieux. »

Il pleuvait, de ces trombes régulières que nous recevons quand tout n'est pas tombé sur le Vestlandet. Je me suis mis au volant. Bien qu'ayant toujours du coton dans la tête, j'ai rappelé Vera.

« Toi alors, t'es une sacrée enflure ! s'est-elle écriée avant que j'aie le temps de la saluer.

— Eh ! Pourquoi ?

— Tu m'avais promis que ça ne me retomberait pas dessus. Et maintenant j'apprends qu'une analyse balistique est en cours et qu'il s'agit d'une balle extraite de ta jambe, dans le cadre d'une potentielle affaire de meurtre. Tu imagines les problèmes que je pourrais rencontrer si on apprend que je t'aide ?

— Oh, merde ! C'est cette histoire... Quand je t'ai parlé

l'autre jour, j'étais loin de me douter que Kurt bloquerait sur un accident domestique que j'ai eu en nettoyant notre carabine.

— Quel accident domestique?

— Eh bien, j'avais astiqué la carabine et j'ai voulu contrôler qu'on pouvait toujours baisser la queue de détente, j'avais oublié qu'il y avait une balle dans le magasin.

— Et elle t'a touché à la jambe?

— J'étais allongé sur le canapé, les jambes surélevées.»

Un lourd silence a suivi. J'ai essayé de déterminer si elle gobait mon histoire. En fin de compte, elle s'est éclairci la voix.

«J'ai obtenu une réponse du labo.

— Super! Ils ont trouvé quelque chose?

— Pas d'alcool, mais du flunitrazépam, plus connu sous le nom de Rohypnol ou simplement *rup*. Je ne sais pas si tu en as déjà entendu parler?»

J'avais du mal à sortir du coaltar.

«Si, mais je croyais que c'était un truc de toxico?

— En tout cas, ça ne se vend plus en pharmacie depuis belle lurette. Le Rohypnol est devenu une drogue de rue au même titre que les amphétamines ou l'héroïne. Tu es sûr qu'elle n'est pas toxicomane?

— Et toi, tu es sûre que c'est une *elle* et pas un *il*?

— Ces analyses sanguines fournissent de nombreux renseignements, tu sais.

— Je croyais que tu avais demandé un simple dépistage?

— Il arrive qu'on obtienne plus d'informations qu'on n'en demande, Roy.

— Comment ça?

— J'ai su par Gilliani que tu avais acheté des billets pour un voyage en galante compagnie, et c'est curieux, mais ça m'a fait un peu mal. Toi et moi, on n'a jamais voyagé.

— Ça te fera un peu moins mal d'apprendre que ce n'était pas mon idée ?

— Un peu. C'est son sang ? Tu cherches à savoir si elle consomme ?

— L'autre jour, tu m'as expliqué que tu ne voulais pas savoir pourquoi j'avais besoin de cette analyse, que tu voulais assurer tes arrières.

— Oui, c'est vrai, je ne veux pas le savoir. On va en rester là.

— D'accord. Merci, Vera. *I owe you.*

— *Love you ?*

— Owe *you.*

— Mais non, tu ne me dois rien.

— Bon, d'accord. »

Nous avons raccroché en riant.

J'ai appelé l'hôtel et on m'a passé la femme avec qui je m'étais entretenu dans la lingerie, elle m'a renseigné sur les procédures de remplissage des minibars.

Cinq minutes plus tard, j'étais à mon poste à la station-service, je remerciais Egil d'être resté trois heures de plus que prévu et je lui annonçais qu'il pouvait prendre l'intégralité de son dimanche, en étant payé. Il a souri, content comme tout, tandis que j'attrapais le téléphone qui vibrait contre ma cuisse. J'ai lu le nom sur l'écran. Le chaud et le froid se sont succédé en moi.

« Salut. »

Je me suis dirigé vers le bureau.

« Salut, a répondu Natalie. L'enterrement est aujourd'hui.

— Je sais.

— Tu pourrais m'accompagner ? »

Le pasteur a prononcé les paroles de bienvenue en y mettant toute la sacralité que le permettait l'air du temps.

J'avais pu faire un saut à la maison pour revêtir mon costume noir, mais je n'avais pas eu le temps de repasser ma chemise, enfin bon, je n'avais pas l'air de ne pas être à ma place du tout. Pourtant, c'était précisément ce que j'étais, à assister ainsi à l'enterrement de l'homme que j'avais moi-même expédié dans son cercueil. Natalie m'avait attendu devant la chapelle et nous étions convenus que je ne m'assiérais pas au premier rang avec elle et le peu de famille restante, mais juste derrière.

Pendant que le pasteur récitait la première prière, j'ai eu le loisir d'examiner l'assistance. On ne peut pas dire que le Tout-Os était venu, les endeuillés avaient été plus nombreux aux obsèques de Willumsen, par exemple, et à l'enterrement de l'ancien lensmann aussi, bien qu'il n'y ait rien eu à enterrer, mais il y avait plus de monde que pour papa et maman, et bien davantage qu'à la célébration à la mémoire de Shannon, qui en fin de compte n'était qu'une nouvelle venue dans le bourg. Non, je n'étais sans doute pas à ma place, mais d'une certaine façon, c'était pour moi une tradition : à part le chasseur de dettes, j'avais assisté aux obsèques de toutes les personnes que Carl et moi avions envoyées six pieds sous terre.

L'ancien maire Jo Aas était là, Grete Smitt, Kurt Olsen. J'ai vu Julie.

Le pasteur a annoncé que le frère du défunt voulait prononcer quelques mots. Un homme maigre s'est levé au premier rang et a avancé vers l'ambon. Il a lu son discours bref et dépourvu de tout sentimentalisme sur une feuille qui tremblait tellement que le micro en capturait le bruit. En substance, il a rapporté qu'Anton Moe avait été un type honnête, discret, travailleur, dont le seul désir était de pourvoir aux besoins de sa famille et d'apporter sa contribution à la communauté locale. Apparemment, il avait été plus drôle que la plupart des gens n'en avaient conscience, comme l'illustrait l'anecdote suivante : son frère lui ayant volé son sandwich, Anton l'avait frappé derrière la tête à l'aide d'une tapette souple pour tapis en l'avertissant que s'il avait pris celui au jambon, il se serait servi d'une bûche de bois. L'assistance a poliment ri. Je ne sais pas pourquoi cette anecdote maladroite m'a touché, peut-être parce qu'elle était transmise par son frère, ou parce que c'était un témoignage d'amour, de tendresse fraternelle, dont je me souvenais moi aussi, à une autre époque, dans un autre temps. Quand il s'agissait de mon petit frère, sur lequel j'avais été chargé de veiller, mais que je n'avais pas réussi à protéger de papa. Mon petit frère que j'avais aimé si fort et, croyais-je, inconditionnellement, jusqu'au jour où j'ai compris qu'il y avait toujours des conditions.

Je l'ai compris la première fois quand je me suis aperçu qu'il tapait régulièrement sur Shannon.

La deuxième, quand il m'a volé ma part de nos terres en contrefaisant ma signature.

Ensuite, j'ai évolué de tueur tout court à tueur planifiant un fratricide.

Mais comme le dit le proverbe, l'homme propose, Dieu dispose.

Le jour où nous avions prévu d'exécuter notre plan, Carl a confronté Shannon au fait qu'il ne pouvait en aucun cas être le père de l'enfant qu'elle portait, ils se sont disputés et il l'a tuée à coups de fer à repasser.

Puis s'est produit ce que je n'ai toujours pas entièrement compris.

Comme d'habitude en situation de crise, Carl a sollicité l'aide de son grand frère, il ne savait pas que j'étais impliqué. Pourquoi je n'ai pas refusé de l'aider cette fois-là, je l'ignore. C'est contre-nature. Enfin, peut-être pas. C'est peut-être aussi simple que ce qu'affirmait papa : les liens du sang sont plus fort que tout. En tout cas quand on a perdu tout le reste. La solidarité en toute circonstance est peut-être la bénédiction de la famille, mais putain, c'est aussi une malédiction. Toujours est-il que j'ai aidé Carl pour ce qui alors déjà était devenu ma spécialité : maquiller des meurtres en suicides et en accidents. M'est-il arrivé de regretter de l'avoir sauvé ? C'est comme demander à quelqu'un s'il regrette d'avoir riposté la première fois qu'il s'est pris un coup de poing. Je n'avais pas le choix, c'était programmé d'avance. En dernière analyse, je n'aurais peut-être pas réussi à tuer Carl ce jour-là, car même quand j'avais trafiqué les freins de la voiture de papa, c'était par loyauté. Loyauté envers mon petit frère qui me suppliait d'empêcher papa de continuer et loyauté envers papa qui, lui aussi, m'avait prié de l'arrêter en sortant la carabine pour que je le tue.

La situation pouvait-elle être différente cette fois-ci ? Pouvais-je placer quelqu'un d'autre devant ma famille et moi-même ?

J'ai entendu le bruissement de vêtements, la lumière s'est obscurcie autour de moi. Le pasteur était lancé dans la lecture de la Bible. Je me suis levé, moi aussi. Peu après, les cloches se sont mises à sonner et le cercueil a été porté dehors, sous la pluie.

« Merci d'être venu. »

Natalie s'est glissée à côté de moi en ressortant du cimetière après la mise en terre. J'ai changé mon parapluie de main pour l'abriter elle aussi.

« C'est la moindre des choses. Comment tu vas ? »

Elle a serré ses bras autour de son corps et elle a frissonné malgré son manteau.

« Pas terrible. Je suis en congé maladie.

— Ce n'est pas très étonnant quand tu as perdu…

— Pas à cause de mon père. C'est ce qui est arrivé à la fête du personnel.

— Ah oui ? » J'ai vu Kurt et Rita embarquer dans le Land

Rover et partir. « Tu m'as clairement signifié que tu ne voulais pas me raconter et c'est bien, mais je continue de m'interroger sur ce qui s'est passé.

— Moi aussi.

— Toi aussi ?

— Je ne me souviens de rien, Roy. Ou presque rien.

— C'est l'effet du Rohypnol, non ?

— Quoi ?

— Tu avais du flunitrazépam dans le sang. »

Elle s'est arrêtée, m'a dévisagé.

« Comment sais... ? »

Elle a été interrompue par deux personnes venues lui présenter leurs condoléances. J'ai continué vers le parking. Puis elle m'a rattrapé.

« Je me doutais que c'était ça.

— Oui ?

— Ça nous arrivait de mettre la main sur du *rup* à Notodden, donc j'ai reconnu les effets secondaires. Comme le black-out. En tout cas, je n'avais rien apporté à cette soirée, alors j'ai dû en acheter sur place ou bien on m'en a donné.

— Ou alors quelqu'un en a mis dans ton verre d'eau. »

Elle a souri.

« On n'est pas à Oslo, Roy. Personne ne trafique les verres à Os.

— Si. L'autre soir, quelqu'un l'a fait.

— Qui ? »

Je lui ai ouvert la portière de ma voiture, elle s'est assise, je me suis installé au volant. L'eau coulait comme des larmes sur le pare-brise alors que nous voyions les dernières personnes ayant assisté aux obsèques regagner leurs voitures.

« Qui ça ? a-t-elle répété.

— Carl. »

Elle m'a dévisagé, l'air incrédule.

« Vous avez eu un rapport sexuel. Tu t'en souviens ? »

Elle a secoué lentement la tête sans me lâcher des yeux.

« C'est sans doute pour ça qu'on appelle ça les cachets *forget-me.*

— En revanche, j'ai su en me réveillant que j'avais eu un rapport sexuel à la soirée. J'avais des taches de sang et de sperme dans ma culotte. Pardon pour les détails.

— Oui, j'imagine, parce que tu as aussi saigné sur le drap de la suite nuptiale. C'est là que j'ai prélevé le sang qui a été analysé.

— Mais comment sais-tu que c'était Carl ?

— Il me l'a dit.

— Il te l'a dit ?

— En omettant qu'il avait ajouté un truc dans ton verre. Il a prétendu que vous étiez tous les deux ivres quand vous avez échoué dans la suite nuptiale.

— Comment peux-tu être sûr que ce n'est pas ce qui s'est passé ? J'aurais pu prendre de la drogue. Il n'aurait pas forcément pu faire la différence et déterminer si mon état était dû à l'alcool ou à la drogue.

— Peut-être, mais en tout cas il a menti sur le fait que tu avais vidé le minibar après. C'était probablement censé expliquer pourquoi il a fallu t'aider à sortir du taxi ensuite. Toujours est-il qu'il n'y avait aucune trace d'alcool dans ton sang…

— J'ai peut-être commencé à boire les bouteilles du minibar après qu'on avait couché ensemble.

— Non. J'ai vérifié auprès de l'hôtel. Le minibar de la suite n'a pas été ravitaillé samedi ou dimanche, parce que aucune bouteille n'avait été bue. »

Natalie a soufflé, embuant le pare-brise.

« Bon, d'accord, il a menti sur le fait que j'avais bu. Ça ne signifie pas pour autant qu'il ait menti sur le reste. Où se serait-il procuré du Rohypnol ? C'est à peine si on en trouve encore dans la rue. »

J'ai sorti de ma poche un comprimé vert olive.

« Tu en as.

— Pas moi, Carl. Il s'en est procuré il y a huit ans. Comme anxiolytique et somnifère.

— Ce truc-là, ce n'est pas un médecin qui lui a donné. Ça fait une éternité que le Rohypnol n'est plus prescrit.

— Il ne voulait pas voir de médecin.

— Pourquoi ? »

Qu'étais-je censé répondre ? Qu'un homme qui vient de tuer sa femme cherche plutôt à éviter de semer le germe du soupçon chez son médecin en lui expliquant qu'il n'arrive pas à dormir et qu'il est angoissé ? Et qu'il préfère donc acheter ce dont il a besoin par un intermédiaire à Oslo ?

« Laisse tomber, a-t-elle déclaré. Je comprends. C'était lui. C'était Carl.

— Je pense que tu ne viens pas de le comprendre à l'instant, tu l'avais déjà compris quand tu m'as parlé le lendemain matin. »

Elle n'a pas relevé.

Elle a cligné rapidement des yeux, comme si je venais de taper dans mes mains juste devant son visage.

« Je me souviens qu'il était éméché et me dragouillait au bar après le dîner et je trouvais ça gênant.

— Parce que c'est ton patron ?

— Parce que c'est ton frère, banane ! Quand j'ai vu le sperme dans ma culotte, j'ai procédé par élimination et la seule personne possible, c'était lui.

— C'est pour ça que tu as décidé que tu ne pouvais pas me revoir ? Tu pensais avoir pris de la drogue et couché avec mon frère de ton plein gré ?

— Je ne sais pas quelle image tu as de moi, mais ce n'aurait pas été la première fois qu'un truc pareil se serait produit. Le frère en moins, et puis ç'aurait aussi été la première fois que je couchais avec quelqu'un d'autre quand j'étais dans une relation.

— Oui, parce qu'on en avait une ? De relation ?

— Tu n'es pas de cet avis ?

— Je ne connais pas les codes, mais pour moi, c'était le cas, oui.

— Bien. Pour moi aussi. »

Nous nous sommes observés. Longuement. Je savais que si j'essayais de l'embrasser à cet instant, elle m'arrêterait. Premièrement, parce que son père venait d'être enterré et que nous avions sa tombe sous les yeux. Deuxièmement, parce que ça faisait moins d'une semaine qu'elle avait eu en elle le sperme de mon frère. Troisièmement, parce que tout cela faisait déjà trop d'informations à digérer. Il n'y avait que moi qui étais taré au point d'avoir envie qu'on se roule des pelles maintenant. Non ? Si, absolument.

Elle a repris la parole.

« Qu'est-ce que tu me suggères de faire ?

— Tu en penses quoi, toi ?

— Ou bien je porte plainte contre ton frère à la police, ou bien je cherche un boulot ailleurs, quelque part où je suis sûre de ne jamais le croiser.

— OK. »

Elle a gémi.

« Comment ça "OK" ?

— C'est toi qui décides.

— Mais bon sang, Roy, toute cette histoire, c'est toi qui viens de me l'exposer, c'est toi qui disposes de toutes les infos !

— Et maintenant je te les ai transmises. » J'ai respiré à fond deux fois. « Tu as l'intention de laisser un violeur te chasser de ton bourg et te dérober la vie que tu souhaites avoir ? »

Elle a regardé pensivement droit devant elle. Il pleuvait beaucoup à présent.

« Si je porte plainte, tu m'aideras ? »

J'ai serré les doigts autour du volant.

« J'aurais bien voulu, Natalie, mais si tu portes plainte auprès de Kurt Olsen, la meilleure aide que je puisse t'apporter est de me tenir à l'écart.

— Je comprends, a-t-elle répondu furtivement. Il en a après toi. Très bien.

— Tu as toute l'info que je me suis procurée. Présente-la comme si ça venait de toi et laisse-le vérifier. Le sang, les cachets, le minibar, tout. »

Acquiesçant d'un hochement de tête, elle a saisi la poignée de porte avant d'interrompre son geste.

« Pourquoi ?

— Pourquoi quoi ?

— Pourquoi tu jettes ton frère en pâture ? C'est tout de même…

— Tout de même ma seule famille, ai-je complété. Eh bien…

— Eh bien ?

— Certains arbres généalogiques répandent la maladie. Celui-ci, ça fait longtemps qu'on aurait dû l'abattre. »

Elle m'a lancé un regard qui ressemblait à un frisson. Puis elle est sortie de la voiture et a disparu sous la pluie. Mes paroles sont restées en suspens dans l'habitacle, comme un écho. J'ai moi-même frissonné.

33

Les premiers dessins de Glen Moore et de Rocky Mountain Constructions sont arrivés. Il ne s'agissait en fait que des originaux de Shannon modifiés selon le nouveau cahier des charges, et pourtant c'était si beau, si excitant, que je ne pouvais m'en détacher.

Moore écrivait que cette femme était un génie des maths, car ceci n'était pas de la physique que l'on apprenait en école d'architecture et cependant toutes les dimensions étaient correctes. Il m'envoyait aussi un échéancier, un plan de paiement et une ébauche de contrat élaborés sur la base du travail effectué par RMC en Pologne. Au premier abord, tout cela avait l'air raisonnable, mais les avocats auxquels faisait appel l'hôtel m'avaient fait promettre d'examiner soigneusement toutes les clauses contractuelles. Je ne voyais aucun problème potentiellement rédhibitoire, mais nous allions vouloir négocier certaines réserves et en introduire d'autres.

Détourné du creusement du tunnel de Todde, le débat sur la nationale se concentrait désormais sur les autres tracés possibles, mais tous, qu'ils soient réalisables ou pas, impliquaient de conserver et d'améliorer le tronçon d'Os.

Natalie m'a téléphoné pour m'inviter à dîner.

« Tu es sûre ?

— Non, mais on peut commencer par là.

— Je pensais à la question du dîner. Tu dis que tu ne sais pas cuisiner.

— Je ferai un truc simple.

— Ou alors je pourrais venir t'aider ?

— Parce que tu préférerais un truc compliqué ? »

Après cet appel, je me suis posé la même question, car c'est de ça que ça avait l'air, bordel. Je me suis douché, habillé, coiffé comme pour un premier rendez-vous.

« Tu t'es débarrassé de tes béquilles, a-t-elle commenté en ouvrant la porte.

— Ce n'était pas tout à fait moi. »

C'était extrêmement généreux de sa part de me gratifier de son rire, et j'ai adoré cet effort.

« Non merci, a-t-elle décliné en voyant la bouteille de vin que j'avais apportée.

— Sans alcool », ai-je précisé.

Elle a froncé le nez.

« Ce n'est pas bon, si ?

— Probablement pas, mais j'envisage d'en vendre à la station-service. Tu sais…

— Les clients désespérés qui n'ont pas eu le temps de faire leurs achats au Vinmonopol.

— Précisément. »

Elle est revenue sur le sujet quand nous dégustions ses lasagnes étonnamment réussies et buvions le vin qui, effectivement, était assez imbuvable.

« *Précisément*. Tu es la seule personne d'Os qui emploie ce mot.

— Carl et moi. Ça nous vient de maman. Avant de venir ici, elle avait travaillé comme gouvernante à Oslo.

— Donc c'est pour ça que Carl parle le norvégien de la ville ?

— Non, il s'y est mis pendant ses études à Minneapolis. D'abord c'était soi-disant pour se faire mieux comprendre des autres Norvégiens, qui étaient originaires principalement d'Oslo et des environs, et ensuite, quand Shannon a commencé à apprendre notre langue, parce que le norvégien standard était plus facile pour elle.

— *Bullshit.*

— *Well put, native.* »

Elle a souri.

« Je ne prétends pas faire exception, mais pourquoi on n'est jamais satisfait de ce qu'on est ?

— Hum. C'est une question ?

— Eh bien, si tu as une réponse…

— Permets-moi d'essayer. On n'est pas satisfaits, parce qu'on pense toujours qu'il nous manque quelque chose. Et on imite les personnes qu'on imagine entières, celles qui semblent se suffire à elles-mêmes. On s'habille comme elles, on parle comme elles, on mange comme elles, et on désire et recherche la même chose qu'elles.

— Les modèles. Le désir mimétique.

— Oh ! Tu as lu René Girard.

— Non, mais on avait un prof de marketing qui ne jurait que par lui. Cette histoire de vouloir ce que possèdent les gens que nous admirons, nos modèles. Tu crois que c'était ça ? »

Je voyais parfaitement à quoi elle faisait référence, mais je lui ai demandé malgré tout de préciser sa pensée.

« Carl. Il me désirait parce que j'étais à toi ? »

J'ai songé à Shannon.

« Je ne pense pas que ce soit si simple.

— Pourquoi pas ? Tu es son grand frère. Son modèle.

— Ce serait plutôt l'inverse.

— L'inverse ?

— J'étais peut-être plus âgé, mais c'est lui qui avait ce que moi, je voulais. Il était meilleur que moi à l'école, il avait du charme, il était séduisant, apprécié de tous, il pouvait avoir qui il voulait, et d'ailleurs, il avait qui il voulait.

— Et toi, tu voulais ce qu'il avait ? »

J'ai haussé les épaules.

« Encore aujourd'hui ?

J'ai bu une gorgée de piquette sans alcool.

« L'âge aidant, on a moins l'impression qu'il nous manque ceci ou cela, on se satisfait davantage de ce qu'on est et de ce qu'on a. Alors non, je ne veux pas avoir ce qu'il a.

— Non ? Tu ne veux pas son hôtel ? Sa nouvelle maison ? Tu ne veux pas être le roi d'Os ?

— Et toi ?

— Non ! »

Elle a ri. Et puis, comme si elle se souvenait de quoi nous parlions, elle a retrouvé son sérieux. Les yeux baissés, elle picorait.

« Mais si ton frère a l'habitude d'obtenir qui il veut, pourquoi draguer la fille qui sort avec son frère ?

— Parce qu'il est soûl et que cette fille est la plus attirante de la fête.

— Donc le type qui peut avoir qui il veut doit verser de la drogue dans mon verre d'eau pour baiser ? »

Je n'ai pas répondu.

« C'est toi qui disais que ce n'était pas si simple et maintenant tu essaies de tout simplifier. »

J'ai soupiré en regardant par la fenêtre. Les jours commençaient à raccourcir notablement.

« Je ne sais pas, Natalie. Peut-être qu'il ne sait pas non plus, que c'est une forme de kleptomanie.

— Là, il faudrait que tu m'expliques.

— C'est peut-être une espèce de compulsion. Comme certaines personnes qui deviennent accros au jeu, par exemple, il cherche le frisson à travers un acte qu'il sait pouvoir entraîner non seulement la prison, mais une condamnation sociale totale. »

Natalie n'avait franchement pas l'air convaincue.

« Bon. À propos de prison, tu as… ?

— Je suis allée au poste avant-hier, mais je n'ai pas de nouvelles depuis.

— Tu as parlé avec Kurt Olsen ?

— Oui. Il m'a recommandé d'attendre avant de porter plainte. D'après lui, c'est dans mon intérêt.

— Ah bon ?

— Il m'a expliqué qu'il voulait vérifier que les éléments que je lui fournissais étaient suffisants. Une plainte sans suite pourrait me présenter sous un mauvais jour. C'est évident. Les gens pensent aux femmes qui cherchent à sauver leur réputation en prétendant que c'était un viol ou qui veulent se venger parce que l'homme ne veut plus d'elles. On parle d'autre chose ? J'ai besoin de…

— Volontiers. »

Elle a repoussé légèrement sa chaise de la table. Je la voyais ainsi tout entière. Elle est passée en mode regard. Elle m'a lancé LE regard. J'ai reculé, croisé les bras sur ma poitrine.

« Comment étaient les lasagnes ? s'est-elle enquise en clignant indolemment des yeux.

— Je te l'ai dit… délicieuses.

— Tu ne t'es extasié que deux fois.

— Maintenant ça fait trois, ai-je articulé lentement.

— Ça ne compte pas, j'ai dû te le demander.

— D'accord, alors combien de compliments faut-il ?

— Quatre pour le plat principal, deux pour le dessert.

— Il y a un dessert ?
— Oui. »
Elle s'est levée, a déboutonné sa robe, l'a laissée tomber par terre et a traversé le salon en chaloupant.
« Tu as oublié de mettre des sous-vêtements, lui ai-je lancé.
— Oups ! »
Elle a grimpé à quatre pattes sur le canapé et elle a tourné la tête. Elle m'a scruté, le regard voilé.
J'ai dû m'humecter la bouche pour réussir à parler.
« Très… bon… dessert. »

N'ayant pas de vêtements de rechange et travaillant le lendemain matin, je suis rentré de chez Natalie après minuit. Carl était dans le jardin d'hiver, une bière à la main.
Je l'ai averti depuis la cuisine que je montais me coucher, mais il m'a appelé. Je me suis arrêté sur le pas de la porte.
« Qu'est-ce qu'il y a ?
— Kurt est venu à l'hôtel. » Il gardait les yeux braqués sur la vue. « Cette salope envisage de porter plainte.
— Salope ?
— Natalie Moe. Elle prétend que je l'ai droguée avec du Rohypnol. Comme si j'en avais !
— Tu n'en as pas ? Ce n'est pas ce que tu t'étais procuré à Oslo, à l'époque, contre l'anxiété et l'insomnie ?
— Ça, c'était du Rohypnol ? Ah, peut-être. Mais de toute façon, ces cachets n'auraient plus d'effet aujourd'hui.
— N'en sois pas si sûr. J'ai lu il n'y a pas longtemps que la plupart des comprimés agissent pendant des années après la date de péremption.
— Ah bon ? »
Il m'a observé. De nouveau, j'ai perçu dans ses prunelles une lueur étrangère, qui cependant m'était familière. Et j'ai trouvé :

c'était le regard qu'il lançait parfois à papa à la table du petit déjeuner, vulnérable et dur à la fois.

« J'ai été bête, alors, parce que je les ai jetées il y a longtemps. »

Je me suis contenté d'un hochement de tête, sachant pertinemment que, si j'ouvrais le tiroir, le sachet contenant les comprimés n'y serait plus.

Avec un peu de chance, il ne s'était pas aperçu qu'il en manquait quelques-uns.

« Qu'en pense Kurt ? Tu vas avoir des problèmes ? »

Il a haussé les épaules.

« Kurt veut bien sûr me faire la peau, surtout depuis qu'il n'a pas réussi à te coincer. Mais il reconnaît qu'une analyse de sang attestant la présence de Rohypnol ne prouve rien du tout, à part qu'elle en a pris à un moment ou un autre. Ce qui n'est pas nouveau, elle a une condamnation pour détention de substances prohibées.

— Ah bon ?

— Tu ne le savais pas ? Eh bien, félicite-toi de ne plus rien avoir à faire avec cette meuf, Roy. Non, je ne vais pas avoir de problèmes, cette plainte n'aboutira jamais.

— Tu as raconté à Kurt que tu avais couché avec elle l'autre soir ?

— Ça va pas ! » Il a eu un rire sans joie. « Non que ce soit criminel de la baiser, mais je ne crois pas que je vais compliquer l'affaire en avouant ça, non. Je vais rester sur ce que j'ai expliqué à Kurt, à savoir qu'elle était ivre et que j'ai fait en sorte qu'elle puisse s'allonger dans la suite nuptiale, et puis basta. Le reste, c'est sa parole contre la mienne. Enfin, même pas, parce qu'elle a admis qu'elle se rappelait que dalle.

— Alors ça devrait aller. »

Carl a bu une gorgée de bière.

« Si la police t'interroge sur le sujet, tu ne répéteras rien, hein ?

— Qu'est-ce que tu crois, petit frère ? »

Il a eu un sourire fugace.

« On sait tellement de trucs l'un sur l'autre… Ce serait une guerre nucléaire, pas vrai ? »

Je n'ai pas répondu. Il s'est tourné complètement, m'a jaugé.

« T'es chic, ma parole. T'étais où ?

— À un dîner.

— Avec qui ? »

J'hésitais. Les secondes s'égrenaient.

« Quelqu'un qui avait envie d'acheter la station-service.

— Quoi ? Tu envisages de vendre ?

— Non. » J'ai bâillé. « Mais je voulais savoir quelle était l'offre. C'est toujours intéressant de connaître la valeur réelle des choses. Non ? »

Il a eu l'air déconcerté.

« Bonne nuit », ai-je conclu avant de tourner les talons et de monter me coucher.

34

Erik et moi examinions l'affiche que j'avais commencé à accrocher à côté de l'entrée du Chute Libre.

« J'ai l'impression d'avoir déjà vu ce dessin quelque part, a-t-il commenté.

— Et d'ailleurs, tu l'as vu.

— Hell Spelemannslag ? Franchement, ça ne m'évoque rien du tout.

— Ils sont bons, moi, ça me suffit.

— Ils se contentent de cinq mille couronnes plus les entrées, a répondu Erik. Et moi, c'est ça qui me suffit.

— On verra, il y aura peut-être plus de monde que tu ne crois.

— Si c'est le cas, ce sera du bonus. Pour l'instant, je classe ce concert en dépense visant à définir le Chute Libre comme l'endroit où ça bouge à Os.

— Et la concurrence est… ?

— La chapelle, le salon de coiffure-solarium de Grete, la station-service… »

Erik a regagné le bar, j'ai enfoncé les dernières agrafes. Je m'apprêtais à le rejoindre quand j'ai aperçu Natalie, qui sortait de la Maison de la Laiterie et traversait la place. J'ai attendu en la contemplant. Les cheveux relevés en chignon, elle croisait les bras sur un gros pull gris, comme si elle avait froid dans la lumière morne du matin. Elle portait un jean délavé serré et ses hanches montaient et descendaient comme les puits de pétrole américains. Cette bouche large, presque goulue, aux lèvres douces que j'avais embrassées et que j'étais impatient d'embrasser à nouveau. Le petit tressaillement d'aise qui traversait son corps quand nous nous allongions nus l'un contre l'autre, et plus tard, le grand séisme juste après qu'elle m'avait chuchoté sur un ton détaché, mais presque excédé : « Je vais jouir. » Et ensuite, elle se lovait contre moi, comme si c'était son tour de pénétrer, pour que nous ne formions qu'un. J'ai noté toutefois qu'elle marchait du pas heurté qu'elle avait eu lors de notre première promenade en montagne ensemble, et quand elle est arrivée plus près, j'ai constaté qu'elle avait en outre les yeux rouges. Elle s'est arrêtée à bonne distance de moi.

« Qu'est-ce qu'il y a ?

— Kurt Olsen m'a appelée.

— Et ?

— Il dit que je n'ai pas assez d'éléments pour faire aboutir ma plainte.

— Mais c'est n'importe quoi !

— Il a parlé avec Carl, dont la version est qu'il m'a simplement aidée pour que je puisse m'allonger et reprendre mes esprits. D'après Kurt, c'est sa parole contre la mienne et même pas, vu que je me rappelle que dalle.

— Que dalle ? Il a employé ces mots ?

— Oui. »

J'ai secoué la tête et fait un pas vers elle pour l'embrasser, mais je me suis arrêté devant sa main dressée.

« Qu'est-ce qu'il y a ?

— Kurt m'a aussi fait part d'autre chose.

— Ah oui ?

— Il ne pense pas que la mort de papa soit accidentelle.

— Ah non ?

— Il pense qu'il a été frappé à mort. Par quelqu'un qu'il aurait d'abord blessé en légitime défense. » Elle m'a fixé de ses yeux rouges en serrant ses bras si fort autour de son corps qu'elle avait l'air enfermée dans une camisole de force. « Il pense en obtenir la preuve très prochainement. »

La bouche sèche, j'ai hoché la tête.

« Je préfère apprendre la vérité par toi plutôt que par Kurt, Roy. Tu as tué mon père ? »

J'aurais dû être préparé à cette question, bien sûr, mais je ne l'étais pas. J'ai inspiré pour actionner mes cordes vocales, pour former un son dont je ne savais pas encore ce qu'il serait. Car je n'étais pas certain de parvenir à mentir encore ni de le vouloir. À d'autres, oui, mais pas à elle, pas à la fille que je venais de regarder traverser la place en me disant : « Bon sang ! Elle a réussi ce que j'imaginais impossible, me faire aimer à nouveau. »

J'ai expulsé l'air de mes poumons, mais aucun son n'est sorti.

Les larmes lui sont montées aux yeux.

« Je vois, a-t-elle murmuré. Mon père avait peur de toi et je lui avais expliqué que ça ne se justifiait pas, que tout ça était derrière nous, mais je sais maintenant qu'il avait raison.

— Natalie... »

J'ai avancé, elle a reculé.

« Je ne veux plus te voir. Jamais ! »

Elle a pivoté sur ses talons et est repartie d'un pas vif. Son dos a été saisi de secousses, elle s'est mise à courir. Et quand la porte de la Maison de la Laiterie s'est refermée, j'ai baissé les paupières et lâché tout bas les jurons qui me venaient.

La réunion du conseil d'administration de l'hôtel-spa d'Os s'est tenue l'après-midi, dans la grande salle de conférences de l'hôtel. Je n'avais jamais participé à une réunion de CA, mais le déroulement a été à peu près conforme à mes attentes.

L'élection d'un nouvel administrateur se fait normalement en assemblée générale, mais le représentant d'Alpin venant de se retirer et le siège parisien de la société n'insistant pas pour avoir une représentation, Jo Aas proposait que le conseil m'élise jusqu'à la fin du mandat en question.

Assis tout au bout de la table, j'ai écouté les administrateurs examiner l'ordre du jour.

Les plus loquaces étaient Carl et Aas, les autres opinaient. L'ambiance était bonne, personne ne posait de questions critiques. Pour consulter la comptabilité interne, il fallait être élu, et ne l'étant pas encore j'ai seulement pu voir les chiffres cumulatifs des comptes de gestion et le bilan global, qui m'avaient l'air acceptables. Je partais du principe que c'était pour cette raison que personne ne faisait d'histoires.

Mais c'est clair, certains postes auraient nécessité qu'on s'y attarde davantage que ne le faisait Carl. Je notais par exemple que les dépenses d'entretien des bâtiments avaient considérablement augmenté au cours de l'année écoulée, je n'avais pourtant pas souvenir d'avoir vu un grand nombre d'ouvriers dans l'hôtel. Et quand j'ai posé quelques questions simples sur l'évaluation de certaines immobilisations de capitaux et vérifié si le taux d'amortissement était exact, et ainsi de suite, Carl a eu l'air plus exaspéré qu'encourageant, pour le formuler ainsi.

« Le comptable et l'expert-comptable se prononceront là-dessus dans le bilan annuel, pas maintenant. » Comme si ce n'était pas lui qui orientait la présentation des chiffres sur le papier. Enfin, ce n'était peut-être pas lui, d'ailleurs. Quoi qu'il en soit, personne autour de la table ne semblait suspecter qu'il y avait anguille sous roche.

Jo Aas m'a pris à part sur le parking.

« Je voulais juste te remercier d'être intervenu, Roy. »

L'homme longiligne, décharné, s'est ensuite dirigé vers sa voiture, une Opel qu'il semblait avoir depuis toujours, et qui, à ma connaissance, n'avait jamais posé de problème. Des vices cachés et des défauts, nous en avons tous, mais Aas et sa voiture incarnaient une certaine solidité, on savait qu'on pouvait compter dessus. Alors de quelle intervention parlait-il ? Intervenir, n'était-ce pas ce qu'on faisait quand une situation commençait à déraper ? Je n'avais fait qu'apporter du capital pour permettre une expansion, non ?

J'ai attendu dans ma Volvo et démarré à l'instant où Carl embarquait.

« Que voulait Aas ?

— Me signifier qu'il était content que je sois de la partie. »

J'ai fait marche arrière en utilisant mon rétroviseur bien que j'aie une caméra de recul et que tout s'affiche sur l'écran de l'habitacle. Nous avons roulé en silence, la radio locale parlait de la nationale.

« Au fait, je t'ai dit que j'avais appelé Goebbel au sujet de Natalie ?

— Non.

— Bon, alors côté police, je n'ai rien à craindre, mais si jamais Natalie le signale à la direction de l'entreprise et que cela entraîne des témoignages similaires de la part d'autres employées, la situation sera plus grave.

— Il y a un risque ?

— D'autres employées ? Non. Il y a bien eu une ou deux filles quand j'étais au Canada, et on pourrait juger que j'étais en position de pouvoir par rapport à elles, mais on ne pensait pas dans ces termes à l'époque. Je viens justement d'entendre une histoire intéressante qui s'est déroulée dans un hôtel de Bergen il y a deux ans. Deux hommes de la direction étaient tombés amoureux de la même meuf, une jeune réceptionniste. Ils la courtisaient, invitations, fleurs, SMS séducteurs, etc. L'un d'eux a fait mouche, l'a épousée et est maintenant directeur de l'hôtel. L'autre a été viré pour harcèlement sexuel et s'est tiré une balle peu après. Il est apparu ensuite que les SMS à l'origine de son licenciement étaient relativement semblables à ceux que la femme avait reçus de l'homme qui, au final, lui plaisait et qu'elle a épousé. »

Nous avons dépassé la ferme Nergard. J'ai rétrogradé avant les montées.

« Morale de l'histoire ?

— Mieux vaut être celui qui est séduisant. Et savoir évaluer son public.

— Ce n'est peut-être pas si simple. Le harcèlement est une question de contexte, pas seulement de formulation d'un SMS ou d'endroit du corps où le patron a touché son employée.

— Ce n'est sûrement pas si simple, non. Mais pour celui qui a perdu son job et sa réputation et qui s'est retrouvé le pistolet à la main, je pense que ça l'était. »

Ce soir-là, j'ai fait un tour en voiture seul. Ça m'a toujours calmé d'avoir un volant entre les mains, de voir la route sinuer en virages familiers, d'entendre que le moteur tourne bien, d'entendre que J. J. Cale ne tourne pas bien, mais d'une bonne façon. Cette fois, cependant, mes nerfs refusaient de s'apaiser. Je me forçais à ne pas penser à Natalie, mon esprit a vaqué vers l'homme au pistolet, et vers Carl. C'est peut-être pourquoi je me suis soudain retrouvé devant le Domaine royal.

Je m'y étais rendu avec lui quand il cherchait un terrain. Je ne saurais expliquer pourquoi je n'y étais pas retourné depuis. Il m'avait invité, bien entendu, mais chaque fois, j'avais trouvé une excuse pour ne pas y aller, un prétexte ; et il n'y avait pas d'urgence, rappelait Carl, cette maison n'allait pas s'envoler.

J'ai laissé ma voiture derrière une bétonnière et, m'éclairant à la torche de mon téléphone, je me suis frayé un chemin entre les tas de planches et les palettes de parpaings sous plastique. La porte d'entrée était verrouillée, mais j'ai fait le tour et côté bourg une fenêtre de sous-sol était entrouverte. Je me suis faufilé à l'intérieur. Ça sentait le ciment et la laine isolante. L'une après l'autre, j'ai traversé les pièces en travaux. Il y en avait beaucoup, au point que la maison paraissait un peu vaste, même pour une famille de cinq. Finalement, je suis arrivé à l'étage du dessus, où une simple ampoule allumée pendait au plafond, qui devait culminer à six ou sept mètres de hauteur. La lumière n'atteignait pas les murs, je ne distinguais que les mezzanines et j'ai dû rallumer la torche de mon téléphone pour me faire une idée de l'ensemble de la pièce. Je supposais qu'elle allait abriter à la fois le salon, la salle à manger, et, à en juger par les sorties de câbles électriques dans le mur, la cuisine, fabriquée en Allemagne, était en cours d'acheminement. Des outils étaient éparpillés dans la pièce, des pistolets à clous, des scies, une dégauchisseuse-raboteuse, une scie circulaire sur table, le tout orné du logo AUB que j'avais pu voir dans la nouvelle aile de l'hôtel. Du côté bourg, la pièce était vitrée du sol au plafond et donnait sur une grande terrasse. Je me suis posté devant la table de la scie circulaire et j'ai admiré la vue.

Cette maison était fabuleuse.

Froide, impersonnelle et fabuleuse. Potentiellement personnelle pour une personne froide. Mais tout aussi fabuleuse, putain !

Carl avait dû songer non seulement que sa maison lui procurait une vue parfaite sur Os, mais encore qu'elle procurait à Os une vue parfaite sur son Domaine royal. Ses volumes hauts n'avaient aucune visée pratique, leur seule fin était de placer dans le champ de vision des gens d'en bas Carl Opgard se dressant vers le ciel. La preuve concrète qu'il était le roi d'Os.

Une soudaine mélancolie m'a gagné. J'ai repensé à la broderie chez Moe.

Et que sert à un homme de gagner le monde entier s'il vient à perdre son âme ?

La problématique ne semblait pas hanter Carl outre mesure, mais de nous deux c'était lui, le dur à cuire. Certes, j'étais celui qui avait utilisé le couteau pour abréger les souffrances de Dog, mais c'était par nécessité, un acte de miséricorde, même. Quand il s'agissait de dominer le monde, l'homme de la situation, l'accrocheur, c'était Carl.

Perdre son âme.

Était-ce cela que j'avais compris quand je n'avais réussi ni à mentir ni à dire la vérité à Natalie ? Que c'était un choix impossible ? Dire la vérité me ferait perdre Natalie immédiatement, mais le mensonge aboutirait au même résultat, au terme d'un processus plus lent, plus douloureux. À cet égard, le stade suivant de la mélancolie venait comme une libération, dénuant absolument tout de sens et de valeur ; même la perte d'un être aimé ne signifiait alors plus grand-chose.

Cette étape se profilait, je le sentais.

J'ai levé les yeux vers le câble de l'ampoule, il semblait solidement fixé au plafond.

Mon téléphone a sonné.

J'ai envisagé de ne pas répondre, puis j'ai vu que c'était Vera.

« Oui ?

— Salut. Tu es seul ?

— Oui, c'est bien mon avis. »

Elle a hésité, j'ai cru qu'elle allait me demander d'approfondir, mais elle a continué.

« Le résultat de l'analyse balistique est arrivé.

— Et ?

— Ils n'arrivent pas à relier la balle extraite de ta jambe à la carabine qui était dans la grange de Moe.

— N'arrivent pas ?

— Il existe toujours une possibilité que la balle provienne de là, mais j'ai parlé avec Gilliani et il trouve lui aussi que nous semblons être en présence d'un lensmann qui poursuit une croisade personnelle. Il va donc présenter l'information à Kurt Olsen de façon… enfin, de façon qu'il n'ait pas de prétexte pour se focaliser sur la possibilité théorique que nous nous trompions. »

J'ai vu une lumière au loin sur le lac de Budal.

« Merci, Vera.

— Je suis simplement soulagée que tu m'aies dit la vérité. Excuse-moi d'avoir douté.

— Allons bon.

— Tu as l'air… triste, non ?

— Ah ? Bof, ça doit être la saison. La saison obscure. Toi et moi, on a hâte que ce soit le printemps, la période de nidification. Merci encore. *I love you.*

— Eh ! Cette fois, tu as…

— Tu entends ce que tu veux entendre, Vera. Ça porte un nom en psychiatrie, ce genre de choses.

— Oh, tais-toi donc. »

Nous avons conclu l'appel et j'ai lancé un dernier regard à la ronde avant de repartir du Domaine royal par le chemin que j'avais emprunté pour m'y introduire.

35

« Oui, je parle l'anglais ! »

Mon interlocuteur était presque offensé.

« Je suis désolé, monsieur Gérard. Je n'étais pas sûr puisque… »

Je me suis tu.

« Puisque je suis français ? »

Le ton était celui du défi.

J'ai vaguement cherché une tournure diplomatique, avant de décider que je n'allais pas me donner cette peine.

« Oui. »

Il a ri.

« Je suis très occupé et vous l'êtes certainement aussi, monsieur Opgard. Alors, en quoi pouvez-vous m'aider ? »

Je ne savais pas si c'était une erreur linguistique ou une plaisanterie.

Après lui avoir expliqué que je possédais désormais trente-six pour cent des actions de l'hôtel et que je lui avais succédé au conseil d'administration, je lui ai exposé ma requête. Gérard a écouté. Il m'a ensuite suggéré de faire un saut à Paris.

« Comment est votre agenda ?

— Si j'en avais un, il serait vide. »

Gérard a ri encore avant de me proposer une date et une heure.

Il s'agissait de mon deuxième coup de fil international de la journée. Le premier avait été à Vilnius. J'avais patienté un quart d'heure avant que la réceptionniste d'AUB me passe Lewi Wirkus, à qui j'avais expliqué sans détour qu'en examinant les comptes de l'hôtel j'avais découvert une facture d'AUB correspondant à des « travaux préparatoires ». Pouvait-il me préciser ce que cette notion recouvrait ? La conclusion a été que j'avais perdu mon temps. « Nous ne livrons pas ces informations, mais en général, les factures sont spécifiées conformément aux désirs du client. Si vous avez d'autres questions, adressez-vous à lui. » Et il avait raccroché.

J'avais téléphoné à Paris.

C'était la deuxième étape. Restait la troisième, la plus délicate. J'étais las, si las, mais il n'y avait aucun moyen de la contourner ni de l'éviter. Cependant, il existait bien sûr une échappatoire, il y en a toujours une.

Je suis sorti de la boutique de la station-service, je me suis avancé jusqu'à la pente et j'ai glissé un sachet de snus sous ma lèvre en contemplant, de l'autre côté du lac, la neige fraîche qui avait coiffé l'Ottertind d'un bonnet blanc. Sous un ciel sans nuages, où le soleil d'automne faisait ce qu'il pouvait, perçait l'obscurité. L'obscurité véritable. Insoutenable.

L'idée avait toujours été là, tapie, mais elle n'avait pas bougé depuis longtemps. À présent, elle ne se contentait pas de se mouvoir, elle se levait, se dressait devant moi et me cachait le soleil. J'ai adressé un signe de tête à cette géante invisible, comme si nous étions tombés d'accord.

Je me suis rendu dans l'atelier et arrêté devant le panneau d'outils. Comment mettre un terme à cela ? Les seules limites étaient celles de mon imagination, mais en l'occurrence, à cet instant précis, elle était peu fertile. Je suis allé dans ma chambre, j'ai contemplé les plaques d'immatriculation. Une en particulier. Celle de la Barbade, offerte par Shannon. Dans un tiroir, j'ai pris un écrin en velours. J'ai caressé le mince anneau en or que j'avais acheté à Kristiansand. J'avais planifié de la demander en mariage sur la route, quand nous partirions d'Os pour rejoindre la Barbade. Aurions-nous pu, elle, notre enfant et moi, refaire notre vie là-bas, comme nous le prévoyions ? Les choses auraient-elles été différentes ou l'obscurité m'aurait-elle rattrapé là-bas aussi ? Je ne sais pas, je sais seulement que cette obscurité n'était pas si sombre avant la mort de Shannon et de notre fille. Alors si quelqu'un avait pu les ramener à la vie, j'aurais peut-être pu moi aussi ressusciter tel que j'avais été avant le meurtre des parents, avant que je devienne un salopard froid et dépressif. Avant que, non content de lui ressembler, je devienne papa.

J'ai fermé les yeux.

Je les ai rouverts. Ensuite, j'ai tiré mon téléphone de ma poche, je l'ai posé sur le rebord de la fenêtre et je suis promptement ressorti. Dans la boutique, Egil nettoyait les fours, Dieu bénisse ce garçon.

« Egil, je peux te laisser t'occuper de tout pour le reste de la journée ?

— Bien sûr.

— Le bateau de ton oncle, au lac de Gudim, tu crois que je pourrais l'emprunter ?

— Sans problème. Enfin, je ne peux pas te promettre que la coque soit toujours étanche.

— Bon, ben, je vais à la pêche, alors.

— À la pêche ?

— J'ai besoin de faire le point. »

Le visage d'Egil n'était qu'un gros point d'interrogation, comme on dit. Sûrement parce qu'il ne m'avait jamais entendu parler de pêche autrement que pour affirmer que je n'en voyais pas l'intérêt.

Je suis monté à Opgard en réfléchissant aux deux options. La carabine sur le mur du vestibule et le tiroir des médicaments. Pour plusieurs raisons, les cachets l'ont emporté. D'un point de vue pratique, j'évitais ainsi d'avoir à trimballer l'arme et l'oncle d'Egil n'aurait pas besoin de laver la barque après. Un facteur plus déterminant était le risque que la police procède ensuite à des analyses balistiques, ce qui ne ferait que créer le foutoir pour ceux qui restaient. J'ai soupesé le flacon de Tramadol et le sachet de Rohypnol dans ma main. J'avais lu que le Tramadol était considéré comme mortel en dose de plus de six grammes, j'en avais au moins le double.

Je suis redescendu sur la nationale, j'ai pris la direction est et j'ai roulé jusqu'au bois où Rita Willumsen laissait sa Saab Sonett, au temps où j'étais son jeune amant et où nous nous retrouvions au chalet d'alpage.

J'ai pris deux Tramadol et commencé à marcher. D'un pas étonnamment leste. Ma jambe me semblait nettement mieux, ce qui dans un sens était un peu agaçant puisque je n'en aurais bientôt plus besoin. Vingt minutes plus tard, je suis arrivé sur la hauteur. C'était le calme plat ; parfaitement lisse, la surface du petit lac de Gudim reflétait le ciel bleu, et l'eau et l'air semblaient se confondre. Le youyou en plastique vert de l'oncle d'Egil était sous l'arbre, à côté du youyou rouge de Willumsen, je l'ai poussé sur l'eau et j'ai sauté dedans. J'ai manqué de perdre l'équilibre, le Tramadol, sans doute. J'ai réussi à insérer les avirons dans les dames de nage et j'ai ramé jusqu'au milieu du plan d'eau. Je fixais la surface. Comme huit ans auparavant, quand j'étais sur un pont, envisageant le même acte qu'aujourd'hui. La différence étant que cette fois-ci, c'était tout réfléchi. En plus, j'avais de la chance, j'avais encore dans ma veste la lettre de suicide toute rédigée, si bien que je ne risquais pas les fautes habituelles.

J'EN AI ASSEZ DE CETTE VIE. ADIEU. OPGARD.

Marrant.

J'ai dévissé le couvercle du flacon de Tramadol. Je n'avais pas songé que j'aurais besoin d'eau pour avaler tout ça. Regardant autour de moi, j'ai trouvé une écope, je l'ai plongée dans l'eau, et j'ai bu après avoir vidé le flacon dans ma bouche. J'avais l'impression d'une chaîne dans ma trachée, mais tout est descendu.

Pareil pour le Rohypnol.

Je me suis allongé au fond du bateau chauffé par le soleil et j'ai fermé les yeux. Le sort en étant jeté, j'accueillais volontiers l'obscurité, et j'ai ressenti une once de panique quand j'ai cru que ma pire ennemie allait me trahir. Mais elle est venue. Grande, noire, écrasante. Le meilleur dans la douleur, c'est de savoir qu'elle va s'arrêter.

Le sommeil et l'anesthésie ont dû m'envahir lentement, parce que chaque fois que j'ouvrais les yeux, le soleil s'était légèrement décalé dans le ciel. Enfin, c'est ce que je me disais sur le moment, mais peut-être était-ce simplement la barque qui avait pivoté.

Le silence s'est fait en moi. Puis tout est devenu noir. D'une bonne façon.

Je marchais sur une plaine désertique, parsemée d'épaves de voitures. Elles avaient dû tomber du ciel, sinon je ne voyais pas d'où elles pouvaient venir. Certaines avaient l'avant dans la terre, écrasé en accordéon, d'autres étaient sur le côté et d'autres encore, renversées, le toit aplati. Des véhicules neufs, des véhicules vieux, certains rouillés, d'autres à la carrosserie rutilante. Parfois les roues avaient été démontées, comme si des pilleurs avaient sévi. Au-dessus de moi, des oiseaux planaient haut, en vol stationnaire, sans chanter ni crier. Soudain, j'ai entendu un fracas dans mon dos. En me retournant, j'ai vu une voiture sur le flanc, qui vacillait dans un nuage de poussière, et j'ai compris que je venais de tomber dans cet endroit. Puis tout est redevenu silencieux. Je cherchais quelqu'un, mais je n'ai pas tardé à me rendre compte que j'avais oublié qui et pourquoi. Alors j'ai abandonné, je me suis étendu sur le sol dur et desséché, j'ai fermé les yeux. Un sifflement traversait l'air. Je n'ai pas bougé, j'attendais que la voiture me heurte, mais le sifflement s'est altéré et transformé en un long écho triste. J'ai ouvert les yeux et cette fois j'étais dans un étang. Non, sur des montagnes russes. J'étais dans l'eau, dans un chariot de montagnes russes. Je me suis hissé sur mes coudes et j'ai identifié l'origine du bruit. Il y avait une jeune femme sur la rive, non loin. Vêtue d'un costume folklorique traditionnel, elle soufflait dans une corne, qu'elle a posée par terre avant de se diriger vers moi. Elle marchait sur l'eau. Enfin, non, l'eau lui arrivait aux genoux. À la taille, maintenant. Mais elle continuait d'avancer, comme si elle refusait de sombrer plus profondément ou disposait de forces surnaturelles.

Je me suis rallongé, le soleil me chauffait bien le visage.

Puis une ombre m'a donné froid.

« Roy. »

C'était mon nom, certes, et quelqu'un le prononçait.

« Roy. »

Si je l'ignorais, la voix disparaîtrait peut-être.

« Roy ! »

La voix s'adressait à moi, je l'avais compris, tout de même, mais je ne voulais pas retourner là où elle était, je voulais rester ici.

J'ai été projeté en avant, en arrière, quelqu'un secouait le wagon.

J'ai ouvert un œil. Natalie.

J'ai essayé d'articuler la phrase *fracassé la tête de ton père*, mais ma bouche n'obéissait pas.

Puis la lumière s'est éteinte.

36

La lumière était revenue. Suffisamment forte pour traverser mes paupières. Entendant murmurer, j'en ai soulevé une. Il y avait beaucoup de blanc autour de moi : les murs, les rideaux, les draps, les vêtements de deux des trois femmes en conciliabule au bout du lit. J'ai laissé ma paupière retomber. Je percevais des mots comme « poison » et « composants », qui m'évoquaient la pièce que me lisait Rita, les trois sorcières qui préparent un brouet pour Macbeth et lui prédisent qu'il deviendra roi.

À contrecœur, j'ai ouvert les yeux.

« Il est réveillé, a annoncé une sorcière en blanc.

— Roy ? » a fait la deuxième.

J'ai réussi à me focaliser à peu près sur elle, mais je ne la reconnaissais pas. Elle m'a souri.

« Je suis le docteur Helgesen. Vous savez où vous êtes et ce qui s'est passé ces dernières vingt-quatre heures ? »

Mon premier réflexe était de secouer la tête, mais j'ai songé qu'il serait sans doute moins douloureux de simplement répondre non.

« Et je ne sais pas non plus quel jour on est.

— Vous avez dormi dix-huit heures. » Elle a parcouru les papiers glissés sous la pince d'un porte-bloc. « On vous a fait un lavage d'estomac ici, à l'hôpital, et on vous a administré du charbon actif.

— Comment… j'ai atterri ici?

— C'est votre petite amie qui vous y a conduit.

— Ma petite amie?»

Elle a souri encore en désignant d'un mouvement de tête la troisième sorcière, celle qui n'était pas en blanc.

«C'est ce qu'elle dit, en tout cas.»

C'était Natalie. Elle s'est avancée jusqu'à moi, a saisi quelque chose sur le duvet et je n'ai compris que c'était ma main que lorsque mon cerveau a enregistré, à retardement, la chaleur de la sienne. Le médecin a continué son exposé, mais je n'en enregistrais pas la moitié, parce que j'étais concentré sur Natalie. Ses yeux étaient brillants, son sourire tremblant.

«Bon, on va vous laisser en tête à tête», a conclu le Dr Helgesen.

J'ai entendu la porte se refermer sans que j'aie détourné le regard de Natalie ni lâché sa main. Elle s'est assise au bord du lit.

«Petite amie?

— C'était plus pratique. Sans quoi l'hôpital aurait commencé à appeler des proches et comme tu n'en as qu'un seul et que je n'ai pas envie d'avoir affaire à lui…»

Elle a esquissé un geste.

«D'accord, mais comment…

— Comment quoi?

— Comment tout. Et pourquoi?

— Eh bien…» Elle avait manifestement besoin de quelques secondes pour structurer son récit. «Hier, j'ai reçu un coup de fil de Kurt Olsen. La police se figurait que mon père avait tiré dans la jambe de quelqu'un en légitime défense, mais en fin de compte il est apparu que la balle provenant de la jambe de la personne en question n'avait pas été tirée par sa carabine. L'hypothèse est maintenant que la détonation que son voisin a entendue, ce serait mon père qui a tiré sur un chevreuil. Ou sur un loup.

— Un loup ?

— C'est ce qu'a dit Olsen. Quoi qu'il en soit, il m'a aussi expliqué qu'ils avaient écarté la possibilité que mon père ait été molesté à mort et qu'ils considèrent son décès comme accidentel. J'ai été tellement contente, Roy ! Mon père n'a pas été tué, mais surtout tu n'es pas un tueur… Tu peux me pardonner d'avoir cru ça de toi ?

— Bien sûr. Ce n'est pas très étonnant que tu l'aies cru.

— Oui, mais tout de même. C'est juste que j'avais ce sentiment que… que ça se terminerait comme ça entre vous deux, quoi. Du coup, je t'ai condamné, alors que tu étais innocent. Après le coup de fil de Kurt Olsen, je me suis tout de suite rendue à la station-service pour te demander pardon, et savoir si… tu voulais me reprendre bien que je t'aie laissé tomber. Mais tu n'étais pas là, Egil m'a dit que tu venais de partir à la pêche. En sortant de la boutique, j'ai essayé de t'appeler. Pas de réponse. J'ai rappelé encore une fois. Toujours rien. Mais j'avais vu un objet s'éclairer à une fenêtre de l'atelier. Alors je me suis approchée et j'ai aperçu ton téléphone à l'intérieur, sur le rebord. Là, je me suis inquiétée.

— Parce que ?

— Parce qu'il avait l'air… abandonné. Il n'y a aucune raison de poser un téléphone sur un appui de fenêtre aussi sale. Encore moins de l'y laisser. Et c'est une chose que j'aurais moi-même faite si je devais…

— Si tu devais…

— Disparaître. »

J'ai grogné en serrant sa main.

« Et ensuite ?

— Et ensuite je suis retournée voir Egil, qui m'a parlé de cette histoire de bateau vert et m'a montré l'endroit sur Google Maps.

— Et tu l'as trouvé. Comment tu as fait pour rejoindre la barque ?

— Je paniquais un peu, alors j'ai pataugé dans l'eau et j'ai nagé.

— C'était donc bien toi. Je croyais halluciner. » J'ai ri. « Enfin, il devait y avoir de ça aussi. Et ensuite ?

— Je suis montée dans la barque. Un flacon de médicaments vide roulait au fond. J'ai vu que c'était du Tramadol et j'ai compris le reste. Alors j'ai sorti mon ipéca.

— Bon sang… Le produit contre les overdoses que tu as toujours sur toi ? »

Elle a souri.

« J'ai réussi à te faire ingérer la plus grande partie de ma fiole.

— Et j'ai vomi ?

— Comme Robert dans *Bad Taste*. L'oncle d'Egil va devoir laver sa barque, si tu vois ce que je veux dire.

— Bon sang. Et puis ?

— J'ai ramé jusqu'au bord et je t'ai fait redescendre jusqu'à la route.

— J'arrivais à marcher ?

— Non.

— Tu… ?

— Plus ou moins, oui.

— Bon sang.

— Tu devrais enrichir ton vocabulaire. »

J'ai hoché la tête, senti de nouveau mes yeux se refermer d'eux-mêmes.

« Un psychiatre va venir te parler avant que tu sortes d'ici, a-t-elle ajouté. Tu vas lui répondre quoi ?

— À quel sujet ?

— Au sujet de la prochaine fois que tu attenteras à tes jours et de quand ça se produira. »

J'ai secoué la tête. C'était moins douloureux que je ne le pensais.

« Il n'y aura pas de prochaine fois. »

Elle a souri furtivement.

« C'est ce que nous prétendons tous.

— Je le pense. Tu m'as sauvé la vie et ce ne doit pas être en vain. Enfin, ma vie est peut-être vaine, mais je vais en tout cas continuer de la vivre.

— Parce que ?

— Ne crains rien, Natalie, ce n'est pas parce que tu m'as largué que j'ai pris ces cachets, tu n'es absolument pas responsable, tu comprends ?

— Je ne le pensais pas. Mais je n'ai pas envie d'avoir un petit ami suicidaire. »

Contemplant sa main qui caressait la mienne, j'ai respiré à pleins poumons.

« La seule autre fois où je n'ai pas été loin de faire une chose pareille, c'était il y a huit ans. Je dirais que deux fois en quarante et quelques années, c'est plutôt peu. Si ça représente une moyenne, je devrais avoir autour de soixante-dix ans la prochaine fois et d'ici là je serai sans doute mort d'une autre cause. »

Elle m'a considéré d'un air dubitatif.

« Tu penses avoir réussi à te vendre, là, et m'avoir convaincue que je devrais miser sur toi ?

— C'est le mieux que j'aie pu trouver à brûle-pourpoint, et je trouve que je suis encore suffisamment sous l'effet des médicaments pour mériter un peu d'indulgence. »

Elle a hoché la tête et s'est levée.

« Je dois retrouver Ola pour le déjeuner. Je reviendrai après. Et si tu peux quitter l'hôpital, on rentrera à Os. »

Je n'ai lâché sa main que quand j'ai été contraint et forcé de le faire.

« Ton petit ami, je le suis ?

— Pas encore, a-t-elle répondu en souriant.

— Ah bon ? Il faut quoi pour que je le sois ?

— Un week-end à Cracovie. »

J'ai réfléchi.

« Je crois que je voudrais enchérir.

— Enchérir ?

— Si on allait à Paris ? »

37

« C'est notre prix, a déclaré Gérard.

— D'accord.

— D'accord ?

— Les Opgard ne marchandent pas. »

L'homme que Gérard m'avait présenté comme son avocat financier s'est penché vers lui pour lui chuchoter quelque chose. Ce faisant, il a révélé la tour Eiffel à la fenêtre derrière lui. Je ne connaissais pas Paris et je ne doutais pas que l'adresse des bureaux d'Alpin soit prestigieuse, mais je commençais tout de même à avoir l'impression qu'on voyait cette putain de structure métallique où qu'on soit dans la ville. En tout cas, nous l'avions vue de notre chambre d'hôtel, Natalie avait même exigé que nous nous habillions pour pouvoir ouvrir la porte du prétendu balcon et contempler cette tour surfaite.

« Qu'est-ce qui te déplaît dans la tour Eiffel ?

— Les lumières au sommet. Elles troublent les oiseaux migrateurs qui remontent d'Afrique à Os. Tour de merde ! »

Elle avait ri, j'étais content.

« Comment tu sais tant de trucs, toi qui n'as pourtant pas visité beaucoup d'endroits, Roy ?

— J'ai lu, c'était ma façon de voyager.

— Alors cite-moi plutôt une chose qui te plaît dans cette ville.

— D'accord. Ça.

— Ça ?

— Les balcons français. Ils sont apparus à Paris pour que les gens sans jardin aient un endroit où faire pousser des fleurs. En Angleterre, on les appelle *julian balconies*, parce que c'est sous un tel balcon que se tient Roméo quand il demande sa main à Juliette. Je trouve ça assez joli. »

Elle est restée longtemps silencieuse.

« Il y a un sous-entendu, là ?

— Absolument pas. »

Elle a hoché la tête lentement, à la Os.

« On enlève tous nos vêtements et on baise ?

— Tout à fait. »

Et maintenant, en entendant Gérard proclamer « c'est tout à vous », c'était comme un écho de la nuit précédente.

« Bien », ai-je répondu.

Nous nous sommes serré la main et l'avocat m'a tendu les papiers à signer. La première page m'a fait hausser les sourcils.

« Désolé, s'est aussitôt excusé Gérard. Il y a aussi un exemplaire en anglais, mais la règle en France est que toute transaction effectuée sur le territoire français doit se faire en français. En l'occurrence, c'est une règle française de diffuser la langue française partout. »

J'ai pris la version anglaise.

« Et pourquoi ?

— Pourquoi ? Eh bien, par fierté, par jalousie et pour la domination mondiale, bien sûr. Existe-t-il d'autres raisons ? »

Gérard m'a ensuite raccompagné à l'ascenseur.

« Maintenant que nous avons signé, pouvez-vous m'expliquer pourquoi vous vendez ? me suis-je enquis.

— À part pour l'argent que ça me rapporte ?

— Je ne pense pas que ce soit une question d'argent.

— Vous avez raison. C'étaient les comptes qui ne nous plaisaient pas. Ou plus précisément, nous n'aimions pas la comptabilité. Je connaissais votre frère quand nous étions à Toronto. C'est un homme intelligent, peut-être un peu trop. »

Je suis entré dans l'ascenseur, je me suis tourné et j'ai salué le Français de la tête. Son costume coûtait certainement cinq fois plus cher que le mien, acheté à Notodden, probablement dans le même magasin qu'Asle Vendelbo. Je ne sais pas si c'était une simple impression due à sa mise élégante, mais je voyais sur Gérard qu'il pensait avoir roulé le grand frère limité venu du Nord. Il ignorait que j'avais vendu une ou deux voitures d'occasion à l'atelier et que, dans la seconde où j'avais franchi le seuil de cette salle de réunion, j'avais noté leur hâte de vendre ; le prix que j'avais payé pour quinze pour cent des parts de l'hôtel se situait environ trente pour cent au-dessous de la somme que j'étais prêt à débourser.

Dans l'ascenseur, j'ai songé à ce que Gérard avait dit sur nos mobiles. Fierté, jalousie et domination mondiale. J'ai essayé de recenser d'autres raisons. Sans succès.

Le lendemain, Natalie et moi avons loué une voiture pour nous rendre à Plailly, au nord de Paris, et visiter le parc Astérix. Il faisait frisquet, nous nous étions d'ailleurs habillés chaudement, et on arrivait en fin de saison, mais il y avait foule. Nettement plus petit que Disneyland, le parc comptait cependant pas moins de sept montagnes russes, et j'avais l'intention de les tester toutes. J'étais particulièrement impatient de voir Tonnerre 2 Zeus, qui, en tout cas avant les travaux de retrackage, était considéré comme l'un des meilleurs circuits en bois du monde. Natalie avait moins hâte.

« Je suis obligée ? »

Au bord d'un bassin, nous contemplions le sommet d'un circuit en forme de cœur et le train qui plongeait vers nous au son de cris hystériques.

« Tu n'es obligée de rien du tout. Tu fais seulement ce que tu veux. »

Elle s'est inclinée vers moi.

« Avec toi, je veux presque faire n'importe quoi.

— Ah oui ? » J'ai dû me renverser légèrement en arrière pour voir le train s'engager dans la montée juste au-dessus de nous. « Comme m'épouser ? »

Elle a eu un mouvement de recul à mon bras.

« Ne plaisante pas sur le mariage ! »

J'ai ri.

« Désolé ! Je suis curieux, c'est tout.

— Non. Tu vérifies au préalable si ma réponse serait oui. Parce que tu prévois de filmer ta demande quand on sera au sommet des montagnes russes pour la mettre sur YouTube.

— Ah bon ?

— Je l'espère.

— Tu m'as démasqué. »

Elle a ri.

« C'est ça ! »

J'ai poussé un soupir.

« Pour savoir, il faut participer. »

Elle s'est tournée et elle a posé sa tête sur mon épaule en regardant le ciel.

« Pour savoir, il faut participer », a-t-elle répété lentement.

Et tout comme le train sur les rails là-haut, l'idée qu'elle avait semée a fait son chemin. Si les montagnes russes d'Os n'étaient plus un simple monument à la mémoire de Shannon, mais ma cathédrale personnelle, pourquoi ne pas requérir une promesse de mariage à son sommet quand la construction serait achevée ? Après tout, le roi Sigurd s'était marié dans la cathédrale qu'il avait lui-même fait construire à Oslo. Mais quand cette pensée a été suffisamment enivrante et que le train a filé vers le bas, j'ai bien sûr repoussé le tout de mon esprit.

Du parc, nous avons rallié l'aéroport Charles-de-Gaulle sans repasser par Paris. Pendant que nous attendions dans l'assez minable hall des départs pour la Scandinavie, j'ai appelé Jo Aas, je l'ai informé que je venais d'acheter un bloc d'actions et je me suis renseigné sur le délai qui lui était nécessaire pour convoquer une assemblée générale extraordinaire. Il m'a répondu que tout actionnaire possédant plus de dix pour cent des actions pouvait exiger une telle réunion et qu'elle se tenait alors dans les trente jours. Puis il a voulu savoir quelle était l'urgence.

Il a accueilli mon explication par un long silence avant de reprendre la parole.

« Tu en as parlé avec Carl ?

— Non.

— C'est vraiment ce que tu veux, Roy ?

— Vous avez des objections ?

— Ça pourrait être assez destructeur pour de nombreuses personnes.

— À court terme, peut-être, mais sur le long terme, à la fois l'hôtel-spa d'Os et la communauté locale en sortiront renforcés. Vous êtes d'accord ?

— On risque un effet boule de neige important, Roy. Tu sais quoi, je trouve qu'on devrait se voir à ton retour pour en parler, toi et moi.

— Je vous demandais si vous étiez d'accord par curiosité, Jo, pas parce que cela changerait ma décision. »

Il m'a semblé sentir l'ancien roi d'Os tressauter sur sa chaise, je l'avais non seulement contredit, mais qui plus est en l'appelant par son prénom. Toutefois, il n'a pas fait de commentaire. Tel le réalpoliticien rusé qu'il était, il sentait sans doute le vent tourner.

« Comme tu voudras, a-t-il conclu. Enfin, bien sûr, il existe toujours une autre possibilité.

— Qui est ?

— De laisser le conseil d'administration se charger de tout cela. Maintenant, je ne sais pas exactement pourquoi tu souhaites virer Carl, mais si c'est le conseil qui en est responsable, nous pourrons en garder les raisons entre les quatre murs de la maison. Nous aurons plus de liberté dans la façon de communiquer à l'extérieur les changements au sein de la direction.

— Nous pourrions enrober cela et le rendre moins humiliant pour Carl, c'est ça ?

— N'est-ce pas tout de même ce que nous souhaitons ? »

J'ai visualisé la voiture de Shannon roulant vers le virage des Chèvres, j'ai vu Natalie inconsciente sur le lit à baldaquin de la suite nuptiale.

« Allô ? Roy ? Tu es là ?

— Il faut que je raccroche, on va embarquer. Oui, laissons le conseil d'administration s'occuper de tout. »

38

Il était plus de minuit quand je suis rentré.

Je me suis arrêté sur le seuil du jardin d'hiver, Carl était assis dans le fauteuil à bascule. Il s'est retourné.

« Alors, Paris ?

— C'était grand. On va faire un tour ?

— Marcher ? Maintenant ? Où ça ? »

Il avait hérité cela de papa, je crois. Qu'il n'y avait pas de sens à bouger, dépenser de l'énergie, quand ce n'était pas dans un but précis. Frapper un sac de sable, d'accord, c'était s'entraîner pour ce qui arriverait ultérieurement. En revanche, se promener à pied ou rouler pour rouler, ça le dépassait.

Il a enfilé ses bottes en caoutchouc, son manteau en poil de chameau.

Je l'ai précédé. Nous cheminions dans la bruyère, au clair de lune. J'ai entendu qu'il était essoufflé derrière moi. Au bout d'un quart d'heure, je me suis arrêté sur une hauteur, d'où on voyait les lumières de l'hôtel en contrebas.

J'ai attendu que Carl me rejoigne.

« Tu te souviens de cet endroit ? »

Il a hoché la tête tout en reprenant son souffle.

« C'est l'endroit où on était, Shannon, toi et moi, quand je vous ai montré où je voulais construire l'hôtel.

— Avant ça. »

Il a secoué la tête.

« Tu voulais prouver à papa que tu n'étais pas une mauviette incapable de tuer, alors tu as pris son fusil et Dog et tu es parti à la chasse. Quand tu étais arrivé à quelques mètres d'eux, des lagopèdes s'étaient envolés et tu avais épaulé, ça s'est bien passé comme ça, non ?

— J'ai fait ce que papa nous avait enseigné, attendre d'être à distance de saluer quelqu'un de son chapeau pour faire feu.

— Sauf que tu n'as pas réussi.

— Je me disais que c'étaient des êtres vivants. Et qu'ils étaient ensemble, c'était une famille.

— Alors tu as baissé ton fusil avant de tirer.

— Pour que vous l'entendiez. Je pensais que papa était dans la cour et qu'il avait vu les lagopèdes s'envoler, du coup, il fallait qu'il m'entende faire feu aussi.

— Mais tu as touché Dog.

— J'ai touché Dog.

— Et tu es venu me chercher à la ferme en courant. Seulement moi. Parce que tu ne voulais pas que d'autres l'apprennent. Tu voulais que je vienne faire le ménage derrière toi. »

Il a acquiescé et j'ai continué.

« J'ai pris le couteau et j'ai mis fin aux jours de Dog, j'ai fait le sale boulot à ta place, et ensuite, on a dit à papa que c'était toi, qu'au moins tu avais pris tes responsabilités après ta bévue. »

Il a basculé le poids de son corps sur son autre pied. Il perdait patience.

« Je t'ai déjà remercié, Roy. Alors de quoi s'agit-il ? Tu veux que je te remercie encore ?

— Non, tu ne me dois rien.

— J'ai eu une dette à ton égard, mais en construisant cet hôtel sur nos terres, j'ai fait de toi aussi un homme riche, sans ça…

— Je n'aurais pas eu les moyens d'acheter la station-service.

— Ni aucune de tes autres propriétés.

— C'est vrai.

— Il est tard, Roy, et ça caille. Tu me dis ce que tu as à me dire et on rentre à la maison ?

— Je vais une fois encore devoir mettre un terme à la vie de quelque chose à ta place, Carl, puisque tu ne le feras pas toi-même. »

Il s'est contenté de me dévisager.

« À Paris, j'ai acheté des actions », ai-je annoncé.

Il a levé le menton. Je connaissais ce geste, Carl commençait à comprendre.

« À l'heure actuelle, je possède cinquante et un pour cent des parts de l'hôtel que nous voyons là-bas, je peux donc, à moi seul, éliminer, ou au moins démettre de ses fonctions, le directeur en poste. Et comme pour Dog, tu m'en remercieras. »

Au clair de lune, nous étions si blafards que je n'aurais su affirmer si Carl pâlissait davantage. Sa première question a été celle qu'on pouvait attendre.

« Pourquoi ?

— Parce que tu as obtenu que Lewi Wirkus facture l'hôtel pour des travaux effectués dans ta maison, en employant la dénomination “travaux prépar…”

— Non, pas ça. Ce que je te demande, c'est pourquoi tu penses que je te remercierai. »

J'ai pris mon souffle.

« Tôt ou tard, quelqu'un aurait posé des questions sur ces factures en question, Roy. Un membre du conseil d'administration, de l'assemblée générale ou, encore pire, Dan Krane. Vendelbo l'a flairé. Gérard aussi, mais c'est un homme d'affaires pragmatique. Entre obtenir ton licenciement et revendre ses actions avant que le scandale ne fasse s'effondrer leur cours, il choisit bien entendu la seconde option. Et tu peux t'en féliciter, parce que avec moi comme actionnaire majoritaire, et pour l'instant seule personne au courant de cette situation fâcheuse, nous pouvons dédramatiser ton départ en prétextant que tu me confies la barre parce que tu as besoin d'une pause, mais que tu n'exclus pas de revenir plus tard.

— Toi ! Tu vas devenir directeur ?

— Et président du conseil. Je vais faire en sorte qu'un comptable corrige ce qui est manifestement une erreur de facturation de la part d'AUB et envoie la facture à son réel destinataire, à savoir toi personnellement. Si je ne m'abuse, tu devras te séparer de quelques actifs pour couvrir ces trois millions de couronnes. Le plus simple serait sans doute de vendre des actions de l'hôtel. Je pourrais te les reprendre à un prix plus élevé que celui que j'ai payé pour celles de Gérard. Disons que je te donne une prime de vingt pour cent. Bon, tu as le choix. »

Carl était secoué d'un rire silencieux.

« Putain, mais t'es pas vrai, Roy !

— Non ?

— Tu me voles mon hôtel et tu as le culot de le présenter comme un service que tu me rends.

— Ce n'est pas le cas, selon toi ? »

Il a brandi un doigt tout contre mon visage.

« Et si j'expliquais à Vendelbo qu'il t'a accordé un prêt pour financer des montagnes russes et que tu as ponctionné cinquante millions de couronnes dessus en les employant à tout autre chose, il en penserait quoi, à ton avis ?

— À mon avis, il serait rudement content que l'argent ait servi à un placement moins risqué. L'hôtel desservi par une nationale refaite, augmenté d'une nouvelle aile et sans toi comme directeur, c'est le rêve pour la banque. Il me remerciera, Carl. »

J'ai vu qu'il comprenait que j'avais raison, c'est pourquoi sa réaction a été quelque peu surprenante. Il s'est remis à rire. Il était donc plus soûl que je ne le supposais.

« Je me suis demandé pourquoi papa ne t'avait jamais fait subir ce qu'il me faisait subir à moi. Tu étais pourtant l'aîné, le premier à être arrivé à cet âge-là.

— C'était toi qui ressemblais à maman, telle qu'elle était quand il est tombé amoureux d'elle.

— Imbécile, va… C'est parce qu'il a toujours eu un peu peur de toi. Il avait pigé que s'il te touchait, même quand tu n'étais qu'au début de l'adolescence, tu le tuerais. Il voyait le tueur sans scrupules en toi, Roy. Et il avait raison.

— J'ose affirmer qu'il avait tort. Je suis un tueur avec scrupules. Réfléchis à ce dont je t'ai parlé. Réunion du conseil dans deux semaines. »

Je suis reparti en direction d'Opgard. À mi-chemin j'ai regardé derrière moi. Au sommet de la butte, la silhouette de Carl n'avait pas bougé, on aurait dit qu'il admirait son hôtel.

Les dix jours suivants, j'ai vécu chez Natalie. Quand je n'étais pas à la station-service, on était ensemble. On dormait, on mangeait, on regardait des films, on lisait, on faisait l'amour et on parlait. Je suis du genre taiseux, jamais je n'avais produit tant de mots et de phrases, même Shannon n'avait pas libéré ma parole comme Natalie. Parfois, cependant, c'était mieux de se taire, comme le jour où je l'ai accompagnée au cimetière. Elle voulait fleurir la tombe de son père et, à ma surprise, je l'ai vue verser une larme. Je brûlais de lui demander ce qui pesait dans la balance – un père agresseur méritait des larmes ? –, mais je m'en suis abstenu. Sans doute parce que j'avais moi-même ressenti cette schizophrénie, et parce que je craignais que si je m'en prenais à son père elle verrait sur moi, entendrait dans ma voix, que je défendais indirectement un meurtre. *Repose en paix*, était-il gravé sur la pierre tombale grise. Ce n'était pas le cas dans les cauchemars que j'avais faits ces derniers temps, mais si lui et les autres morts du cimetière reposaient effectivement en paix, alors je les enviais. Oui, autrefois j'avais vécu des moments où j'aurais volontiers échangé ma place contre la leur.

On se baladait en montagne, on discutait de la vie, de l'avenir, des gens autour de nous. Et d'affaires. Pas tant du parc d'attractions que de l'hôtel. J'avais suivi Carl de près et je considérais que, sur le principe, la gestion d'un hôtel n'était pas très différente de celle d'une station-service. Cependant, Natalie connaissait manifestement mieux que moi les arcanes de l'hôtellerie et elle disposait en outre d'une compréhension intuitive des grandes lignes du management.

« Déléguer », déclamait-elle au moins cinq fois par promenade.

Je lui avais expliqué que le mot ne m'était pas inconnu, mais elle le répétait malgré tout, disant que c'était le propre du dirigeant : iel (le mot m'avait fait grincer des dents la première fois qu'elle l'avait utilisé, mais je me surprenais désormais à l'employer aussi) devait faire confiance à son équipe. Car c'était ça, un dirigeant, un entraîneur qui expliquait au joueur quelles sont ses missions sur le terrain et en quoi elles constituent une part importante de la stratégie pour remporter le match. Ensuite, iel devait rester sur la touche, iel ne pouvait pas jouer sur le terrain.

« Quand les joueurs se jettent au cou les uns des autres après avoir marqué un but, là tu sais que tu as réussi quelque chose en tant que dirigeant. Ils ne veulent pas seulement gagner pour toi, mais pour eux-mêmes. Ils souhaitent faire de l'hôtel-spa d'Os un endroit où ils sont fiers de travailler.

— J'ai bien l'impression que tu devrais réunir les employés et tenir une de ces conférences de motivation des troupes.

— Oh, mais je le ferai le jour où je deviendrai directrice ! »

Elle m'a adressé un sourire malicieux en voyant mon expression.

« Et qu'est-ce que tu vas faire en attendant ?

— Je ne sais pas. » Imperceptiblement, son dialecte d'Os commençait à regagner le terrain perdu. « Mais tout de suite, je sais ce que je veux.

— Et c'est quoi ?

— Qu'on rentre vite à la maison, qu'on se déshabille et qu'on baise. »

Le soir où Hell Spelemannslag a joué, le Chute Libre était bondé. Peut-être était-ce que, ces temps-ci, il y avait toujours du monde, quel que soit le jour de la semaine, quel que soit le programme. Peu importait, ça a été la folie, comme si tout le bourg n'avait attendu qu'une seule chose : le violon harding hardcore. Quand Ola, la mèche glissée dans sa boucle d'oreille, s'est perché sur l'enceinte de scène alors que son violon geignait, pleurait, hurlait, les gens étaient debout depuis longtemps et j'ai vu Johnny et ses copains pogoter devant la scène de vingt centimètres de haut comme s'ils assistaient à un concert de Satyricon.

Ola secouait la tête si fort que sa mèche s'est libérée et qu'il a projeté une pluie de sueur et d'eau bénite sur les presque convertis et j'ai vu – c'était après avoir bu quelques bières, mais je suis sûr de mon fait – Egil et Børge tirer la langue pour en capter.

Puis Natalie s'est avancée sur scène avec sa corne et a observé les habitants de son bourg, qui ne l'avaient jamais vue ainsi, comme quelqu'un qui peut exiger la soumission totale et l'obtenir. Un silence religieux s'est fait dans une salle où, quelques minutes auparavant, la foule était en délire. Quand elle a chanté, j'ai senti un bras se glisser autour de ma taille. C'était Julie, son autre bras entourait Alex. Elle s'est hissée sur la pointe des pieds et m'a chuchoté à l'oreille : « T'en as du bol ! Moi aussi, j'aurais bien voulu me la faire. »

À près de 2 heures du matin, le Chute Libre s'est enfin vidé, nous n'étions plus que quelques-uns, Julie et Alex, Erik Nerell, le groupe et moi. Julie et Natalie ont passé leur tour, mais nous autres avons partagé une bouteille de cognac. Erik pleurait presque de joie. Non pas à cause des bénéfices records du bar, car en l'occurrence les records n'étaient pas battus, mais parce que nous, c'est-à-dire surtout lui, avions contribué à offrir aux gens d'Os une expérience qu'ils n'oublieraient pas de sitôt. Ils s'en souviendraient pour le restant de leurs jours, affirmait-il. Et de me remercier encore de lui avoir accordé une nouvelle chance. Quand il m'a carrément serré dans les bras, je n'ai pu que repenser aux propos de Natalie sur les joueurs de foot en extase et sur l'idée de laisser les gens créer leur propre enthousiasme, en songeant qu'il y avait du vrai là-dedans.

Natalie m'a soutenu sur le chemin du retour.

« Tu trouves que j'aurais dû rester sobre par solidarité ? me suis-je inquiété, l'élocution troublée par l'alcool.

— Non, ça fait du bien de constater que Roy Opgard peut se lâcher, lui aussi. »

Bref, pendant dix jours, j'ai été ridiculement heureux. Et j'avais beau ne pas avoir tellement d'expérience de ce genre de bonheur, je m'imagine qu'il était renforcé par le fait que le soleil ne brillait pas dans un ciel parfaitement bleu. Au contraire, de toutes parts d'énormes nuages de plomb annonçaient l'orage. Mais c'est là qu'on sait apprécier la chaleur, non ? Quand on comprend qu'elle est en sursis, qu'il faut en savourer chaque seconde, les paupières closes, et si on sent la chaleur augmenter encore un peu, c'est parce que le soleil est arrivé aux franges d'un nuage, si bien que pendant quelques instants, ses rayons adoptent un autre angle et se concentrent comme dans un miroir ardent. Toutefois, cet instant précède celui où le soleil est occulté, où la température plonge et où – dans un ciel comme le mien – une tempête infernale peut se lever.

J'en étais là, sous mon ciel ensoleillé, en proie à un bonheur désespéré, frénétique, quand Carl m'a téléphoné pour me demander de monter à l'hôtel. J'ignorais ce qu'il voulait, mais je connais les moindres nuances de sa voix, tout comme lui connaît certainement les miennes, et à cet instant, la température avait baissé.

Quand je me suis trouvé dans son bureau une heure plus tard, la tempête infernale s'est effectivement levée.

39

« Assieds-toi donc. »

En tant que frères, nous ne nous livrons pas à ce genre de politesse, j'ai donc interprété cette phrase comme une entrée en matière, un avertissement qu'il avait une nouvelle grave à me communiquer.

Je me suis assis en même temps que lui se levait.

Nouvelle grave, indéniablement.

« Tu aimes cette pièce ? » Tapotant le dossier haut de son fauteuil de directeur, il a enchaîné sans attendre ma réponse. « Moi aussi. »

Il s'est dirigé vers la fenêtre.

« J'aime aussi avoir vue sur mes propres terres. J'aime pouvoir me faire monter mon déjeuner du restaurant, j'aime que l'espace bien-être ait toujours une place pour moi quand j'ai besoin d'un massage, j'aime le respect qu'on me voue, j'aime le pouvoir. Le pouvoir d'agir positivement, pour moi, pour mes employés et pour Os. J'aime tellement ça que j'ai décidé de tout garder. La dernière fois qu'on s'est parlé, tu as dit qu'au moins tu me donnais le choix, mais c'est faux, bien sûr, tu ne me laisses pas le choix. J'étais obligé.

— Obligé de quoi ? »

Carl avait beau sourire, je discernais la culpabilité et la résignation dans son regard. Regard qui m'était familier, du reste. Le même que lorsqu'il m'avait dit qu'il avait tiré sur Dog, le même que lorsqu'il m'avait avoué avoir poussé l'ancien lensmann dans Huken. Quand il avait frappé et tué Shannon.

« Qu'est-ce qu'il y a, Carl ? Dis-moi ce que tu as fait.

— J'ai convenu avec Kurt Olsen de tout lui révéler sur la façon dont tu as tué papa et maman et dont tu t'y es pris pour que Sigmund Olsen ait l'air de s'être noyé volontairement, et Willum Willumsen de s'être tiré une balle. »

Je l'ai dévisagé pendant que j'essayais de comprendre ce qu'il venait d'énoncer. Ça n'avait aucun sens. Je le répète, je ne suis pas un as de la lecture, mais je suis plutôt fort en maths et ça n'avait aucun sens.

« Tu veux avouer que tu as tué l'ancien lensmann pour m'empêcher de prendre ce bureau ?

— Je veux témoigner que toi, tu as tué Sigmund Olsen. Et Kurt a d'orcs et déjà affirmé qu'il me croyait. Quiconque est allé au bal d'Årtun sait que c'est toi, le violent d'entre nous deux. »

J'ai fermé les yeux, serré les dents au point de faire craquer mes molaires.

« Tu es en train de m'expliquer que tu en as déjà parlé avec Kurt ?

— Exact. »

Ma respiration par le nez était très sifflante.

« Tu me fais condamner, et après ? De toute façon, tu perdras ton boulot quand ton détournement de fonds sera découvert.

— Ce qui n'arrivera pas. Et d'ailleurs, tu ne seras pas forcément condamné. »

J'ai rouvert les yeux.

« Non ? Et comment serait-ce possible si tu as déjà parlé ? »

Un nouveau sourire, cette fois large et authentique, s'est déployé sur son visage.

« Une déclaration auprès de la police et un témoignage au tribunal sont deux choses différentes, Roy. Une fausse déposition peut facilement être retirée, je peux expliquer que je me suis senti poussé par Kurt ou que je voulais le taquiner, lui rendre un peu la monnaie de sa pièce après toutes ces années où il nous a poursuivis. Je peux retirer ma déposition dès aujourd'hui, Roy, mais seulement aux conditions suivantes : un, que tu n'entreprennes rien au CA et que je conserve mon fauteuil et deux, que, sans que personne s'en aperçoive, tu couvres de ta poche la facture de trois millions de couronnes. Si jamais l'erreur est découverte ultérieurement, on pourra toujours l'imputer à AUB et montrer qu'elle est déjà rectifiée. »

J'ai hoché la tête. J'étais sonné. Ce que Carl avait fait, c'était suivre le conseil de papa sur la boxe : pour atteindre son adversaire avec une puissance maximale, il faut frapper au moment où lui-même avance et attaque.

« Tu as l'air secoué, grand frère, mais je trouve que tu devrais voir ça comme un service que je te rends. Et en tout cas, je te laisse le choix. »

Je n'ai pu que continuer de hocher la tête, comme un de ces putains de chiens que les vieux placent sur la plage arrière de leurs voitures.

« Je sais ce que tu ressens, a ajouté Carl, mais comme ça, on est quittes et on peut repartir de zéro. Team Opgard. Qu'en penses-tu ?

— Quittes ?

— Oui, je savais que tu étais amoureux de Natalie Moe, je savais quel mal ça te ferait d'apprendre que je l'avais baisée, mais j'étais obligé, pour qu'on soit quittes de ce point de vue aussi. »

Je l'ai dévisagé.

Et cet imbécile de Roy Opgard a compris…

Carl n'avait bien sûr pas drogué Natalie pour pouvoir tirer un coup, mais pour se venger de moi, ce qui ne pouvait avoir qu'une seule explication.

Il savait.

« Comment… »

Je me suis interrompu pour m'éclaircir la gorge.

« Kurt. Il voulait que je témoigne contre toi au sujet du meurtre de son père. En contrepartie, j'étais dégagé d'éventuelles conséquences personnelles. Il disposait d'informations qu'il pensait à même de refroidir notre amour fraternel, comme il l'a formulé. Parce que en plus du sang du vieil Olsen derrière la plaque d'immatriculation de papa, ils ont aussi analysé celui de Shannon qu'ils ont prélevé dans sa voiture. Il en est ressorti qu'elle était enceinte, ce que je savais. Ce que j'ignorais, en revanche, c'est qu'à partir du sang d'une femme enceinte, on peut découvrir qui est le père. Tu le savais, toi ? »

J'ai hoché la tête, la peau de ma nuque commençait à brûler.

« C'est incroyable, non ? Tout aussi incroyable que l'identité du père. C'était toi, dis donc. Toi, Roy, mon propre frère, tu avais baisé ma femme et tu ne m'en avais jamais parlé. Je me suis demandé ce que vous prévoyiez pour la suite, Shannon et toi. Vous alliez garder le secret et j'allais nourrir le coucou, l'élever comme mon propre petit ? »

J'ai dégluti. Je ne me voyais pas franchement lui expliquer que le plan avait été plus drastique.

« Kurt était persuadé qu'il allait semer la discorde entre deux frères, ce qui n'est pas faux. Je lui ai répondu que je réfléchirais à sa proposition. Et j'ai réfléchi, Roy. Je pouvais te livrer en pâture, obtenir ma vengeance et, du même coup, cesser d'avoir à être constamment sur mes gardes et de craindre le jour où Kurt Olsen s'en prendrait à moi. »

Cette lueur étrangère dans les regards qu'il m'avait lancés, dans le regard qu'il lançait autrefois à papa, je savais désormais ce que c'était : de la haine mêlée d'un sentiment de culpabilité.

« D'abord, je suis arrivé à la conclusion que c'était suffisant de baiser Natalie Moe. Je voulais voir ta douleur, voir ton cœur se briser un peu, j'espérais que ça me suffirait. Et tu sais quoi ? Ça m'a suffi. Ç'aurait pu s'arrêter là, Roy. Mais ensuite, tu as lancé cette guerre nucléaire et dans ces cas-là, comme disait papa, il n'y a qu'une chose qui vaille.

— Riposter.

— Riposter. Tous les bombarder, surtout les communistes, et les ramener à l'âge de pierre. »

Je n'ai pas pu m'empêcher de sourire.

Carl s'est rassis dans son fauteuil de directeur.

« Bon, grand frère, qu'en penses-tu ? On ravit sa victoire à Kurt Olsen ? On s'est envoyé quelques sales coups dans les reins mais on s'en tient là ? Et puis je continue de diriger cet hôtel et toi, tu as ton parc à thèmes et ta princesse ? »

Nous nous sommes observés. Je ne sais pas ce que lui voyait, mais moi, j'avais devant moi le petit frère avec qui j'avais joué, avec qui je m'étais chamaillé, avec qui j'avais été en compétition, que j'avais protégé quand je le pouvais et consolé quand il en avait besoin. Quand nous en avions tous deux besoin. La nuit, une fois papa reparti, quand je descendais du lit du dessus et que je me glissais derrière Carl sur le lit du bas pour le serrer dans mes bras jusqu'à ce qu'il cesse de pleurer. Le petit frère qui, quand il me croyait endormi, se levait, ouvrait mon cartable et sortait la dissertation que je devais rendre le lendemain pour en corriger toutes les fautes d'orthographe et moi qui faisais semblant ensuite de ne pas m'en être aperçu. Le petit frère qui faisait danser toutes les jolies filles d'Årtun et moi qui devais intervenir ensuite pour casser la gueule aux petits amis jaloux.

« C'est pour ça que la plainte de Natalie n'a rien donné ? Kurt t'a protégé, toi, le témoin principal de la seule affaire dont il se soucie vraiment ?

— Oh, je ne crois pas que Kurt ait raconté à Natalie autre chose que la vérité, à savoir que la plupart des plaintes pour viol n'aboutissent pas.

— Précisément. »

Je me suis frotté le menton.

Carl s'est avancé sur son fauteuil, m'a tendu sa main droite.

« On fait la paix, grand frère ? »

Ma main a continué d'aller et venir sur la peau lisse à laquelle je n'étais toujours pas habitué. Une idée singulière m'est venue. Quand je serrerais cette main tendue, la paume rugueuse et chaude du seul autre Opgard restant me paraîtrait plus familière que mon propre menton. J'ai toussoté.

« Oui, je me souviens bien de la phrase de papa sur la riposte et la guerre mondiale. Il voulait dire que le jour où nous nous bombarderions jusqu'à être ramenés à l'âge de pierre, il faudrait entraîner tout le monde avec soi pour pouvoir continuer le combat à armes égales, à la hache de silex. »

Il m'a observé, l'air incertain, les mains en suspens comme dans une phrase inachevée. Je me suis levé.

« Va donc livrer ton témoignage à Kurt, Carl. Quant à moi, je vais rentrer auprès de ma hache de silex. »

J'ai entendu le fauteuil de directeur grincer comme si Carl se balançait alors que je sortais du bureau en refermant la porte derrière moi.

40

Cet après-midi-là, conscient que la troisième guerre mondiale avait éclaté et que tout le monde serait perdant, j'ai préparé une potée de pommes de terre à la viande pour Natalie. Pas le *lapskaus* norvégien qui n'en est qu'une imitation, mais le *Labskaus* original allemand, et certainement pas, bien sûr, la variante simple servie aux marins et constituée de viande bon marché et de biscuit de mer ramolli dans l'eau. Non, ce que j'avais cuisiné, c'était le plat que dégustait la bonne bourgeoisie de Brême et de Hambourg, celui dont maman avait appris la recette quand elle était gouvernante, à base de corned-beef, de harengs, de pommes de terre, de betteraves, d'oignons, de persil et d'épices. À sa troisième portion, j'ai demandé à Natalie, question superflue, si elle aimait ça. Elle s'est contentée de rire en désignant mon assiette.

« La question serait plutôt de savoir si toi, tu aimes.

— Oui, oui. Je n'ai pas faim, c'est tout.

— Quelque chose ne va pas ?

— Il y a toujours quelque chose qui ne va pas, non ? ai-je répondu parce qu'on ment mieux quand on ne ment pas.

— Le boulot ?

— Le boulot. »

Je disais en quelque sorte la vérité, puisqu'il s'agissait aussi du poste de directeur de l'hôtel.

« Je suis tout ouïe si tu as envie de parler.

— Merci, mon amour, mais il n'y a pas grand-chose à raconter. »

Je lui empruntais son *mon amour* de plus en plus souvent, avais-je noté. De même que Natalie, je l'avais initialement employé comme une plaisanterie affectueuse empreinte d'une certaine distance ironique, mais l'ironie était de moins en moins perceptible.

« Je vois. » Elle a soupiré. « C'est juste que mon cerveau a besoin de stimulation, je le sens. L'oisiveté commence à me taper sur les nerfs. »

J'ai repoussé mon assiette.

« Et moi, mon cerveau a besoin d'air frais, je le sens. Je vais faire un tour à pied et après j'irai voir Erik. Je t'achète quelque chose sur le chemin ?

— Il n'y a que la station-service qui soit ouverte à cette heure, non ? Et ça fait un peu loin quand il pleut.

— Un peu, oui. »

Je l'ai embrassée sur le front et je suis parti.

Ça tombait dru, j'ai remonté ma capuche et j'ai traversé la place centrale avant de m'engager sur la piste cyclable et piétonne. J'ai vu une femme sortir d'une Skoda, genre hybride, modèle familial plan-plan. Je reconnaissais le véhicule, mais pas la femme. C'était curieux de descendre ici, sur ce segment où il n'y avait ni maison ni quoi que ce soit d'autre. Quand elle s'est hâtée de rejoindre le sentier piétonnier tandis que la Skoda avançait dans le même sens, j'ai plus ou moins vu le tableau. La voiture est arrivée à ma hauteur et, derrière les essuie-glaces, j'ai vu Dan Krane, se concentrant sur la route, comme s'il suffisait d'ignorer un témoin pour le faire disparaître. Quand la femme est arrivée plus près, je l'ai reconnue aussi. C'était la gouvernante à l'accent d'Europe de l'Est qui m'avait aidé à trouver le drap. Je l'ai saluée de la tête, mais dans ce visage de marbre, aux joues certes légèrement empourprées, son regard me transperçait.

Et pourtant. Ce que j'avais entrevu n'était pas de l'amour, même pas du bonheur volé. Ces deux-là n'auraient pas eu l'air plus seuls si je les avais vus dériver au milieu de l'océan.

Après avoir acheté le petit plaisir coupable de Natalie à la station-service – une grande tablette de chocolat au lait –, j'ai fait demi-tour. Je comptais mes pas et j'ai décidé que je devais prendre une décision avant d'arriver à trois cent trente-trois. Carl témoignerait-il vraiment contre moi devant un tribunal ? J'avais du mal à le concevoir. Si c'était une menace en l'air, l'action que j'envisageais, une frappe préventive, risquait d'être une bévue catastrophique. Trois cent trente et un. J'étais devant le Chute Libre. Sur le stop-trottoir, la pluie avait hachuré de traînées noires les lettres à la craie d'Erik.

Just do it était devenu *Just dø,* « Juste mourir ».

Je suis entré.

Erik a répété ma question.

« Quel genre de copains on est ? Ben, on *était* en tout cas le genre où c'était lui qui décidait et qui marchait en tête et nous qui le suivions. Dans la bande, on admirait Kurt, surtout quand on était gamins. Un peu parce que c'était le fils du lensmann, on s'imaginait sans doute que la vie était plus trépidante chez lui que chez nous, un peu parce qu'il était, et de loin, le meilleur footballeur de nous tous. Il avait la réputation d'être le plus grand talent du ballon rond qu'Os ait vu d'aussi loin qu'on se souvienne. Mais surtout, on l'admirait parce qu'il avait une attitude si supérieure, si souveraine. »

Il m'a resservi du café. Il avait confié le bar à Alex et nous nous étions installés à la table la plus éloignée, près de la sortie, hors de portée des oreilles. J'ai bu une gorgée de café, je savais qu'Erik risquait de mettre un certain temps avant d'en venir au fait.

« C'était le meilleur et il le savait parfaitement bien. Pas le plus intelligent, Kurt n'était pas une flèche à l'école, mais dès que la cloche sonnait, il était numéro un en tout. Il a aussi été le premier à avoir du succès auprès des filles. Elles aimaient son assurance. Et puis évidemment ses cheveux blonds, épais et drus comme une gerbe de blé. Il aurait dû être dans un groupe, Kurt. Le pire, c'est qu'il jouait de la guitare et n'était pas mauvais du tout. Il manquait simplement de patience. Et puis il devait donner la priorité au foot, il a débuté dans l'équipe A à seize ans. Notodden voulait l'embaucher, et Odd lui a proposé un essai. Il a passé deux, trois matchs sur le banc des remplaçants et la fois où il est entré sur le terrain, le résultat a été moyen. Il était tendu, tu sais, il n'a pas pu faire ses preuves. Alors il s'est dépêché de rentrer à la maison. Il a prétendu qu'il ne se plaisait pas à Skien. Il ne connaissait personne. Il aimait Os. Il aimait la sécurité de ce qui lui était familier. Il aimait avoir des copains qui seraient là pour lui s'il avait besoin d'eux.

— Il aimait être un gros poisson dans sa petite mare.

— Oui. Si Kurt avait une faiblesse, c'était qu'il ne supportait pas de ne pas gagner. Enfin, c'était peut-être sa force aussi, il courait, courait, courait, jusqu'à l'épuisement total de ses adversaires. Il était patient, n'abandonnait jamais la partie, mais il lui arrivait aussi de péter les plombs. Je me souviens d'un match contre Notodden en coupe de Norvège. Ils avaient un joueur junior bien technique, qui lui a fait deux petits ponts. Les gens riaient en applaudissant le jeunot qui avait roulé notre capitaine. Au troisième petit pont, Kurt l'a taclé juste au niveau du genou et le gamin est ressorti sur une civière. Rupture des ligaments croisés. Six mois plus tard, j'ai lu qu'il avait raccroché les gants. »

Johnny, en uniforme, était à une table avec deux copains. De temps à autre, il lançait un coup d'œil vers nous.

« Quand tu disais que vous seriez là pour lui. La question que je me pose, c'est s'il en a profité.

— À quoi tu penses ? »

Erik a porté sa tasse à ses lèvres, mais elle était vide.

J'étais dans le vestibule du Chute Libre, m'apprêtant à repartir, quand mon téléphone a sonné.

Bent Halden.

En règle générale, il faut bien connaître les gens pour percevoir qu'ils ont un gros problème quand ils sont tranquillement en train de parler de la météo.

« Oui, ici aussi, ça s'est refroidi, ai-je répondu en regardant dehors par la vitre de la porte. Qu'est-ce qui ne va pas ?

— Jon Fuhr.

— Ah bon ? »

Il m'a brièvement exposé le problème.

C'était surprenant, mais pas proprement choquant.

J'ai demandé à Halden combien de temps il lui fallait pour être à Os. Il m'a dit qu'il avait peur d'être vu en ma compagnie. Je lui ai rétorqué qu'il n'avait qu'à conduire sa voiture à l'atelier et, si on lui posait des questions, la réponse était que j'avais une réparation à faire, je n'avais pas eu le temps la dernière fois. Il a accepté.

Je suis resté à contempler le parquet usé, il y avait un rectangle plus clair et je me suis rendu compte que c'était la trace de l'ancienne borne d'arcade. Les explosions d'astéroïdes étaient de plus en plus rapprochées à présent et Kurt Olsen avait raison, ça finirait par ne plus aller. Mais que faire ? À part jouer jusqu'au message *game over*, jusqu'à la fin de la musique, jusqu'à l'extinction des feux ?

41

Il était près de minuit. Bent Halden a conduit son Audi dans l'atelier, s'est assis sur une chaise en bois contre le mur et m'a tout expliqué en détail. Il faisait froid et humide, nous avions gardé nos vêtements d'extérieur. Jon Fuhr avait épanché sa bile auprès de Halden. Mesurant ce que leur rapport nous faisait gagner, à mon frère et moi, il voulait exiger plus. Six millions chacun.

« Pourquoi six exactement ?

— Je ne sais pas. » Halden avait la voix teintée de désespoir. « Je crois qu'il a une dette… il a joué et perdu.

— Peu importe. C'est hors de question. On avait un marché et je compte sur vous pour le respecter.

— Jon dit que si vous ne payez pas, il modifiera son rapport.

— Si vous changez un iota de ce rapport, vous nous aurez sur le dos.

— Il ne croit pas à ce "nous", selon lui, il n'y a que vous et votre frère.

— Mais quand bien même on vous laisserait tranquilles, les soupçons seraient éveillés, vous auriez d'autres gens sur le dos. Tout peut être découvert. Nous finirions tous en prison, et vous écoperiez de peines plus longues que nous.

— Moi, je le comprends. Et je pense que Jon aussi, mais…
— Mais ?
— Il veut insister. Il est complètement… intrépide.
— Intrépide ?
— Il a un peu disjoncté, si vous voulez.
— C'est les stéroïdes. »
Halden m'a considéré d'un air interrogateur.
« Vous n'êtes pas au courant que votre partenaire prend des stéroïdes anabolisants ?
— Non. Il prend des cachets qu'il garde dans un tiroir de son bureau, mais ce sont des compléments alimentaires… enfin, c'est ce qu'il prétend.
— Souvent, les stéroïdes enhardissent, rendent agressif, colérique, et d'une manière générale assez cinglé. Cela ne correspondrait pas à Jon, ces derniers temps, par hasard ?
— Si.
— Et c'est pourquoi vous m'avez contacté à son insu. Vous avez peur de ce qu'il pourrait inventer.
— Je ne veux plus faire partie de ce truc. J'ai une famille.
— Une fois le train lancé sur les montagnes russes, on ne peut plus sauter en marche.
— Mais Jon a… vous ne le connaissez pas. Il va le faire. Il a déjà entamé la rédaction d'un rapport révisé. Il ne sait pas que je suis au courant, mais je l'ai vu sur son ordinateur. »
J'ai sorti ma boîte de tabac, j'en ai proposé un sachet à Halden – bon, d'accord, c'était un peu pour rigoler –, et puis je m'en suis glissé un bien gras sous la lèvre. Je prenais mon temps, je digérais les informations. Je commençais sans doute à voir le tableau.
« Pourquoi m'en parler à moi ?
— Je veux que vous sachiez que ce n'était pas mon idée.
— Et parce que vous voulez que j'agisse ?

— Quoi ? Non ! Enfin… si, bien sûr, si jamais vous êtes en mesure de le faire. »

J'ai soutenu son regard, cherchant peut-être à lire en lui. J'en étais incapable, évidemment, mais je gageais qu'une de ses pensées traitait de l'histoire que je lui avais racontée chez lui, dans son garage, sur l'ingénieur qui, à point nommé, était tombé par la fenêtre de sa chambre d'hôtel.

« Vous saviez qu'on avait observé un loup dans les environs ? »

Halden a eu l'air déconcerté, il a secoué la tête.

« De nombreux propriétaires de moutons aimeraient le tuer, mais c'est interdit. Alors ce qu'ils font, c'est qu'ils repèrent où le loup cherche sa nourriture et puis ils y déposent de la viande d'agneau empoisonnée. Ils laissent le loup se tuer lui-même, si vous voulez. »

Il a cligné des yeux, ça turbinait, là-dedans, on voit qu'ils sont malins, ces ingénieurs.

« Ce n'est pas illégal ?

— Probablement, mais c'est plus difficile à découvrir et c'est carrément compliqué d'identifier le coupable.

— Je vois. Vous aussi, vous pratiquez… ce genre de choses ?

— Non, ai-je assuré d'un ton ferme, mais si je devais, j'emploierais du fentanyl. Cinquante fois plus fort que l'héroïne. Avec un peu de chance, vous trouverez des comprimés qui ressemblent à ceux que le loup prend déjà. Et puis vous les mettrez simplement là où le loup va avaler ses cachets, hein ?

— Et l'examen du cadavre montrera quoi ?

— Que le loup a fait une overdose d'une drogue connue. Une surprise, mais rien de véritablement choquant quand des examens complémentaires révéleront que ce loup consommait d'autres stupéfiants depuis longtemps. J'ai d'ailleurs lu récemment que les stéroïdes anabolisants étaient actuellement la drogue la plus répandue aux États-Unis, les gens n'en prennent pas seulement pour augmenter leur masse musculaire, mais aussi pour stimuler leur libido et avoir plus d'énergie, un peu comme les amphétamines, quoi. »

Il a hoché la tête. Pas aussi lentement que nous autres d'Os, mais pas loin. Oui, il était malin. Assez pour être capable d'identifier quand il fallait saisir un problème à la racine. Assez pour connaître la différence entre douze millions divisé par deux et douze millions divisé par un.

Nous avons échangé quelques mots sur la météo, j'ai refermé le capot de l'Audi, ouvert la porte de l'atelier et j'ai agité la main pendant qu'il s'éloignait.

Quand je suis entré dans l'appartement de Natalie, je l'ai trouvée en chemise de nuit sur le canapé, elle m'a dit qu'elle m'avait attendu. Elle était si exquise, à m'observer en silence. Je l'ai embrassée et nous avons fait l'amour, nous n'avions pas la moindre chance d'arriver jusqu'au lit. Et comme moi, elle était sauvage, intense, presque désespérée. À l'instar des hommes et des femmes en temps de guerre, ai-je lu, qui inconsciemment savent que cette fois, cette nuit, pourrait être la dernière.

Comme d'habitude, je me suis retenu quand j'ai senti que j'allais jouir, mais cette fois elle ne m'a pas laissé faire.

« Continue !

— Mais…

— Chut. »

Elle a planté ses ongles dans ma chair.

J'ai fermé les yeux et couru le risque.

42

On était dimanche, deux jours avant la réunion du conseil d'administration.

Au petit déjeuner, j'ai demandé à Natalie si elle avait envie d'aller au match de foot plus tard dans la journée.

« Je ne suis pas très foot. Il me semblait que toi non plus, d'ailleurs.

— Ça pourrait être intéressant.

— Intéressant ? Mais on n'a pas déjà changé de division ?

— Je ne pensais pas au match. »

Elle a plissé le front.

« À quoi pensais-tu, alors ?

— Voyons, à quoi pensais-je ? En plus, c'est gratuit.

— Ah bon ?

— Oui. En tant qu'actionnaire principal de l'hôtel, j'ai deux places à la tribune VIP. »

Elle a fait le rapprochement.

« Tu veux qu'on y aille… pour se montrer ? »

J'ai acquiescé. Autrefois, à Os, un garçon et une fille étaient officiellement considérés comme un couple dès lors qu'ils arrivaient ensemble au bal du samedi soir ou au service religieux du dimanche.

« À toi de décider. Ça peut attendre une autre occasion, ou jamais. Tu ne veux peut-être pas, parce qu'il n'y a que mon corps qui t'intéresse. »

Elle est venue s'asseoir sur mes genoux.

« Tu es si mignon, toi ! » Elle m'a embrassé sur le nez, avant de se raidir. « Mais ton frère… il ne sera pas à la tribune des péteux ?

— Et si je te dis qu'il n'y sera pas ?

— Alors je viens. »

Cette fois, elle m'a embrassé sur les lèvres.

J'étais sur le trône, le téléphone à la main, et dans le salon j'entendais Natalie faire son Duolingo de français.

Carl a répondu à la deuxième sonnerie.

« T'es où ?

— À la nouvelle maison. Les Allemands sont là, ils ont livré la cuisine. »

Sa voix, ou plutôt son silence ensuite, trahissait qu'il attendait que je prononce les paroles espérées, à savoir que j'avais réfléchi et que je lui proposais un traité de paix.

« Natalie aimerait venir au match aujourd'hui, mais seulement si tu n'y es pas. Ça pourrait être un geste, une marque de respect, Carl, et ça pèserait dans la balance quand elle décidera si elle va t'attaquer ou non en justice. »

J'ai entendu le sifflement d'une scie et des coups de marteau.

« Je laisse tomber le match si tu laisses tomber ton projet de prise de contrôle.

— Pas question ! Je sauve l'hôtel et je te sauve toi, tu ne comprends pas ? »

Il a soupiré.

« Oh si, je comprends, Roy. Je comprends tout à fait. Tu as tes propres motivations, ne te fous pas de ma gueule en me racontant que tu me sauves la mise. J'espérais que tu reviendrais à la raison et c'est pour ça que je n'ai pas appuyé sur le bouton rouge, mais maintenant, je suis obligé. Souviens-toi que c'était ton choix, Roy. Souviens-t'en. Au revoir.

— Carl, attends ! »

Il n'a pas raccroché et de nouveau, je l'ai entendu, c'était peut-être cette respiration qui m'était parvenue du lit du bas depuis notre plus tendre enfance et dont je percevais les moindres nuances. Il se cramponnait à cet « attends ! » de toutes ses forces, espérant que je finirais par me souvenir de ce que papa nous avait asséné à l'envi : *On est une famille. Nous n'avons que nous-mêmes et personne d'autre.*

J'ai toussoté.

« Tu vas assister au match, oui ou non ? »

Ses poumons se sont vidés de leur air.

« Tu as de la chance, grand frère. » Il parlait d'une voix aussi plate qu'un pneu crevé. « Aujourd'hui, je dois rester ici pour m'assurer que tout est comme il faut.

— Que tout est comme il faut... »

Il a raccroché, j'ai tiré la chasse.

Je suis sorti de la pièce au son de l'eau qui se déversait dans la cuvette.

« *On y va !* » ai-je clamé en français.

Pour un match si insignifiant, le public était particulièrement nombreux.

« C'est comme les soirées organisées par les gens qui ont du succès, tous ceux qui sont invités y vont », a déclaré Natalie quand je lui en ai fait la remarque.

Parler de gens qui ont du succès me paraissait un peu exagéré, l'Os FK n'était tout de même pas en première division. Os avait eu pendant quelques années un biathlète dans l'équipe nationale junior, c'était nettement plus impressionnant, mais globalement, seuls les membres de sa famille et quelques tordus avaient assisté au championnat régional. Le foot, en revanche, attirait les foules, parce que les foules avaient elles-mêmes pratiqué ce sport et savaient reconnaître et apprécier une bonne prestation sur le terrain et, a contrario, s'arracher les cheveux devant un jeu de mauvaise qualité, des buts loupés si faciles que n'importe qui aurait marqué presque à tous les coups. Tandis que pour la plupart d'entre nous, atteindre une cible du diamètre d'une bougie chauffe-plat, à peine visible à l'œil nu, tient du miracle.

« D'une bougie chauffe-plat ?! Ça, il faut que j'essaie ! » s'est exclamée Natalie tandis que nous nous dirigions vers la tribune d'honneur.

Elle semblait totalement indifférente à toute l'attention que nous attirions. Je feignais l'indifférence, mais je lisais un certain nombre de choses dans tous ces yeux qui nous fixaient. Comme « La fille du couvreur-zingueur Moe et Roy-du-poste-d'essence, dis donc ! » et « Elle a dû être séduite par son argent, oui… » et « Mais c'est presque du détournement de mineure ! » ou encore « Eh ben, ils ont l'air de bien bonne humeur, ces deux-là ! », voire « D'après Grete Smitt, Carl Opgard aurait tenté sa chance à la fête du personnel. Enfin bon, au final, Natalie Moe doit se contenter de son frère, Carl trouve sûrement ce qu'il lui faut auprès de Mari Aas ».

« Bonjour, m'a salué Rita Willumsen quand nous sommes montés sur la tribune. Ça fait plaisir de voir que tu es accompagné. Bonjour, Natalie.

— Bonjour, Rita. »

Elles se sont souri chaleureusement. Elles n'avaient jamais échangé la moindre parole, la seule chose qu'elles aient échangée, c'était moi, et là, d'un seul coup, elles avaient l'air d'amies intimes. Ah, les histoires de filles ! Je n'y comprenais rien et je ne comprendrais pas davantage si on me l'expliquait.

Mari Aas et Dan Krane étaient côte à côte. Dan a évité mon regard, rien de très surprenant dans la mesure où il savait que j'avais entrevu à quoi il se livrait en catimini. Ce qui m'étonnait davantage, et d'autant plus, était que ces deux-là se tenaient la main. Disons-le franchement : même la plus problématique des voitures reste moins compliquée que des humains. J'ai salué de la tête Asle Vendelbo et Jo Aas, qui nous ont fait de la place.

« Contre qui jouons-nous ? me suis-je renseigné.

— Kongsberg 2, a déclaré Natalie. Pile en milieu de tableau. »

Je l'ai dévisagée, stupéfait, et j'ai vu Vendelbo confirmer l'information d'un geste du menton.

Je le répète, même une voiture déglinguée sera toujours plus simple à comprendre qu'une nana.

Aas a toussoté sans rien dire, mais je voyais où il voulait en venir. Il souhaitait savoir si j'avais examiné l'affaire et pris une décision concernant Carl. J'ai craché mon snus par-dessus le bord de notre petite tribune en bois et il a hoché imperceptiblement la tête pour me signifier que le message était passé.

À la mi-temps, nous avons bu de la bière. J'ignore comment on était parvenu à cette situation, mais la tribune VIP avait le statut de cercle fermé et, en tant que telle, elle échappait à la fois à l'obligation de posséder une licence de débits de boissons et à l'interdiction de la Fédération norvégienne de football de vendre de l'alcool dans les stades. Au nom de la banque, Vendelbo servait donc de la bière dans de petits verres à pied, et nous la buvions comme du champagne, alors qu'autour de nous le commun des mortels nous observait. Plusieurs ont secoué la tête, ils nous prenaient pour des aristocrates à la chasse à courre. Personne toutefois n'a protesté haut et fort, les spectateurs étaient bien conscients que c'était nous, ou notre argent, qui avions favorisé le changement de division du club, et il n'était d'ailleurs pas exclu que l'exploit se reproduise.

Vers la fin de la deuxième période, la plèbe s'est mise à brailler de joie. L'activité sur le terrain n'ayant rien de spectaculaire, nous nous sommes tournés pour voir ce qui se passait. C'était Kurt qui arrivait sur ses jambes arquées et marchait entre le public et la ligne de touche, en direction de la tribune. Les acclamations se sont muées en un « Kurt, Kurt » scandé en rythme. Il a ricané, salué d'une main levée pour montrer qu'il participait à la plaisanterie, mais tout comme les spectateurs, il savait que ce n'en était pas une, la personne qui s'avançait là était *leur* roi d'Os. Il m'a repéré et j'ai su pourquoi il était venu. Il était sans Johnny aujourd'hui, mais cela ne faisait pas l'ombre d'un doute, il allait m'interpeller pour la troisième fois en peu de temps et ne pouvait concevoir de meilleur endroit pour cette opération que la tribune d'honneur, en plein milieu d'un match, en présence du ban et de l'arrière-ban. Et surtout de Rita. Ce qui signifiait forcément qu'il disposait d'un dossier en béton.

Jo Aas, qui était lancé dans une conversation avec Natalie sur la nouvelle aile de l'hôtel, a dû saisir ce qui se tramait. Il s'est tu, a jeté un coup d'œil sur Kurt, qui était à l'approche, puis sur moi. Ensuite, il a fait les trois pas qui suffisaient à ses longues jambes pour gagner le bas de la tribune afin de barrer la route au lensmann. Il lui a posé la main sur l'épaule et s'est penché pour lui murmurer quelques paroles à l'oreille. Kurt s'est arrêté, il a écouté. Car tout le monde à Os écoute l'ancien maire quand il a quelque chose à dire, point final. Kurt a répondu, mais Aas a secoué la tête, et ensuite il a été seul à parler, et Kurt a acquiescé. Il a pivoté vers le terrain. Se rendant compte sans doute que tous les regards étaient braqués sur lui, il a remonté son pantalon par la ceinture, comme le faisait toujours son père, et il a feint de suivre le match. Rita est descendue le rejoindre et lui a parlé, elle aussi, mais il a secoué la tête encore. Quelques minutes plus tard, il a consulté sa montre d'un geste appuyé et il est parti. Je l'ai observé jusqu'à ce qu'il arrive aux baraquements allemands. J'ai tendu l'oreille, guettant le bruit du Land Rover, mais ça soufflait trop.

« Que cherchait Kurt ? a voulu savoir Natalie.

— Rien qui ne puisse attendre une occasion plus propice, lui a répondu Aas avant de s'adresser à moi. Tu pourrais peut-être prendre contact avec lui tout à l'heure, Roy ? Il a un ou deux points à élucider sur lesquels je pense que tu pourrais l'aider. »

J'ai acquiescé.

Natalie ayant proposé de conduire, j'avais bu deux ou trois verres de cette bière, et quelques minutes avant la fin du temps réglementaire, je l'ai avertie que je faisais un tour aux toilettes avant la ruée de fin de match et que je l'attendrais ensuite à la voiture.

Le club était désert.

Dans les toilettes, je me suis posté devant la courte rigole, un de ces modèles suspendus, à l'ancienne, qui sont rincés selon une trajectoire dont je n'ai jamais cherché à lever les mystères. Quoi qu'il en soit, le bruit de l'eau a dû couvrir celui de la porte qui s'ouvrait. Je ne me suis aperçu de rien avant de sentir un point dans mon dos.

« C'est le canon d'un Glock 17, Roy. Reste parfaitement calme et mets les mains dans ton dos », m'a ordonné Kurt.

À n'importe quel autre moment de mon existence à Os, j'aurais éclaté de rire devant cette scène parodique.

« Kurt…

— Obéis ou on appellera ça refus d'obtempérer. Ce qui signifie que je pourrai, en ayant la loi de mon côté, faire de toi ce que je veux. Et je pense que tu sais ce que je veux…

— Laisse-moi juste…

— Tout de suite ! »

J'ai obéi. Les menottes se sont refermées autour de mes poignets.

« Et maintenant, tu te retournes. »

Je me suis retourné.

« Putain ! » s'est écrié Kurt quand le jet d'urine a atteint sa cuisse.

Il a bondi furieusement en arrière, mais le jet a suivi – je ne prétendrai pas que je me retenais –, avant de se tarir peu à peu, se déplaçant alors vers le bas de son pantalon. C'est quand l'urine a touché la pointe de ses santiags en peau de serpent que le désespoir de Kurt a atteint son paroxysme et qu'il s'est mis à éructer des sons inarticulés. Il a complètement déraillé. Et quand l'urine a cessé de couler, ce qui s'est passé était un recommencement que j'aurais dû anticiper. Il m'a frappé. De son pistolet. Sur le front. J'ai senti mes points de suture tirer, puis la plaie s'est ouverte. J'ai fermé les yeux, un liquide chaud s'est déversé sur mes joues. Quand j'ai relevé les paupières, Kurt collait sa face à la mienne.

« Je vais te tuer ! Tu le sais, Roy ? »

J'ai réagi instinctivement. À savoir sans sagesse ni réflexion, mais sans fureur non plus, ni peur ou autres sentiments contre-productifs. Comme si mon cerveau avait effectué un calcul élémentaire et donné des ordres à mes muscles d'après le résultat obtenu, à savoir que leur action devait me sauver. Les mains menottées dans le dos, j'ai donc penché légèrement la nuque en arrière et hoché la tête. Pas lentement à la Os, mais durement à la Årtun. Kurt avait dû oublier le plus vieux truc du monde : le coup de boule. Comme pour Fuhr, j'ai senti céder du cartilage, une arête nasale a craqué. Kurt a perdu l'équilibre, il a dérapé dans la pisse et est tombé par terre, son occiput heurtant les dalles de pierre dans un choc déplaisant.

Comme pour Moe, je me suis assis sur sa poitrine et j'ai coincé ses avant-bras sous mes genoux. C'étaient des recommencements, en effet. Tout n'était que recommencement. Ma vie tournait en putain de boucle et je ne savais pas comment en sortir, comment descendre du train. Mon sang tombait sur le visage de Kurt, c'est peut-être ce qui l'a réveillé. Il a bougé, ouvert les yeux, les a fixés sur moi. Il semblait avoir besoin de quelques secondes pour se resituer.

« Là, tu vas avoir des problèmes, Roy, a-t-il murmuré d'une voix rauque.

— Et toi aussi. Quand on sortira d'ici, les gens verront que tu as frappé un homme menotté. »

Une goutte de sang atteignant sa pommette l'a fait cligner des yeux. Il a soufflé par le nez, il devait se sentir relativement en sécurité, vu que je ne pouvais pas me servir de mes mains. Ensuite, il a vaguement essayé de se dégager.

« Bouge-toi, Roy, sinon je vais devoir t'éjecter de là.

— Tu vas perdre ton travail, Kurt.

— Non. J'expliquerai que c'est toi qui as commencé en me donnant un coup de tête, que j'ai dû te frapper pour te mettre hors jeu et que je t'ai menotté ensuite. La parole d'un policier contre celle d'un assassin. Difficile de savoir qui les gens croiront, hein ? »

Un large sourire s'est déployé sur son visage. Kurt était un dur à cuire, reconnaissons-le. Et il n'était peut-être pas non plus affligé de la bêtise profonde que je suspectais. Mais à cet instant, la porte s'est ouverte, des crampons ont claqué sur le sol. Un homme vêtu du maillot d'Os FK s'est arrêté net. C'était l'attaquant nigérian, celui pour qui nous avions payé si cher. Il nous a dévisagés dans le soudain silence.

« *Coach ?*

— *Yes, Umar ?*

— *Do you need help ?*»

Kurt a tourné la tête vers son attaquant.

«*No, Umar, leave us, please.*»

Umar est resté à me dévisager. Ou plutôt, il est resté à fixer ma verge, qui pendait toujours par ma braguette ouverte et, ne constatais-je que maintenant, se trouvait à proximité immédiate de la bouche de Kurt. Il a eu l'air d'assembler les éléments du tableau qui se présentait à lui : le sang, le sexe, deux hommes, des menottes, un lieu public, puis il a hoché la tête pour signifier qu'il comprenait et acceptait et il est sorti de la pièce à reculons.

La porte s'est rabattue, le bruit des crampons s'est éloigné.

«Voilà ta version invalidée.

— Pousse-toi.

— Si tu promets de m'ôter les menottes.

— Pousse-toi !»

Je me suis levé, Kurt aussi, il a ramassé le pistolet qui avait glissé sous le lavabo avant de prendre ses clefs de menottes pour me libérer. J'ai remis mon organe sexuel dans mon pantalon et fermé ma braguette.

«Je t'arrête, a déclaré Kurt en me donnant du papier qu'il avait tiré du distributeur au-dessus du lavabo.

— Pour quoi ?»

Il a ricané tristement.

«Je ne saurais pas par où débuter.

— Carl ?»

Je me lavais le visage, mais ce n'était pas d'un très grand secours, puisque le sang coulait sans discontinuer.

Il a acquiescé, avant d'effleurer délicatement son nez en grimaçant.

«Ce matin, ton frère est venu. Il m'a raconté. Donc là, c'est tout vu. Je n'en ai pas besoin, mais des aveux de ta part pourraient favoriser une réduction de peine, bien sûr. Même si ce n'est pas évident quand il est question de plusieurs meurtres. Alors ? Tu veux aller directement au cachot ou tu veux t'expliquer d'abord ?

— Aas t'a dit quoi pour t'empêcher de m'arrêter devant tout le monde ? »

Il a haussé les épaules.

« Il a parlé de discrétion professionnelle. Il a réussi à formuler ça de façon sensée.

— Il sait bien s'y prendre.

— Oui. »

Chacun devant un lavabo, les robinets ouverts, nous soignions nos plaies.

« Tu ne peux pas prouver que j'ai frappé le premier, a noté Kurt. En l'occurrence, tu ne peux même pas prouver que je t'ai frappé.

— Je n'ai pas l'intention d'essayer.

— Non ? Pourquoi ?

— Parce que je comprends sans peine ta réaction. Je t'ai tout de même pissé dessus, non ? »

Il m'a lancé un regard pour voir si je déconnais.

« Au sens propre, j'entends », ai-je assuré. Et je déconnais.

Il a proféré un grognement.

« Tu aurais pu au moins orienter le jet autrement.

— Oui, je pense que le jury aurait été de ton avis. »

J'ai vu dans le miroir que Kurt souriait de toutes ses dents. Vraiment.

J'ignore totalement pourquoi nous avions subitement adopté ce ton badin. En ce qui concerne Kurt, c'était peut-être le soulagement de voir la chasse enfin terminée. Roy Opgard était pris. Son père était lavé des suspicions de suicide. Personnellement, je n'ai jamais saisi la honte associée au suicide. Sans doute était-elle relative à l'incapacité de se créer une existence qu'on jugeait digne d'être vécue. Mais qui donc est maître d'un phénomène aussi compliqué et aléatoire ?

« Tu vas me livrer des aveux ?

— On verra ça plus tard. D'abord, il faut que j'arrête ce saignement. »

Nous sommes sortis des chiottes et entrés dans les vestiaires. Plus ou moins déshabillés, les joueurs ont tous donné l'accolade à Kurt, il était vraiment adoré. L'attaquant, en revanche, a gardé ses distances.

« Stanley », a appelé Kurt.

Accroupi, Stanley Spind palpait le genou d'un joueur en le faisant pivoter délicatement. Il s'est tourné vers nous.

« Oups… Qu'est-ce qui s'est passé ?

— On a glissé dans les chiottes. Quelqu'un avait pissé par terre et on s'est cogné la tête en tombant. Où est ton nécessaire de couture ? »

Stanley nous a observés, moi, puis Kurt, puis encore moi. Il ne croyait pas une seconde à cette explication. Il a ouvert sa sacoche, en a tiré une boîte.

« Tu as eu beaucoup d'accidents ces derniers temps », a-t-il noté d'un ton laconique alors qu'il recousait ma plaie au front.

Je n'ai rien répondu et, de nouveau, il m'a enroulé un turban autour de la tête.

Ensuite, il a examiné le nez de Kurt qui enflait déjà.

« Je peux te donner un antidouleur et t'envoyer faire une radio au service ORL de l'hôpital de Notodden.

— J'ai la cloison nasale déviée. Tu peux y remédier ?

— Je peux essayer de la redresser, mais ce sera douloureux. Et ça a l'air un peu compliqué, donc ce n'est même pas sûr que ça marche.

— Fais-le. »

Kurt s'est assis sur le banc en fermant les yeux.

J'ai frissonné, je me souvenais de ce jour, huit ans auparavant, où Stanley avait effectué sur mon index ce qu'on appelle un repositionnement, j'avais souffert le martyre.

Kurt est resté parfaitement stoïque, il n'a pas émis un son. En revanche, on a entendu le craquement de son nez et le gémissement des joueurs tout autour, qui l'observaient, fascinés et horrifiés à la fois. Il a remercié Stanley et il est venu vers moi, en battant des cils pour chasser ses larmes de douleur. Il a posé la main sur mon épaule.

« Bon, on fait un tour en voiture, Roy ? »

Sur le parking désert, Natalie attendait à côté de ma Volvo, les bras croisés sur la poitrine. Elle s'est raidie en nous voyant.

« Je peux… ?

— Oui, mais dépêche-toi », m'a répondu Kurt.

Je l'ai rejointe. Je lisais la perplexité et l'inquiétude sur son visage.

« Qu'est-ce qui s'est passé ?

— Carl lui a raconté ce qui s'était produit quand mes parents sont morts.

— Quoi ? Mais…

— Je dois partir avec Kurt, là. Je t'appellerai dès que j'en saurai plus. D'accord ? » Je lui ai tendu les clefs de voiture et je l'ai embrassée sur la joue. « Je t'aime.

— Tu vas… tu vas revenir ?

— Oui.

— Sûr ?

— Non, mais c'est probable.

— À quel…

— Autour de soixante et onze pour cent.

— Nigaud ! »

Et c'est la dernière chose qu'elle m'ait dite avant que je me dirige vers Kurt, qui m'ouvrait la portière de son SUV.

« C'est devenu une belle femme, Natalie, a-t-il déclaré en démarrant.

— Où on va ?

— À Notodden.

— À la prison ?

— Il faut bien que tu sois nourri et logé convenablement maintenant que tu vas séjourner un certain temps derrière les barreaux. »

Pendant que nous roulions sur la nationale, en direction de l'est, le soleil a percé la couche nuageuse.

« Je vais te livrer toute l'histoire, ai-je annoncé.

— Mieux vaut attendre le poste de Notodden, pour qu'on puisse l'enregistrer.

— Non. Je ne dirai rien à Notodden, alors faisons plutôt une halte. Ce sera mieux pour nous deux. Un sachet de snus, une clope, un récit. »

Kurt m'a jeté un coup d'œil furtif.

« Comment ça, mieux pour nous deux ?

— Tu sais quoi ? » J'ai pointé l'index devant moi. « Ce serait impec que tu tournes là-bas, là où l'histoire s'arrête. »

Les paupières plissées, il a regardé droit devant lui. Il a hésité. Il avait compris. La remise à bateaux, où était rangée la barque qu'on avait retrouvée dérivant sur le lac, les bottes de Sigmund Olsen à bord. Il a eu l'air d'hésiter une seconde, mais a finalement actionné son clignotant et ralenti.

« Voyons si la barque est étanche, ai-je déclaré en ouvrant ma portière.

— Tout doux, on se calme ! »

Kurt a d'abord fait mine de porter la main à son étui d'épaule avant de changer d'avis.

Il m'a suivi jusqu'à la vieille bâtisse rouge, qui s'élevait seule au bord de l'eau, baignée du soleil de l'après-midi. Un cadenas la verrouillait. J'ai appuyé sur la porte en planches pour créer un interstice me permettant de voir à l'intérieur. L'embarcation y était.

« Vous avez changé de cadenas. À l'époque, il y en avait un grand, brillant. »

Kurt m'a proposé une cigarette.

« On était bien obligés, vu que la clef avait disparu avec papa. »

C'était ce « papa ». Ça m'a fait quelque chose. Je me suis rendu compte de ce qui aurait dû être flagrant pour moi depuis le début. Je ne l'avais jamais entendu évoquer son père en disant « papa » et maintenant qu'il le faisait, on aurait dit qu'il baissait la garde pour me révéler, non pas sa vulnérabilité, même si je la voyais aussi, mais autre chose. Le lien familial. L'intimité. L'amour pour son père. Car s'il recèle de la vulnérabilité, ce sentiment est aussi une force imbattable. Je n'avais pas aimé mon père, je n'avais pas été aimé. Et c'est pourquoi Kurt Olsen l'emporterait toujours sur moi ; sa traque avait un objectif, un sens, tandis que moi, je ne faisais que fuir sans me diriger nulle part. Je le savais, Kurt le savait et comme j'étais enfin écrasé, toute la haine qu'il avait dirigée contre moi semblait volatilisée. Il remerciait un digne adversaire pour le combat livré. L'esprit sportif facile du vainqueur.

Je me suis assis sur la dalle en pierre devant la remise à bateaux et j'ai sorti ma boîte de snus.

« J'ai trafiqué les freins et le volant pour que mes parents tombent dans Huken. J'avais prévu qu'il n'y aurait que mon père. Il abusait sexuellement de Carl.

— Carl me l'a expliqué, oui. »

Kurt s'est assis à côté de moi, il a allumé une cigarette.

« Ton père a eu des soupçons et Carl l'a poussé dans le précipice.

— Par accident. » Il a craché sa fumée. « Il avait dix-sept ans, de toute façon, il ne sera pas incarcéré. Et ensuite ?

— J'ai dû l'aider. On devait faire disparaître le corps. Je l'ai dépecé à l'atelier, je l'ai mis dans la pelle du tracteur et j'ai versé du détergent Fritz dessus. Comme tu le sais peut-être, ça dissout tout. »

J'ai vu Kurt déglutir.

« J'ai pris les bottes et le trousseau de clefs de ton père, j'ai ouvert la remise à bateaux au milieu de la nuit, j'ai sorti la barque, j'ai balancé les bottes dedans, et je l'ai poussée sur l'eau. Elle est revenue au bord, donc finalement j'ai dû embarquer et ramer jusqu'à ce que le courant saisisse la coque et là, j'ai sauté à l'eau et je suis revenu à la nage.

— Un meurtre et une complicité de dissimulation de meurtre. Tu avais dix-neuf ans, alors tu ne prendras pas trop pour ça. Mais pour Willumsen, par contre...

— Carl dit que je l'ai tué ?

— Il m'a exposé ton plan et comment tu l'avais exécuté. »

J'ai poussé un soupir. Carl n'y était pas allé de main morte.

« Willumsen avait exploité les difficultés financières de Carl en lui prêtant de l'argent à un taux usuraire. Carl n'arrivant pas à le rembourser, il lui a envoyé son chasseur de dettes danois. Il nous l'a collé sur le dos à tous les deux.

— Alors tu les as tués l'un et l'autre ?

— Ici, je parlerais de légitime défense. Défense de la famille. Tu comprends ça, non, Kurt ? »

Il a hoché la tête lentement.

« Mais le dernier meurtre n'était pas de la légitime défense, si ?

— Le dernier ?

— La femme de Carl. »

Quel coup bas ! Carl avait-il vraiment déclaré que *moi*, je l'avais tuée? Si oui, c'était probablement qu'il s'était figuré que je riposterais à ses aveux en révélant à Kurt qu'il avait tué Shannon, et il avait donc pris les devants. Cependant, ça n'avait aucun sens. Carl était certes furieux et désireux de m'arrêter dans mon élan pour pouvoir conserver ses fonctions, mais il n'était pas devenu stupide pour autant. J'étais conscient que nous aurions tous deux beaucoup à perdre s'il était dévoilé que Shannon n'était pas morte lors d'une sortie de route accidentelle, et il le savait.

« Et qu'est-ce qui te fait croire que je l'ai tuée ? »

J'ai expulsé mon crachat si loin qu'il a atteint la surface de l'eau.

« Eh bien, quand ta belle-sœur est enceinte, que l'enfant est de toi et qu'elle refuse d'avorter, il faut dégager le problème. Et tu as tout de même une certaine expérience dans le domaine du nettoyage, donc… »

De sa main tenant la cigarette, il a tracé un geste censé récapituler le reste.

« Donc ça ne vient pas de Carl ? »

Kurt a aspiré une grosse bouffée de tabac, il devait sentir que son cerveau avait besoin de nicotine pour évaluer correctement la situation, décider s'il devait continuer sa comédie ou non.

« Je n'ai jamais dit que c'était le cas.

— C'est une hypothèse personnelle ?

— Je ne sais pas si j'irais jusqu'à parler d'hypothèse, c'est plutôt une question qui s'impose quand il apparaît que toutes les autres personnes du coin mortes de causes apparemment plus ou moins naturelles ont en réalité été dégommées par ton frère et toi. Mais bon, je vois que tu nies et ça me va… » Il a laissé tomber sa cigarette, l'a écrasée du pied. « Mon dossier sur toi est largement assez épais. »

Il a tiré de sa poche une paire de vraies Ray-Ban, pas les

copies bon marché que nous vendons à la station-service. Il les a chaussées, a orienté son visage vers le soleil.

« Tu sais quoi, Roy ? C'est dommage, tout ça. Parce que je comprends. Il m'est même arrivé de penser que ç'aurait pu être moi. Même le coup de faire un enfant à la femme de son frère, parce que Shannon, putain, c'était un beau brin de fille. On est un peu pareils, toi et moi. Non seulement on a le même goût en termes de femmes, mais en plus on est des coriaces, on résiste quand les autres sont à bout, jusqu'à ce qu'on ait obtenu ce qu'on voulait. On est comme ça. »

Il m'a souri. Pas le rictus triomphal de celui qui a le dessus, mais le sourire approbateur, accueillant, amical même, d'un égal.

« Je te pardonne, tu as fait ce que tu devais faire. Et je crois que si les dés en avaient décidé autrement, toi et moi, on serait devenus potes, Roy. »

J'ai acquiescé. Le soleil approchait de l'Ottertind. Encore un jour qui s'achevait, encore une nuit qui s'annonçait. Et puis ça recommencerait. Encore et encore, recommencement après recommencement.

« Bon, faudrait voir à reprendre la route. »

Kurt s'est levé. Il m'a regardé, toujours en souriant ; je suis resté assis.

« Tu veux dire copains comme Erik Nerell et toi ? »

Les commissures de ses lèvres sont légèrement retombées.

« Un copain à qui tu demandes un service un peu douteux, un copain qui peut t'aider à t'extraire d'une situation difficile dans laquelle tu t'es retrouvé parce que tu t'étais un peu précipité. Tu ne veux pas te rasseoir, Kurt ?

— Pourquoi ? » Sa voix raclait comme un chasse-neige.

« Parce que je t'ai dit que j'allais te raconter toute l'histoire. Et toute l'histoire, c'est ça. »

Sa pomme d'Adam a voyagé. Il s'est rassis.

« Donc. » J'ai retiré le sachet de snus de ma bouche et l'ai déposé par terre. « Tu voulais faire monter le prix d'une propriété que tu vendais pour ta bonne amie. Pas par avidité, mais pour lui prouver qu'il y en a là-dedans, comme on dit. Alors tu as inventé une autre offre. Ça paraît innocent, toutes sortes de vendeurs font ça comme ils respirent : "J'ai d'autres clients qui la veulent, vous devriez l'acheter pendant qu'il est encore temps." Seulement, quand on vend des biens immobiliers, il y a des règles. Alors quand l'acquéreur, qui dans mon cas connaît un peu ces règles, souhaite voir cette offre concurrente par écrit, tu te rends compte de ton erreur et tu t'affoles. Si tu admets ton bluff, tu n'auras pas seulement perdu la face vis-à-vis de l'acheteur et de ta bonne amie, tu seras en plus coupable d'escroquerie. Pas de maraudage et de filouterie, mais d'escroquerie avec un grand E, ce dont il est question dans le Code pénal. Le genre d'actes pour lesquels non seulement on est condamné, mais on perd son boulot de lensmann. Et avec notre passé à tous les deux, tu doutes que je fasse passer la miséricorde avant la loi si jamais je m'en aperçois. Tu sais aussi que Rita est une femme de principe, stricte et droite. Elle, tu ne la feras pas participer à ton arnaque. Au contraire, elle voudra voir l'offre, elle aussi. Tu réfléchis et tu conclus que, au lieu de fabriquer une fausse offre de ta main, en inscrivant un nom fictif au risque que Rita le vérifie, mieux vaut t'adresser à Erik pour qu'il prétende avoir fait une offre et la rédige sur un papier. Rita est sûrement surprise qu'Erik soit en mesure d'assurer un financement de six millions quatre cent mille couronnes et veuille en outre se lancer dans le secteur du camping, mais d'accord, Erik a perdu le Chute Libre et elle sait qu'il est du genre à aimer posséder, diriger, alors pourquoi pas ? Quand tu me présentes le document, tu prends soin de cacher le nom, parce que tu sais que j'ai des soupçons et que si je le voyais, je ferais toutes les vérifications nécessaires. J'accepte cette offre sans voir le nom. La garantie de Rita me suffit. Seulement, en voyant l'écriture, je comprends, c'est le calligraphe du Chute Libre. Sachant exactement le peu de moyens qu'il a et connaissant aussi vos liens d'amitié, je reconstitue ce qui a dû se passer. Alors l'autre jour, j'ai eu une petite conversation avec Erik. Il a tout avoué et m'a expliqué que tu n'avais pas mentionné que j'étais la personne qui faisait l'autre offre. Tu lui avais uniquement parlé de te rendre service, en prétendant que le camping était déjà vendu, que tu voulais simplement avoir une autre offre à montrer à l'acheteur pour qu'il se sente mieux, pour qu'il n'ait pas l'impression d'avoir payé un prix délirant. Pour mettre une bonne ambiance, quoi. Donc j'ai précisé à Erik que ce n'était pas une histoire d'ambiance, tu voulais me pousser à la surenchère, tu voulais me passer le ballon entre les jambes, me faire un petit pont. Lui, en revanche, tu l'avais taclé au genou. Je n'exclus pas que sa loyauté ait changé de camp quand je lui ai gracieusement offert la propriété d'un tiers du Chute Libre et que, là-dessus, il se soit rendu compte que tu t'étais servi de lui pour ce qui risquait de lui valoir une condamnation pour complicité d'escroquerie. »

Kurt a blêmi, on aurait dit qu'il avait le mal de mer.

« Erik a signé un document décrivant toute l'opération pas à pas. Il se trouve actuellement auprès d'une avocate d'Oslo. Pour l'instant, il n'y a que nous trois, quatre avec toi, qui en connaissions le contenu.

— Pour… » Il a dû s'humecter les lèvres. « Pourquoi maintenir le secret ?

— À ton avis, Kurt. »

Nous nous sommes observés. Deux boxeurs éreintés, au quinzième round, lui, le nez cassé et qui continuait d'enfler, moi, la tête enveloppée d'un bandage ensanglanté.

« Parce que tu savais que ça pourrait t'être utile. »

J'ai hoché la tête et la lumière s'est faite dans son cerveau.

« Tu le savais déjà en achetant le camping. Que tu te faisais rouler.

— J'ai payé un prix trop élevé, et alors ? Un bon million de trop. Je trouve que ça en valait la peine, c'était une assurance.

— Tu as fait de moi un escroc.

— Oh non, tu t'es très bien débrouillé tout seul, Kurt. Je ne t'en ai pas empêché, c'est tout.

— Putain… »

Ce mot, il l'avait gémi d'une voix si ténue que j'ai pensé un instant qu'il allait être malade. J'avais sans doute imaginé que ce moment serait délectable, mais curieusement, il ne l'était pas, car j'avais de la peine pour le bonhomme, ô combien.

« Alors voilà où nous en sommes. » J'ai posé la main sur son épaule. « Dans le même bateau, et on a du lourd l'un sur l'autre. »

Il gardait la tête basse.

« C'est ce que tu entendais par vérifier si la barque était étanche ?

— Un truc dans ce goût-là. » Je lui ai tapoté le dos d'un geste réconfortant. « Si on la boucle tous les deux, le bateau continuera de flotter.

— C'est du délire, a-t-il murmuré.

— Je suis d'accord. »

Il a allumé une autre cigarette.

« Je suppose que tu as réfléchi à l'avenir, Roy, donc tu proposes qu'on fasse quoi maintenant ? On annule tout et on part chacun de notre côté ?

— Le problème, c'est Carl.

— Comment ça ?

— Quand il comprendra que tu ne vas pas m'arrêter, il voudra sans doute prendre contact avec la police de Notodden ou d'Oslo.

— D'accord, mais ça, je ne peux pas l'en empêcher.

— Tu devrais. Sans quoi mon avocate publiera le document. En tenant le nom d'Erik en dehors de tout ça, d'ailleurs.

— Mais bon Dieu, Roy, comment tu t'imagines que je peux stopper Carl ?

— Carl est rationnel. Il est venu te trouver parce qu'il savait que tu lui proposerais un marché lui permettant d'être épargné. Ce qu'il n'obtiendra pas forcément ailleurs. À moins que tu ne l'arranges par l'intermédiaire de tes collègues. Sans cette garantie, il ne voudra pas risquer une mise en examen pour complicité, par exemple dans le cas du meurtre de Willumsen. Si tu ne lui rends pas ce service, nous serons relativement en sécurité, toi et moi.

— Tu crois ?

— Oui. En plus, une fois que le conseil d'administration de l'hôtel aura nommé un nouveau directeur, ce sera fini pour Carl de toute façon et il n'aura rien à gagner à lâcher des bombes nucléaires. »

Kurt a gratté sa tignasse.

« C'est ton frère, c'est toi qui sais. »

Nous nous sommes levés et dirigés vers le SUV tandis que Kurt téléphonait au poste de police de Notodden pour annuler l'interrogatoire et l'assistance qu'il avait requise, ainsi que la cellule de garde à vue.

Il a raccroché, est monté côté conducteur, j'ai embarqué côté passager. Il a fait demi-tour et nous attendions que des voitures soient passées dans les deux sens sur la nationale quand la question m'a échappé.

« Tu me hais, Kurt ? »

J'ai vu qu'il réfléchissait tout en observant la circulation pour minuter son insertion sur la route. Il a accéléré et c'est seulement une fois que nous avions retrouvé une vitesse normale, quand je pensais qu'il avait oublié ou choisi d'ignorer ma question, qu'il m'a répondu.

« Je l'ai cru pendant des années, Roy, mais c'était sans doute le truc habituel.

— Le truc habituel ?

— Quand tu détestes quelqu'un intensément, c'est parce que tu te détestes toi-même. »

Nous avons roulé en silence vers Os. Je regardais par la vitre latérale en pensant à papa. Le soleil sombrait derrière l'Ottertind. Bientôt viendrait l'obscurité, qui à Os ne tombe pas, mais s'élève du sol.

En rentrant, j'ai raconté l'épisode à Natalie.

Elle m'a écouté, sidérée.

Ce soir-là, nous n'avons pas fait l'amour, nous avons dormi en nous agrippant l'un à l'autre à en ruisseler de sueur, comme si chacun de nous rêvait que l'autre était sur le point de tomber par-dessus bord.

43

« Veux-tu m'épouser ? »

C'était la première fois de ma vie que j'alignais ces quatre mots dans cet ordre précis. À la lumière du matin, les paupières de Natalie se sont entrouvertes sur ses yeux pleins de sommeil et elle a tourné la tête pour s'assurer que je ne m'adressais pas à quelqu'un d'autre.

J'étais agenouillé à côté du lit, une tasse de café dans une main et dans l'autre une assiette contenant une serviette, une tranche de pain avec du fromage et un écrin en velours rouge abritant un mince anneau en or. Natalie a mordu dans la tartine et elle a mastiqué, les yeux au plafond.

« Bon ben, c'est OK », a-t-elle déclaré, comme s'il s'agissait du goût du fromage.

Elle a éclaté d'un rire relativement hystérique et n'a pas eu le temps de mettre la main devant sa bouche avant de cracher une pluie de nourriture sur la housse de couette. Nous avons essuyé tout cela à l'aide de la serviette.

« On essaie encore ? »

Elle a acquiescé.

Je suis ressorti de la chambre, avant d'entrer à nouveau, de m'agenouiller encore. J'ai répété les quatre mêmes mots, dans le même ordre, pour la deuxième fois de ma vie, donc.

« Oui, a-t-elle clamé bien haut et distinctement, avant d'éclater en sanglots.

— On essaie encore ?

— Nigaud ! » Elle m'a attiré dans le lit, a essuyé ses larmes sur mon T-shirt. « Embrasse-moi. »

Nous avons rattrapé ce que nous avions manqué la nuit précédente et ensuite elle a sorti l'anneau de l'étui.

« Il est magnifique ! Tu pensais que j'avais les doigts si fins que ça ? »

Elle a ri après avoir essayé de le passer sur son annulaire, mais elle s'est interrompue en levant les yeux, elle le lisait sans doute sur mon visage.

« Tu ne l'as pas acheté pour moi, si ? »

J'ai confirmé son soupçon d'un hochement de tête.

« Je l'avais acheté pour Shannon, mais je n'ai pas eu le temps de lui donner. Maintenant, je te le donne à toi. Ça te semble acceptable ? »

Je voyais son raisonnement défiler derrière ses pupilles. *Acceptable d'être numéro deux, tu veux dire ? Tu voulais faire des économies ? Ou alors tu veux que je porte cet anneau-ci pour pouvoir t'imaginer que je suis la femme que tu aimes toujours, Shannon ?*

Je ne sais pas, il fallait sûrement que, comme moi, elle passe par ces pensées d'abord. Ensuite, elle a semblé saisir, son regard dur s'est adouci. Ici, à la montagne, on ne jette pas d'objets utilisables, même s'ils ont une valeur symbolique. Notre amour est aussi peu sentimental que la nature qui nous entoure et nos conditions de vie. On perd quelqu'un qu'on aime et, si on a de la chance, on aime ensuite quelqu'un d'autre. On peut toujours prétendre qu'il en va autrement, composer une ballade sirupeuse pseudo-romantique, mais ce serait mentir, or Natalie et moi avions là un pacte : nous ne devions pas mentir.

« Il est beau, a-t-elle soufflé tout bas en maniant l'anneau. Je vais le faire agrandir dans une bijouterie. »

Nous nous sommes endormis. À mon réveil, j'étais seul dans le lit. J'ai trouvé Natalie dans le salon, devant son ordinateur.

« Je suis appelée en entretien à Lillehammer. Je tape ma réponse.

— Le poste de directrice ?

— C'est un petit hôtel. Ça te plairait, Lillehammer. Et tu obtiendrais sûrement un bon prix pour ta station-service. »

J'ai ri. Avant de me rendre à l'évidence qu'elle ne plaisantait pas, ou à peine.

« C'est juste un premier entretien, a-t-elle précisé dans un sourire furtif.

— Tu auras d'autres propositions. Que faudrait-il pour te retenir à Os ? »

Elle a haussé les épaules.

« Les trucs habituels.

— C'est-à-dire ?

— Un meilleur salaire, un meilleur emploi, un meilleur logement, un mari. Dans cet ordre.

— Maintenant, tu as un mari, et tu es bien logée ici, non ? »

Elle a continué de pianoter sur son clavier.

« Non, c'est trop petit pour deux, peut-être trois. »

J'ai eu la sensation que mon cœur s'arrêtait de battre un instant. Elle a levé les yeux de l'écran d'un air amusé.

« Ça t'a fait sursauter ? Détends-toi, une femme qui vient de tomber enceinte ne cherche pas de nouvel emploi, a-t-elle affirmé avant de se concentrer sur son e-mail.

— Ça devrait être faisable de trouver plus grand. Carl va déménager.

— La ferme Moe est plus spacieuse.

— Tu voudrais y habiter ? Là où…

— Là où tant de mauvais souvenirs sont ancrés dans les murs ? C'est pareil à Opgard, non ? C'est pour ça que ton frère construit du neuf ?

— Sans doute un peu, mais sa motivation première est plutôt celle du troglodyte. »

Elle a eu un réflexe de surprise avant de se souvenir et de faire le lien.

« Tu veux dire qu'il construit un nid pour satisfaire Mari Aas ? »

J'ai acquiescé.

« Pour qu'ils puissent être le roi et la reine d'Os, a-t-elle conclu.

— Exact. C'est ce que Mari et Dan avaient pensé devenir quand ils se sont installés ici. Il n'en est rien advenu, alors elle change de mâle.

— Mais tu as vu que Dan et elle se tenaient la main au match, non ?

— Oui, j'ai vu.

— Pourquoi ? Si elle est sur le point de le quitter ?

— Ils ont peut-être eu vent des rumeurs de séparation qui circulent à leur sujet et veulent les démentir.

— Non. C'est Irini. » Natalie a repoussé l'ordinateur. « L'intendante de l'hôtel, que tu as vue sortir de la voiture de Krane. Mari a appris qu'ils avaient une liaison.

— Tu crois ?

— Oui.

— Je ne vois pas…

— Irini apparaît et un phénomène singulier se produit : Mari se rend compte que d'autres femmes sont attirées par l'homme pour lequel elle a perdu tout intérêt. C'est lui qui risque de la quitter. Et alors elle le redécouvre. Elle veut le récupérer.

— Désir mimétique ? » J'ai passé la main sur le bandage autour de ma tête. « D'après cette théorie, il faudrait que Mari considère Irini comme un modèle, et elle a beau être issue d'une famille travailliste, elle n'est pas du genre égalitariste.

— Tu ne peux pas plier n'importe quelle réalité à ces théories, Roy… »

J'inspectais un chalet du camping quand j'ai reçu un coup de fil de Jo Aas. Il m'invitait à prendre le café. Je me suis rendu chez lui. Il m'a accueilli sur le perron, en pull norvégien, en pantoufles. Sa femme, Elin, nous a servi du café et du *kransekake* dans le salon, qui donnait sur les champs. Ils étaient si vastes et ondoyants qu'on aurait pu se croire dans les plaines de l'Østlandet. D'ici, on ne voyait ni la nationale, ni le lac, ni non plus la maison de Carl, mais ça n'en était pas moins superbe et je l'ai dit à Aas.

« Oui, enfin, c'est bien grand pour deux vieillards, alors au début de l'année prochaine, on va s'installer dans la petite maison, Elin et moi. » Il a désigné l'habitation de sa fille et de Krane. « Ils ont besoin de place maintenant, tu sais. »

Je n'ai rien répondu. Je ne savais pas s'il faisait semblant ou s'il ignorait réellement tout des plans de Carl et de Mari.

« En tant que président du conseil sortant, j'ai pensé que ce ne serait pas une mauvaise idée de donner quelques conseils au président entrant. *Nicht übereilen*, comme le formulent les Allemands. La précipitation est la racine de nombreux maux, Roy. »

J'ai mastiqué encore et encore ma bouchée de gâteau aux amandes.

« Le *kransekake* est délicieux.

— Très souvent, la rupture de liens familiaux se révèle plus dramatique qu'on ne l'escomptait. Tu savais qu'Elin venait d'une famille de témoins de Jéhovah ?

— Non.

— La règle est "ou bien tu es avec nous ou bien nous ne pourrons plus avoir de contacts avec toi". Elin a cessé de croire relativement tôt, mais ce n'est pas pour cette raison qu'elle a dû rompre ses liens. C'était pour se mettre en couple avec quelqu'un d'extérieur comme moi. » Il a souri, sans que cela réduise l'âpreté de son visage taillé à la serpe, qui semblait sorti des affiches de propagande extrémiste des deux bords. « Ce n'est pas une histoire exceptionnelle et, de notre côté de la clôture, tout le monde s'imagine que c'est la seule issue heureuse possible, mais c'est faux. Aujourd'hui encore, Elin doute parfois d'avoir pris la bonne décision. Je sais que tu te demandes si elle peut sérieusement penser qu'elle aurait préféré feindre une foi qu'elle n'avait pas pour être incluse dans la communauté plutôt que de vivre dans la vérité en dehors. Certains jours, la réponse est oui, d'autres, non. Prends Mari, par exemple. Elle a une famille et nous savons bien que ce n'est pas toujours satisfaisant, surtout pour vous qui êtes plus jeunes et qui… enfin, vous qui exigez plus de la vie, je pense qu'on peut le réduire à des termes si simplistes, oui. C'est pourquoi il vous arrive d'oublier l'importance de la famille, et il nous appartient à nous qui sommes plus âgés, et censément plus sages, de vous le rappeler. De vous guider sur le droit chemin, celui qui mène à la fin heureuse. »

Je ne pouvais qu'acquiescer. Jo Aas était parfaitement au courant pour Mari et Carl. Voire pour Dan et la femme de l'hôtel. Ce n'était pas le désir mimétique ni aucun autre concept sophistiqué qui avait ramené Mari et Dan l'un vers l'autre, mais une diatribe de l'ancien maire agitant la menace des liens familiaux rompus, sans doute tempérée par la promesse qu'ils pourraient emménager dans la grande maison s'ils lui obéissaient. Mais pourquoi n'était-il intervenu que maintenant ? La réponse à cette question était tout aussi limpide : sachant que Carl allait être débarqué et affronter un avenir incertain, il ne valait plus le divorce de sa fille qui se dessinait à l'horizon.

« Quand Carl et Mari vivaient leur amour de jeunesse, Carl était un fils pour moi. Comme tu le sais, je l'ai aidé à obtenir sa bourse d'étude aux États-Unis. Et c'est peut-être parce que j'ai, de ce point de vue, aidé à paver sa voie que je ressens une certaine responsabilité concernant la situation dans laquelle il se trouve actuellement. Je me sens donc le devoir de t'enjoindre à la délicatesse envers ton frère.

— Merci. Je vais essayer. C'était tout ?

— Oui. »

J'ai englouti le dernier morceau de *kransekake* et je me suis levé.

« Autre chose, a ajouté Aas quand nous étions dans le vestibule. Je viens de parler avec Dan. Un certain Fuhr de GeoData invite à une conférence de presse sur la nationale cet après-midi. »

Le *kransekake*, que je n'avais pas fini de mâcher, a grossi dans ma bouche.

« Espérons qu'il ne s'agisse pas de mauvaises nouvelles pour Os et pour l'hôtel, a-t-il conclu en m'ouvrant la porte. On se voit demain, à la réunion du conseil d'administration ? »

Une conférence de presse.

Fuhr allait le faire.

Je roulais pied au plancher, comme si j'avais un rendez-vous à ne pas manquer. Mais il était trop tard, c'était foutu. On n'a pas la moindre chance face à un pilote kamikaze sous stéroïdes qui a décidé de tout foutre en l'air.

Évidemment. Que m'étais-je figuré ?

Ayant dégagé Kurt Olsen de mes basques, étais-je devenu si présomptueux que je m'imaginais pouvoir éviter tous les putains de fragments d'astéroïde et parvenir au niveau céleste du jeu, où l'horizon est dégagé et où on se balade au soleil couchant ?

Comme on dit : Dieu se moque bien de ce que l'homme planifie.

Moi-même, je ne pouvais que rire.

J'ai remarqué que, comme dans les romans des sœurs Brontë chers à Rita, la météo venait accentuer la situation. À cet instant précis, le ciel était légèrement couvert, mais de la pluie était annoncée dans l'après-midi, et je devinais déjà, plus que je ne les voyais, les lourds nuages qui grossissaient à l'ouest.

Natalie a eu l'air surprise quand j'ai débarqué dans son salon en lui proposant de refaire notre promenade du premier jour.

« Tout de suite ?

— Le temps ne va pas se maintenir. »

Elle a soupiré.

« Une promenade, en règle générale, ça signifie plusieurs confessions épouvantables.

— Tu penses que je pourrais surpasser tout ce que tu sais déjà ?

— Tout peut être surpassé. Tu as dévoré un nourrisson ?

— Tu m'accompagnes ? ai-je insisté.

— Je suis ton pluvier doré. »

Elle a refermé le couvercle de son ordinateur et est partie se changer.

Sur le site d'*Os Blad*, il était écrit que la conférence de presse aurait lieu à 18 heures. Je disposais donc de quatre heures avant que tout parte en vrille. Quatre heures avant de tout perdre. Et là, j'ai eu une révélation : ce ne serait pas très grave de perdre l'hôtel, la station-service, les montagnes russes, si je pouvais la garder elle. Parce que je la croyais. Natalie était un pluvier doré, le compagnon du solitaire, contrairement à Mari, par exemple, qui était un troglodyte plus porté sur le nid que sur le mâle.

« Je n'ai toujours pas de chaussures de montagne, a-t-elle crié dans l'entrée.

— Carl est au boulot, on va passer chercher celles de maman à Opgard. J'en profiterai pour prendre quelques vêtements.

— D'accord. »

Nous avons opté pour sa voiture à elle et, en montant à Opgard, je lui ai parlé de la conférence de presse. Une fois encore, j'ai songé quelle libération c'était d'avoir quelqu'un à qui on pouvait raconter absolument tout. Enfin, à l'exception d'une chose. Dans notre enfance et notre adolescence, Carl avait été une telle personne pour moi, mais aujourd'hui, ça paraissait foutrement loin.

« Donc Fuhr va présenter un rapport révisé validant la construction du tunnel de Todde, a récapitulé Natalie.

— Ça en a tout l'air, oui.

— Alors pourquoi tu ne l'appelles pas pour accepter ses conditions ? Il doit attendre ton coup de fil.

— Parce qu'il ne s'en tiendra pas là. Il prend des stéroïdes, il va avoir d'autres exigences.

— Mais tu as le choix ?

— Je peux choisir de laisser advenir ce qui doit advenir.

— Et que tout ce pour quoi tu as travaillé se délite ?

— Oui, tout. Tout le merdier. »

Je n'osais pas la regarder, je tendais simplement l'oreille, guettant sa réaction.

« OK. »

Légère comme une bergeronnette en avril.

« OK ?

— Si tu trouves que c'est de la merde, laisse donc filer. Voilà mon avis. Tu peux être père au foyer à Lillehammer. Les gens de l'hôtel m'ont appelée tout à l'heure et quand je leur ai annoncé que je n'étais pas sûre de venir en entretien, ils m'ont plus ou moins proposé le poste au téléphone.

— Vraiment ?

— Oui. Comme ça, nous avons le choix, mon amour. »

Tout vendre, y compris Opgard, et partir d'ici. Un nouveau départ. C'était le rêve que j'avais eu à l'époque. Il m'avait été dérobé en même temps que Shannon. Pouvait-il finalement se réaliser ? J'ai examiné la question. Bien sûr qu'on pouvait déménager, il n'y avait qu'à. Alors qu'est-ce qui me retenait ? Étais-je devenu vieux et le changement m'effrayait ? Non, ce n'était pas ça, c'était elle. C'était l'idée de remettre ma vie entre les mains d'autrui.

« Fais-moi confiance », a-t-elle déclaré.

Je me suis tourné vers elle et je l'ai dévisagée, incrédule.

« Pardon ?

— Fais-moi confiance. »

J'ai dégluti. Cette femme savait-elle lire dans mes pensées aussi ?

« Je t'aime », ai-je dit.

Ça sonnait mièvre, mais c'était juste.

« Combien ?

— Je t'aime grave. »

Ça, ça sonnait seulement juste.

Sans quitter la route des yeux, elle s'est penchée pour m'embrasser sur la joue. Oui, j'avais confiance en elle. Le nouveau rapport donnerait peut-être lieu à un examen plus attentif des conditions de rédaction du premier, certains éléments risquaient d'apparaître au grand jour quand bien même Fuhr chercherait à l'éviter. Quoi qu'il en soit, avec Natalie à mes côtés, l'ampleur de la catastrophe resterait limitée.

Pensais-je alors.

Cinq minutes avant la catastrophe.

Toute catastrophe devrait avoir un prélude. Une progression, un avertissement de ce qui va venir, comme cette conférence de presse. Comme les secondes dans la cour quand papa m'observe avant que maman et lui montent dans la voiture et démarrent. Comme Carl qui m'appelle en m'annonçant qu'il y a un problème. Comme le souffle rauque d'un lensmann qui vous poursuit en cherchant à vous mordre les chevilles.

Mais il n'en va pas toujours ainsi. Parfois, le soleil brille dans un ciel sans nuages et les oiseaux gazouillent quand on se rend compte que l'avalanche ne se profile pas, elle est advenue.

J'étais à l'étage, en train de jeter des T-shirts, des chaussettes et des caleçons dans un sac que j'allais mettre dans la voiture et rapporter chez Natalie après notre promenade. En bas, j'entendais Natalie taper ses pieds en enfilant les brodequins de montagne de maman.

J'ai emballé d'autres vêtements, entendu une chaise racler le sol du hall.

J'ai ajouté deux vestes, deux chemises froissées. Un coup de fer et je pourrais me faire beau avant de lui servir un bon dîner.

Le silence s'est fait au rez-de-chaussée. Après avoir ouvert un ou deux tiroirs pour vérifier que je n'oubliais rien, j'ai tiré la fermeture éclair du sac et je suis redescendu.

Debout sur le tabouret, Natalie me tournait le dos. D'un côté, son épaule et son bras pendaient d'une façon que je n'avais jamais vue, comme si un poids y était attaché. De l'autre, sa main effleurait ce qui se trouvait juste au-dessus de son visage. La Remington. La Remington de son père. Celle de mon père à moi, qui était identique, était à la ferme Moe, sur le mur de la grange, dont la porte avait bien évidemment été verrouillée après le décès. Je n'avais pas encore trouvé de prétexte pour emprunter les clefs de Natalie afin de pouvoir, en toute discrétion, procéder à un nouvel échange de carabines. Je comptais sur le fait que l'occasion se présenterait, mais je voyais à présent que ce ne serait pas le cas.

Sa main caressait l'arrière de la crosse en noyer et suivait les contours de l'unique élément distinguant les deux armes. Il fallait en connaître l'existence pour le voir. Un minuscule cœur gravé au pyrograveur par une fille pour son père, pour lui faire plaisir.

Natalie s'est retournée. Sur chacune de ses joues roulait une larme, celle de droite menait la course. Je m'étais arrêté à deux marches du pied de l'escalier, si bien que nous étions à la même hauteur, comme en lévitation légèrement au-dessus du sol. Il régnait un tel silence dans le vestibule, on entendait seulement son souffle court, frémissant. Elle est redescendue du tabouret, elle a délacé les godillots de montagne et remis ses propres chaussures, avant de sortir un objet de sa poche pour le déposer sur le tabouret. Ses gestes n'étaient ni hâtifs ni hésitants, simplement efficaces, et son visage, si l'on excepte les larmes qui y coulaient, paraissait serein, comme chez quelqu'un qui a pris une décision, qui a accepté que c'est la seule chose à faire. Elle ne trahissait pas la moindre fureur, ce qui m'a permis de savoir que ceci était définitif. Chez quelqu'un d'enragé, la colère se tarit à un moment ou un autre, lui permettant peut-être d'envisager les choses sous un autre angle, mais Natalie ne semblait même pas surprise, elle avait seulement l'air d'une personne qui s'est vu confirmer ce qu'elle soupçonnait vaguement, elle avait déjà réfléchi aux conséquences.

« Bon, bon », a-t-elle déclaré.

Comme dans « bon, bon, c'est la vie » ou « bon, bon, parfois les choses vont ainsi, oui » ou « bon, bon, au moins, on aura essayé ». Puis elle m'a adressé un haussement d'épaules, elle a saisi la poignée de porte et elle s'en est allée.

Je suis resté paralysé.

J'ai entendu le moteur démarrer, la voiture s'éloigner.

Alors seulement j'ai lâché le sac, je me suis dirigé vers le tabouret et j'ai vu l'anneau sur l'assise.

44

Je me suis réveillé en sursaut dans une nuit épaisse, au son d'un grondement sourd à l'extérieur.

Le tonnerre. J'avais fait un cauchemar. Ce n'étaient pas les sept vieux fantômes qui me traquaient ni le nouveau, celui du couvreur-zingueur Moe, mais Natalie me quittant pour la troisième fois, tandis que papa me criait à l'oreille *third strike and yer out*, trois loupés et tu sors, comme au temps où il nous apprenait à jouer au base-ball dans la cour. Alors, oui, j'étais soulagé de me réveiller. Jusqu'à ce que je me souvienne que la réalité ne valait pas tellement mieux. Roulant sur ce que je pensais être le lit et qui s'est révélé être le canapé, j'ai atterri par terre et senti l'odeur du tapis persan élimé que papa avait rapporté d'Amérique : j'étais dans le salon. Les aiguilles de ma montre étaient vaguement lumineuses. 23 h 30. J'avais un souvenir diffus de ce qui s'était passé à la suite du départ de Natalie. Pas grand-chose.

Après avoir éteint mon téléphone, je m'étais attaqué aux bouteilles de Budweiser que Carl persistait à commander au Vinmonopol de Notodden, tout en reconnaissant que c'était de la flotte plus qu'autre chose. Je n'avais allumé ni télé ni radio pour m'accompagner alors que je m'enivrais pour émousser la douleur chaque fois que je pensais à Natalie. La bière suffisait. Cette fois, je n'avais aucune intention de prendre un raccourci vers le silence. Juste de quoi dormir.

D'ailleurs, maintenant que j'étais réveillé, je trouvais que c'était bien assez silencieux comme ça. Une idée délirante m'a traversé. Natalie m'avait téléphoné, elle avait changé d'avis et voulait que je la suive à Lillehammer, n'importe où. Le verre a tinté quand j'ai renversé les bouteilles vides en tâtonnant vers mon téléphone, qu'il me semblait avoir posé sur la table.

Un éclair a brièvement illuminé la pièce et je l'ai vu, posé sur un livre. Je l'ai rallumé, sous le roulement du tonnerre. Sept appels en absence, deux messages. Aucun de Natalie. J'ai soupiré. Trois appels provenaient de Carl, deux, de Dan Krane et un, de Jo Aas. Les messages étaient l'un et l'autre de Krane. J'ai ouvert le premier.

J'ai essayé de t'appeler. Étant donné que tu es un investisseur de poids à Os, j'aimerais avoir ta réaction sur les révélations de la conférence de presse de GeoData au sujet des erreurs du rapport précédent.

J'avais presque envie de rire. Je ne savais pas exactement quelles seraient les conséquences pour moi, mais n'importe comment, toute perte serait négligeable par rapport au fait que j'avais perdu Natalie. Certes, la station-service, le parc d'attractions, voire l'hôtel, sauteraient, mais au moins le spectacle serait épique. Un naufrage de première classe. Oui, je me sentais l'envie de rire quand j'ai ouvert le second message.

Puis-je avoir un commentaire sur cette tragédie et sur les suspicions de tricherie de la part de Fuhr et de GeoData ?

Je pouvais toujours rappeler Krane et commenter que le mot « tragédie » pouvait s'employer au sujet de mutilations, de morts, d'un chagrin d'amour, mais pas de la construction de routes et du dépeuplement de la Norvège rurale. D'ailleurs, il ne s'agissait même pas de mort des campagnes, car la fin d'Os serait le pain de Todde. À propos de pain, je n'avais rien mangé depuis le petit déjeuner. J'ai décidé d'avaler un en-cas avant de me mettre au lit pour me lever tôt le lendemain. Il restait dix heures avant la réunion du conseil d'administration et cette nouvelle situation requérait un certain travail de préparation. Démettre Carl de ses fonctions et m'instituer directeur de l'hôtel, c'était une chose, mais il serait tout aussi important de débattre de l'opportunité de construire la nouvelle aile en cas de changement de tracé de la nationale.

Dans la cuisine, lumière éteinte, j'ai coupé deux tranches de pain complet, j'ai trouvé du jambon blanc dans le réfrigérateur et, assis à la table contre la fenêtre, j'ai mangé en fixant le mur d'obscurité. J'étais frappé de constater combien mes pensées s'étaient rapidement détournées de ma rupture avec Natalie pour s'axer sur des tâches pratiques. La nationale, le conseil d'administration, la nourriture. Comme à la mort de Shannon. Sans doute était-ce un réflexe de survie. Auquel cas cela traduisait mon envie de vivre, malgré tout.

Un autre éclair a lézardé le ciel.

Et c'est là que je l'ai vu.

De nouveau.

Le loup.

Ayant probablement renversé la poubelle à côté de la grange, il fouinait dans les ordures qui s'étaient déversées.

La nuit est revenue.

J'ai cligné des yeux. L'avais-je vraiment vu ? C'était comme l'année où oncle Bernard avait rapporté des États-Unis un

View-Master que Carl et moi partagions, un minicíné, comme on disait à Os. C'étaient les lunettes de réalité virtuelle d'alors, un appareil qui offrait avec ses photos éclairées une fascinante expérience en 3D. Notre View-Master contenait des images du Grand Canyon et des Rocheuses, ce qui certes était très chouette, mais d'une manière générale, les montagnes étaient sans doute plus impressionnantes pour les habitants des plaines que pour nous. Le cliché dont je ne me lassais pas, en revanche, était celui d'un grand puma doré sur un flanc de montagne. Pas à cause de la montagne, donc, mais parce qu'il avait l'air si seul. J'avais cherché dans l'encyclopédie de papa et l'entrée « puma » décrivait un félin solitaire chassant sur un grand territoire. Le mâle ne recherchait de compagnie qu'en présence d'une femelle en chaleur. Si elle l'y autorisait, il s'accouplait avec elle et ils passaient ensemble deux semaines. C'est ce qui était écrit. Deux semaines, ni plus ni moins. Ensuite le mâle retournait à sa solitude pour continuer de régner sur son domaine désert. C'était d'un triste... Mais d'une bonne façon, je ne sais pas comment l'expliquer. Vous naissez puma, c'est votre nature, et vous faites ce que vous devez, ce que vous êtes obligé de faire, il n'y a pas de quoi pleurnicher. En revanche, c'est clair, être un loup chassé de sa meute et qui doit renverser des poubelles pour survivre, c'est autre chose.

J'attendais l'éclair suivant. Pour le voir. Pour me voir. Le roi des déchets. Un pauvre bougre sacrifiant sa dignité sur l'autel de la survie, comme nous tous. Car nous ne faisons que décaler les limites de ce que nous qualifions de digne, nous modifions la définition du terme pour pouvoir vivre avec nous-mêmes. Même quelqu'un qui assassine les personnes qui le gênent et qui vole l'épouse et le fauteuil directorial de son frère a le sentiment d'avoir un honneur à défendre. Et cet honneur, il le défend plus vigoureusement que la plupart des gens, parce que les limites de la dignité ne peuvent plus être repoussées, on ne peut plus grappiller.

Soudain, un autre éclair a illuminé la cour, mais le loup était parti.

J'ai allumé la lumière et continué de manger. Je m'efforçais de ne pas penser, de me focaliser sur l'orage. J'avais de la peine à déterminer s'il approchait ou s'il s'éloignait.

J'ai débarrassé le couvert, lavé mon assiette. J'ouvrais le réfrigérateur quand j'ai entendu un autre bruit. La BMW de Carl. Me dirigeant vers la fenêtre, je l'ai vue rouler dans la cour, mais au lieu de se garer devant la maison, Carl a remonté la rampe d'accès de la grange. Il a coupé le contact. Après quelques secondes d'obscurité totale, le néon du plafond a clignoté à plusieurs reprises pour finalement s'allumer. Caché par le mur de l'interrupteur, Carl n'a pas reparu avant un certain temps. En descendant la rampe, il a aperçu la poubelle renversée et les ordures, mais n'y a rien fait. Qu'est-ce qu'il foutait ? Il avait bu ou quoi ? Il marchait vers la maison, la lumière de la grange dans le dos, et je savais qu'il voyait ma silhouette à la fenêtre.

Il est arrivé dans la cuisine, où je l'attendais, assis sur ma chaise.

« Qu'est-ce que tu fais ici ?

— Ben, j'habite ici.

— Ah bon ? » Sur le pas de la porte, il parlait d'une voix basse, morne. « Où est ta voiture ?

— Natalie était venue avec moi, on avait pris la sienne.

— Et elle est repartie ?

— Oui.

— Alors tu as peut-être le temps de m'aider avec la mienne ?

— Il y a un problème ?

— Les freins ne fonctionnent pas normalement.

— Je pourrai jeter un coup d'œil demain matin.

— Ce serait bien que tu t'en occupes tout de suite. »

Nos regards se sont croisés. Il avait l'air sobre. J'ai haussé les épaules.

Il m'a précédé dans la cour, je guettais le loup, bien qu'il soit sûrement à des kilomètres à présent.

Un éclair a été suivi d'un fracas déchirant, et comme si le tonnerre avait réellement fait un accroc dans le ciel, de grosses gouttes de pluie se sont mises à tomber. Nous nous sommes élancés vers la grange. Après un nouvel éclair et un autre coup de tonnerre, la pluie n'a pas tardé à redoubler. Au bout de quelques secondes, elle tambourinait sur la rampe et sur le toit en tôle ondulée. Carl s'est installé sur le siège du conducteur et a actionné la commande d'ouverture du capot.

Je l'ai soulevé et me suis penché sur le moteur. J'ai vérifié le liquide de frein.

« Je ne vois rien d'anormal. »

N'obtenant pas de réponse, j'ai compris que le vacarme assourdissant m'obligeait à crier pour me faire entendre.

« Rien d'anormal ! Il faut qu'on vérifie… »

Je me suis interrompu au milieu de ma phrase en constatant que Carl n'était plus au volant.

« C'est bon », a-t-il dit juste derrière moi.

Et à cet instant, j'ai su.

« Peut-être qu'ils fonctionnent, en définitive, a-t-il ajouté, devant élever la voix bien qu'il soit tout près. Je ne sais pas trop. C'est que je me suis fait du souci aujourd'hui en apprenant que la police avait aussi découvert un problème de freins dans la voiture que Shannon conduisait. La conclusion est que c'est la raison de sa sortie de route. »

Je ne me suis pas retourné, j'ai simplement écouté la pluie, les coups de tonnerre de plus en plus rapprochés.

« C'était ma voiture, je sais que les freins marchaient parfaitement bien la dernière fois que je l'avais conduite, a poursuivi

Carl. Ça m'a fait réfléchir. Shannon et toi, vous attendiez un enfant, peut-être même que vous vous réjouissiez à cette perspective, que vous aviez des projets. Seulement, je vous barrais la route à tellement d'égards. Alors que faites-vous ? C'est évident. L'entreprise est risquée, mais tu as réussi par le passé, donc tu te contentes de reprendre la même méthode, non ? Tu as bricolé les freins de ma voiture comme tu avais bricolé ceux de la voiture de papa. Enfin, ta méthode s'était certainement affinée puisque, dans le cas présent, la police ne soupçonne pas d'acte malveillant. Si je n'avais pas frappé Shannon avant d'aller à la réunion d'investisseurs de l'hôtel ce soir-là, c'est moi qui serais mort, pas elle. Hein, Roy ? »

J'ai lentement pivoté sur mes talons.

Carl se tenait à deux mètres de distance, le fusil à hauteur de poitrine, le doigt sur la queue de détente, le double canon braqué sur moi. Me connaissant, il n'excluait pas que je tente une offensive. Et cette fois, je n'avais pas de chaîne de vélo.

« Répétition, ai-je déclaré.

— Pardon ?

— Toi aussi, tu choisis la même méthode. La même méthode que quand tu as tiré sur Dog. Mais peut-être que nous répétons aussi nos erreurs. Tu n'avais pas réussi à tuer Dog, seulement à le blesser. Et c'était un accident. Comment tu vas réussir à tuer ton propre frère ? »

Il a souri.

« Mon cher Roy, quand on dit que le plus dur, c'est la première fois, c'est peut-être vrai ou alors c'est des conneries, mais quoi qu'il en soit, j'ai tué deux fois ensuite. L'ancien lensmann et Shannon. Non, attends, ça fait trois avec ton gamin. »

Ma gorge s'est nouée.

« Tu crois obtenir quoi en me tuant, au juste ? Le CA ne va

pas te rendre ton boulot maintenant que les administrateurs sont au courant de toutes les irrégularités.

— Oh, mais tu oublies l'héritage, Roy.

— L'héritage ?

— Je me suis fait la réflexion il y a quelque temps, dans la nouvelle maison. J'étais à la fenêtre et j'ai vu la lumière s'allumer dans la cuisine d'Opgard. J'ai compris que tu étais rentré. Rentré à notre domaine. Et à partir de là, mes pensées se sont enchaînées. J'étais ta seule famille. Si tu mourais, j'hériterais de tout ce que tu possèdes. Pas seulement Opgard, mais aussi l'ensemble de tes parts de l'hôtel. Demain, à la réunion du CA, tu ne vas pas pouvoir me démettre de mes fonctions, au contraire, c'est moi qui, en tant que futur actionnaire majoritaire, vais pouvoir dissoudre le conseil, ou au moins remercier les membres défavorables à ce que je reste en poste. » Carl a ri, la stupéfaction transparaissait sans doute sur mon visage. « Simple, non, Roy ?

— Bon. Mais comment tu penses t'en sortir ?

— M'en sortir de quoi ? Personne ne m'accusera quand on découvrira que tu t'es tiré une balle dans la grange.

— Suicide, donc. La veille du jour où je suis censé prendre la tête de l'hôtel et te démettre de tes fonctions. Tu penses que les gens seront dupes ?

— Dans un premier temps, ils auront sans doute du mal à discerner un motif évident, mais quand ils apprendront qu'on a récemment dû te faire un lavage d'estomac à l'hôpital de Notodden pour une overdose de cachets, tout le monde, la police incluse, comprendra que tu es suicidaire depuis longtemps. Ce n'est pas inhabituel chez les gens de ton âge. Regarde Fuhr.

— Fuhr ? »

Carl m'a scruté, la tête en arrière, le front plissé.

« Tu n'as pas entendu la nouvelle ?

— Quelle nouvelle ?

— Vraiment ? Ah non, c'est vrai, ton téléphone était éteint. » Il a eu un rire bref. « Jon Fuhr s'est supprimé. Il n'est pas venu à la conférence de presse et on l'a trouvé mort aussitôt après. On suspecte une quelconque overdose. Mais d'accord, il avait peut-être une raison. Quand Bent Halden a parlé à la conférence, on lisait entre les lignes que Fuhr avait endossé l'erreur commise dans le premier rapport.

— L'erreur ? Celle qu'on avait commandée ?

— Non, non, c'est l'ironie de la chose ! GeoData n'avait pas décelé la présence d'une veine d'eau dans le rocher, elle ne peut être ni vidée ni scellée. Indépendamment de la qualité de la roche, le tunnel n'était pas un projet viable. Halden a admis que GeoData aurait dû s'en apercevoir bien plus tôt et ainsi épargner à la communauté près de cent millions de couronnes de frais de planification et de préproduction. Il paraît que, récemment, Fuhr s'est vanté d'avoir touché beaucoup d'argent. Forcément, ça a conduit à certaines conjectures, les gens ont évoqué la possibilité de pots-de-vin que des partisans de Todde lui auraient versés. Et ça l'aurait incité à omettre de mentionner la veine d'eau dans son rapport.

— Alors la nationale…

— … va continuer de passer par Os. Et désormais, cela ne fait plus l'ombre d'un doute, ce n'est pas une question de lecture de données incertaines et de chutes de pierres, un éventuel tunnel ne ferait que se transformer en rivière. »

J'avais mal interprété le message de Krane qui voulait mon commentaire sur GeoData et sur les erreurs du rapport précédent, ainsi que celui qu'il m'avait envoyé plus tard, de toute évidence après avoir appris le décès de Fuhr. *Puis-je avoir un commentaire sur cette tragédie et sur les suspicions de tricherie de la part de Fuhr et de GeoData ?*

« À propos de rivière… »

Carl a mis en joue. Mon regard plongeait dans la bouche du canon. J'ai vu son doigt appuyer sur la queue de détente. Je n'avais pas peur. J'étais las, je voulais que tout cela se termine.

« Attends ! ai-je dit.

— Pourquoi ? »

Il m'a observé d'un œil, l'autre était fermé.

« Ça ne pourra pas avoir l'air d'un suicide si tu me tires dessus à deux mètres de distance. D'abord, la dispersion montrera que je n'ai pas pu tirer moi-même, ensuite il n'est pas certain que je mourrai tout de suite, auquel cas il y aura des traces partout. Les gens qui se tirent une balle au fusil prennent au moins le canon dans leur bouche.

— Ah bon ? Qu'est-ce que tu proposes ?

— La carabine, elle est dans le vestibule. Il y a même une balle dans le magasin.

— Oui ? Tu m'aides là ou tu tentes une manœuvre ?

— Non, je ne tente rien. Premièrement, j'aimerais mieux éviter la torture lente. Deuxièmement, tu es mon frère. Si je dois mourir de toute façon, et ce n'est pas comme si je ne le méritais pas, je ne vois pas l'intérêt que le dernier Opgard parte directement en taule parce qu'il a manqué de sens pratique. Et troisièmement…

— Oui ?

— Si je coopère maintenant, je voudrais que Natalie ait la station-service et les immeubles. »

Carl a réfléchi.

« Elle peut avoir la station-service.

— Et les immeubles. Souviens-toi que tu auras le camping et les actions. Et Opgard. »

Il a ri.

« Marché conclu. Après tout, tu as très souvent été là pour moi. En revanche, j'ai bien peur que ça se passe au fusil.

— Bon d'accord, mais alors je voudrais avoir le canon dans la bouche.

— Vraiment ? »

Il avait l'air dubitatif.

« Regarde, je ne tente rien. » Je me suis laissé tomber à genoux, les mains sous la ceinture de mon pantalon. « Ensuite, tu essuieras bien la queue de détente et tu l'appuieras contre mon index droit. Tu ne touches à rien, tu laisses tout tel quel. Et puis tu colles d'aussi près que possible à la vérité quand tu parles avec la police, à propos de l'heure de ton retour et tout ça. Tu es entré dans la maison, tu ne m'as pas trouvé, tu t'apprêtais à te coucher quand tu as entendu la détonation. Tu es allé dans la grange, j'y étais, tu as vérifié si j'étais encore en vie et tu as appelé la police. Compris ?

— Compris.

— OK, bon, vas-y alors, qu'on en termine. »

J'ai ouvert grande la bouche. Carl était médusé. Puis, méfiant, il a esquissé un pas prudent en avant, dans ma direction. J'ai fermé les yeux. Nouveau coup de tonnerre, plus lointain cette fois. J'ai senti le double canon contre mes lèvres et j'ai dû ouvrir encore plus grand. Le goût amer de la poudre et de l'acier a envahi ma bouche.

J'ai lu une théorie selon laquelle on verrait défiler sa vie quand on sait qu'on va mourir. Ce serait le cerveau qui fouillerait désespérément dans sa banque d'expériences en quête d'un élément à utiliser pour nous sauver la vie. Je ne cherchais plus à être sauvé, et pourtant c'est exactement ce qui s'est passé. Ça a commencé par Carl et moi ayant mal au cœur à l'arrière de la Cadillac, papa conduisait en fumant, maman lisait la carte en fumant. Papa s'arrêtait pour nous permettre de vomir dehors et nous ébouriffait les cheveux en nous promettant une glace à la prochaine station-service. Il tenait sa promesse. Et avant d'arriver à Oslo, on s'arrêtait au bord du fjord pour se baigner dans la mer, dans l'eau salée. Maman se trempait aussi, alors que papa restait appuyé contre la voiture et nous observait en fumant. Ensuite, il nous tendait une grande serviette, je me souviens d'avoir pensé que, à cet instant précis, il était heureux. Et peut-être l'était-il. À cet instant précis. Ensuite, moi brandissant devant Carl la dissertation pour laquelle j'avais obtenu un Très bien. Lui, mon petit frère, qui niait en souriant avoir corrigé mes fautes d'orthographe bien que je le *voie*.

Papa et maman dans la Cadillac qui s'éloigne, Carl et moi qui restons dans la cour.

Quatre personnes dans une vieille Volvo qu'oncle Bernard m'a offerte le jour de mes dix-huit ans, en route pour le bal d'Årtun. Sur la banquette arrière, le couple Carl et Mari, sur le siège passager, Grete Smitt, qui est amoureuse de Carl, au volant, moi, qui suis amoureux de Mari.

Mari qui, Carl ayant baisé Grete une nuit d'ivresse, s'offre à moi par vengeance. Et moi qui me rends alors compte que je ne suis pas amoureux d'elle, mais de ce qui est à Carl, or elle ne l'est plus.

Moe à la station-service, voûté sous le poids de la peur et de la honte. Il achète une pilule du lendemain.

Shannon. Sa chevelure rousse flamboyante encadrant une peau de neige, sa paupière endommagée à moitié refermée, comme si elle me visait. Moi au garde-fou du Varoddbroa, envisageant de sauter, après avoir quitté Os et m'être installé à Kristiansand pour m'éloigner d'elle. Elle qui, un soir, est à ma porte, les cheveux ruisselants de pluie, et me demande si elle peut entrer.

Natalie allongée dans la bruyère. Le miracle de pouvoir aimer quelqu'un comme ça encore une fois.

Zadra. La vue du sommet, être au-dessus de tous les autres et en même temps savoir que ce n'est qu'une question de secondes avant qu'on file vers l'abîme.

Puis le coup a détoné. Et au lieu d'un voile noir, on aurait cru que tout repassait de la fin vers le début. Le fusil a tressauté et le canon a été retiré de ma bouche. C'était donc ça qui arrivait quand on mourait ? On revivait sa vie en sens inverse ? Allais-je obtenir et perdre Natalie trois fois avant qu'elle ne rajeunisse ? Allais-je revoir Shannon ? Papa, maman, Moe, Willumsen, l'ancien lensmann et tous les autres fantômes allaient-ils se relever d'entre les morts ? Allais-je voir Natalie adolescente sortir à reculons de la station-service et ne plus jamais la revoir ensuite ? J'ai senti un liquide chaud couler sur ma joue puis sur mes lèvres et j'ai pointé la langue par réflexe. J'ai aussitôt reconnu le goût non pas des larmes, mais du sang.

J'ai ouvert les yeux.

Mais Carl n'était plus en face de moi, ce que je voyais à la place était la porte ouverte de la grange, l'obscurité de la nuit et la lumière de la cuisine. Alors j'étais en vie, non ? La détonation. Probablement le tonnerre. Un éclair a illuminé toute notre maison. Près de la façade ouest, j'ai vu une silhouette. J'étais peut-être mort, je voyais ce que je voulais voir, c'était peut-être ça le paradis. Car c'était elle, Natalie, et elle portait une corne dont elle jouait manifestement, malgré la pluie qui tombait si fort que je n'entendais rien.

Un gémissement. J'ai enfin baissé les yeux.

C'était Carl.

Il gisait devant moi sur le sol, le visage blême. Le blanc de sa chemise de bureau s'était coloré.

De rouge.

Son regard vissé sur moi, il tâtonnait vers le fusil. Il a réussi à poser quelques doigts dessus mais j'ai tiré l'arme et je l'ai calée contre la BMW. J'ai constaté que la calandre était aspergée de sang.

« Qu… qu'est-ce qui s'est passé ? » m'a demandé Carl dans un chuchotement rauque.

J'étais toujours à genoux, les yeux dans la nuit.

Et puis Natalie a pénétré dans la lumière. Les cheveux trempés.

« Coucou. »

J'avais mal vu, ce qu'elle levait n'était pas du tout une corne, mais une carabine.

« Coucou, ai-je répondu, faute de mieux.

— Je vous ai vus quand j'étais au coin de la maison, j'allais frapper à la porte. Il s'apprêtait à…

— Oui. La carabine du vestibule ? »

Je me suis remis debout. Elle a approché.

« J'ai fait aussi vite que j'ai pu. Il est… ?

— Pas complètement. »

Le contour du visage de Carl avait blanchi, comme une tablette de chocolat conservée trop longtemps. Le sang de sa poitrine gouttait sur le plancher. Natalie avait fait feu depuis la maison, à une distance de soixante-dix, quatre-vingts mètres. La balle était entrée dans le dos de Carl et ressortie par sa poitrine. En me tournant, j'ai vu que l'intérieur du capot était marqué d'une bosse à peine visible à l'endroit où le projectile avait vraisemblablement achevé sa course.

« Il va… ?

— Non, il ne survivra pas à ça. »

Natalie avait l'air de vouloir me poser d'autres questions, de souhaiter savoir comment je pouvais être sûr qu'il était foutu, par exemple, mais l'expression de mon visage l'en a sans doute dissuadée.

« Tu peux aller chercher le couteau de chasse ? » J'avais les yeux sur Carl, qui se tortillait comme un ver sur un hameçon. « Il est dans la commode du vestibule, dernier tiroir.

— D'accord. »

Elle a disparu dans la nuit. Un éclair a jeté de la lumière sur son dos. Le tonnerre a roulé comme un ajout mineur de dernière minute.

Je me suis accroupi auprès du cadavre vivant. Carl a ouvert et fermé les yeux. Sa respiration n'était plus qu'un sifflement de pneu crevé.

« Je vais mourir, hein ? »

Après toutes ces années, le dialecte d'Os paraissait presque étranger dans sa bouche.

« Oui. Tu as une dernière volonté ? »

Il a essayé de prendre l'air amusé.

« Comme toi. Que tu fasses en sorte que le roi d'Os porte le nom d'Opgard.

— Je ne sais pas si ça m'intéresse tellement de porter ce titre, dis donc.

— Non, toi tu ne le sais peut-être pas, mais moi, je sais que oui, parce que tu as toujours eu envie de ce que j'avais.

— Ah bon ?

— Mon trône. Shannon. Et Mari quand on était ados, je m'en étais aperçu, va. Même l'attention de papa… à part la partie… enfin, tu sais. C'est dément, mais c'est vrai, non ? »

J'ai eu un frisson. Était-ce vrai ?

Les paupières de Carl s'étaient abaissées à demi, il semblait sur le point de s'endormir. Je lui ai pris la main, je l'ai serrée dans la mienne. Il a serré en retour.

« Tu vas faire quoi de mon corps ? a-t-il murmuré.

— Je n'ai pas encore eu le temps d'y réfléchir.

— Mais si, tu penses vite pour les choses pratiques. Quel est ton plan ?

— Tu es sûr de vouloir le savoir ?
— Pas sûr, alors mens si c'est trop affreux.
— Je vais t'enterrer ici, à la ferme, avec vue. »
Carl a ri et toussé en même temps.
« Il faut mentir mieux que ça ! »
Des taches de sang avaient atterri sur sa lèvre supérieure et sur son menton.
« Sur nos terres, profond, pour empêcher les renards de te déterrer.
— Bien. » Il a souri, ses lèvres ressemblaient à des larves évidées. « Bien. Merci. »
Natalie est revenue. Elle m'a présenté à deux mains le couteau de chasse à lame large, comme si c'était un instrument de chirurgie et que j'étais le chirurgien. C'était le couteau de papa, celui à l'aide duquel j'avais mis fin aux jours de Dog.
« Je sors, a-t-elle annoncé.
— Oui. »
J'ai contemplé le couteau. Il était du genre brutal, avec des gouttières de part et d'autre pour l'écoulement du sang quand on dépeçait la proie.
« J'ai très mal, là, Roy. Tu peux agir maintenant, *please* ? »
J'ai acquiescé, mais j'étais incapable de bouger. Je me suis raclé la gorge.
« Mais tu pourrais peut-être survivre si j'appelle Stanley maintenant ?
— Réfléchis, Roy. » Il parlait si bas que j'ai dû me pencher pour l'entendre par-dessus la pluie. « Je survis. Demain, je suis viré, je suis en faillite personnelle et je dois m'installer dans cette putain de maison tout seul puisque, en fin de compte, Mari ne va pas quitter Dan. Natalie se retrouvera en prison pour tentative de meurtre sur moi et moi pour tentative de meurtre sur toi. Tandis que si je disparais, tous les problèmes

s'envolent et pour toi et pour moi. Je te le demande donc : puis-je ne pas survivre ? Et pourrais-tu s'il te plaît accélérer le mouvement ? »

Je me suis assis par terre derrière lui, j'ai empoigné son épaisse chevelure foncée de la main gauche. J'ai eu une impression de déjà-vu, les nuits où je descendais dans son lit après une visite de papa et où je le consolais en lui caressant les cheveux, mon petit frère.

J'ai tiré sa tête en arrière d'un coup sec, j'ai serré mon bras droit autour de lui, appliqué la pointe du couteau sur la gauche de son cou.

« Tu en penses quoi ? lui ai-je chuchoté à l'oreille. Le nom hôtel-spa d'Os, ça fait un peu guindé, non ? Si on l'appelait Chez Carl ?

— Espèce d'imbécile, a-t-il gémi.

— Je suis sérieux. »

Un sourire a ourlé ses lèvres désormais livides.

« Je vais y réfléchir », a-t-il murmuré.

Puis j'ai enfoncé le couteau et je l'ai tiré vers la droite en veillant à garder une pression stable et à maintenir la lame plane.

Le sang a coulé, jusqu'à ce que j'arrive à la carotide et qu'il jaillisse, trois giclées qui ont claqué sur le plancher. Et puis ça s'est arrêté ; sous mon bras, Carl est devenu inerte.

Je l'ai allongé délicatement par terre et je me suis levé. Je l'ai vu étendu dans la mare de sang. Je n'éprouvais rien. Je ne pensais rien. Si ce n'est que j'allais encore devoir raboter un plancher.

45

En règle générale, il paraît que les proches parviennent à tenir le deuil à distance tant qu'ils peuvent occuper leur cerveau aux préparatifs des funérailles. Je ne sais pas si cela expliquait ma singulière indifférence à la mort de Carl ou si c'était que j'étais détruit depuis longtemps, dépourvu de toute capacité à pleurer les morts.

Quoi qu'il en soit, nous n'avons pas enterré Carl sur les terres d'Opgard comme je le lui avais promis.

Car il avait raison : pourquoi courir le risque de la nouveauté quand on peut reprendre une méthode qui a porté ses fruits ?

Alors, après avoir déposé son téléphone sur la table de la cuisine, nous avons empaqueté Carl dans des sacs-poubelle, nous l'avons chargé dans le coffre de sa BMW, et nous sommes descendus à la station-service, moi au volant de la BM et Natalie dans sa voiture. L'horaire, la météo étaient parfaits. La boutique était fermée et, par cette pluie battante, il n'y avait pas un chat dehors. J'ai ouvert la porte de l'atelier, conduit la voiture à l'intérieur et Natalie m'a aidé à hisser le corps dans la pelle du tracteur. Nous l'avons arrosé des dernières réserves de détergent Fritz. J'entendais déjà les bruits de bouillonnement et de rissolement des chairs qui s'évaporent alors que j'élevais la pelle en position haute, juste au-dessous du plafond. Ayant laissé nos téléphones à l'atelier, nous avons repris les voitures, en direction de l'est. Nous nous sommes garés sur l'aire où j'avais retrouvé Jon Fuhr, où il m'avait donné la lettre dactylographiée que je tirais à présent de ma poche et laissais sur le siège passager.

J'EN AI ASSEZ DE CETTE VIE. ADIEU. OPGARD.

À l'aide d'un chiffon que j'avais ramassé dans l'atelier, j'ai essuyé le volant et les autres surfaces sur lesquelles j'avais posé les doigts, bien qu'il soit très peu probable que la police enquête et, de toute façon, qui donc s'étonnerait de la présence d'empreintes de son grand frère dans la voiture de Carl ?

Ensuite, j'ai nettoyé les clefs du véhicule et je les ai déposées sur une roue avant, j'ai effacé mes traces de pas en les balayant de la pointe de ma chaussure et j'ai embarqué dans la Mitsubishi de Natalie. Nous avons roulé en silence, au son de la pluie et des essuie-glaces. Jusqu'à présent, nous n'avions échangé de paroles qu'au sujet des questions pratiques, maintenant nous avions le temps de parler du reste. De ce qui couvait sous la surface et que nous devions aborder. Et pourtant, nous nous taisions. Peut-être avions-nous tous deux besoin de laisser d'abord notre pouls ralentir, notre cerveau et notre corps se reposer un peu après ce que nous venions de traverser. Finalement, j'ai rompu le silence.

« Pourquoi t'es revenue ? »

Un autre long silence a suivi. Je la voyais déglutir encore et encore et son menton se creusait, prenant l'aspect sinueux d'un cerneau de noix, comme chez un enfant qui essaie de retenir ses larmes.

« Parce que je le sais bien », a-t-elle répondu, la voix étranglée. Elle a voulu continuer, s'est arrêtée, a respiré à pleins poumons.

J'ai attendu. Puis elle a été prête. « Tu l'as fait parce que tu pensais que c'était mon père qui m'avait agressée. Je ne sais pas si c'était par amour pour moi, tu l'aurais peut-être fait de toute façon, à cause de ton père avec Carl. Mais je te comprends, et c'est ce qui m'effraie. Après être partie de chez toi, d'un seul coup, j'ai su que si mon père m'avait effectivement touchée, j'aurais voulu que tu le tues, ou que moi, je le tue. J'ai réalisé que j'étais comme toi, que j'aurais pu devenir une tueuse. Et maintenant... » Une larme a roulé au bas de sa joue. « ... je suis toi.

— Mais non, toi, tu es quelqu'un qui sauve la vie. Tu as sauvé la mienne à deux reprises. »

Elle a séché sa larme en reniflant.

« Je n'ai pas l'intention d'en faire une habitude, si c'est ce que tu crois. »

J'ai souri.

« J'ai eu du bol que tu aies si hâte de m'en faire part.

— Imbécile ! Je ne venais pas pour ça.

— Ah bon ? Pour quoi, alors ?

— Imbécile, a-t-elle répété en s'essuyant le nez sur sa manche.

— Exact. Et les imbéciles ont besoin qu'on leur mette les points sur les i. »

Elle a poussé un soupir découragé.

« Ben, je trouvais que c'était urgent de te dire que je t'aimais, quoi. »

Je l'ai regardée.

« Com...

— Je t'aime grave. »

Nous avons ri. Oui, nous avons ri.

Natalie m'a attendu devant l'atelier pendant que je récupérais nos téléphones à l'intérieur. Je n'entendais plus les réactions chimiques dans la pelle, mais l'odeur était toxique et j'ai retenu mon souffle jusqu'à ce que je ressorte à l'air libre. Dans le lit de Natalie, ensuite, alors que nous avions éteint la lumière pour dormir deux ou trois heures avant la réunion du conseil d'administration, je l'ai sentie me caresser. Je l'avais crue endormie. Je me suis tourné vers elle, surpris, pour m'assurer que c'était vraiment ce qu'elle voulait, si peu de temps après avoir contribué à tuer quelqu'un dont les reliefs étaient actuellement en cours de désagrégation à quelques centaines de mètres de là. Le blanc de ses yeux brillait dans le noir, non, je n'avais pas mal interprété cette main sur mon ventre. Et d'un seul coup, j'ai pigé. Ce n'était pas en dépit, mais à cause de ce qui s'était passé. Non, elle ne s'était pas muée en une psychopathe excitée par le meurtre, mais la présence de la mort réveille l'appétit de vivre, le désir de prolonger la vie, de perpétuer quelque chose de nous.

Une minute après que nous avions terminé, elle dormait comme un bébé.

J'ai vu Rita Willumsen descendre de sa Saab Sonett au moment où j'arrivais sur le parking de l'hôtel. Elle m'a attendu.

« Bonjour. Tu as bonne mine.

— Merci, toi aussi », ai-je répondu en toute sincérité.

Je savais, bien sûr, qu'elle, en revanche, n'en pensait pas un mot, j'avais à peine fermé l'œil et dans le miroir au réveil j'avais eu l'air d'avoir dix ans de plus que l'homme qui s'était glissé sous la couette quelques heures auparavant.

« Et félicitations pour Natalie. Tu t'es trouvé quelqu'un qui a à la fois un cerveau et de la classe. »

J'ai failli réitérer mon « merci, toi aussi », mais j'ai réussi à m'en abstenir.

J'ai parcouru mentalement la liste des raisons pouvant expliquer pourquoi Rita Willumsen se montrait soudain aimable envers Roy Opgard, le garçon qu'elle avait eu autrefois comme animal de compagnie, certes, mais aussi l'homme qu'elle rendait responsable de son veuvage.

La liste était brève. En l'occurrence, elle ne contenait que deux points.

L'un était que Kurt lui avait avoué que je le tenais par les couilles, et par conséquent elle aussi. Mais je doutais fort qu'il ait pipé mot sur les méthodes illégales qu'il avait employées dans la vente du camping, et je mettais une option sur le deuxième point de la liste. Rita avait deviné plus ou moins ce qui allait se passer à la réunion du conseil d'administration et elle était consciente qu'elle aurait ensuite tout intérêt à avoir Roy Opgard de son côté. Car Rita avait beau être un être doué de sentiments, enfin non, d'ailleurs, elle ne l'était pas, donc permettez-moi de reformuler. Malgré les fortes antipathies qu'elle pouvait nourrir, Rita était avant tout une femme pragmatique, qui jouait ses cartes selon la situation. Les six autres administrateurs avaient déjà pris place dans la grande salle de conférences quand elle et moi avons franchi la porte, pile à la minute où la réunion était censée commencer. J'ai fait ma tournée de salutations, constatant que, consciemment ou non, ils avaient laissé libre la chaise la plus proche du bout de la table, où s'asseyait Jo Aas.

« Attendons Carl », a dit ce dernier en consultant sa montre.

Tout le monde, moi inclus, s'est contenté d'acquiescer.

Nous avons meublé le temps d'attente en bavardant, de la découverte de la veine d'eau par GeoData, du fait que cela consolidait le choix d'un tracé de nationale passant par Os, du suicide tragique du type qui, dans un premier temps, avait manifestement fermé les yeux. Peut-être était-ce justement d'avoir parlé ainsi de suicide qui a changé l'atmosphère de la pièce quand j'ai déclaré que je n'avais pas eu de nouvelles de mon frère depuis la veille, quand je m'étais réveillé, tard le soir, sur le canapé, et qu'il partait en voiture.

« J'ai essayé d'appeler Carl à plusieurs reprises, a précisé Aas, le front creusé d'un sillon plus profond que les autres. Pas de réponse.

— Ce n'est pas étonnant, Natalie est venue me chercher et en partant, j'ai vu le téléphone de Carl sur la table de la cuisine. » J'ai moi aussi consulté ma montre. « Il est tête en l'air, mais je suis surpris qu'il ne soit pas revenu le chercher. Et évidemment, ça m'inquiète un peu de ne pas le voir ici alors qu'il n'a averti personne de son absence ou de son retard. »

J'ai promené un regard grave autour de la table. Tous ces visages traduisaient une même pensée : à Os, on s'était supprimé pour moins que perdre son travail.

« Les gens finissent toujours par reparaître, a assuré Aas. C'est la règle. Mais il y a bien sûr des exceptions, espérons que ce n'en soit pas une. Bon. Il est temps d'ouvrir la séance. »

La réunion a commencé par la validation de l'ordre du jour, ensuite nous sommes passés directement au deuxième point, à savoir l'élection du président du conseil. Qui était une formalité, comme on dit.

« Je pense que Roy est un bon choix, pas seulement parce que nous ne pouvons pas faire autrement puisqu'il possède plus de cinquante pour cent des actions… » Aas a récolté des rires autour de la table. « … mais parce que, comme vous le savez, il détient une expérience de propriétaire de la station-service, du Chute Libre et de la Maison de la Laiterie, pour n'en citer que quelques-uns. Et, à ma connaissance, tout cela a rapporté de bons bénéfices. L'hôtel et le conseil d'administration seront entre de bonnes mains quand Roy reprendra le flambeau, si vous voulez mon avis. »

J'ai été élu par, autre mot que j'ai rarement prononcé, « acclamation ».

« Ce flambeau, Roy, j'aurais bien voulu te le transmettre, a poursuivi Aas d'un air malicieux, mais je crains que ce ne soit qu'une expression. Le fait est que, quand on me parlait du marteau de maire, je n'en avais même pas ! »

Nouveaux rires des administrateurs. Quant à moi, je me suis contenté d'un sourire. C'est bien de montrer qu'on n'est pas d'humeur hilare quand on se fait du souci pour son petit frère. Le pire étant que je m'en faisais. Les événements de la nuit précédente me paraissaient si irréels qu'une partie de moi continuait de se demander si Carl n'allait pas bientôt franchir le seuil, me permettant de pousser un soupir de soulagement en constatant que tout cela n'avait été qu'un mauvais rêve.

« Bref, a conclu Aas. Formellement, c'est maintenant toi qui mènes la séance, Roy.

— Merci, mais j'apprécierais qu'aujourd'hui vous continuiez, Jo. »

Une ou deux rides de Jo Aas ont tressailli, mais considérablement moins que la dernière fois que je l'avais appelé par son prénom.

« Ce sera un honneur. Le point suivant de l'ordre du jour est la désignation d'un nouveau directeur. »

Les mots étaient choisis, il cherchait à exprimer un acte positif et à contourner des notions comme démettre de ses fonctions, licencier, virer. Néanmoins, les personnes présentes ont eu l'air de se rappeler les implications que pouvait avoir cette chaise vide.

« Roy et Carl proposent que Roy devienne directeur. C'est une bonne proposition dans la mesure où Carl considère le moment venu de raccrocher les gants. Je me fonde uniquement sur l'impression que j'ai retirée de mes conversations avec lui, le mieux aurait bien sûr été qu'il soit là pour approfondir cela en personne.

— À vrai dire, l'opinion de Carl importe peu, a objecté l'un des administrateurs. Si Roy veut le virer, la décision lui appartient. »

Un index à l'ongle verni de rouge s'est dressé.

« Oui, Rita ?

— Ce que Carl en pense est crucial, au contraire. Comme la plupart des dirigeants, il a signé un contrat lui offrant une compensation en contrepartie de sa renonciation à la protection ordinaire contre le licenciement. Le conseil d'administration peut donc, comme il le souhaite et sans justification, remercier Carl du jour au lendemain. Toutefois, si Carl quitte ses fonctions de sa propre initiative, il renonce aussi à cette compensation, qui est un parachute correspondant à deux ans de salaire, si mes souvenirs sont bons. Le salaire de Carl étant relativement important, j'estime que nous avons besoin de savoir s'il s'agit d'un licenciement ou d'un départ volontaire avant de prendre la décision d'embauche. Si le CA licenciait Carl avant qu'il ait potentiellement démissionné, ce serait une *preemptive strike*...

— Une quoi ?

— Une frappe préventive. Intervenir avant qu'un adversaire potentiel n'ait le temps d'attaquer », ai-je expliqué à Aas.

Le sourcil interrogateur, il a regardé les autres administrateurs pour s'assurer qu'il n'était pas seul à ne pas connaître l'expression.

« Il y a les conséquences financières à court terme, a continué Rita, mais aussi celles à long terme, à savoir l'effet d'un licenciement inopiné sur la réputation de l'hôtel. S'il se révélait que, contrairement à ce que l'ancien président du conseil a cru percevoir, Carl ne souhaite pas quitter ses fonctions, je propose que le CA lui offre la possibilité de démissionner de son plein gré en échange d'une compensation inférieure, disons dix-huit mois de salaire, que nous qualifierions de prime de mérite et non de parachute. Cet arrangement économiserait six mois de salaire à la société et lui éviterait d'écorner sa bonne réputation, tout en permettant à Carl de ne pas entacher sérieusement la sienne. Si le conseil est d'accord, je suggère que nous reportions la décision concernant le poste de directeur et que nous nous réunissions à nouveau dès que nous aurons la réponse de Carl.»

Une fois encore, Aas a fait un tour de table. Hochements de tête sur toute la ligne, de ma part aussi, et j'ai décidé intérieurement que Rita Willumsen serait la première personne à qui j'offrirais de faire partie du nouveau conseil d'administration.

Le jour déclinait quand j'ai vu le Land Rover de Kurt Olsen arriver à la station-service. Il s'est arrêté à l'écart de l'aire de ravitaillement, et je me suis douté de ce qui motivait sa visite. En effet, quand il a franchi les portes coulissantes de la boutique sur ses jambes arquées, il avait revêtu le masque de pasteur des enterrements et autres annonces de décès.

Signalant à Egil de s'occuper seul de la file de clients, je suis allé à la rencontre de Kurt.

Derrière la boutique, il a allumé une cigarette et j'ai glissé du Berry sous ma lèvre. Nous étions côte à côte, tournés vers le lac, et Kurt m'a expliqué qu'il avait reçu un coup de fil de Grete Smitt. L'un de ses clients avait aperçu la voiture de Carl sur une aire de repos juste à l'est des limites de la commune. Et comme elle avait aussi saisi au vol que Carl n'avait pas assisté à la réunion du conseil d'administration, il lui avait paru important de transmettre l'information.

«C'est bien d'avoir des centres d'information comme Grete, ai-je répondu.

— Les ragots du village ont leur fonction, oui. Quoi qu'il en soit, je m'y suis rendu pour vérifier. C'était effectivement sa voiture. Il y avait un mot sur le siège passager. Jamais bon signe quand il y a quelque chose qui ressemble à une lettre. Et c'est encore plus mauvais quand tu trouves en plus les clefs de voiture sur la roue avant gauche.

— Oui. Inutile de tourner autour du pot, Kurt.

— Désolé. » Il a tiré si fort sur sa cigarette que je voyais la braise la consumer. Il a recraché la fumée. « Ça ressemble à une lettre d'auto-meurtre, Roy.

— D'automeurtre ?

— Termologie de la police. Suicide. »

Terminologie, ai-je pensé. Mais je n'ai rien dit.

« Ça me rend dingue, ces mots d'Oslo. *Garde champêtre territorial ?* » Il a soufflé avec mépris. Sans doute trouvait-il la digression bienvenue.

« Qu'est-ce qui est écrit ? ai-je demandé, parce qu'il aurait été étrange que je ne pose pas la question.

« Voyons voir. » Kurt a sorti son téléphone, il avait dû prendre des photos.

J'EN AI ASSEZ DE CETTE VIE, ai-je pensé. *ADIEU. OPGARD.*

Puis, enfin, il a lu le texte, et j'ai hoché la tête très lentement, comme si j'avais besoin de digérer les mots.

« Le lensmann est là-bas, il cherche avec un chien en ce moment même, mais je doute qu'il trouve quoi que ce soit. La berge est raide.

— Oui, je crois voir de quelle aire il s'agit.

— Maintenant, il se peut bien sûr que ce ne soit pas ce que nous craignons... »

Ce que nous espérons, ai-je dit. Parce que tu dormirais mieux en sachant que Carl ne peut pas se tourner vers la police de Notodden ou d'Oslo en expliquant que le lensmann d'Os n'a pas donné suite à une déposition concernant un meurtre. Sauf que je ne l'ai pas dit, évidemment, je l'ai seulement pensé. À l'instar de Kurt, qui pensait certainement que c'était mon œuvre. Après tout, nous étions dans le même bateau. Et c'est pourquoi je n'ai pas éprouvé la moindre nervosité quand le regard de Kurt a inspecté l'atelier, se posant certainement la question de savoir si l'histoire se répétait, si à cet instant précis quelque chose se dissolvait dans la pelle du tracteur.

Il a tiré une dernière bouffée de sa cigarette consumée jusqu'au filtre.

« Mais bien sûr, s'ils trouvent quelque chose, je prendrai contact avec toi immédiatement.

— Merci. »

Il a lâché son mégot fumant entre nous, dans une petite flaque sur l'asphalte, et de son pas de cow-boy, il a regagné sa voiture.

Je suis resté à contempler le mégot, puis je l'ai ramassé et jeté dans la benne à ordures. Je tiens à ce que les lieux soient en ordre.

46

J'ai reçu le coup de fil de Liv Goebbel juste avant Pâques. J'étais au camping, le lac gelé était recouvert de neige fraîche, le soleil me piquait les yeux. Je me suis éloigné de Glen Moore et des deux ingénieurs norvégiens, qui ont continué de désigner tantôt les plans, tantôt le terrain, en discutant de ce qui allait où. Goebbel m'a expliqué qu'elle était parvenue à convaincre le juge de la certitude de la mort de Carl et avait obtenu la déclaration judiciaire de décès ; je dois reconnaître que, les premières fois que je l'avais entendu, j'avais buté sur le terme médiéval employé, *dødsorkud*, il signifiait en tout état de cause que Carl était enfin déclaré mort et que la succession pouvait s'ouvrir. Sachant qu'il ne s'agissait de rien de très compliqué dans la mesure où il n'avait pas fait de testament et où j'étais son parent le plus proche. L'héritage n'était pas très lucratif, disons que Carl s'était constitué des dettes plutôt qu'un pactole, mais, c'est clair, il possédait pas mal de biens, et il ne serait pas nécessaire de tout vendre pour rembourser les dettes en question. En tant que tuteur désigné, j'avais déjà vendu sa BMW avant Noël, de même que ses actions de l'hôtel-spa d'Os. Rita Willumsen les avait acquises en me faisant promettre que je prendrais aussi bien soin de l'hôtel que de sa Sonett autrefois. Son large sourire m'avait suggéré plus ou moins ce qu'incarnait la Sonett dans ce contexte.

« Tout devrait être réglé d'ici une semaine ou deux, a précisé Goebbel. Carl va avoir des obsèques ?

— Une cérémonie à sa mémoire. Et une pierre tombale à côté de papa et maman.

— C'est bien.

— Merci, Liv. On se voit à la réunion du conseil d'administration mercredi prochain. »

Après ce coup de fil, j'ai consulté ma montre et je me suis excusé auprès de Glen, j'avais rendez-vous à l'hôtel pour déjeuner avec Natalie et je devais filer.

« Ça va être formidable, a-t-il déclaré, la voix pleine de ferveur. Imaginez de faire le parcours quand il a neigé ! Putain ! »

Quand je suis arrivé, avec dix minutes de retard, Natalie m'attendait à notre table habituelle près de la fenêtre.

« Désolé, on s'est laissé accaparer. »

En baisant la main qu'elle me tendait d'un air magnanime, j'ai senti l'anneau contre mes lèvres.

« Bien, a-t-elle répondu. Tu as l'air content.

— Je le suis. »

J'ai passé commande au serveur qui s'était promptement présenté. Salade d'Os et thé pour Natalie, truite locale et eau pour moi.

« C'est bien que tu sois si investi dans ce parc, vraiment. Mais je dois tout de même t'avertir qu'on commence à sentir que tu manques de temps pour certaines choses tout aussi importantes. »

J'ai hoché la tête et posé ma main par-dessus la sienne, sur la nappe blanche.

« Je suis d'accord. Je trouve qu'on devrait partir en week-end prolongé. Tu travailles trop, toi aussi, tu sais. Après l'affluence de Pâques, on pourrait aller à la fête de Sant Jordi à Barcelone.

— Sant Jordi ?

— C'est une fête catalane où on célèbre l'ange gardien Jordi, saint Georges ; la femme offre un livre à l'homme qu'elle aime, l'homme lui offre une rose. Ça date de cette belle époque où les femmes étaient illettrées, mais comme dans notre cas c'est l'inverse, ça m'ira de recevoir la rose. »

Elle m'a tapé avec sa serviette.

« C'est mignon, mais ce que tu négliges, je trouve, ce n'est pas notre couple, c'est ton travail ici, à l'hôtel.

— Ah bon ? » J'ai posé ma serviette sur mes genoux, le serveur nous apportait de la tapenade et du pain tout frais. « À quoi penses-tu, exactement ?

— J'ai une liste. »

J'ai souri, mais j'ai vu sur son visage qu'elle ne parlait pas au sens figuré.

« Il y a certaines décisions qui doivent être prises, d'autres qui peuvent l'être.

— Peuvent l'être ?

— De bonnes propositions proactives.

— De ta part ?

— Et de celle d'autres personnes. Cet hôtel abrite de nombreux talents à tous les niveaux. Et aucun dirigeant ne peut être bon partout, alors il faut savoir écouter.

— Mon amour…

— Oui, Roy, tu sais écouter. Le problème, c'est qu'en ce moment tu n'en as pas le temps. Et il faut y remédier, c'est tout ce que je dis. »

J'ai acquiescé. J'ai suivi les gestes de Natalie qui étalait de la tapenade sur un morceau de pain. Elle s'était remise à porter son anneau après la nouvelle nuit Fritz, où elle avait décroché la carabine dans le vestibule et abattu Carl. Cette nuit-là, elle était arrivée, elle avait perçu la situation, analysé les possibilités, elle avait pris sa décision et fait ce qu'il fallait faire. Et je m'étais demandé si ce n'était pas précisément ce genre de cas fictifs qu'on présente aux candidats à un poste de direction aux États-Unis pour évaluer à quel point ils ont l'esprit axé sur les solutions.

« Avant que tu me présentes ta liste, j'ai quelque chose à te montrer.

— Ah oui ?

— Après le déjeuner. »

Au cours du repas, Natalie m'a annoncé qu'elle avait reçu une nouvelle offre d'emploi, cette fois, c'était une grande chaîne hôtelière qui souhaitait qu'elle intègre l'équipe du siège. Natalie trouvait la proposition flatteuse, bien sûr, mais elle désirait travailler là où ça se passait, en première ligne. Notre conversation était sans cesse interrompue par des gens qui venaient nous saluer. Le nouveau maire Gilbert Voss, le directeur de banque Asle Vendelbo, Dag Cappelen, de la Direction des routes, qui était responsable de l'amélioration de la nationale passant par Os. Ils commentaient la nouvelle aile de l'hôtel, le temps, les pronostics sur la saison de l'Os FK, et nous, nous hochions la tête, faisant ainsi apparaître un sous-titre qui y était peut-être ou peut-être pas. Même Dan Krane est venu me serrer la main, genre je voulais juste te faire un petit coucou. Il était devenu docile, lui aussi, il sentait sans doute que le statu quo lui était profitable maintenant que Mari et lui avaient emménagé dans la maison principale et attendaient leur quatrième enfant.

« Eh bien, dis donc, a commenté Natalie quand Krane est reparti. On dirait qu'ils se soumettent tous et qu'ils ne veulent rien d'autre que baiser ton anneau à présent. »

Il m'a fallu quelques secondes pour saisir qu'elle ne parlait pas de la partie de mon anatomie à laquelle j'avais d'abord pensé, mais à la scène finale du *Parrain*.

Après avoir réglé l'addition – contrairement à Carl, je ne mélange pas finances personnelles et finances de la société –, Natalie et moi sommes repartis à bord de ma Volvo, qu'Erik et Kurt m'avaient tous deux suggéré de remplacer vu que j'étais désormais directeur et tout.

« Qu'est-ce que tu manigances ? a voulu savoir Natalie quand j'ai emprunté un chemin forestier avant le bourg.

— Tu vas voir. »

Je me suis garé deux minutes plus tard.

La neige sur le toit et sur ce qui restait à aplanir, asphalter et ensemencer faisait étinceler la maison, celle que les gens appellent le Domaine royal.

« Qu'en penses-tu ?

— Elle est magnifique, a répondu Natalie. Donc elle est quasiment finie ?

— Oui. Il reste juste à trouver quelqu'un pour y habiter.

— C'est peut-être le bon moment pour attirer des acheteurs. Pâques, c'est la saison où viennent tous les richards d'Oslo. On peut mettre une annonce à l'hôtel. L'intérieur est aussi bien que l'extérieur ?

— Allons visiter. »

Aucun sentier n'avait été dégagé et les légères chaussures de bureau ne convenaient pas dans cette neige relativement profonde, j'ai donc porté Natalie dans mes bras jusqu'à l'entrée et nous avons franchi le seuil ainsi. Je l'ai reposée par terre.

« Oh là là ! » s'est-elle exclamée.

Dès le vestibule s'offrait la vue au bout de la vaste pièce ouverte qui n'était pas encore meublée. J'avais allumé le chauffage la veille, Natalie a enlevé ses chaussures et marché sur le parquet fraîchement nettoyé. Elle s'est arrêtée devant la baie vitrée.

Je me suis posté derrière elle et nous avons contemplé le bourg inondé de soleil. Elle s'est calée contre moi et je l'ai entourée de mes bras.

« Tu continues de penser que nous devrions mettre une annonce de vente ? » lui ai-je chuchoté à l'oreille.

D'abord, elle s'est raidie. Je n'en ai pas dit davantage. J'ai simplement attendu. Puis, au bout de quelques instants, son corps a été secoué d'un rire silencieux.

« Petit malin, va !

— Ce sont tes exigences.

— Moi ? Mais je ne t'ai jamais…

— *Un meilleur salaire, un meilleur emploi, un meilleur logement, un mari.* C'était tes conditions pour rester à Os. Tu ne te souviens pas ?

— Si, je me souviens. Je me souviens aussi que j'avais précisé *dans cet ordre.*

— Je sais. Donc ma question suivante est comment tu te positionnerais par rapport à l'idée de devenir directrice de l'hôtel-spa d'Os. De toute façon, la nomination doit être examinée et validée par le conseil d'administration. »

Elle a pivoté vers moi, l'air incrédule.

« Tu comprends, ai-je poursuivi en souriant, le poste se libère, puisque le directeur actuel va construire un parc d'attractions. »

J'ai vu que ça travaillait dur derrière ses yeux de couleur singulière.

« Pour savoir, il faut participer », ai-je ajouté.

Après un rire bref, elle a secoué la tête d'un geste prétendument exaspéré. Donc, il en fallait encore un peu pour la convaincre. Elle s'est tournée de nouveau vers Os, et j'ai collé ma joue contre la sienne.

« Regarde ! »

Elle désignait un nuage blanc descendant le long de l'Ottertind.

C'était une avalanche muette. Bientôt, elle atteindrait le lac de Budal, mais il s'agissait principalement de poudreuse légère, le poids ne serait pas suffisant pour que la neige traverse la glace. Les flocons tourbillonneraient, se déploieraient sur le lac en direction du bourg qui était bien à l'abri sur l'autre rive. Un bourg d'à peine mille habitants, trois mille en comptant l'ensemble de la commune, mais qui pourrait vite se peupler davantage. Il se trouve à six cents mètres d'altitude, connaît des étés courts, mais chauds et secs, et des hivers rudes et intenses. Les gens d'ici travaillent dur et ne parlent pas plus que nécessaire, à moins que l'on ne considère les ragots de village comme du bavardage inutile. L'envie est humaine, une certaine dose d'esprit de compétition est saine, mais la solidarité est un prérequis pour survivre. Si tous ici sont égaux et leurs propres maîtres, le troupeau a néanmoins besoin d'une chèvre munie d'une clarine autour du cou pour montrer le chemin par temps de brouillard et éviter les précipices et les loups du coin.

J'ai contemplé le paysage. L'église. Årtun. La ferme Nergard, et celle d'Opgard, en surplomb. La place centrale et le camping. Plus loin, la chapelle, la maison des Smitt et la station-service. Dans ce bourg, j'avais tout perdu et tout obtenu. Je détestais cet endroit, je l'adorais. Et en dernière analyse, que peut-on exiger de plus de son bourg ?

L'avalanche a atteint le lac et, l'espace de quelques instants, la neige a tourbillonné au soleil.

Puis elle s'est déposée et tout était comme avant.

DU MÊME AUTEUR

Aux Éditions Gallimard

LE TÉLÉPHONE CARNIVORE, Série Noire, 2024 (Écoutez-Lire, 2024)

RAT ISLAND, Série Noire, 2024 (Écoutez-Lire, 2024)

ÉCLIPSE TOTALE, Série Noire, 2023 (Folio Policier n° 1050, Écoutez-Lire, 2023)

DE LA JALOUSIE, Série Noire, 2022 (Folio Policier n° 1017)

LEUR DOMAINE, Série Noire, 2021 (Folio Policier n° 978 ; Écoutez-Lire, 2022)

LE COUTEAU, Série Noire, 2019 (Folio Policier n° 940 ; Écoutez-Lire, 2019)

MACBETH, Série Noire, 2018 (Folio Policier n° 913 ; Écoutez-Lire, 2019)

LA SOIF, Série Noire, 2017 (Folio Policier n° 891 ; Écoutez-Lire, 2018)

SOLEIL DE NUIT, Série Noire, 2016 (Folio Policier n° 863)

L'INSPECTEUR HARRY HOLE. L'intégrale, 1 : L'homme chauve-souris – Les cafards, Folio Policier n° 770

LE FILS, Série Noire, 2015 (Folio Policier n° 840 ; Écoutez-Lire, 2015)

DU SANG SUR LA GLACE, Série Noire, 2015 (Folio Policier n° 793)

POLICE, Série Noire, 2014 (Folio Policier n° 762 ; Écoutez-Lire, 2014)

FANTÔME, Série Noire, 2013 (Folio Policier n° 741 ; Écoutez-Lire, 2013)

LE LÉOPARD, Série Noire, 2011 (Folio Policier n° 659; Écoutez-Lire, 2021)

CHASSEURS DE TÊTES, Série Noire, 2009 (Folio Policier n° 608)

LE BONHOMME DE NEIGE, Série Noire, 2008 (Folio Policier n° 575 ; Écoutez-Lire, 2019)

LE SAUVEUR, Série Noire, 2007 (Folio Policier n° 552; Écoutez-Lire, 2021)

L'ÉTOILE DU DIABLE, Série Noire, 2006 (Folio Policier n°527 ; Écoutez-Lire, 2019)

Aux Éditions Gaïa

RUE SANS-SOUCI, 2005 (Folio Policier nº 480 ; Écoutez-Lire, 2021)

ROUGE-GORGE, 2004 (Folio Policier nº 450 ; Écoutez-Lire, 2021)

LES CAFARDS, 2003 (Folio Policier nº 418 ; Écoutez-Lire, 2020)

L'HOMME CHAUVE-SOURIS, 2003 (Folio Policier nº 366 ; Écoutez-Lire, 2020)

Aux Éditions Bayard Jeunesse

LE PROFESSEUR SÉRAPHIN ET LA FIN DU MONDE (OU PRESQUE), 2012

LA BAIGNOIRE À REMONTER LE TEMPS, 2010

LA POUDRE À PROUT DU PROFESSEUR SÉRAPHIN, vol.1, 2009

Composition : APS-ie
Achevé d'imprimer
sur Roto-Page
par l'Imprimerie Floch
à Mayenne, le 6 mai 2025.
Dépôt légal : juin 2025.
Numéro d'imprimeur : 106972.

ISBN 978-2-07-306890-3 / Imprimé en France.

631849